LES ASSOIFFÉES

Du même auteur

L'Angoisse de la première phrase
2005, Phébus

Contes carnivores
2008, Seuil

BERNARD QUIRINY

LES ASSOIFFÉES

roman

ÉDITIONS DU SEUIL
*25, bd Romain-Rolland, Paris XIVe*

ISBN 978-2-02-099366-1

www.seuil.com

En 1970, une révolution renverse le pouvoir aux Pays-Bas. L'année suivante, elle s'étend à la Belgique puis au Luxembourg. L'ancien Benelux est aujourd'hui, au cœur de l'Europe, le pays le plus fermé du monde.

Le train ne partait que dans deux heures mais Langlois attendait déjà, près de la gare, dans le café où Gould avait fixé le rendez-vous. Gould ayant donné pour consigne de s'encombrer le moins possible, il n'avait qu'un sac de voyage et une petite besace qu'il garderait à l'épaule, avec son appareil photo et ses carnets. (Langlois s'agacerait par la suite de voir que les autres n'avaient pas fait le même effort, et que Gould lui-même traînerait deux valises grandes comme des cantines.) Fébrile, il songeait : « Je vais en Belgique. En Belgique ! » Tout près de partir, il n'y croyait pas encore. Un mois plus tôt, Pierre-Jean Gould l'avait invité chez lui en même temps que Capucine Lotte, Léonore Alvert, Lucien Bordeaux et Jean-Michel Golanski, quatre vedettes qu'il connaissait à peine, sans lui dire les raisons de cette réunion. Gould était surexcité. Sur la table de son salon, il avait étalé avec lenteur une carte de l'Europe ; de la pointe d'un feutre, il avait entouré les noms de deux villes : Paris et Bruxelles. Puis, comme ses hôtes le regardaient sans comprendre, il avait dit, en guise d'explication : « Le départ, l'arrivée. Je vous propose de venir avec moi en Belgique. Serez-vous du voyage ? »

Et il s'était effondré dans un fauteuil, savourant son effet. Un silence de plusieurs secondes avait suivi ; pour les causeurs réunis là, c'était un exploit. Bordeaux le rompit au moyen d'un rire forcé.

– C'est une blague ! rugit-il. Une blague !

Il fit mine de s'étouffer, toussa, puis ajouta :

– Tu plaisantes, n'est-ce pas ?

Mais Gould avait secoué la tête, sourire aux lèvres. Bordeaux alors avait pâli, et contemplé passionnément la carte.

– Tu peux nous emmener là-bas ?

– Oui.

Voilà comment Langlois était entré dans cette aventure sensationnelle, que l'imprévisible Gould depuis deux ans mettait sur pied : un voyage en Belgique.

Pourquoi Gould l'avait-il choisi ? Des cinq membres de l'expédition, c'était lui qui le connaissait le plus mal. Ils s'étaient croisés dans des conférences et des émissions de radio ou de télévision, mais ne s'étaient jamais fréquentés ; et Langlois avait pour lui des sentiments mêlés. Il le trouvait beau parleur, mégalomane et fatigant ; mais comme tout le monde, il l'admirait un peu, lui reconnaissant du style, parfois du panache. Il partageait avec lui certaines idées (il faut dire que Gould en changeait beaucoup, de sorte qu'il tombait cycliquement d'accord avec la plupart des gens). Il riait quand quelqu'un le dénigrait, parce qu'il trouvait drôle qu'on le critique, mais aussi parce qu'il savait qu'en secret l'auteur des piques aurait donné cher pour être salué par Gould dans les soirées, vu avec lui dans les cafés et, privilège suprême, convié aux week-ends mondains qu'il organisait d'avril à septembre dans sa maison de Bayeux. A la décharge du moqueur, il fallait reconnaître que rien n'était plus facile que de jaser sur Gould, et il était difficile d'y résister : on avait avec lui tous les choix. Son allure, d'abord, qui était moins celle d'un intellectuel que d'une vedette du cinéma, milieu où il avait d'ailleurs ses amis, qui le considéraient comme un des leurs : ses vestes aux couleurs extravagantes (jaune paille et violet zinzolin étaient ses préférées), sa collection de lunettes fantaisie, ses chemises imprimées de slogans politiques, et son crâne glabre qui luisait sous la lumière, comme lustré. Sa grandiloquence, aussi, qui lui faisait prendre à toute occasion des airs de conscience de son temps et prononcer des phrases compliquées, qu'il embrouillait souvent avant la fin. Sa manie enfin de se croire un génie dans tous les domaines, et de vouloir toucher à tout. Ecrire ne lui suffisait pas : il lui fallait être un artiste complet. Ainsi Gould ne publiait-il pas seulement des essais mais aussi des romans, des poèmes et des pièces de théâtre ; il peignait – de grands tableaux abstraits et exubérants, que ses amis achetaient les yeux fermés, pour faire monter sa cote ; il avait essayé de sculpter, aussi, mais y avait renoncé après s'être blessé la main avec une gouge – l'une de ses rares œuvres ornait la place principale d'une ville de banlieue, achetée par la mairie à l'époque où un ami la tenait. Il avait aussi dirigé un orchestre, sur une symphonie de sa composition ; on en avait tiré un disque que la critique avait beaucoup raillé. Il avait une tribune à la radio, qui durait depuis dix ans et où tous les Français qui comptent, comme on dit, étaient passés. Des tentatives à la télévision, qui s'étaient interrompues après deux ou trois émissions.

Sans parler de ses voyages à travers le monde, dont il rapportait des reportages-fleuves et des livres illustrés ; de ses frasques enfin, de ses fêtes, de ses polémiques avec tel et tel, de ses trois mariages. Il se passait rarement quinze jours sans qu'on parle de lui.

Deux livres lui avaient été consacrés, que Langlois avait lus pour se faire une meilleure idée du personnage. Le premier était une biographie un peu plate, écrite par une journaliste soucieuse de sa carrière, et qui taisait volontairement ce qu'elle appelait les « zones d'ombres du personnage ». L'autre, œuvre de deux polémistes chevronnés, visait précisément ces zones d'ombre : la fortune de Gould, qui était grande et suspecte, ses relations chez les mafieux et les avantages qu'il en retirait, ses revirements d'opinion, ses innombrables mensonges – Gould s'inventait si volontiers des diplômes, des amis chez les grands de ce monde et des actes de bravoure qu'on se demandait si c'était de la malice ou une pathologie. A la lecture de ce portrait, Langlois s'était interrogé : était-il raisonnable de suivre dans son expédition un homme si peu constant, si contestable, si contesté ? Mais au fond de lui, il savait qu'il ne refuserait pas. La Belgique, ce mystère au milieu de l'Europe, ce rêve pour tous les journalistes ! Personne depuis près de vingt ans n'y était entré, en dépit des demandes innombrables que recevaient les autorités belges. Les dernières femmes à s'y être installées, dans les années 1990, n'avaient pas donné de nouvelles ; la Belgique était à présent un pays inconnu, objet de toutes les conjectures. Langlois repousserait-il cette chance unique d'y séjourner, au motif que Gould ne lui inspirait pas confiance ? Non ! Et puis, Gould n'était sûrement pas un aventurier : quand il se lançait dans une affaire, il y mettait des moyens, et prenait ses garanties. Ne prétendait-il pas avoir travaillé deux ans sur ce voyage, mené des tractations interminables avec Bruxelles, rencontré en secret des émissaires de l'Empire, etc. ? Tout serait organisé comme il faut ; ils seraient accueillis, un programme était prévu, rien ne serait laissé au hasard. Et, dans l'esprit bouillant de Langlois, la curiosité de voir ce pays, l'empressement de fouler son sol l'emportaient sur l'idée qu'il n'était pas à sa place, parmi Gould et ses quatre acolytes.

Sur les quatre, il ne connaissait que Jean-Michel Golanski, qui avait publié quelques-uns de ses articles dans *L'Instant*, l'hebdomadaire qu'il avait fondé et qu'il dirigeait. C'était un quinquagénaire discret, diplomate, d'humeur égale, un peu ennuyeux, avec une voix monocorde qui assoupissait son entourage. Il ne s'énervait jamais, demeurait toujours courtois, et ne contredisait personne. Ce tempérament avait favorisé sa carrière : il passait toujours entre les gouttes, n'avait pas d'ennemis, et s'imposait dans les conflits comme l'homme du consensus. Langlois appréciait sa pondération, tout en la trouvant irréelle ; une telle égalité d'humeur n'était pas d'un homme. Il soupçonnait Golanski d'avoir des défouloirs privés, et de s'accorder en secret des moments pour piquer des colères noires. Passer plusieurs jours en sa compagnie lui permettrait de vérifier cette hypothèse. En tout cas, il l'aimait bien, le jugeant un journaliste honnête ; et puis, il serait reposant d'avoir auprès de soi cet homme flegmatique, aux côtés des grands bavards qu'étaient les trois autres.

De l'écrivain et journaliste Lucien Bordeaux, Langlois n'avait rien lu. Il s'était laissé dire que ses romans étaient bons. Il connaissait surtout l'homme de presse (il dirigeait sa propre revue *L'Universel*) et le militant, combattant de la cause féministe, qu'il avait embrassée sous l'influence de sa femme, Marie-Claude Lanthiez – intellectuelle austère, pamphlétaire redoutée, membre du P.F.F.[1]. A Paris, leurs coups d'éclat étaient fameux. Qui n'avait pas vu Lucien Bordeaux promené en laisse par Marie-Claude sur le boulevard Saint-Germain, mascarade par quoi ils voulaient montrer leur désir de renverser les rapports entre sexes ? Ou Bordeaux marchant à quatre pattes au bar du *Maharadjah*, le café indien qui était leur repaire, jappant et gobant au vol des cacahuètes qu'elle lui lançait ? Ces extravagances ne nuisaient pas à sa réputation, et leur couple passait pour une référence du féminisme de pointe – c'était toujours eux qu'on appelait pour en parler, et leur opinion donnait le ton.

Langlois trouvait surprenante l'amitié entre Bordeaux et Gould, qui durait depuis vingt ans. Il aurait plutôt imaginé que ces deux personnalités seraient incompatibles, et qu'elles auraient lutté entre elles pour capter la lumière.

Quant aux deux femmes, Alvert la mondaine et Lotte la militante, Langlois les connaissait mal.

Léonore Alvert était une vieille routière du journalisme qui avait bifurqué vers la politique et les administrations culturelles, où elle avait occupé des fonctions importantes. Elle s'était vouée au féminisme dans les

1. Parti féministe français.

années 1980, et était devenue une figure de la cause. Elle n'avait cependant jamais pris sa carte au Parti ; cette négligence lui avait fait une réputation d'indépendance un peu abusive, car en vérité elle suivait toujours la ligne officielle. En la rencontrant chez Gould, Langlois, qui ne l'avait vue jusqu'alors qu'à la télévision, où le maquillage la rajeunissait de dix ans, avait été frappé par son visage fatigué. A présent, il lui aurait donné soixante ans.

Capucine Lotte était une jeune femme ravissante, du même âge que lui – trente-cinq ans. Ses cheveux coupés court et ses yeux ronds lui faisaient un minois d'enfant. Mais il ne fallait pas s'y laisser prendre : c'était une ambitieuse et une fanatique, idolâtre de la Bergère plus que toutes les autres. Quand elle prendrait enfin la tête du P.F.F., disait-on, les hommes de France trembleraient. Langlois l'avait vue à l'œuvre dans des débats : elle était redoutable, championne pour démasquer la misogynie qui sommeille, le préjugé sous chaque opinion. A dire vrai, elle lui faisait même un peu peur. « Avec elle dans les parages, songeait-il, je devrai me tenir à carreau. » Il faudrait se surveiller, ne rien dire qui motiverait un interrogatoire en règle, parce qu'il serait sûr de perdre la face. Cela promettait d'être épuisant.

Las ! Ce fut elle qui arriva la première au café. Elle regarda la salle, cherchant Gould – Gould dont Langlois, épouvanté par l'idée d'un tête-à-tête avec elle, aurait voulu qu'il soit là pour s'occuper de la conversation. Mais non : Capucine le repéra, et le fixa quelques instants. Langlois sourit faiblement mais elle hésita, comme si elle n'était pas sûre de l'identifier. C'était un peu humiliant : ils s'étaient tout de même vus quatre fois au cours des dernières semaines. Enfin elle lui rendit son sourire et, tirant laborieusement une énorme valise, le rejoignit à sa table et l'embrassa – geste dont il ne l'aurait pas crue capable. Elle s'assit, héla le serveur, commanda un café, et raconta que le chauffeur de son taxi n'avait pas été aimable. Langlois l'écouta poliment puis lui confia son angoisse en ce grand jour, expliquant qu'il n'avait pas dormi, et qu'il avait l'estomac noué.

– Pas vous ? demanda-t-il.

– Non.

De fait, elle avait l'air tout à fait à l'aise ; on aurait cru qu'elle partait au ski. Langlois s'interrogea. Comment n'était-elle pas un peu émue ? Peut-être son appartenance au Parti lui donnait-elle le sentiment que la Belgique ne serait pas pour elle une terre inconnue, et qu'elle y serait un peu chez elle. Pourtant, elle non plus n'y avait jamais mis les pieds : l'Empire avait fermé ses frontières à tous les étrangers, y compris les dirigeantes des organisations sœurs. Comme les autres, Lotte chantait donc les louanges d'un Empire qu'elle n'avait pas vu, à partir des descriptions et des données que cet Empire fournissait.

– N'avez-vous pas peur d'être déçue par ce que vous allez voir ? demanda-t-il.

Elle le regarda avec l'air de ne pas comprendre. Il sentit qu'il était en train de commettre sa première erreur, hésita, se reprit.

– Je veux dire… Peut-être la réalité sera-t-elle différente de…

– Pourquoi voudriez-vous que l'Empire mente ? coupa-t-elle.

Langlois prit cette répartie comme une gifle. Elle insista :

– Devrais-je ne pas croire ce que disent les autorités belges ?

– Non, bredouilla-t-il, non... Ce n'est pas...

Faisant machine arrière, il se rattrapa comme il put, fit un couplet à la gloire de Judith la souveraine ; puis, comprenant qu'il était trop tard et qu'il était désormais suspect dans l'esprit de Lotte, il changea de sujet. Il abandonna la politique et orienta la discussion vers la seule connaissance qu'ils avaient en commun, Gould. Elle en fit aussitôt l'éloge : c'était un champion de la cause des femmes, elle était heureuse d'être son amie, etc.

– Je ne le remercierai jamais assez de rendre possible mon rêve.

– Votre rêve ?

– Découvrir la Belgique.

Il opina ; la conversation mourut. Ils demeurèrent silencieux, tournant leur cuiller dans leur tasse, se lançant des sourires aimables. Heureusement Gould arriva dans son fracas habituel. En entrant il bouscula un serveur, qui fit tomber ses verres. Les têtes se tournèrent, il y eut des murmures : on le reconnaissait. Il était revêtu d'une parka rouge en cuir avec un col en fourrure. Derrière lui son épouse, l'actrice Micheline Brasme, portait une chapka sur ses cheveux gris. Ils s'étaient mariés deux ans plus tôt : elle était beaucoup plus âgée que lui, même si personne ne savait de combien d'années, et leur couple mal assorti faisait jaser. On s'attendait à un divorce, dont nombre de jeunes ambitieuses se proposaient d'être la cause. Gould les entretenait dans l'illusion que c'était pour bientôt, et fréquentait leur lit ; mais il n'avait en vérité aucune intention de quitter Micheline, qui pour sa part ne voyait pas d'inconvénient aux infidélités de son mari, les jugeant peut-être salutaires à leur couple.

Gould téléphonait et tenait dans l'autre main sa sacoche en cuir ; Micheline tirait les deux valises de son mari. Ils s'installèrent à la table de Lotte et Langlois, en bousculant des chaises ; Gould les salua joyeusement et cria au serveur qu'on lui apporte deux vodkas.

– C'est qu'il ne fait pas chaud, hein ! Et puis je me sens l'âme russe, aujourd'hui.

Et, en montrant la chapka de martre de son épouse :

– Et Micheline aussi.

Les vodkas arrivèrent ; il but la sienne d'un trait.

– Alors, demanda-t-il, avez-vous dormi cette nuit ?

Langlois voulut répondre que non, mais Gould ne lui en laissa pas le temps.

– Moi non ! Un état d'énervement pas possible. Je n'ai pas cessé de me demander si je n'oubliais rien, si tout était bien en ordre. Les détails à régler, les valises à remplir. Et puis la Belgique qui nous attend !

Langlois ne lui trouva pourtant pas l'air d'un homme qui a passé une nuit blanche ; il semblait en pleine forme, rayonnait, parlait de cent choses à la fois.

– J'ai encore appelé ce matin pour le train, tout va bien, il part à l'heure.

Il leva le bras pour commander un autre verre et, en attendant, trempa ses lèvres dans celui de sa femme.

– Je vous ai dit comment cela se passerait, hein ?

Langlois hocha la tête, mais Gould réexpliqua quand même.

– Nous arriverons à Lille à dix-sept heures, puis nous nous rendrons en train à Comines. Là, nous prendrons un minibus que j'ai loué, et qui nous emmènera jusqu'à la zone neutre. Ensuite…

Il fit une moue dubitative.

– Eh bien, ensuite, je ne sais pas. Mes contacts m'ont envoyé des instructions vagues, que j'ai communiquées au chauffeur du minibus. Nous sommes attendus au milieu de la zone, à une sorte de point de passage qui n'a pas de nom. Enfin, nous verrons bien.

Le deuxième verre arriva, qu'il but comme le premier.

– Ce soir, j'ignore où nous dormirons. Peut-être à Bruxelles ? Elles n'ont rien voulu me dire, ces satanées Belges. Bon !

La vodka l'avait réchauffé ; il se frotta les mains.

– Et les autres, alors ? Où sont-ils ? Il ne faudrait pas qu'ils tardent !

Les autres, précisément, arrivèrent ensemble par le même taxi : Bordeaux hilare, Alvert souriante, Golanski discret. Embrassades, plaisanteries : la table se fit bruyante et joyeuse. Langlois, ayant imaginé un départ grave et solennel, était très surpris par cette atmosphère. Craignant que Gould et sa bande le trouvent pisse-froid, il s'efforça d'être gai comme eux, de rire des cancans littéraires que déversait Bordeaux et qui les faisaient s'esclaffer. Micheline Brasme l'intimidait, parce qu'elle était connue. Mais il découvrit en l'observant qu'elle riait pour des riens, et qu'elle avait l'air d'une femme-enfant – plus encore qu'Alvert, qui adorait jouer les fillettes. Quel couple étrange ils formaient, lui si pontifiant, elle si superficielle et coquette !

Après qu'on eut bien parlé, Gould redevint sérieux et répéta ce qu'il avait dit à Langlois et à Lotte : Lille à dix-sept heures, etc. Comme Golanski demandait pourquoi on quittait Paris si tard, Gould répondit qu'il n'en savait rien : l'heure d'arrivée en Belgique était imposée par les autorités belges – pas avant dix-neuf heures, avaient-elles insisté.

– Comme s'il fallait que nous arrivions la nuit, pour ne rien voir, observa Golanski.

Lotte haussa les épaules, mais Langlois trouva qu'il touchait juste.

A seize heures, Gould décréta qu'il était temps de se mettre en branle. Sur les quais, des journalistes attendaient, qu'il avait convoqués pour qu'ils « immortalisent » leur départ. Depuis le début, il avait pourtant demandé à son équipe (il disait ainsi : mon équipe) de garder le secret, en interdisant de parler à la presse, pour toutes sortes de raisons – les ennemis de l'Empire qui feraient un tollé, ses ennemis personnels qui voudraient tout saboter, les journaux anti-belges qui passeraient à l'offensive… Chacun avait obéi, même Bordeaux qui ne savait pas tenir sa langue. Mais, tout en insistant régulièrement sur son interdiction, Gould de son côté s'était répandu dans tout Paris sur le voyage, si bien que tout le monde était au courant. Et maintenant, des journalistes, des micros, une caméra ! Langlois s'interrogeait. Gould avait-il voulu prendre la vedette, se poser en chef de troupe dans les médias ? Cela lui ressemblait ; mais aussi bien, on pouvait mettre cette incohérence au compte de son incapacité à vivre sans publicité.

Après que Gould eut répondu aux journalistes, Micheline

Brasme expliqua qu'elle ne pouvait attendre le départ du train. Elle les embrassa tous, puis supplia son mari d'être prudent, et de ne pas trop se fatiguer. « Surveillez-le bien », dit-elle à Golanski. On eût dit qu'elle envoyait un fils asthmatique en colonie de vacances. Langlois se demanda si elle mesurait bien l'enjeu de leur voyage, si elle comprenait qu'il était important, voire historique. Elle n'en donnait pas l'impression. Entendait-elle quelque chose aux problèmes politiques, aux affaires du monde ? Quel contraste encore entre Gould, qui prétendait se mêler de tout ce qui était grave sur la Terre, et Brasme, qui ne s'intéressait qu'au superflu ! La division des tâches entre eux est parfaite, songea Langlois, et peut-être explique-t-elle la réussite de leur union. Il vit les deux époux se reculer un peu pour échanger un long baiser d'adolescents, sans égard pour les passants – et même un peu fiers de les choquer. Bordeaux et Alvert se sourirent ; mais Langlois, qui avait ses pudeurs, se détourna, gêné.

Quelques instants plus tard, quand Brasme fut partie, Gould donna sur les fesses de Lotte une claque sonore, accompagnée d'un compliment douteux. Sidéré par ces mœurs de chef de meute, Langlois vit que l'intéressée demeura sans protester, elle qui pourtant savait si bien se défendre.

JOURNAL D'ASTRID VAN MOOR

3 février. Quand je suis arrivée à l'hôpital ce matin, les filles m'ont fait des sourires apitoyés, posant leur main sur mon épaule en signe d'encouragement. Inquiète, j'ai cherché mon nom sur le tableau de service, et j'ai découvert que Betje m'a affectée au bloc. Encore ! J'ai failli prétexter un malaise pour rentrer chez moi. Je regrette de ne l'avoir pas fait.

Betje ne m'aime pas ; elle ne m'a jamais aimée. Dès le lendemain de sa prise de fonctions, elle m'a demandé de quitter la salle des brigadières, où j'avais été promue deux mois plus tôt, pour retourner dans les salles communes, au prétexte qu'on y manque de personnel – ce qui est faux. C'était injuste mais je me suis tue, écoutant mes collègues qui me conseillaient de subir. Aujourd'hui, Betje en avait après moi, disaient-elles ; mais demain, ce serait après une autre. Elle m'oublierait, et me renverrait chez les brigadières pour soigner les fonctionnaires et les soldates, comme je le mérite.

Eh bien ! En fait de retour chez les brigadières, c'est le bloc toutes les semaines ! Qu'ai-je fait pour mériter ça ? Normalement, on va au bloc quand on est punie après une faute, et jamais plus d'un jour. Moi, c'est sans cesse, et parfois trois jours d'affilée. Les autres me regardent comme une pestiférée, et murmurent dans mon dos que je passe mes journées au milieu d'hommes nus.

Cette fois-ci, j'ai voulu avoir une explication avec Betje. Je n'avais rien à perdre : ce qu'il y a de pire dans l'hôpital, le bloc, elle me l'inflige déjà. Je suis allée dans son bureau, furieuse. Mais elle n'était pas là ; je n'ai trouvé que ses assistantes, deux sottes qui riaient de moi. Dépitée, je me suis résolue à accomplir ma peine. A la pharmacie, j'ai rempli un chariot de linge, de compresses et de médicaments, parce que au bloc il n'y a rien. Puis, traînant les pieds, je l'ai poussé jusqu'en enfer.

Le bloc est installé dans les anciens ateliers de l'hôpital, transformés pour un usage médical en 1987, suite aux nouvelles règles sur la mixité. Personne n'a voulu y travailler ; il a fallu tirer des médecins au sort, et désigner les infirmières. Au fil des ans, l'hôpital a consacré au bloc de moins en moins d'argent. Je crois que son budget actuel avoisine zéro. Dès l'abord, son délabrement saute aux yeux. Le bloc est la seule partie de l'hôpital à n'avoir pas été rénovée depuis les années 1980. Peintures, jointures, vernis, tout pourrit, tout tombe en ruine. Quand on pousse la porte, qui ne s'ouvre que du dehors pour empêcher les évasions, on est pris au nez par une odeur infecte, et aux oreilles par les cris rauques en provenance des étages. Premier contact avec les malades.

Je me suis présentée à l'infirmière de garde, Jutte, et lui ai annoncé que Betje m'a affectée là pour la journée. Elle m'a dit qu'elle était désolée, puis m'a remerciée pour le chariot. Nous avons pris le café dans son bureau.

Comme je lui demandais pourquoi elle était au bloc, elle a répondu d'une voix lasse qu'elle était volontaire. J'en suis demeurée stupéfaite. « Il faut bien que quelqu'un se dévoue pour ces pauvres hères, a-t-elle expliqué. Ne serait-ce que pour tenir le compte des vivants et des morts ».

Nous avons fait ensemble une rapide tournée d'inspection, et vérifié que ce n'était pas une formule. L'état du bloc est effroyable : cinquante salles sans chauffage remplies de matelas crasseux, où repose toute la misère de la Belgique. Beaucoup de malades sont nus, quelques-uns même n'ont pas de couverture – parce que l'hôpital ne leur en a pas fourni, ou parce que leurs voisins de chambre leur ont volée la leur. Mal nourris, ils sont squelettiques ; les repas ici sont irréguliers, et les plats ne contiennent jamais de viande. Beaucoup baignent dans leurs jus intimes, trop faibles pour se traîner jusqu'aux salles d'eau. Il n'y a de toute façon pas d'eau chaude, et toutes les évacuations sont bouchées. Jutte m'a reproché de n'avoir ni masque ni bottes, équipement indispensable quand on soigne au bloc.

Ici, les doctoresses ne viennent jamais ; quelques infirmières héroïques comme Jutte, secondées par des malchanceuses comme moi, lavent, pansent et piquent les pensionnaires avec leurs pauvres moyens. Et quand ces moyens sont épuisés, elles s'arrêtent, et les regardent mourir.

Au fond, le plus pénible au bloc n'est pas qu'on y soigne des hommes, comme s'en effraient les infirmières qui n'y sont jamais allées, mais que ces mâles soient dans un tel état. Il y a toutes les maladies du monde, là-dedans. Rien qu'aujourd'hui, j'ai vu des fièvres, des cancers, des gangrènes, des herpès, des épilepsies et je ne sais combien de fous. Parmi les trois cents pensionnaires, une cinquantaine a fait une offrande à Judith, croyant que leur repentir leur vaudra de sortir du bloc pour être soignés avec les femmes. Mais comme ils y sont toujours, ils se croient victimes d'une erreur administrative, imaginent que leur dossier s'est perdu, qu'on n'a pas enregistré leur offrande ; désespérés, ils exhibent aux infirmières leur entrejambe mutilé en espérant qu'elles signaleront leur cas dans les bureaux, pour qu'on les tire enfin de là. Leur exemple malheureux devrait servir de leçon aux autres, mais il n'y a rien à faire : ils continuent de croire qu'une offrande les sauvera, et s'émasculent par tous les moyens. On se retrouve avec des infections tétaniques à la chaîne et des collections de bocaux translucides où leurs membres racornis flottent dans le formol. « On devrait jeter tout cela, mais on a pris l'habitude de les entreposer au sous-sol, m'explique Jutte. Il y en a des centaines. C'est un spectacle, tu sais. »

Aurai-je le courage de retourner là-bas demain ?

4 février. Betje m'a rapatriée du bloc. Je respire. Mais combien de temps avant qu'elle m'y renvoie ?

7 février. On a de nouveau changé mon larbin ! Quand je suis rentrée chez moi hier soir, ce n'était pas Clemens qui m'attendait, mais Dorus. J'ai d'abord été contrariée, car j'appréciais Clemens : il était doux avec les filles, serviable avec moi, et honnête, en sorte que je n'ai jamais eu peur de le laisser seul dans la maison. J'y trouvais même un avantage, parce que cela prouvait aux brigades (à qui comme tous ceux de son genre il rapporte tout, quoi qu'il s'en défende) que je n'ai rien à cacher ; ainsi ai-je été dispensée deux fois de perquisition.

Malgré mon accueil tiède, Dorus a fait bonne figure. Il a vingt-six ans, et prépare cette année son offrande et son reniement. Judith et Virginie l'ont adopté, parce qu'il a su les amuser. Après qu'il les a couchées, nous avons discuté quelques minutes ; il est charmant, et semble intelligent. Il m'a dit que mon pavillon coquet le change des appartements sororaux où il a travaillé jusqu'ici. J'ai ri, et lui ai parlé du temps où j'habitais moi aussi un immeuble sororal, avant la naissance de Judith. Sur le principe, je suis bien sûr partisane de ce mode de vie, et je crois dans ses vertus. De combien de mauvais réflexes je me suis déprise grâce à lui ! Et ai-je jamais mieux senti mon lien avec les autres femmes, mes sœurs ? Mais enfin, dans la pratique, il faut dire la vérité : j'ai cru devenir folle dans ces cinq pièces où nous vivions à quatre familles, en nous disputant sans cesse. Mes sœurs s'appelaient Betty, Oeke et Jacoba ; chacune avait une fille mal élevée, du caractère et des toquades qui rendaient la vie collective infernale. Betty, par exemple, était végétarienne, et ne supportait pas que nous mangions de la viande ; quand par miracle nous en trouvions et en rapportions à l'appartement, elle piquait des colères, et voulait nous empêcher de la cuire. Oeke, elle, était une maniaque ; elle lavait tout sans cesse, et nous reprochait d'être négligées. Quant à Jacoba, c'était autre chose : elle était méchante. J'aurais préféré qu'elle soit violente : nous l'aurions dénoncée pour masculinité, et aurions été tranquilles. Oeke et Betty, braves femmes, supportaient sans rien dire les coups qu'elle leur faisait en douce, les reproches qu'elle nous adressait sans cesse, les insultes qu'elle marmonnait dans notre dos ; elles disaient que c'est le lot des appartements sororaux.

Jacoba avait une fille, Martha, qui était sans cesse malade ; elle rapportait tous les virus du monde à la maison et les passait à ma petite Virginie, qui n'a jamais été bien faite pour y résister. Et Jacoba, à chaque montée de fièvre chez sa fille, riait à l'idée que la mienne allait être malade à son tour. La sororité, disait-elle, c'est le partage, y compris de nos microbes ! Si j'objectais, elle se réfugiait derrière le *Livre*, qu'elle savait par cœur et dont elle récitait des passages entiers pour se justifier. Elle en lisait deux pages tous les soirs, et nous encourageait à l'imiter ; comme Betty, Oeke et moi nous y refusions, elle se plaignait que nous étions de mauvaises féministes, que ce n'était pas l'appartement sororal dont elle rêvait, et qu'elle nous dénoncerait aux brigadières.

Cela a duré huit ans ; puis, quand Judith est née, des amies de ma mère m'ont obtenu un pavillon individuel. Sans elles, je ne l'aurais pas eu ; j'ai mauvaise conscience d'avoir joui d'un passe-droit, mais enfin, cela en valait la peine.

Mes voisines du quartier sont arrivées dans leurs maisons en même temps que moi et dans les mêmes conditions, après la naissance d'une deuxième fille ; et comme la Bergère a voulu que tous les bébés nés la dixième année de son règne portent son nom, notre quartier pullule de fillettes qui toutes s'appellent Judith.

8 février. Virginie a perdu son badge ; elle a dû partir à l'école sans l'avoir à sa chemise. Elle en a pleuré. La brave petite ! Je l'ai réconfortée en lui disant de répondre à qui la moquerait que sa grand-mère a été une compagne de la Grande Bergère, et que cela prouve mieux qu'aucun badge sa dévotion à Ingrid et Judith.

4 avril. La télévision marche de nouveau ! J'ai voulu profiter de l'aubaine mais, hélas, j'ai vu dix fois le documentaire de ce soir. Une histoire de la Révolution. Pour changer. Je ne devrais pas écrire des choses pareilles, mais quand même : serait-ce trop que demander d'autres images que celles des journées d'octobre, de la Grande Marche et des discours d'Ingrid, que nous connaissons par cœur ? On dit que, près de la zone neutre, on reçoit des programmes étrangers. On n'a pas le droit de les regarder, bien sûr, mais certaines le font quand même : il paraît qu'il y a plusieurs chaînes – des dizaines, même. Je n'y crois pas trop ; cela semble impossible. Pour ici, en tout cas, j'en voudrais simplement deux, et avec des émissions tout en couleurs. Mon poste m'a coûté assez cher.

J'ai donc regardé le documentaire, faute d'alternative. Comme la dernière fois, j'ai été frappée par le contraste entre ce que je sais des événements de 1970 et la manière dont ils sont racontés. A entendre le commentaire, tout n'aurait été que liesse. Les Pays-Bas puis la Belgique et le Luxembourg auraient glissé naturellement de l'oppression dans la liberté, et la Révolution n'aurait été qu'un grand accouchement sans douleur. Rien sur les heurts, rien sur les pillages, rien sur la guerre civile dans la Frise et les massacres au Limbourg. Beatrix n'est même jamais citée ! Ce n'est pas ce que m'a raconté ma mère, qui a tout vu de près, de l'intérieur. Ses confidences d'ex-révolutionnaire jettent sur tout cela une autre lumière. Je me souviens notamment d'une histoire qu'elle racontait souvent, celle des miliciennes saoules : des soldates d'Ingrid qui, pendant les jours qui ont suivi la prise du pouvoir à La Haye, ont visité tous les magasins d'alcool de la Hollande et, totalement ivres (dans tous les sens du mot : ivres de boissons, ivres aussi de leur puissance, de l'idée que désormais c'étaient elles qui régnaient, et qu'il fallait en jouir à fond), ont tiré des rafales en l'air dans les rues, provoqué partout des esclandres et traqué les hommes comme du gibier. Mais cela, ce n'est pas à la télévision qu'on l'entendrait, ni nulle part ailleurs. Je n'ose pas imaginer ce qu'il en coûterait à celle qui colporterait cette histoire. De toute façon, on ne la croirait pas. Des femmes qui buvaient ? Allons, les femmes ne boivent pas !

11 mai. Messe amusante, pour une fois. Au lieu du sermon où l'on dort, la prêtresse nous a fait défiler devant un mur auquel étaient punaisés des portraits d'hommes. Chacune a choisi le sien ; puis, au signal, nous avons craché dessus en criant : « Violeur ! Violeur ! » Les filles s'en sont donné à cœur joie. Nous avons bien ri.

(Dans ma jeunesse, au début de la Révolution, il y avait partout des murs de ce genre, où l'on dessinait les hommes forts de l'ancien régime pour souiller leurs portraits. On se demande pourquoi ces murs ont disparu.)

Nous sommes passées ensuite chez Sigrid, qui était dans tous ses états : la pauvre a été perquisitionnée la nuit dernière, et la brigade a trouvé chez elle une demi-douzaine de livres proscrits. Elle a protesté qu'elle ne les avait pas lus, qu'elle ignorait même qu'ils étaient là, mais rien n'y a fait. Comme elle fondait en larmes, une brigadière apitoyée lui a dit qu'on allait rarement au tribunal pour si peu, et qu'elle s'en tirerait avec une amende et une autocritique ; mais Sigrid, qui va toujours au pire, croit qu'on va l'emprisonner. Cela m'a fait penser que je ferais bien de vérifier s'il ne se trouve rien chez moi qui prête au soupçon – surtout maintenant que j'ai un nouveau larbin, qui peut-être est plus retors que l'ancien. (Puisqu'il prépare son reniement, Dorus a tout intérêt à se faire bien voir des brigades ; et rien de mieux pour cela que de dénoncer sa maîtresse.)

Pour réconforter Sigrid, je lui ai dit que la situation n'était pas brillante de mon côté non plus – Betje, le bloc. Elle ignorait que les blocs existaient encore, mais elle trouve que ce n'est pas plus mal. « Quand on est malade, à l'hôpital, on n'aimerait pas se trouver face à une brute. N'est-ce pas mieux qu'ils soient séparés de nous ? Et puis souvent, on se promène en robe de chambre, on est à demi nue. Côtoyer des hommes, ce serait dangereux. » Mais elle n'a rien trouvé à dire quand j'ai protesté que c'est moi qu'on envoie pour les soigner.

La conversation a roulé sur le vingtième anniversaire du couronnement de Judith. Sigrid sait là-dessus certains secrets, parce qu'elle a gardé des contacts avec une sœur de son ancien appartement de Liège, qui a fait son chemin et travaille aujourd'hui dans les ministères. D'après elle, on prépare une fête grandiose, avec des spectacles et des feux d'artifice dans tout le pays. La rumeur dit même qu'on chômera pendant une semaine !

Sigrid s'est réjouie ; mais moi, j'ai pensé aux millions que nous allons engloutir dans les fêtes, et qu'on utiliserait mieux ailleurs. Pourquoi ne choisirions-nous pas de vivre un an avec plus d'aisance, plutôt qu'une semaine dans les fastes les plus fous ? Sigrid a rétorqué que j'ai des idées bien tristes. Elle a raison ; on annonce des fêtes, et déjà je pense au lendemain.

13 mai. Chez Sigrid de nouveau. Tandis que nous prenons le thé, un bruit infernal éclate dans son salon : c'est son vieux haut-parleur (l'un des premiers modèles installés), qui grésille atrocement et qui est réglé sur le volume maximum, sans qu'on puisse baisser le son. La voix annonce que Judith vient d'achever un nouveau poème, et qu'on va le lire au pays. « La Bergère est inspirée, remarque Sigrid. C'est le troisième ce mois-ci. » Le texte est dit par Tina Bernauld, la comédienne favorite de Judith, et nous l'écoutons religieusement. Comme toutes ses œuvres récentes, c'est assez hermétique, et je n'y comprends pas grand-chose ; c'est malgré tout très beau et Virginie, toujours enthousiaste, applaudit une minute entière quand c'est terminé.

Le train roulait vers Lille et Jean-Michel Golanski se demandait s'il était heureux d'être là. D'abord, il détestait les voyages, et tout ce qui le sortait de l'ordinaire. S'il partait (en août et à Noël, parce que sa femme l'y obligeait), il planifiait tout, voulant savoir d'avance ce qu'il ferait chaque jour, presque chaque heure, se recréant ainsi une routine. Mais ici, il ne savait pas grand-chose : Gould restait évasif, ne voulant rien révéler du programme qu'avaient organisé les Belges. C'était donc l'aventure, et il n'aimait pas cela.

Ensuite, il n'avait pas choisi ses compagnons de voyage, et n'était pas sûr de supporter une cohabitation d'une semaine entière avec eux. Ce n'était pas Gould qui l'ennuyait, bien sûr, mais les autres. Bordeaux, par exemple, qu'il connaissait depuis longtemps : il l'aimait bien mais le trouvait assommant, et s'inquiétait de l'avoir près de lui à longueur de journée. Ce n'était pas sa logorrhée qui l'ennuyait (Golanski appréciait les bavards, parce qu'ils faisaient la conversation tout seuls et que lui pouvait se taire), mais il parlait de trop de choses à la fois, avec des coq-à-l'âne qui lui tournaient la tête. Gould aussi pérorait sans cesse, mais c'était différent : lui se répétait, reprenant toujours le même petit nombre de sujets. Il suffisait de l'avoir écouté une fois : c'était reposant.

De Léonore Alvert, qu'il côtoyait aussi depuis plusieurs années, il ne pensait pas grand-chose. Ils ne s'étaient guère adressé la parole ; elle ne l'intéressait pas. Le jeune Langlois, au contraire, lui plaisait bien : c'était un garçon travailleur, vif d'esprit, indépendant. Il avait proposé à *L'Instant* d'excellents articles, que Golanski avait publiés. On disait aussi de lui qu'il était un peu bonnet de nuit ; cela le faisait sourire, et n'était pas pour lui déplaire. Restait Capucine Lotte, cette poupée pétillante et séductrice : il la trouvait un peu jeune, envahissante, bruyante, et ressentait auprès d'elle le même genre d'embarras que certains vieillards face à des enfants. Il savait en outre qu'elle n'aimait pas les hommes, et qu'elle ne leur laissait rien passer. Elle serait pénible ; avec elle, il se sentait sur la défensive, mal à l'aise. Il aurait préféré qu'elle ne fût pas là.

Malgré tout, il avait dit oui à Gould ; c'était la première fois depuis des années qu'il acceptait une invitation à un voyage professionnel. La Belgique, cela méritait un effort, même pour un sédentaire comme lui ! Et puis, cela ferait une publicité sensationnelle pour *L'Instant*, où serait publié leur reportage. (Golanski imaginait déjà la couverture, les titres ; il aurait voulu aussi de belles images mais Gould, qui se piquait de photographie, avait refusé les services d'un professionnel ; il prendrait les photos lui-même, ce n'était pas négociable. Golanski ne voulait pas préjuger du résultat, mais il était un peu inquiet.) L'effet du voyage sur les ventes, d'ailleurs, se faisait déjà sentir : le public s'était arraché les derniers numéros de *L'Instant*, où, paradoxalement, il était moins question du voyage que dans le reste de la presse, qui ne parlait que de cela. Bref, la Belgique et le commerce, c'étaient les deux raisons de sa présence dans ce train. Golanski tentait de se concentrer sur ses notes, malgré les bavardages de Bordeaux, Alvert et Lotte derrière lui.

Comme il était consciencieux, il s'était préparé tout un dossier sur la Belgique : des rayons de livres mis en fiches (toutes les brochures du Parti, tous les témoignages, des manuels d'histoire, des pamphlets), trente films visionnés, vingt spécialistes et tous les militants de sa connaissance dûment interrogés. Cett somme donnait des résultats contradictoires. On pouvait les diviser en trois. Pour certains, la Belgique était une sorte de Walhalla pour les femmes : pays merveilleux où elles vivaient libres et heureuses, pays riche où elles ne manquaient de rien, pays bien gouverné par sa Bergère, qui avait succédé à sa mère, etc. C'était la propagande habituelle. Pour d'autres, l'Empire était une réplique des rives du Styx : régime policier où les femmes étaicnt asservies et les hommes persécutés, pays pauvre qui peinait à nourrir sa population, bureaucratie malade qui gérait l'Etat n'importe comment, arrestations arbitraires, terrorisme, accidents industriels, une espérance de vie déplorable, bref, un pays rendu au Moyen Age. Quatre-vingt-dix pour cent des opinions se rangeaient dans ces deux catégories. Enfin, au milieu, dix pour cent d'avis partagés n'aidaient pas Golanski à arrêter le sien. Porté par tempérament à la mesure, il avait décidé de ne croire à rien qu'il n'ait vu de ses yeux. Il n'était pas influençable ; c'était une qualité, dans son métier. Pour l'heure, donc, il n'avait pas de conviction. Tout au plus affichait-il une vague bienveillance à l'égard de l'Empire, parce que c'était politiquement correct dans son milieu – mais rien à voir avec la furia féministe d'un Bordeaux ou d'une Lotte.

Plongé dans ses carnets, Golanski relisait ses notes, comme au matin d'un examen – réflexe du temps où, jeune journaliste, il n'interviewait personne sans avoir préparé cent questions sur tous les sujets. Avec les informations qu'il avait trouvées – du moins avec les informations fiables, qui n'étaient pas si nombreuses –, il s'était fait une sorte de vade-mecum : un organigramme du gouvernement, accompagné d'un répertoire contenant les noms des principales dignitaires ; une carte de l'Empire, avec les frontières des provinces ; des renseignements culturels, aussi : les artistes les plus connues, les romancières les plus lues, les grandes manifestations nationales, et ainsi de suite. Les Français ne savaient pas grand-chose sur l'art et la littérature révolutionnaires belges, malgré les efforts du P.F.F. pour les faire connaître. (Le Parti organisait des expositions, publiait chaque année des milliers de livres sous le label des « Editions féminines », décernait ses prix à part, bref, il avait créé un monde culturel séparé, qui faisait vivre toute une faune d'artistes et d'écrivains officiels ; mais on y restait entre soi, et le grand public s'y intéressait peu.) Enfin, pour avoir toujours les idées bien au clair, Golanski avait écrit sur un bristol qu'il garderait dans sa poche les grandes dates de la Révolution belge.

« *1922*. Naissance d'Ingrid Vermaarsch à Anvers.

1955. Naissance de Judith, sa fille unique. Père inconnu

(les plus illuminés prétendent qu'elle est née sans père, par parthénogenèse).

1961. Fondation du P.F.E. (Parti féministe d'Europe).

1962. Beatrix Goen rejoint le Parti, qu'elle dirige avec Ingrid.

1965. Ingrid et Beatrix s'installent aux Pays-Bas.

1967. Première tentative de coup d'Etat, qui échoue.

1970. 2 octobre: Révolution à La Haye. La reine Juliana et le président Petrus de Jong se réfugient en Belgique, puis en Espagne. 12 octobre: l'Empire des femmes est proclamé. Couronnement d'Ingrid. Du monde entier, des femmes affluent vers les Pays-Bas.

1971. 9 au 14 juillet: « Grande Marche ». Trois cent mille femmes vont à pied de La Haye à Bruxelles pour renverser le roi des Belges. Prise pacifique du pouvoir en Belgique, annexion du Luxembourg. 30 septembre: naissance officielle de l'Empire des femmes, qui s'étend sur tout le Benelux. Capitale: Bruxelles.

1972 à 1976. Des dizaines de milliers d'immigrants, hommes et femmes, se pressent aux frontières du nouvel Etat. Premières lois sexistes sur les salaires. Naissance des partis frères européens, contrôlés par Bruxelles.

1973. Violation d'un traité avec la Grande-Bretagne, tensions entre les deux pays. Au large de La Haye, un croiseur anglais est coulé. Londres menace de riposter. Scandale en Europe: Londres présente ses excuses.

1977. Ingrid et Beatrix rompent. Beatrix entre dans la clandestinité, et prend la tête d'un mouvement terroriste. On ignore si elle vit encore. L'Empire lui impute de nombreux sabotages et assassinats.

1978. Durcissement des lois sexistes.

1980. Interdiction du mariage hétérosexuel.

1983. Création d'une zone de sécurité autour de l'Empire.

1988. L'Empire prétend posséder l'arme atomique.

1992. Mort d'Ingrid ; Judith lui succède.

1995. La Belgique se retire des organisations internationales, ferme ses frontières et rompt toute relation diplomatique. Plus personne ne peut entrer dans le pays ni en sortir. »

15 mai. Ce n'est jamais sans émoi que j'ouvre ce journal après avoir vu Gregor. Aujourd'hui encore, j'en reviens bouleversée, pleine de sentiments douloureux : le remords et la honte de frauder, le dégoût d'avoir eu un fils, la peur que les brigades le trouvent, la difficulté que c'est de le voir. Parfois, je me dis que je devrais le reprendre à sa nourrice et le mettre avec tous les autres ; elle me coûte trop cher, cette nourrice, le risque est trop grand, et j'en ai soupé de la clandestinité. Mais l'instant d'après je me reprends, je m'en veux de penser une chose pareille. Et puis, si je donnais Gregor à l'Etat, on me demanderait des comptes. On me reprocherait de l'avoir caché, j'irais en rééducation, et je ne le verrais plus du tout. C'est cela, je crois, qui m'épouvante le plus : qu'il me soit enlevé pour de bon. Aujourd'hui, je le vois peu, mais c'est mieux que rien : je peux le toucher, le prendre contre moi, lui faire sentir qu'il ne m'est pas indifférent, bien qu'il ne soit pas du premier sexe.

Souvent je repense au moment où la doctoresse m'a dit que ce ne serait pas une fille ; je me suis décomposée. Comment ? Ce n'était pas possible : j'avais été fécondée selon la règle ! Elle a répondu que le tri n'est pas infaillible, et qu'une fois sur cent un mâle sort par erreur de la pipette. La loi me donnait le choix : soit j'allais jusqu'au bout, et il irait à l'élevage en commun, avec les autres ; soit je le faisais passer tout de suite. J'ai choisi de ne pas le laisser naître. Mais, quand deux jours plus tard je suis retournée à l'hôpital, c'est une autre doctoresse qui m'a reçue. Me voyant affligée, elle m'a proposé une alternative, qui était illégale : je menais la grossesse à son terme mais, quand l'enfant naîtrait, on déclarerait une fille mort-née ; puis on cacherait le bébé à la campagne, chez une nourrice qu'elle connaissait. Stupéfaite, je découvrais tout un monde de filières clandestines, et apprenais que des milliers de nourrissons mâles les suivaient chaque année. « Il n'y a pas de risques, avait dit la doctoresse, je l'ai déjà fait plusieurs fois. (Parlait-elle des enfants des autres qu'elle avait mis au monde, ou des siens ?) Vous pourrez le voir tous les mois chez la nourrice. Mais il faudra être prudente. »

Ainsi fut fait. J'ai accouché, le bébé a été caché puis expédié chez une fermière de Lembeke, dans la région gantoise. Depuis, j'y vais une fois tous les deux mois – pas plus, pour n'être pas repérée. Au début, j'étais terrorisée, persuadée que cela se saurait. Quand une brigade patrouillait dans mon quartier, je pensais qu'elle venait pour moi. A présent, je suis habituée ; mais enfin, je ne dors quand même pas très bien. Mais quoi ? Si je n'étais pas inquiète pour cette raison-là, ce serait pour une autre. Notre pays est conçu pour des femmes parfaites ; pour nous, qui aspirons à la perfection sans l'atteindre, c'est en permanence la peur du faux pas, la peur d'être en dehors des lois. (Lois qui souvent changent sans qu'on le sache, ce qui accroît le risque qu'on les viole. Mais une bonne citoyenne, me répondrait Virginie, a l'instinct de sa conduite, et n'a pas besoin de connaître les lois pour les observer…) La nourrice m'a confirmé que je suis loin d'être la seule à cacher un fils. Cela se fait même dans le grand monde : des soldates, des brigadières, des membres du gouvernement auraient eu recours à ses services. « Si je vous disais qui… », murmure-t-elle avec des airs de conspiratrice. Est-ce la vérité, ou veut-elle se rendre intéressante ? L'administration y trouverait son compte : l'éducation en commun des garçons coûte cher. Une femme qui cache le sien et paie de sa poche une nourrice, c'est une économie pour l'Etat. Alors, on tolère ; les brigades font de temps à autre une descente chez une nourrice, pour le principe ; mais le plus souvent, elles ferment les yeux. Et ma nourrice me le démontre : « Je gagne ma vie comme cela depuis dix ans, dit-elle. Dix ans. Et je n'ai pas été contrôlée, pas une seule fois. Pouvez-vous croire qu'en dix ans, personne ne m'ait dénoncée ? Non, bien sûr que non ! On m'a *forcément* dénoncée ; les brigades sont *forcément* au courant, et je devrais être dans un camp depuis longtemps. Donc, c'est qu'elles s'en moquent, ou qu'on leur a demandé de ne rien faire. Alors, vous voyez qu'il n'y a rien à craindre. » Cela semble irréfutable. Je me raccroche à l'idée que je ne suis pas la seule à profiter du système. C'est peut-être un sophisme, mais cela me réconforte – comme me réconforte la pensée que, hormis le problème Gregor, qui est mon fardeau, je fais tout pour être irréprochable, et que j'organise ma vie selon les principes stricts de la Révolution. Ne suis-je pas déjà assez exigeante avec moi-même ? Etant aussi révolutionnaire que possible, faudrait-il que je me reproche d'échouer à l'être davantage encore ?

Visite à Gregor, donc. Je vais toujours à Lembeke en train. Louer une voiture coûterait trop cher, sans compter le questionnaire qu'il faudrait remplir – ma destination, la durée du déplacement, son motif. Autant signaler directement aux brigades que je cache un garçon ! Levée avant l'aube, j'ai pris le train jusqu'à Gand, puis un bus jusqu'à Eeklo. Les cinq derniers kilomètres jusqu'à la ferme, je les ai faits à pied.

Quelle pauvreté, dans cette campagne ! Les prés sont vides ; pas de bêtes. Ici et là, des potagers ; ma nourrice se nourrit de purées de légumes. Où sont les fermes modèles, les troupeaux immenses et les champs de blé d'or que Judith évoque dans ses discours ? Une fois, j'ai posé la question à une conférencière venue parler de l'agriculture à la Maison des femmes. Elle s'est mise en colère, m'a reproché de douter. Voyant que je savais un peu ce qui se passe dans les campagnes, elle m'a demandé si j'avais l'autorisation de sortir de Bruxelles, et m'a menacée de prévenir les brigadières. C'était d'ailleurs plus qu'une menace : elle les a effectivement prévenues et, quelques jours plus tard, je recevais un courrier rappelant que tous mes déplacements hors de la capitale devraient être autorisés.

Gregor n'a pas l'air trop faible, mais il reste très maigre et ne grandit guère. A quatre ans, il marche mal – il trébuche sans cesse. Je ne sais pas s'il faut l'attribuer aux carences de son alimentation ou, comme je l'entends dire parfois, à la faible constitution des mâles ; la nourrice le croit, parce que la plupart de ses petits pensionnaires – pour le moment, elle en a trois – sont dans le même cas. (Je me souviens d'un article d'une doctoresse célèbre selon qui la survivance des mâles à travers les âges, compte tenu de leur anatomie, relève du miracle.) En tout cas, Gregor ne manque pas de caractère. A un moment, comme nous étions dans le jardin, il a baissé son pantalon pour arroser la pelouse, *debout*, en me fixant d'un air provocateur. Horrifiée, je l'ai forcé à s'asseoir ; il a résisté, puis il a cédé. « Il fait ça sans cesse, a dit la nourrice. On se demande ce qui lui passe par la tête. L'ennui, c'est que les deux autres garçons l'imitent. »

Au retour, les brigadières ont arrêté le train en pleine voie, pendant une heure. Elles sont montées à bord pour interroger et fouiller les passagères. Beatrix et sa clique auraient de nouveau commis des attentats, en Zélande ; Judith ulcérée a donné l'ordre qu'on écume le pays pour trouver les coupables. Une brigadière m'a interrogée longuement ; je lui ai débité les mensonges habituels, qu'elle a notés sans sourciller. Elle a aussi vérifié que je portais bien mon badge, et examiné mes papiers.

Pourquoi Beatrix et ses rebelles continuent-elles de semer le désordre dans le pays ? Ne savent-elles pas qu'après un attentat les brigades nous rendent la vie impossible ? C'est un peu facile ! Elles posent leurs bombes, puis elles s'évanouissent dans la nature ; les conséquences, c'est nous qui les supportons. Comme beaucoup, je les trouve un peu lâches. La Bergère a raison, qui les rend responsables des contrôles, et des morts accidentelles qui parfois s'ensuivent. Sans attentats, il n'y aurait rien à réprimer.

29 mai. Imprévisible Betje. Il y a deux mois, elle me détestait, et ne manquait pas une occasion de m'envoyer au bloc. Aujourd'hui, elle parle de me rapatrier chez les brigadières, et m'offre le thé dans son bureau ! Selon mes collègues, c'est tout simplement qu'elle est attirée par moi, mais qu'elle refuse de l'admettre. Alors, elle a d'abord essayé de me haïr ; puis, n'y parvenant pas, elle se résout à me séduire. Je proteste en riant, réponds qu'elles sont folles. De toute façon, Betje est mariée avec Frida, non ?

A part cela, les préparatifs du vingtième anniversaire ont commencé, c'est officiel. On en parle à la télévision, et une annonce passe en boucle dans les haut-parleurs. (Je la connais par cœur ; elle m'assomme.) Virginie est surexcitée, parce que sa classe a été choisie pour participer aux chorégraphies du défilé. On lui a donné un cahier illustré où sont expliquées les figures à apprendre ; c'est de la gymnastique de haut niveau. Virginie est bonne athlète, mais sera-t-elle capable de suivre le rythme ? Elle prétend que oui, et piaffe d'impatience que les répétitions commencent. Il y en aura tous les jours à partir de juin, longues de quatre heures chacune. Les cours seront amputés d'autant, mais n'importe : qu'est-ce qu'une année perdue, quand il s'agit de rendre hommage à Judith ?

Quant au coût, Virginie m'a rassurée : les costumes et les accessoires seront fournis gratuitement, je n'aurai rien à payer.

Plus tard. Au journal télévisé, on a vu Judith se baigner dans la piscine couverte qu'on vient d'inaugurer au Palais de Tervuren. Le plaisir qu'elle y prend ! Elle a toujours aimé l'eau. Dans les films sur sa vie, on la voit âgée de deux ans, qui court dans les vagues à Coxyde en tenant la main d'Ingrid, quelques années avant la Révolution… En la voyant dans le bassin, j'avais l'impression de nager moi-même.

Autre nouvelle : plusieurs mots sont rectifiés. Je n'ai pas pu les noter tous, mais j'ai retenu ceci : « effort » sera désormais du féminin, « candeur » du masculin. Je sens que je vais encore me tromper souvent, et que les filles vont se moquer de moi – elles apprennent toujours plus vite, et s'amuseront à me corriger quand je me tromperai. Comment ne pas s'y perdre ? Combien de mots déjà ont changé de genre ? Mais ce n'est pas un sujet de plaisanterie : il faut faire attention. A Wavre, l'an dernier, on a contrôlé tout un district ; celles qui savaient mal leurs genres, on les a envoyées en rééducation. La rééducation ! Ce mot-là me fait peur, bien qu'il soit du féminin.

8 juin. Ma petite Judith est malade ; impossible de l'envoyer à l'école. Par malheur, j'ai eu la faiblesse de donner sa journée à Dorus, et aucun larbin remplaçant n'était disponible ce matin. (Je devrais m'en tenir aux consignes, au lieu de jouer les sentimentales : « Ils n'ont pas besoin de repos, ne leur en accordez pas. ») Comme Betje continue d'osciller avec moi entre l'attirance et le rejet – mais ces jours-ci, c'est plutôt le rejet –, je ne pouvais pas ne pas aller à l'hôpital. Restait une solution : Virginie devait rester à la maison, et s'occuper de sa sœur. La convaincre n'a pas été facile, car les répétitions ont commencé : une seule séance manquée, et c'est tout de suite un retard dramatique. Comme Judith, du fond de son lit, fiévreuse, voyait que Virginie hésitait, elle a eu ces mots bouleversants :

« Si Virginie doit répéter pour la Bergère, je peux rester seule ; la Bergère passe avant tout, et avant moi. » Cela, à dix ans ! Virginie, finalement, a renoncé à sa répétition pour rester auprès de sa sœur.

J'ai eu de l'inquiétude pour elle toute la journée. Judith a toujours été fragile. Il lui faudrait une alimentation plus abondante, et plus régulière. J'ai peur qu'elle finisse par ressembler à Gregor, les côtes saillantes, le visage creusé. Mais où trouverais-je de quoi la nourrir mieux ? Il n'y a rien, nulle part. La semaine dernière, Dorus n'a rapporté que du mauvais riz ; je lui ai fait courir la ville pour des légumes ou des pommes, en vain. Quant à la viande, c'est connu, on la réserve aux brigadières et aux femmes du Parti. De temps à autre, malgré tout, il en surgit sur les étals ; il faut être parmi les premières et foncer avant que les prix grimpent et que ce soit l'émeute.

Le soir. La fièvre de Judith ne baisse pas. Elle a vomi trois fois. Demain Dorus sera là, il prendra la relève de Virginie qui retournera danser. Virginie m'en veut d'avoir manqué la répétition ; elle prétend que cela compromet sa participation aux chorégraphies. Je sais qu'elle exagère, mais je suis embarrassée tout de même.

Demain, j'essaierai de faire venir une doctoresse pour Judith. C'est sans espoir, mais sait-on jamais. Et, à l'hôpital, je volerai des cachets pour la soigner. Je préférerais les acheter, mais cela me ruinerait pour le mois – et les salaires en ont six de retard. Ceux que Judith ne prendra pas, je les revendrai.

30 juin. N'était-ce pas hier que devait être rouverte la zone franche à Utrecht ? On en a parlé dix fois au cours des dernières semaines, mais rien au journal télévisé, ce soir. Judith elle-même ne devait-elle pas assister à la levée des scellés et visiter la zone avec sa garde ? Ce serait bien la première fois que la télévision ne montrerait pas une visite officielle.

Toute cette semaine, tracasseries administratives. Depuis des mois je me bats contre le bureau des pensions au sujet de la compensation qu'on m'a promise après la mort de Maman. Cela fait cinq ans que l'Etat a reconnu son tort (une *erreur de jugement*, disent-elles, comme si adoucir le mot adoucissait la chose), mais je n'ai toujours rien vu venir, toujours rien touché. On avait annoncé une enquête : faire toute la lumière et réconcilier les sœurs entre elles, disait Judith ! Mais évidemment, il n'y a pas eu d'enquête. Maman a été fusillée à tort, et personne ne peut me dire pour quoi. Je suis contente qu'elle ait été réhabilitée, bien sûr (le jour où on l'a innocentée a même été le plus beau de ma vie), et que toutes les accusations portées contre elle et contre les autres compagnes d'Ingrid soient tombées. Elles n'ont pas trahi la Grande Bergère, Judith l'a reconnu ; elle a même dit dans son discours qu'elles ont été les meilleures des révolutionnaires, « les plus femmes d'entre les femmes ». Mais en attendant, pas d'explication, rien. Leur assassinat (appelons les choses par leur nom) serait la conséquence malheureuse d'un traquenard monté par Beatrix. Je veux bien le croire, mais c'est un peu court. Sigrid, elle, a une autre version : elle dit que, sur la fin, la Grande Bergère est devenue folle, qu'elle voyait partout des complots et qu'elle faisait tuer en masse ses fidèles – des ministres, des brigadières et des compagnes, comme ma mère.

Et elle dit cela tout haut, sans se cacher ! Son franc-parler me sidère ; faut-il qu'elle aime le risque ! Elle tient en public des propos quasiment contre-révolutionnaires, assez choquants pour provoquer la gêne, trop ambigus pour qu'on la dénonce. Cela l'amuse, dit-elle. Moi pas. Viendra le jour où elle fera la fière devant une vraie bigote, qui prendra ses sorties au pied de la lettre et qui préviendra les brigades… Et comme nous sommes voisines et amies, elles s'intéresseront à moi aussi ! Mais en même temps, j'admire un peu sa liberté de ton, et tout ce qu'elle s'autorise. C'est comme si l'éducation féministe n'avait pas eu sur elle la même prise que sur nous, et qu'une part d'elle-même y avait résisté. Elle aime les Bergères autant que moi, autant que nous toutes, sans doute ; mais tout en les aimant, elle les blâme. Même, elle ne leur passe rien. Je voudrais parfois être comme elle, mais je n'y parviens pas. Et j'ai honte de recopier ce qu'elle a dit, j'ai envie de déchirer les pages.

8 juillet. Nouvelle visite à Gregor. Ce n'était pas prévu, je n'avais pas prévenu la nourrice. Elle était furieuse, et je la comprends : c'est irresponsable. Un moment, elle a même dit qu'elle me redonnait Gregor, qu'elle ne voulait plus s'occuper de lui. Et, pour que je la croie, elle a fait mine de me rendre l'argent que je lui ai donné pour le trimestre. Je me suis effondrée, j'ai pleuré dans sa jupe en m'excusant – une scène pathétique.

Ah, si seulement je n'éprouvais rien pour Gregor ! Tous les sentiments que j'ai pour lui, c'est autant dont je prive injustement les filles. Gregor est un petit mâle, je ne devrais pas l'aimer. Mais rien à faire : il faut que j'aille le voir, que je lui prodigue un peu de tendresse, c'est plus fort que moi. Et qu'importent les risques.

Quand même, aujourd'hui, je suis revenue très ébranlée. Incapable de rien faire, j'ai chargé Dorus de s'occuper des filles et suis montée dans ma chambre. Vers neuf heures, Dorus m'a apporté un peu de pain et un verre d'eau. Puis, ayant compris que j'allais mal, il m'a massée pour me détendre, et m'a offert de le battre un peu. Je n'en avais pas tellement envie mais je l'ai fait quand même, parce qu'il prenait plaisir à être aimable. Malicieux, il m'a conseillé de bien en profiter : quand il aura fait son offrande, il ne se soumettra plus comme cela ! J'ai sarcastiquement répondu qu'il pourrait tout aussi bien me faire l'amour, tant qu'il a ses parties honteuses. Cette pique idiote l'a pétrifié, et il n'a repris ses couleurs qu'après que j'eus éclaté de rire – un peu fort, on ne sait jamais, pour bien lui faire comprendre que c'était une plaisanterie.

11 juillet. Cela va de nouveau mal avec Betje. Résultat : je retourne au bloc. On s'y fait. On s'y fait, et on n'y fait plus rien, au bloc. Il n'y a plus de médicaments, plus de compresses ; et on m'interdit de prendre du matériel chez les femmes. Impossible de travailler. Alors nous nous installons dans le bureau, nous bavardons, nous jouons aux cartes. Au début j'avais mauvaise conscience, je ne pouvais pas m'empêcher de faire quand même le tour des chambres, même si cela ne servait à rien. Et puis je me suis fait une raison. A quoi bon ? Je pourrais me démener comme une folle pour soigner ces fantômes, remuer ciel et terre pour alléger leurs souffrances, le taux de mortalité là-dedans ne baisserait pas de un pour cent, et on continuerait d'emporter trois cadavres par jour. Je n'ai aucun moyen, et de moins en moins de volonté ; je ne suis pas une sainte. Les laisser s'éteindre sur leur matelas, c'est finalement la meilleure solution. La plus économique. La moins dangereuse pour moi. (Certains sont agressifs, et frappent – les plus valides, du moins.) Et puis quoi ! On a fait la Révolution pour vivre un jour sans eux, non ? J'accélère la fin de l'histoire.

Au fond, ces séjours dans le bloc fortifient en moi la militante.

12 juillet. Dans la chambre des filles, je découvre 8 000 couronnes en pièces de 20, 50 et 100. Comme je demande leur provenance à Virginie, elle m'explique qu'il y a dans son école un système de primes pour les élèves qui dénoncent les autres, avec un barème de tarifs. Quand on est dénoncé, on peut échapper à la sanction en dénonçant à son tour. C'est une chaîne vertueuse très efficace. Virginie m'expose ce dispositif avec le plus grand naturel, parfaitement convaincue. Quelle militante de choc ! C'est à croire que Virginie me vendrait, sans réclamer de récompense et que l'idée d'obéir à la Bergère, fût-ce au péril de la vie de sa mère, suffit à son bonheur. Je suis terriblement fière de sa vertu, et en même temps un peu effarée. Elle est comme une seconde conscience à domicile, un petit œil de caméra braqué sur moi.

14 juillet. Incroyable : des brigadières sont venues à l'hôpital ce matin, et ont arrêté Betje ; elles l'ont obligée à faire son autocritique, puis l'ont embarquée ! Je n'en reviens pas. Alors que j'étais aux vestiaires, j'ai entendu des cris ; tout le monde s'est précipité vers le hall et a découvert Betje entre cinq brigadières, débraillée, les larmes aux yeux. Une voisine l'a dénoncée, murmurait-on, et les brigadières ont trouvé chez elle de quoi mériter dix fois qu'on la fusille. Je n'en ai pas cru mes oreilles : Betje, si sourcilleuse, si convaincue !

Nous avons fait cercle autour d'elle. La chef de brigade a réclamé le silence, puis a fait l'exposé des crimes de Betje. Il y en avait toute une liste. D'abord, elle trompe sa femme ; cela ne m'a surprise qu'à moitié. Ensuite, elle possède chez elle toute une littérature proscrite, des dizaines de livres interdits (la brigadière a donné les noms des auteurs, mais trop vite pour que je les note ; c'est dommage, j'aurais aimé en profiter pour mettre ma liste à jour). Enfin, elle détourne du matériel médical pour le revendre au marché noir. (Comme si tout le monde ne le faisait pas…) A quoi s'ajoutent des fautes vénielles : elle n'entretient pas ses effigies des Bergères, et ne porte jamais son badge. Mais son crime le plus grave, la brigadière ne nous l'a révélé qu'à la fin, en baissant la voix : dans leurs jeux pervers, elle et ses maîtresses se sont adonnées à des pratiques odieuses, que j'hésite même à rapporter. Nous en avons sursauté, horrifiées ; et, pour preuve, la brigadière a brandi une batterie d'objets oblongs trouvés chez elle, et destinés à l'usage qu'on devine. Betje fixait le sol, humiliée ; la brigadière l'a prise par le bras et l'a contrainte à s'agenouiller, en lui commandant de faire immédiatement son autocritique.

Alors Betje a répété un par un ses crimes, et nous avons frémi de nouveau. Elle avait tendance à murmurer ; celles qui étaient derrière moi n'entendaient pas bien, et lui criaient de parler plus fort. Betje reprenait un peu plus haut, mais alors des sadiques intervenaient : « Depuis le début ! Depuis le début ! » Et la pauvre de devoir tout recommencer... C'était terrible. Les brigadières retournaient le couteau dans la plaie, la tourmentant de questions. Les règles qu'elle n'observait pas, était-ce parce qu'elle les trouvait injustes ? Peut-être aurait-elle tout simplement préféré la continuation du patriarcat : qu'elle le dise, et tout sera sur la table ! Cela, une demi-heure durant. Et quand Betje est arrivée à son crime le plus grave, qu'elle a reconnu du bout des lèvres, les brigadières, trouvant que ce n'était pas assez, ont voulu tout savoir de la manière dont elle s'y prenait, et quelles satisfactions impures elle recherchait, afin que nous soyons écœurées.

Après l'avoir ainsi torturée, elles l'ont relevée et l'ont emmenée. Nous sommes retournées à nos occupations, un peu ébranlées par ce spectacle. Je n'avais plus assisté à une aussi longue autocritique depuis longtemps. Celles du dimanche, à la Maison des femmes, sont des autocritiques volontaires ; c'est moins intéressant. On a le temps de préparer ce qu'on va dire, on peut choisir parmi ses fautes celles qu'on confesse aux brigadières et celles qu'on leur cache. Le risque est donc quasi nul. Il y a bien des petites sanctions, mais symboliques ; de toute façon, on calcule ses révélations de manière à n'être pas trop punie – personne n'irait raconter le genre d'horreurs que Betje a dites aujourd'hui. Et le paradoxe, c'est qu'on est finalement félicitée pour avoir déballé ses petites turpitudes, parce que cela montre qu'on est une femme courageuse, une femme qui veut devenir meilleur ! Trouvant que ce n'est pas de jeu, je ne participe jamais à ces mascarades. On dira que ce n'est pas très révolutionnaire, et que cela ne plairait guère à Judith – qui encourage les femmes à s'autocritiquer le plus souvent possible, pour faciliter la tâche de la police. Mais quoi ! Si la police veut me convaincre d'une faute, elle y parviendra de toute façon, et n'a pas besoin de moi. Des fautes, nous en faisons toutes. Personne n'est parfait. Sauf Judith, bien sûr.

A Lille, ils prirent un train régional pour Comines, où les attendait le minibus qu'avait loué Gould. Un chauffeur les emmènerait dans la zone neutre, au lieu du rendez-vous avec les Belges.

Comme ils étaient un peu en avance, et que les autorités avaient insisté sur le respect des horaires (il ne fallait pas qu'ils arrivent avant dix-neuf heures), ils entrèrent dans un café sur l'avenue du Maréchal-Leclerc, emmenant avec eux le chauffeur, un taiseux qui s'appelait Richard. Tout en passant commande, Gould et Bordeaux firent à voix basse des plaisanteries sur le mobilier du troquet, qui était rustique ; ce pittoresque les dépaysait déjà.

La Belgique était maintenant toute proche. Quelques kilomètres encore, et ils passeraient la frontière. Pour Capucine, cette imminence de l'Empire donnait à tout ce qu'elle voyait une coloration étrange, presque surnaturelle. Elle n'était que dans le nord de la France, dans un café anonyme dont ils étaient les seuls clients ; mais elle avait l'impression de se trouver déjà dans un pays lointain, secret, au seuil d'un continent neuf. Cette ville picarde, jadis coupée en deux par la frontière franco-belge (elle l'était toujours, mais la partie belge avait été évacuée lors de la création de la zone), c'était comme un sas vers un autre monde.

A quoi s'attendait-elle ? Au fond, Capucine n'en savait rien. Depuis qu'elle était féministe, elle parlait de la Belgique comme d'un pays glorieux et idyllique, et en faisait des descriptions fabuleuses. Mais à la vérité, elle n'avait aucune idée de ce qu'ils allaient découvrir là-bas. Elle devinait que tout ne serait pas comme elle l'imaginait ; ce serait comme lorsqu'un film adapté d'un roman ne correspond pas aux images qu'on s'était fabriquées dans sa tête. Mais, cela mis à part, elle était confiante, et ne redoutait pas d'être déçue. Etonnée, peut-être, mais pas déçue. Comment l'Empire pourrait-il la décevoir ?

L'ayant expliqué à des amies qui n'étaient pas féministes, elles l'avaient accusée de partir avec des idées toutes faites. « Personne ne sait ce qui se passe là-bas, personne n'y est allé depuis des années, lui disaient-elles. Comment sais-tu qu'il n'y aura pas de déconvenue ? Tu ne peux pas l'exclure absolument. » Sur le moment, ces remarques l'avaient troublée. Mais, comme ses certitudes étaient inoxydables et qu'elle entendait du matin au soir ses collègues du Parti lui dire la chance qu'elle avait de visiter l'eldorado des femmes, elle les avait vite oubliées. Elle allait chercher en Belgique le paradis que décrivait la propagande, et rien ne lui aurait fait penser qu'elle ne l'y trouverait pas.

Vers dix-huit heures, Richard annonça qu'il fallait partir. Gould s'inquiéta : ne serait-on pas trop tôt au rendez-vous ? Mais Richard promit d'adapter son allure, pour arriver exactement à l'heure fixée par les Belges. Il paraissait inquiet.

Ils quittèrent le bar et marchèrent vers l'avenue du Petit-Versailles, où était garé leur minibus. Il bruinait. Capucine frissonna, mais refusa l'écharpe que lui tendit Golanski.

Le minibus possédait trois rangées de sièges. Bordeaux et Alvert s'installèrent au fond, Lotte, Langlois et Golanski au milieu ; Gould, enfin, s'assit à côté du chauffeur, carte à la main. Il était concentré, et regardait devant lui en plissant les yeux. Son sérieux fit sourire Capucine, qui trouvait comique la façon dont il prenait à cœur son rôle de leader. Elle lui en était reconnaissante, aussi car elle aimait qu'on la guide et que tout soit décidé sans qu'elle ait à s'occuper de rien.

Le chauffeur démarra ; l'ambiance changea. Jusqu'à présent, chacun avait réussi à cacher son anxiété par des plaisanteries et des bavardages. Au café, ils avaient parlé de tout sauf de la Belgique, comme s'ils avaient voulu retarder le commencement du voyage. Mais à présent, ces esquives n'étaient plus possibles : on allait entrer dans la zone neutre, après quoi ce serait – enfin ! – la Belgique. Même Bordeaux, qui depuis le départ de Paris faisait des jeux de mots et s'esclaffait pour un rien (Capucine, qui supportait mal qu'on fût plus excitée qu'elle, commençait même de le trouver ennuyeux), s'était éteint ; il regardait pensivement à travers sa vitre, et marmonnait ce que Capucine crut être les paroles d'une chanson.

Richard longea la frontière dans Comines puis, au bout de la rue de la Lys, passa du côté belge. « Nous sommes en zone neutre », annonça-t-il. Cette partie de la ville était déserte et plongée dans le noir. Le minibus remonta la

Bruggestraat, croisa de nouveau la ligne de chemin de fer et l'ancienne autoroute, puis sortit de Comines-Nord et s'engagea sur des routes de campagne. Capucine, transportée par l'idée qu'elle roulait vers l'Empire, qu'elle le touchait presque, murmura qu'elle n'avait jamais connu plus belle nuit – remarque que personne ne releva.

– Vous venez souvent par ici ? demanda Gould à Richard.

Sa voix était étranglée ; il était tendu.

– Non, répondit sèchement le chauffeur.

Gould, que le silence semblait gêner, aurait voulu qu'il parle davantage.

– Mais vous connaissez un peu la zone neutre ? insista-t-il.

– Un peu. Les environs de Comines en tout cas. Mais on évite de s'y aventurer trop, vous savez. On a peur.

– Peur ? Pourquoi ?

– Je ne sais pas. C'est idiot, au fond, parce que dans la zone neutre, par définition, il n'y a pas de danger : elle est vide. En fait, tant qu'on reste en deçà de la frontière belge à strictement parler, il n'y a rien à craindre.

Il se tut un instant, puis ajouta :

– Mais comme on ne sait pas vraiment par où elle passe, on appréhende toujours de tomber par hasard sur un check-point, ou sur une patrouille de soldates, de déclencher un incident, et de se faire tirer dessus.

Capucine ne put s'empêcher d'intervenir.

– Pourquoi voudriez-vous que les Belges vous tirent dessus ?

Richard haussa les épaules.

– Moi, je répète ce qu'on raconte.

Mais, comprenant qu'il avait affaire à forte partie, il se tut.

La zone neutre était une bande de terre vide de vingt kilomètres de large qui ceinturait l'Empire, et où tout était à l'abandon. Des immeubles désertés, des champs en friche, des usines démontées. Du point de vue du droit, ce territoire appartenait à l'Empire ; mais l'Empire s'en était pour ainsi dire retiré, comme au jusant. La zone neutre était pareille à un bras de mer, qui transformait le Benelux en une sorte d'île. Sa création avait été décidée par Ingrid en 1983. Dans son esprit, il s'agissait de protéger les habitantes des régions frontalières contre l'influence des pays environnants. Cela répondait aussi, sans doute, au désir qu'elle avait toujours manifesté de resserrer le plus possible son peuple dans un espace étroit, au plus près de sa personne, comme pour l'embrasser tout entier d'un seul regard. Il n'était que de voir comme elle aimait les rassemblements, les foules compactes et immenses, qui lui donnaient l'impression que la Belgique éparpillée s'agglutinait tout à coup devant elle ! L'Empire n'était pas grand mais, dans ses rêves, Ingrid l'aurait voulu plus petit, afin que son peuple y soit plus ensemble. La zone neutre, c'était pour elle une manière de réduire son territoire, de concentrer ses sujettes, de faire en sorte que les femmes soient plus proches les unes des autres, et surtout plus proches d'elle. Elle avait d'ailleurs souvent parlé de doubler la zone neutre, pour affirmer l'insularité de l'Empire.

Richard roulait lentement, sans dépasser les soixante kilomètres à l'heure. Capucine retenait son souffle : ils étaient dans l'antichambre du pays, son cœur battait dans sa poitrine. Au-dehors, tout était noir. Capucine malgré tout cherchait à distinguer des formes, comme pour se faire une première impression, commencer d'enregistrer des souvenirs. Quand, dans un virage, le faisceau des phares éclairait au loin une bâtisse à l'abandon, elle devait résister pour ne pas supplier qu'on s'y arrête et qu'on la visite. C'était une ruine, mais une ruine belge, donc émouvante pour elle. Comme elle avait hâte d'arriver au poste-frontière, hâte surtout d'être au lendemain, pour voir enfin l'Empire dans la lumière du jour !

Dans le minibus, personne n'osait plus parler. Derrière elle, Capucine sentit Bordeaux qui s'agitait ; elle crut qu'il cherchait une plaisanterie et s'apprêta à le couper dans son élan, parce qu'elle ne voulait pas qu'il gâche ce moment unique avec son humour de pacotille (elle trouvait nulles les blagues de Bordeaux, parce qu'elle ne les comprenait pas). Mais Bordeaux se tut : c'était une fausse alerte, et le silence demeura. Elle soupira, et se renfonça dans sa banquette.

La route était très défoncée, il y avait sans cesse des cahots. A un moment, Langlois fut projeté contre Lotte. Elle cria et le repoussa des deux mains, comme s'il l'étouffait. Il reprit sa place et s'excusa, en faisant poliment observer qu'il n'y était pour rien ; le chauffeur prétendit qu'il n'avait pas vu les nids-de-poule, et qu'il était lui aussi désolé. « C'est bon, ce n'est rien », dit-elle.

Quelques minutes encore, et des lumières apparurent dans la nuit. « Nous y sommes », murmura Richard entre ses dents. Gould, alarmé, se redressa. C'était le check-point ! Capucine, euphorique, se mit à tousser nerveusement, et prit malgré elle la main de Golanski, qui n'osa pas la retirer. Elle se retourna, voulant sourire à tout le monde. Elle vit qu'Alvert avait les traits crispés, et que sa main serrait celle de Bordeaux. Etait-elle émue comme elle ?

Soudain un barrage avança, puis des silhouettes. Gould éclata :

– Ça y est ! Regardez !

Il partit d'un rire hésitant, comme celui des premiers navigateurs qui, après six mois d'océan, pointaient leur longue-vue sur une terre inconnue. Ce rire contamina la troupe, et tous gloussèrent en se félicitant mutuellement, comme s'ils venaient d'accomplir un exploit. Seul Richard se taisait. Sans doute était-il pressé de débarquer ses passagers et de repartir vers Comines, lui qui disait ne s'être jamais aventuré si loin dans la zone. Mais Capucine comprenait mal qu'il pût ne pas trouver extraordinaire d'avoir pénétré en Belgique et vu des Belges ; elle imaginait qu'il irait raconter fièrement l'expédition à ses amis, comme un explorateur de retour du pôle Nord. Il n'aurait pas fait quarante kilomètres mais, pour elle, c'était autant qu'un tour du monde.

Ils arrivèrent devant le barrage, ralentirent. Des cônes de signalisation matérialisaient le point d'arrêt, au-delà duquel une énorme herse bloquait la route. Il y avait partout des véhicules militaires, des motos, des soldates en habit sombre. Le cœur de Capucine se serra : des Belges ! Les premières Belges de sa vie ! N'eussent été leurs mitraillettes en bandoulière, qui n'incitaient guère à la familiarité (n'eût été aussi l'ordre donné par Gould de ne faire aucun geste, et de le laisser parler en premier), elle aurait poussé la porte du minibus pour se jeter dans leurs bras, délirante d'admiration. A défaut, elle se contenta de fondre en larmes, comme une jeune fille tendre, et de renifler bruyamment jusqu'à ce que Golanski écœuré lui tende son mouchoir.

1er août. Comme j'avais congé aujourd'hui, je suis de nouveau allée à Lembeke. Je sais que c'est imprudent, qu'à trop m'y rendre je vais être repérée ; mais c'est plus fort que moi, j'ai besoin de voir mon fils.

La nourrice était furieuse, évidemment. Elle a voulu me défendre d'entrer ; mais, me voyant pitoyable devant sa porte et comprenant que je ne partirais pas avant d'avoir embrassé mon petit, elle a cédé, protestant que c'était du chantage, et que j'étais une folle. Et, tout le temps que j'ai passé avec lui, elle est restée derrière mon dos, à me traiter de tous les noms et à me reprocher de nous mettre toutes les deux en danger. Elle menaçait de conduire Gregor dans une forêt pour l'y perdre, ou de l'abandonner à la porte d'un élevage. Je l'ai calmée avec de l'argent, le peu d'argent que j'ai. A quoi me sert-il, de toute façon ? Les magasins sont vides, et le marché noir n'est plus dans mes moyens.

Je suis repartie pour Bruxelles au milieu de l'après-midi, sous un ciel gris. Pour me donner bonne conscience, faire semblant de prendre des précautions, j'ai changé d'itinéraire et fait un détour pour prendre le bus à un autre arrêt. Idée stupide : comme c'était à prévoir, je suis arrivée trop tard, le bus était parti. J'ai attendu le suivant sous la pluie pendant une heure. Durant tout ce temps, je n'ai vu passer aucune voiture ; j'avais l'impression d'être seule au monde, comme souvent dans les campagnes. Enfin le bus est arrivé, et m'a emmenée à la gare.

Tout au long du trajet en train, j'ai eu peur d'un contrôle. C'est que je n'avais pas signalé mon déplacement. Je me suis sentie épiée ; je voyais partout des brigadières en civil. Ce n'est qu'en arrivant à Bruxelles que je me suis sentie mieux ; c'est idiot, parce qu'on risque bien plus d'y être arrêtée qu'à la campagne. Sans doute est-ce que je me sens moins étrangère dans ma ville que dans le reste du pays – même si je n'y suis jamais tout à fait à l'aise, jamais complètement tranquille.

Las ! Comme j'arrivais chez moi, à vingt heures passées, j'ai vu un fourgon garé dans ma rue. J'ai pensé : « Elles savent tout pour Gregor, et sont venues m'embarquer. » J'ai imaginé des menottes, une cellule, et toutes les conséquences de ma désobéissance. Que ferait-on de mes filles ? Peut-être les confierait-on à une autre femme ; à moins que Dorus ne se charge d'elles en attendant que je sois libérée. Mais peut-être me priverait-on de mes droits sur elles, parce que je ne les mérite plus… Ou bien, pour me punir, on les punirait elles aussi : on les placerait dans un élevage, et on m'interdirait de les voir ! Et à Virginie, on expliquerait qu'elle ne peut plus danser pour la Bergère ! On changerait le prénom de Judith, en lui disant qu'elle n'en est plus digne, à cause des fautes de sa mère… Affolée, j'ai préféré ne pas me rendre, et je suis repartie sur mes pas. C'était absurde ; mais à cause de la panique, je n'avais plus ma raison. En marchant vite, j'élaborais un plan de fuite, je calculais le chemin à parcourir pour échapper aux brigadières.

Naturellement, elles m'ont rattrapée avant que j'aie fait cent mètres. Elles étaient trois, quasi jumelles, comme sorties d'un moule – même taille, même visage, mêmes cheveux tondus à ras.

– Où vas-tu ?

Je n'ai rien su répondre, incapable de fabriquer un mensonge. L'une des soldates a sorti un papier de sa poche, l'a consulté.

– Tu es bien…

Elle a dit mon nom.

– C'est moi, ai-je murmuré.

– Suis-nous.

Elles m'ont ramenée devant chez moi. Près du fourgon garé dans ma rue, deux collègues les attendaient. J'ai trouvé étonnant qu'elles ne soient pas entrées dans la maison : d'habitude, les brigades ne s'embarrassent pas, elles défoncent les portes et s'installent.

J'ai regardé les fenêtres, craignant d'y voir le visage terrorisé de mes filles, assistant à l'arrestation de leur mère.

La chef de brigade était une forte femme au visage doux, mal à l'aise dans son habit militaire. Elle aussi avait les cheveux ras ; on voyait à la naissance de son cou l'extrémité du tatouage dont toutes les brigadières sont marquées.

Elle a voulu que je confirme mon nom. Je le lui ai répété, ainsi que mon adresse et mon métier, tout d'un souffle. Elle a souri.

– Tu sais pourquoi nous sommes là ? a-t-elle demandé.

Je l'ai trouvée cruelle. Evidemment, je savais ! Je n'ai rien répondu, sentant les larmes me monter aux yeux. Ses collègues souriaient, ricanaient discrètement. J'étais peut-être la dixième qu'elles arrêtaient aujourd'hui.

– Non, tu ne sais pas ? a-t-elle insisté.

J'ai baissé les yeux, muette.

– Eh bien, c'est normal, que tu ne saches pas.

J'ai relevé la tête, surprise. Que voulait-elle dire ?

– Tu ne peux pas savoir. Nous-mêmes, nous n'avons su qu'aujourd'hui.

De quoi parlait-elle ? Je n'y comprenais rien.

– Alors nous sommes venues chez toi. Mais tu n'étais pas là.

Elle fit un sourire moqueur, leva l'index comme pour me gronder.

– Je me demande bien où tu étais, d'ailleurs. Nous devrions enquêter, ce n'est pas normal. Tu n'étais pas à ton travail, nous avons vérifié : ton hôpital nous a dit que tu étais en congé. Nous avons pensé que tu étais partie faire une course, alors nous t'avons attendue. Mais tu n'es pas revenue.

Elle se tut, toussota.

– Tu sais pourtant qu'au-delà de trois heures, les absences doivent être signalées, non ? Tu ne le sais pas ?

J'ai hoché la tête, sans desserrer les lèvres.

– Et si tu es sortie de Bruxelles, tu aurais dû le signaler aussi. Mais tu ne l'as pas fait.

Elle a soupiré.

– Enfin. J'arrête avec cela. C'est ton jour de chance, et nous n'allons pas te le gâter avec ça. Tiens.

Elle a plongé la main dans son manteau, en a sorti une enveloppe qu'elle m'a tendue. Mon nom était écrit dessus, et ma photo agrafée à un coin.

– C'est pour toi. Allez, ouvre. C'est une invitation.

– Une…

Je l'ai regardée sans comprendre.

– Tu sais qu'on fête bientôt l'arrivée au pouvoir de la Bergère ?

– Oui, oui, ai-je balbutié. Ma fille participera aux chorégraphies.

– Ta fille aînée, oui. Virginie. Nous savons tout cela.

Elles connaissent Virginie : était-il possible qu'elles ne sachent rien pour Gregor ?

– Eh bien, a continué la brigadière, elle va être fière de sa mère, la petite Virginie.

– Fière de moi ?

– Oui. Je t'explique. Le dernier jour des fêtes, Judith recevra un cadeau. Rien d'étonnant. Mais cette année, le Palais a pensé qu'il serait bien qu'on fasse une petite mise en scène. Une mise en scène pour montrer à Judith que c'est un cadeau qui lui vient de son peuple. C'est Schimmelnau et Bertolucci qui ont eu cette idée, et qui s'en sont occupées.

– Schimmelnau ! murmurai-je. Bertolucci !

Deux des Quatre Grandes, les deux plus proches collaboratrices de la Bergère !

– Alors, on a choisi des femmes au hasard, comme ça, à travers l'Empire. Des femmes qui représenteront le peuple, et offriront son cadeau à Judith. Tu seras l'une d'elles.

Je suis demeurée sans voix.

– Tu trouveras les détails là-dedans, a-t-elle ajouté en montrant l'enveloppe. D'ici quelques jours, on viendra te chercher et on t'emmènera, pour que tu te prépares à la cérémonie, avec les autres élues.

Elle fit un clin d'œil.

– Inutile de te dire qu'à partir de maintenant, tu as intérêt à te conduire en citoyenne parfaite. Tu vas rencontrer la Bergère, et il est hors de question qu'on lui présente une mauvaise révolutionnaire. On va te surveiller, ma petite.

A présent que je rapporte ces mots, ils me glacent ; mais, sur le moment, je n'y ai pas pris garde.

– Bon, a-t-elle conclu. Quelques formalités encore, puis nous te laisserons.

Elles m'ont tendu dix papiers, que j'ai signés sans les lire ; après quoi elles sont parties, me laissant abasourdie devant chez moi. Je n'aurais pas su dire quel sentiment l'emportait dans mon cœur : le soulagement de n'avoir pas été emmenée, ou l'incrédulité mêlée d'euphorie que m'inspirait cette histoire de cadeau. Je me suis précipitée dans la maison et, ayant fermé la porte à clef, j'ai ouvert l'enveloppe ; je craignais à moitié que ce fût une mauvaise plaisanterie, ou un piège. Mais non : il y avait là une lettre à en-tête qui, dans le langage sec de l'administration (dix lignes, « Sentiments révolutionnaires », un tampon), confirmait ce qu'avait dit la brigadière, ainsi qu'une liasse de documents – des instructions, un calendrier des préparatifs, un justificatif d'absence pour l'hôpital, et un questionnaire à renvoyer (deux cents questions sur tous les sujets, y compris les plus intimes). Aux filles qui descendaient de leur chambre, j'ai montré tout cela, n'y croyant pas moi-même. Elles ont crié de joie, tapé des mains, bondissant, et disant que j'étais une héroïne ! Comme Virginie étalait cette paperasse sur la table, stupeur ! elle a découvert un mot, *un mot de Schimmelnau*, un mot *manuscrit*, sur un petit bristol blanc.

– Maman ! a-t-elle hurlé. Regarde !

Je m'en suis emparée. Schimmelnau avait écrit : « Je compte sur vous. » J'ai failli tomber de ma chaise. Un autographe de Schimmelnau ! Ce n'était certes pas la Bergère, mais tout de même ! Judith, bouleversée, a pleuré en tenant le mot dans ses mains.

Demain, je le mettrai sous verre.

Le minibus était à l'arrêt depuis une minute. Chacun retenait son souffle. Dehors, les militaires s'agitaient. Bordeaux se contorsionnait pour voir à travers le pare-brise, en se demandant ce qu'attendaient les Belges pour leur faire signe de descendre et pour les accueillir.

Enfin trois soldates s'avancèrent, qui cognèrent durement sur la vitre du côté passager – beaucoup plus fort qu'il n'eût été nécessaire. Gould entrouvrit la porte, descendit ; elles dirent quelques mots en néerlandais, langue officielle de l'Empire. Pour Bordeaux, c'était du chinois ; mais Gould, qui avait pris des cours avant leur départ, parut comprendre. Passant la tête dans l'habitacle, il lança :

– Ne bougez pas.

Bordeaux trouva que c'était dit un peu sèchement. Gould n'était pas leur maître, ni eux des enfants, grommela-t-il. Mais ses compagnons ne l'entendirent pas.

Gould parlementa avec les soldates.

– Que peuvent-ils se raconter ? demanda Bordeaux, à qui la scène rappelait des vacances qu'il avait passées au Maroc, et leurs complications lors d'un contrôle douanier. C'est long. Pourquoi ne descendons-nous pas de voiture ?

– Gould a dit non, observa Golanski. Et puis il pleut, mieux vaut rester à l'intérieur.

– *Elles vérifient*, j'imagine, chuchota Capucine.

Bordeaux crut qu'elle allait enchaîner, et dire ce que selon elle on vérifiait ; mais non.

– Elles vérifient *quoi* ? lança-t-il.

Capucine ne répondit pas. Agacé, Bordeaux soupira, et se renfonça dans la banquette. Qu'est-ce que c'était que cet accueil ? Un barrage, des soldates en armes, des palabres interminables : les Belges avaient de drôles de façons de recevoir. Il ne s'était pas attendu à des danseuses chantant la bienvenue dans la nuit, mais tout de même. Gould n'avait-il pas dit que leur visite était exceptionnelle, et que ce serait en Belgique un événement considérable ? Eh bien, on ne pouvait pas dire qu'elles y mettaient les moyens, avec cette caserne mobile et cette ambiance de rafle !

Au bout de dix minutes, Gould revint ; la discussion avait eu lieu sous la pluie, il était dégoulinant. Bordeaux songea qu'il aurait dû emprunter à sa femme son hideuse chapka.

– Descendez, dit-il, essoufflé. (Et il ajouta à l'adresse de Richard :) Attendez encore un instant, ce sera bientôt fini. Vous pourrez repartir dans quelques minutes.

Obtenant le signal qu'elle attendait, Capucine ouvrit la porte et sauta à terre. Enfin ! Elle posait les pieds sur le sol belge ! Bordeaux la regardait, moqueur. Elle semblait si heureuse qu'il crut qu'elle allait s'agenouiller pour embrasser le bitume. Golanski, Langlois et Alvert quittèrent le minibus à leur tour ; Bordeaux descendit exprès le dernier, pour marquer son mécontentement.

Ce qui suivit ne fut pas pour améliorer son humeur. On les soumit à une fouille soigneuse, détaillée, extrêmement vexante. Un par un, sous la pluie, ils défilèrent devant une soldate qui les palpa. Mais comme ils avaient leurs gros manteaux d'hiver, elle ne pouvait rien sentir. Bordeaux était hors de lui : était-ce une manière de traiter des invités ? Si c'était cela, leurs façons, il ne fallait pas s'étonner que personne n'ait plus mis les pieds dans ce pays depuis des années. Quelle éducation ! Eh, ricana-t-il, si elles avaient fermé leurs frontières, c'était peut-être pour cacher leur grossièreté !

Il chercha le regard de ses camarades, pour y lire la même irritation. Mais non : ils se laissaient manipuler gentiment, collaborant à leur humiliation, comme si tout était normal. Et pour Capucine, c'était pire : elle souriait de toutes ses dents, enchantée d'être palpée par une femme belge. Au moment de la fouille, Bordeaux maugréa ostensiblement. La soldate qui s'occupait de lui n'en fut pas impressionnée et, comme il se contorsionnait à mesure que ses mains passaient sur son corps, elle lui ordonna de se tenir tranquille. Il n'avait pas envisagé qu'elle pût réagir si vivement, et se sentit tout penaud. Pour ne pas perdre la face, il murmura quelques jurons, presque sans bouger les lèvres. La soldate, qui par vengeance fit durer la fouille au-delà du nécessaire, fut plus brutale avec lui qu'avec les autres.

Tandis que s'achevaient ces pénibles préliminaires, une voiture approcha, qui n'était pas une voiture militaire ; plusieurs femmes en sortirent dont l'une, grande et vêtue d'un manteau noir qui lui faisait comme un fourreau et lui donnait l'aspect d'une reine, courut vers eux en ouvrant les bras.

– Vous voilà ! Nos visiteurs français !

Elle était plus amicale que les soldates. L'accueil allait-il enfin s'améliorer ?

– Bienvenue ! Pardonnez mon retard !

Elle tendit la main à Gould.

– Vous êtes monsieur Gould, n'est-ce pas ?

Elle se présenta : Kristin Maademesch, générale-majore des brigades, archichancelière au Grand Conseil de la Révolution, désignée par la Bergère pour les guider et prendre soin d'eux tout au long de leur séjour en Belgique.

– Pardonnez ce comité de réception un peu martial, dit-elle en faisant un geste vers les soldates. Nous devons être très prudentes. C'est à cause du terrorisme, vous comprenez. A cause de Beatrix.

Capucine, à ce nom, sursauta. Bordeaux lui-même eut une drôle d'impression : celle qu'à présent, oui, il était dans l'Empire des femmes – comme lorsqu'en arrivant dans une ville étrangère on entend parler tout à coup une autre langue, et qu'on se trouve soudainement dépaysé. Il en oublia sa colère.

– Nous allons faire en sorte que ces contrôles se terminent vite, reprit Kristin, puis nous vous emmènerons à votre hôtel.

Elle avait un léger accent, mais parlait un français parfait. Bordeaux remarqua qu'elle n'utilisait pas le français réformé qu'avait inventé la Belgique et qu'essayaient de pratiquer en France certaines « merveilleuses », en changeant le genre des mots. Il fut un peu déçu, parce qu'il trouvait cette langue modifiée très amusante.

– Notre hôtel est à Bruxelles ? demanda Alvert.

– Non, répondit Kristin. Nous irons à Bruxelles demain. Ce soir, vous dormirez à Waregem.

Gould s'inquiéta.

– Dans le programme, il était prévu que nous irions à Bruxelles dès ce soir…

– Raisons de sécurité, répliqua Kristin.

Puis elle se reprit, avec un sourire :

– Mais rien d'alarmant, rassurez-vous. Nous tenons à ce que tout se passe au mieux.

Enfin, elle appela les soldates :

– Allons, dépêchons !

Elle conduisit les Français dans un baraquement militaire. Bordeaux songea qu'on aurait pu les fouiller là, à l'abri, au lieu de les faire lanterner sous la bruine. Les soldates, sous la surveillance de Kristin, vérifièrent leurs papiers : carte d'identité, certificats médicaux, et la masse de documents que leur avait délivrés le P.F.F. à Paris. Elles examinaient tout avec soin ; quand Kristin trouvait que cela durait trop, elle les pressait d'un ton sec, puis lançait un sourire amical aux voyageurs – pour bien montrer qu'elle était aussi ennuyée qu'eux, et qu'elle réprouvait cette bureaucratie tatillonne.

Quand tout fut fini, on leur ordonna de déposer sur la table leurs appareils photo. Ils leur seraient rendus au retour. Gould protesta :

– Nous ne pourrons pas prendre de photos ?

– Non. Je suis désolée, répondit Kristin.

– Mais pourquoi ?

Elle ne répondit pas. On leur fit une seconde requête, plus surprenante encore : leurs montres. Ils n'auraient pas le droit de les garder au poignet dans l'Empire. On les leur rendrait en même temps que leurs appareils. Ils furent tellement désarçonnés par cette confiscation qu'ils ne protestèrent même pas. Enfin, on put sortir du baraquement, et se préparer à pénétrer dans l'Empire proprement dit. Les soldates transportèrent leurs bagages du minibus jusqu'aux deux impressionnantes limousines dans lesquelles ils continueraient le voyage – chacune pouvait emmener six personnes, en vis-à-vis, comme dans un salon. Le chauffeur, Richard, qui avait attendu tout ce temps derrière son volant, fut renvoyé à Comines. Il ne parut pas mécontent d'être libéré, et fit à ses compatriotes un geste d'adieu timide avant de démarrer.

Les Français s'installèrent à bord des limousines. Bordeaux, en découvrant les bois de rose et les cuirs, siffla longuement. Il était dans la seconde voiture, avec Langlois et Golanski ; Gould, Alvert, Lotte et Kristin Maademesch avaient pris place dans la première. Il aurait préféré qu'ils voyagent tous ensemble, et trouvait dommage de n'être pas en compagnie de leur guide. Que dirait-elle qu'il n'entendrait pas, qu'apprendrait Gould que lui ignorerait, pour n'avoir pas été dans le bon véhicule ? Cette impression de demeurer en arrière le vexa un peu. Pour se consoler, il songea qu'il pourrait discuter avec la conductrice et la soldate qui l'accompagnait. Mais, lorsqu'il se pencha vers elles, elles firent des gestes hostiles indiquant qu'elles ne comprenaient pas sa langue, et qu'il devait se rasseoir. Piqué par leur comportement farouche, il croisa les bras et, exceptionnellement, décida de se taire.

18 octobre. Deux mois sans ouvrir ce journal. Je relis, émue, ce que j'ai écrit le 1er août, quand la brigade m'a apporté la bonne nouvelle…

Saurai-je résumer tout ce qui s'est passé depuis ? J'ignore par où commencer ; c'est ma vie entière qui est bouleversée.

Tout le mois d'août, d'abord, a été occupé par des formalités administratives et des contrôles. Les brigadières m'avaient prévenue : l'Empire doit s'assurer que je suis digne d'offrir son cadeau à Judith, digne peut-être qu'elle m'adresse la parole, voire qu'elle m'embrasse (j'en tremble). Alors on m'a mise à nu : dix entretiens individuels, des fouilles à domicile tous les trois jours, des examens pour vérifier que je connais bien les lois. J'ai dû réapprendre les deux cents dates de la Révolution qu'on enseigne dans les écoles, et qu'évidemment je ne savais plus, pour les réciter dans l'ordre devant un jury silencieux, qui suivait la liste sur des feuilles de papier. Heureusement, les heures passées à les faire apprendre à Virginie puis à Judith m'ont laissé des souvenirs ; cela m'a facilité le travail, et j'ai réussi le test. (« Tu ne devrais pas avoir à retenir tes dates de nouveau, m'a grondée Virginie en me voyant à la peine avec elles. Nos dates sont comme nos slogans : si tu es une bonne féministe, tu ne dois pas les avoir oubliées. » Là-dessus, elle a tourné le dos... Son petit sermon, sur le moment, m'a rendue honteuse ; mais je ne dois pas me laisser impressionner ainsi par Virginie.) Il paraît que certaines des sélectionnées ont échoué, et que deux ont été refoulées, la première parce que dans sa famille des femmes ont passé huit jours en rééducation dans les années 1980, l'autre parce que, étant stérile, elle n'a pas eu d'enfants, et que « ne pas grossir les rangs des survivantes est une faute ». Nous sommes donc dix. Je m'entends bien avec les neuf autres « élues », et l'ambiance est bonne. Heureusement, d'ailleurs, car depuis le début du mois de septembre nous passons le plus clair de notre temps ensemble. Dans une grande salle du Palais d'Etterbeek, sur la chaussée de Wavre, nous nous entraînons comme des sportives.

L'étrange, dans tout cela, c'est que nous ignorons en quoi consistera le cadeau : on n'a rien voulu nous dire à ce sujet, « pour des raisons de sécurité ». Nous savons qu'il sera volumineux et assez lourd, puisque nous serons dix pour le porter. (On nous inflige des séances de musculation, car on nous trouve un peu chétives. J'ai horreur de cela mais, comme après les heures passées à lever des poids nous avons le droit d'aller nous baigner dans la piscine du sous-sol, je fais bonne figure.) Pour les répétitions, nous travaillons avec un cube de bois censé figurer le cadeau. On a reconstitué la tribune où se tiendra Judith et l'escalier que nous monterons pour la rejoindre ; nous apprenons à coordonner nos pas, à tout minuter, à faire en somme comme si, au lieu d'être dix, nous ne formions qu'un bloc. Comme dans la devise de l'Empire... Les répétitrices qui s'occupent de nous sont impitoyables, d'une exigence absolue. Elles ne sont jamais contentes, et nous font recommencer sans fin chaque geste qu'elles jugent imparfait. C'est épuisant. Pendant les séances, l'une d'entre elles s'installe toujours « à la place de Judith », et fait semblant d'être la Bergère. « Comme cela, dit-elle, je vois exactement ce qu'elle verra. » Parfois, après que nous avons recommencé cent fois le même mouvement et que, sous l'effet de la fatigue, la tête me tourne, je crois voir la vraie Judith.

26 octobre. On sent dans le pays comme un bouillonnement, le début d'une euphorie qui durera jusqu'à la fin des festivités. Mais j'écris « le pays » comme si je savais ce qui s'y passe, alors que depuis des semaines je ne vois rien d'autre que mon pavillon et le Palais d'Etterbeek... Les journées se ressemblent, rythmées par les entraînements. Si heureuse que je sois d'être là, je ne puis m'empêcher de les trouver monotones. Nous travaillons tellement que je ne vois presque plus mes filles ; quand je rentre, elles sont couchées, et dorment. Le bon Dorus veille sur elles, et me transmet les messages qu'elles lui ont confiés pour moi.

Un des avantages de ma nouvelle vie, c'est que l'Empire, en compensation du salaire que nous ne touchons plus, nous verse une indemnité très confortable. Du coup, mes finances sont rétablies, et nous mangeons beaucoup mieux. Dorus peut enfin mettre le prix qu'il faut. Il achète de la viande, quand il en trouve. De plus, nous pouvons nous approvisionner dans les magasins d'Etat! Jamais je n'aurais cru qu'un jour j'y aurais droit... Faute de temps, j'y envoie Dorus, muni de mon laissez-passer. Il en revient émerveillé : « Vous n'imaginez pas l'abondance que c'est ! » Je lui réponds en riant qu'à Etterbeek aussi, nous avons tout ce que nous voulons, et qu'à la cantine du Palais les buffets sont si garnis que je ne sais jamais quoi choisir. Les premiers jours, habituée à ne pas gâcher une occasion de manger beaucoup quand c'est gratuit, je me suis rendue malade. J'ai d'abord eu honte, mais mes camarades ont fait comme moi. En nous voyant nous ruer sur la nourriture, les fonctionnaires du Palais, familières de cette abondance, se sont moquées de nous. Leurs plaisanteries m'ont agacée. Ignorent-elles combien la vie est difficile, au-dehors ? Mais ma révolte contre elles n'a pas duré ; et j'ai appris à ne plus courir vers les buffets, à ne plus craindre de manquer. En fait, je passe dans leur monde. Impression troublante : je m'élève. Je pénètre dans des milieux dont celles avec qui j'ai jusqu'ici tout partagé n'ont pas idée, et dont je n'avais pas idée naguère moi non plus. J'ai désormais des *privilèges* – oh, rien de fantastique, bien sûr ; mais quand même. Le soir, par exemple, on me ramène chez moi dans une grosse voiture noire, conduite par un larbin. Nous roulons à vive allure dans Bruxelles ; dehors, les femmes qui me regardent avec méfiance ont sans doute ce sentiment (je le connais bien, pour l'avoir souvent ressenti) que cette limousine transporte une femme différente d'elles, et qui ignore comment elles vivent – une femme inaccessible. Je les connais bien, ces regards passifs, cette incrédulité, cette impression que les gens des hautes sphères, les brigadières, les courtisanes, les gardiennes de la Révolution et les bureaucrates du gouvernement sont des personnages un peu légendaires, appartenant à un autre monde, et dont l'apparition est une surprise. Ce regard, ce visage, c'étaient les miens. Et moi, confortablement assise à l'arrière, je me demande ce qu'elles savent, ces Bruxelloises qui arpentent le boulevard Vermaarsch – ce qu'elles savent de l'univers des Palais, de ce monde qui s'ouvre à moi. La réponse est qu'elles ne savent rien. Parfois, j'ai l'impression de trahir ma classe, pour autant que cela ait encore un sens ; l'impression de renier le milieu d'où je viens. Mais en même temps, je ressens aussi de l'orgueil, un orgueil immense. C'est bien humain.

L'autre soir, comme la voiture me dépose devant chez moi, une voisine m'en voit descendre. Sans le vouloir, j'évite son regard, je feins d'être pressée, claque la portière et me dépêche d'entrer, comme pour faire croire que je suis accaparée par des obligations impérieuses. Puis, une fois à l'abri, je me fais honte, je me trouve mufle. Et c'est souvent comme cela : je ne résiste pas au désir de me mettre en valeur. Les soldates postées aux portes des zones du Palais où nous pouvons aller seules, je leur tends mon badge d'un air las, comme si je le possédais depuis toujours ; ou bien, je fais carrément mine d'avoir oublié que je l'ai autour du cou, et je le cherche inutilement dans mes poches, pour faire croire qu'il n'a pas d'importance à mes yeux, et que c'est un détail dont je me moque. Suis-je ridicule ! Après qu'elles ont examiné mon badge, ces soldates baissent parfois les yeux, parce qu'elles croient que je suis une femme importante. Dans ces moments, un frisson de jouissance me prend, et je reviendrais volontiers sur mes pas pour passer de nouveau la porte, et les voir encore baisser la tête…

29 octobre. D'ici peu de jours, nous nous installerons à demeure au Palais. Les cérémonies auront lieu dans deux mois ; il faut mettre les bouchées doubles. Et puis à croire Anouk, la répétitrice qui dirige tout ici, « notre sécurité » sera mieux assurée si nous restons sur les lieux, plutôt que de rentrer chaque soir chez nous. Les enfants seront prises en charge par des nourrices, elles seront traitées « comme des princesses » et continueront d'aller à l'école – ou, pour celles qui participeront aux défilés, de parfaire leurs chorégraphies. (Ici, Anouk me fait un clin d'œil, parce qu'elle sait que Virginie fait partie des danseuses. « Dans ta famille, on est élue de mère en fille », ironise-t-elle.) J'ai annoncé la nouvelle à Virginie et à Judith. Elles ont balancé entre la tristesse de ne pas me voir les deux prochains mois, et l'excitation de découvrir les plaisirs de leur nouvelle vie.

Autre nouveauté, dont je me promets de parler dans ce journal. Depuis quelques jours : *je flirte*. Elle s'appelle Lena, et fait partie de notre groupe – une « sœur parmi les sœurs », comme disent les répétitrices. Flamande (Anvers, je crois), quarante ans. Je la regarde sans déplaisir ; elle a des rondeurs que j'ai cru ne pas aimer, mais qui finalement m'attirent. Quant à elle… Eh bien ! Ne soyons pas modeste : je la crois mordue. Elle ne cesse de me lancer des œillades. Au début, gênée, j'ai fait comme si de rien n'était, et j'ai tenté de m'éloigner d'elle. Mais comment s'éviter quand on se voit tous les jours ? Et puis, surtout, je me suis rendu compte qu'il est bien agréable de susciter des sentiments chez une femme. Charmée, j'ai commencé de jouer avec elle, je l'ai laissée s'approcher, s'installer près de moi lors des repas. Elle m'a frôlée, m'a parlé, et me témoigne discrètement son attirance. Voilà où nous en sommes ; cela dure depuis deux semaines. J'ai envie que cela continue, et même que nous allions plus loin. Mais je suis trop timide pour faire le premier pas ! Elle aussi. Il faudrait que je la provoque, pour qu'elle se dévoile.

3 novembre. Branle-bas de combat : notre installation au Palais, qui était censée n'avoir lieu que la semaine prochaine, a été avancée à demain. Je fais mes valises. Dorus a reçu ses consignes : il s'occupera des filles jusqu'à l'arrivée de leur nourrice, et tiendra la maison en ordre pendant mon absence.

En ce qui concerne Lena, mes impressions se confirment : elle ne cesse de me chuchoter des choses à l'oreille et, hier, m'a embrassée dans le cou. Les autres se sont aperçues de notre idylle naissante ; il y a des sourires entendus, et des moqueries. J'ai peur qu'il y ait aussi bientôt des jalousies, et que notre liaison nous isole.

Mais j'en parle comme si c'était déjà fait ! Voudrais-je révéler combien je désire Lena que je ne m'y prendrais pas autrement.

Comme à chaque fois qu'il arrivait dans une chambre d'hôtel, Gould, qui était un peu maniaque, pendit soigneusement ses vêtements dans la garde-robe. Puis, quand ses deux grandes malles furent vides, il se rafraîchit le visage au lavabo et, prenant dans son manteau son carnet et un stylo, il s'installa sur le lit et entreprit de noter ses impressions. La journée n'était pas terminée, il aurait pu attendre le soir ; mais il craignait de n'avoir plus les idées aussi claires, de perdre le détail de certaines choses, et de les reconstituer au lieu de fidèlement les transcrire. Vite, il fallait tout jeter sur le papier, même en style télégraphique, sans souci de littérature ; prendre tout en vrac, comme cela venait, parce que ensuite cela n'aurait plus la même netteté. Il suivait cette discipline dans tous ses déplacements, croyant que c'était l'essentiel du journalisme.

Il griffonna d'abord quelques informations simples, banales, de celles qu'on oublie facilement si on ne les relève pas : ses préparatifs du matin, leur rendez-vous près de la gare, le voyage en train, l'allure du chauffeur Richard… Tout cela lui ferait une brassée de petits faits vrais, qui seraient très utiles au moment de rédiger le récit du voyage, et qu'il mélangerait au gros œuvre, aux morceaux de philosophie, à la théorie.

Concernant leur arrivée dans la zone neutre et le barrage policier de tout à l'heure, il tâcha de se rappeler en détail l'uniforme des soldates, quel type de fusil elles portaient (mais il n'y connaissait rien en armes à feu), ce qui lui était passé par l'esprit pendant qu'on le fouillait, et ce qu'avaient pensé selon lui ses camarades. Tout cela était frais dans sa mémoire, il put noircir une page entière. De bonnes formules lui venaient, qu'il prenait en note en songeant que peut-être elles feraient bien dans l'article :

« Avons été palpés sur tout le corps, sans ménagement. Ces mains de femmes qui ont couru sur moi, c'était comme un premier *contact* avec le pays – un premier contact physique.

Ah ! Le charisme de ces brigadières, gardiennes sévères de la Révolution ! Elles m'ont fait un grand effet.

Nous avons été transportés dans des voitures immenses, des voitures de ministre, fabuleusement luxueuses. Mais le trajet du check-point à l'hôtel était très court, nous n'en avons pas profité longtemps. La nuit ici est profonde. On ne voit rien – ce qui s'appelle rien. Le résultat, c'est que nous n'avons pas vraiment vu la Belgique. Se cache-t-elle pour mieux se dévoiler demain sous le soleil ? Tout à coup, dans le noir, l'hôtel apparaît, lumineux, grand paquebot surgi de nulle part, comme une surprise. »

Gould, à ses heures, était poète, et avait ordinairement une plume lyrique. Ici, il était sobre, quasiment technique.

Il écrivit ensuite quelques mots sur Kristin, leur guide. Il ne savait que penser d'elle. Dans la voiture, où elle n'avait pas fait beaucoup d'efforts pour la conversation, il l'avait trouvée déplaisante ; mais quand ils furent arrivés à l'hôtel, cela s'était arrangé, et elle s'était montrée tout à coup aimable, attentionnée, délicate. Peut-être le transport l'avait-elle rendu anxieuse ? Elle craignait sûrement qu'on les attaque (dès leur arrivée, elle avait évoqué Beatrix et le terrorisme : Gould en avait été impressionné), et ne s'était rassurée qu'une fois arrivée à bon port. Cette hypothèse séduisit Gould, parce qu'elle donnait de l'importance aux Français : si on avait craint une attaque contre eux, c'est qu'ils n'étaient pas n'importe qui. Il l'adopta donc, et se prit même à rêver d'un authentique attentat – un attentat sans conséquence, bien sûr, mais spectaculaire cependant, qui dramatiserait leur récit. A défaut, il songea cependant qu'une simple menace serait déjà très bien pour le romanesque. Aussi Kristin lui apparut-elle sous un jour plus favorable, et il reconsidéra son jugement. Il n'était pas vrai qu'elle avait été sèche avec lui : elle était soucieuse, ce qui était autre chose. La barrière n'était pas entre eux, se dit-il, mais entre l'Empire d'un côté, dans le camp duquel ils étaient avec elle, et les terroristes de l'autre. Il consigna tout cela, avec quelques mots sur l'apparence de Kristin : « Une belle et haute femme de quarante ans, les cheveux courts, la silhouette effilée. Elle a quelque chose de droit, d'altier. Un regard franc, direct, qui vous plonge au fond des yeux. Elle est sans doute dure, rompue à la chose politique, capable de prendre des décisions douloureuses. Quel rôle joue-t-elle dans l'Empire ? Elle a dit – cela m'a frappé – qu'elle est, je cite : "Générale-majore des brigades, archichancelière au Conseil de la Révolution". Aucune idée de ce que cela signifie. Demander des éclaircissements là-dessus. Quoi qu'il en soit, elle a du caractère. Quelque chose, aussi, me laisse à penser qu'elle est une femme qui ment aisément. Mais avec les femmes, je me trompe toujours. »

Songeant que cela pourrait servir dans l'article, il prit aussi des notes sur sa chambre d'hôtel, qui était sobre, pour ne pas dire austère. Kristin prétendait que c'était un hôtel de luxe : selon les standards impériaux, c'était peut-être vrai, mais pour les siens, c'était tout juste convenable. Mais, par respect pour l'Empire, il retourna sa déception en admiration, et monta un début de théorie : cette chambre banale montrait que les Belges se moquaient du confort, parce que le confort ne comptait pas pour elles. C'était évidemment la preuve de leur supériorité, et de leur sens de l'intérêt national. Il écrivit aussi quelques mots sur ce qui sautait aux yeux dès qu'on entrait dans la chambre : l'immense portrait de Judith au-dessus du lit, qui veillerait sévèrement sur son sommeil. Il refusa de porter sur ce tableau des jugements esthétiques, parce qu'il trouvait que la question n'était pas là : il préféra noter à quel point le frappait l'évidence que grâce au portrait le voyageur, dans l'intimité de sa chambre, était poursuivi par la politique, et que la Bergère ne l'y abandonnait pas. De fait, sous l'œil de Judith posé sur lui, Gould n'était pas tout à fait décontracté ; le tableau diffusait comme un surmoi discret et bienveillant, qui le remettait dans le droit chemin, comme un crucifix dans la chambre à coucher d'un Chrétien.

Il voulut consulter sa montre, et se souvint qu'on la lui avait prise. Au mur une horloge marquait sept heures quarante. Il reboucha son stylo, rangea son carnet et se disposa à descendre au salon, pour être sûr de s'y trouver le premier. (Etre partout avant les autres, pensait-il, cela faisait partie de son rôle de chef : il devait faire l'inspection du terrain, s'exposer en première ligne, monter au feu – expressions guerrières qui lui vinrent spontanément à l'esprit, bien qu'il fût un antimilitariste convaincu : cela le fit sourire.)

Il ne prit pas l'ascenseur. En bas, deux vieux grooms accoururent et se mirent au garde-à-vous devant lui. Il voulut leur donner un ordre, mais n'eut pas d'idée ; gêné, il toussota, puis fit un geste vague avant de se diriger vers le salon. Hélas ! Bordeaux était déjà là, devant la cheminée où crépitait un feu, lisant un journal. Gould se mordit les lèvres, navré : en descendant plus tôt que lui, son ami avait eu la primeur.

– Que lis-tu ? demanda-t-il en s'approchant.

Bordeaux sursauta.

– Tu m'as fait peur, dit-il en tendant son journal à Gould. *Féminité*. Edition en langue française.

– Sans blague ?

Féminité, le grand hebdomadaire belge – le seul –, était pour les féministes français une sorte de Bible, en dépit d'une bizarrerie de distribution qui faisait qu'on ne le trouvait à Paris qu'en version néerlandaise. Chaque semaine, le Parti faisait donc traduire les principaux articles, puis les réimprimait dans une plaquette à laquelle Gould et Bordeaux étaient abonnés. C'était absurde mais, d'une certaine manière, cela arrangeait le Parti, car il pouvait trier les traductions et garder la haute main sur l'information venue de Belgique.

– Je lisais un article sur les communautés en Autriche, expliqua Bordeaux. Il paraît qu'il y en a plus de trois cents.

– Ça ne veut rien dire, observa Gould. Tout dépend de leur taille.

– Mais justement : elles disent que la plupart comptent au moins cinquante membres.

Gould opina, songeur. En France, il ne restait plus qu'une quinzaine de ces collectivités ultra-féministes qui avaient fleuri dans les années 1970, et où l'on vivait sur le modèle de la Révolution. Il avait séjourné dans plusieurs d'entre elles avec sa femme, pour en faire la promotion, et Bordeaux à une époque s'infligeait chaque été une retraite dans une communauté landaise, comme d'autres vont dans un monastère, « pour se vider la tête et se ressourcer aux bons principes ». La plupart de ces communautés acceptaient les hommes à titre temporaire ; mais certaines étaient réservées aux femmes, et les plus extrémistes pourchassaient dans leur sein tout ce qui se rapportait aux hommes – il y avait celles qui interdisaient les photographies d'hommes, celles qui brûlaient les livres écrits par des hommes, et même celles qui proscrivaient jusqu'au nom des hommes, dont le seul énoncé était puni d'un gage.

Bordeaux et Gould débattirent un instant des raisons pour lesquelles les communautés avaient mal résisté en France. Pour Bordeaux, c'était à cause des utopistes comme Cabet ou Fourier, qui n'avaient plus bonne presse chez nous depuis le dix-neuvième siècle. Selon Gould, c'était plutôt parce que le fond misogyne français avait empêché les communautés de prospérer.

– Ah, si la France était comme l'Autriche ! soupira-t-il.

Il dit cela comme s'il avait une idée claire de ce qui se passait là-bas. Il n'y était jamais allé. De toute façon, il pensait que n'importe quel pays valait toujours mieux que la France, pour le féminisme comme pour le reste.

Tandis qu'ils discutaient, une employée de l'hôtel, très stricte dans son costume rouge garni sur l'épaule d'un galon dont Gould n'osa pas demander la signification, vint leur proposer à boire. Bordeaux réclama un cognac, Gould une vodka ; mais elle n'avait ni l'un ni l'autre. Bordeaux s'étouffa.

– Il n'y a pas de cognac dans votre hôtel ?

– Il n'y a pas de cognac dans notre Empire, répondit-elle.

A cet instant arrivèrent Léonore Alvert et Capucine Lotte, escortées par des grooms.

– Ils n'ont pas de cognac, se plaignit Bordeaux.

– Tu survivras ? se moqua Léonore.

L'employée leur apporta d'office des verres remplis d'une sorte de jus de fruits. Gould, pour ne pas froisser la jeune femme, le but par petites gorgées, en prenant une mine réjouie.

Langlois et Golanski les rejoignirent, puis enfin Kristin, entourée de trois soldates qui s'installèrent à l'écart et commencèrent de parler entre elles, en néerlandais. Gould trouva splendide cette façon de les ignorer.

– Pardonnez mon retard, dit Kristin, j'étais au téléphone avec Bruxelles.

Elle claqua des doigts et se fit servir le même cocktail qu'ils buvaient tous. Bordeaux en profita pour exprimer ses griefs.

– Figurez-vous que j'ai demandé un cognac, et…

– On ne boit pas, en Belgique, coupa-t-elle.

Il demeura muet, comme frappé de stupeur.

– Je…

– Mais buvez donc cet excellent cocktail sans alcool, dit-elle en levant son verre. C'est une recette inventée par Judith.

Elle y trempa ses lèvres et ajouta :

– Boisson officielle de l'Empire. On la sert à toutes les fêtes nationales, et pour les grandes occasions en général. Et ce soir, c'est une grande occasion, n'est-ce pas ?

Gould, apprenant que la recette était de Judith, trouva son jus moins insipide. Il finit son verre et en réclama un autre.

On bavarda devant le feu, où les grooms venaient régulièrement mettre des bûches. La cheminée était immense, dix personnes pouvaient se chauffer devant elle. Kristin, en maîtresse de maison, faisait la conversation, posait à chacun toutes sortes de questions. Elle était remarquablement bien informée et connaissait à fond leurs *curriculum vitæ*, au-delà des renseignements contenus dans les notices individuelles que Gould, à la demande de Bruxelles, avait envoyées à l'Empire avant leur départ. Elle savait exactement quoi dire pour leur être agréable. Ainsi, à Gould : collaborez-vous toujours à tel journal (dont il était fier d'être devenu récemment le principal éditorialiste) ? Et où en êtes-vous de ce livre dont vous parliez récemment ? A Bordeaux, dont elle savait le titre et l'intrigue du dernier roman : a-t-il eu le succès que j'imagine ? A Capucine, elle parla du Parti, et lui prédit qu'après le voyage elle accèderait aux plus hauts postes de direction. A Alvert, elle posa des questions sur sa Bretagne natale, et sur le manoir qu'elle venait d'acheter près de Pont-l'Abbé. « Comme je voudrais venir vous y rendre visite, si je n'avais pas tant de travail ici. » Elle s'intéressa à Langlois en le faisant parler de ses cours à la faculté. Elle savait aussi que Golanski était timide et n'aimait pas parler de lui : elle l'interrogea sur les occupations caritatives de son épouse.

Gould, expert dans l'art de la conversation, fut impressionné par cette prestation. Il devinait que cette politesse était feinte, mais se laissa charmer tout de même, ravi de se voir accorder l'intérêt qu'il pensait mériter, et qu'il ne trouvait pas toujours chez les Français. Il aurait simplement aimé que Kristin lui parle un peu plus qu'aux autres ; mais, puisque c'était à lui qu'ils devaient d'être là indirectement, il brillait encore.

Vers vingt et une heures, on passa à table. Le dîner fut exquis, et typique de la gastronomie belge (les révolutionnaires n'avaient pas détruit toutes les traditions, songea Gould, et c'était tant mieux) : du boudin noir, puis une salade de cresson de fontaine ; des grives à l'ardennaise, suivies d'un plateau de fromages dont Kristin dit à Gould qu'on l'avait composé en son honneur, « parce qu'il était connu jusqu'à Bruxelles » qu'il aimait le fromage. Enfin, des pêches au massepain – « le dessert favori de la Bergère », qui, pour cette raison, parut succulent. Le seul ennui, c'est qu'il n'y avait pas de vin. Mais Gould se consola en voyant Bordeaux en souffrir plus que lui.

Kristin leur parla de leur emploi du temps pour les prochains jours, expliquant qu'il n'y avait pas eu de réception officielle ce soir parce qu'une cérémonie était prévue le lendemain, dans une école, avec des enfants qui leur souhaiteraient la bienvenue. Ne serait-ce pas gentil ? Ils opinèrent. Alvert, qui adorait les enfants (et d'autant plus, disait Gould, que personne n'avait voulu lui en faire), ajouta que demain ils seraient frais et dispos, qu'ils profiteraient donc mieux de la cérémonie, et que c'était en somme une bonne idée. Seule Lotte paraissait réservée, parce qu'on lui avait appris au Parti à se méfier des enfants, qui sont pour les femmes une source d'esclavage. Gould avait lu d'elle des textes virulents sur ce sujet. Mais la réaction de la jeune femme ne l'inquiétait pas : puisque la visite d'école avait été décidée par l'Empire, elle en admettrait le bien-fondé. Quant à lui, il supposait que ce serait amusant. Il aimait bien les enfants, si faciles à impressionner.

A la fin du dîner, Kristin parla d'elle. Elle avait commencé comme ouvrière dans une usine ; et aujourd'hui, elle gravitait dans les plus hauts cercles du pouvoir. Elle fit de cette ascension un récit si vivant, ponctué de si bonnes anecdotes, que les Français l'applaudirent spontanément. Gould lui demanda si elle pourrait lui préciser le lendemain certaines dates et certains détails, pour qu'il les note ; elle répondit en riant qu'elle ne voulait pas être la vedette, et que c'était de l'Empire qu'il faudrait parler. Cette modestie le toucha ; il lui en fit le compliment, et affirma qu'un parcours comme le sien serait impossible en France. A cause des préjugés.

Avant de remonter dans leurs chambres, ils s'assirent près du feu, pour y boire des tisanes. Gould et Bordeaux auraient préféré une gentiane, mais ils s'efforcèrent de faire bonne figure. Au moment de se séparer, Gould remercia une dernière fois Kristin pour son excellent accueil. Il songeait vaguement à la séduire ; non pas qu'il fût attiré par elle (il préférait les femmes plus âgées), mais il trouvait qu'elle avait de l'allure – sans compter le côté transgressif dans ce pays des amours hétérosexuelles. Elle sourit, répondit poliment ; puis elle reprit son sérieux et leur donna rendez-vous le lendemain à sept heures, pour le petit-déjeuner.

Dans sa chambre, Gould voulut prendre encore des notes ; mais il ressentit une grande lassitude, et comprit qu'il ne pourrait plus travailler ce soir. Il passa dans la salle de bains, hésita entre la douche et le bain, opta pour le bain. Il batailla dix minutes avec les robinets et se brûla tout de même un peu en s'installant dans la baignoire. Il trempa longuement dans l'eau en chantonnant des airs à la mode, ce qui facilita la tâche des techniciennes qui, un étage au-dessus, réglaient la quinzaine de micros qu'elles avaient dissimulés dans sa chambre.

4 novembre. Hier, je ne suis pas rentrée : nous habitons désormais au Palais, comme prévu. Nos chambres sont d'un confort inouï. Dans la mienne, nous sommes trois ; mais elle est si grande qu'on pourrait en faire un dortoir pour dix. Comme nous avons choisi nos camarades par affinités (pour une fois qu'on nous laisse libres…), Lena s'est installée avec moi. L'excitation que c'était, hier soir, de passer cette première nuit ensemble ! Notre colocataire, si l'on peut dire, s'appelle Zoé. C'est une Luxembourgeoise de trente ans, effacée et fanatique. (Sur un mur de la chambre est accroché un portrait de Judith : elle a une façon religieuse de le regarder – elle s'agenouille devant lui chaque fois qu'elle entre. Et ce n'est pas tout : elle a sur sa table de chevet une petite photo de Judith et Ingrid, dans un cadre en manguier sculpté ; hier, je l'ai vue la porter à ses lèvres…)

Il n'y a pas que les chambres. Toute la partie du Palais où nous sommes, et à laquelle nous n'avions pas accès auparavant, est magnifique. Hautes pièces aux murs tapissés, beaux meubles couverts de babioles, cheminées massives où brûlent de bons feux : rien n'est plus éloigné du style fonctionnel et pauvre que préconise en principe le régime… (Hilda, une autre de nos équipières, m'a renseignée sur ce luxe : il paraît qu'autrefois la Grande Bergère a dormi ici, et qu'elle y avait un bureau. Ingrid, dans ces murs !) Comme je me sens loin de mon quartier, de mon pavillon – et plus encore du vieil appartement sororal où j'ai commencé ma vie d'adulte !

Onze heures du soir. Quelle soirée ! D'abord, un souper délicieux à la cantine du Palais. J'ai mangé un potage que j'ai choisi parmi les cinq qui figuraient au menu, puis des écrevisses au court-bouillon ; c'était si copieux que je n'ai pas pris de dessert. J'en raffole pourtant. (Ce matin, il y avait du vrai chocolat au petit-déjeuner, au lieu de l'ersatz qu'on trouve au magasin d'Etat. J'en aurais bu dix tasses.) Après le souper, Anouk a proposé que nous nous amusions un peu. J'ai cru qu'elle suggérait un jeu, mais c'était bien plus que cela : elle parlait d'une sortie. Nous étions stupéfaites. En avions-nous le droit ? Elle a ri de nous voir si prudentes.

– Et où veux-tu aller ? avons-nous demandé.

– Mais au *Benno*, bien sûr !

Aucune parmi nous ne connaissait le *Benno*, ce qui l'a fait rire de nouveau. Nous nous sommes senties terriblement provinciales.

– Est-ce loin ? a demandé Zoé.

– Non, c'est tout près. Nous irons à pied.

Le *Benno* est un club de nuit situé au bout de l'avenue des Cavales, près de l'ancienne voie de chemin de fer. Nous y sommes arrivées en dix minutes. J'ai été surprise de voir que les rues autour du Palais étaient bien éclairées, contrairement au reste de la ville qui dès vingt-deux heures est dans le noir. Avec ses néons multicolores et sa petite porte en fer plein, le *Benno* n'est pas très engageant. Seule, je n'aurais pas osé m'en approcher ; j'aurais conçu des idées folles sur les trafics qui se négocient à l'intérieur, et j'aurais fait un détour pour ne pas longer sa façade. Mais ce soir, guidée par Anouk et rassurée par la présence de mes camarades, j'étais curieuse d'y entrer ; et j'ai senti de nouveau le changement qui s'opère en moi. Eh ! Je fais désormais partie de celles qui fréquentent ce genre d'endroits ! En passant la porte, je me suis trouvée tellement privilégiée, tellement différente des autres que je côtoyais il y a peu de temps encore !

Le *Benno*, donc. Il me laissera un drôle de souvenir. Tout là-dedans est plongé dans la pénombre ; on se voit à peine, et on se bouscule sans cesse. Des bougies disposées çà et là éclairent faiblement et libèrent des parfums capiteux. Quand on s'est habituée à cette obscurité, on distingue sur des canapés, des poufs et des coussins, des femmes qui fument, qui boivent (au bar, pas de boissons sans alcool) et qui rient à gorge déployée. D'autres sont sur la piste de danse, où elles se déhanchent lascivement au son de musiques assez peu orthodoxes. Instinctivement, j'ai eu une réaction de rejet, et mes camarades ont paru gênées elles aussi. Mais nous avons fait mine de rien, pour n'avoir pas l'air pimbêches. Anouk nous criait ses consignes :

– Pour consommer sans payer, dites que vous venez du Palais.

Après quoi elle nous a abandonnées pour se mêler aux danseuses. Nous sentant très seules, nous nous sommes groupées sur une banquette ; mais Jeanne et Erika, plus aventureuses (elles sont les plus jeunes d'entre nous), ont rejoint Anouk dans la foule. J'ai cherché la main de Lena ; nos doigts se sont enlacés. Plus tard, elle a posé sa tête sur mon épaule. Comme nous devions paraître gauches, alignées sagement, les jambes croisées, à regarder autour de nous sans bouger ! Des femmes superbes passaient sans nous voir ; nous nous sentions transparentes. Finalement, Jeanne et Erika sont venues nous chercher pour danser ; nous leur avons résisté quelques instants, puis nous avons cédé. Timidement, je me suis fait une place sur la piste, en veillant à ne toucher personne. Devais-je avoir l'air bête ! Jeanne et Erika, elles, ondulaient comme des reines. Je me demande où elles ont appris à se trémousser ainsi.

La chaleur était étouffante. Au bout de quelques minutes, ruisselantes, Lena et moi nous sommes allées au bar où, conformément à la consigne, nous avons dit : « Nous venons du Palais. » A cette phrase, un larbin (un garçon très jeune, qui m'a fait penser à Dorus) nous a tendu un verre. C'était pétillant, sucré et très alcoolisé ; j'y ai trempé mes lèvres avec prudence, craignant de m'enivrer. Nous nous sommes ensuite lancées dans l'inspection du *Benno*. Il s'étend sur deux niveaux, reliés par un escalier en colimaçon. Au nôtre, on dansait ; au-dessus, où on avait mis la musique en sourdine, on allait pour discuter, fumer des narguilés et même, apparemment, se livrer à des privautés – nous avons surpris des couples dans des positions équivoques, et quelques seins nus. Fascinant, écœurant : je ne savais quoi penser. J'avais l'impression de n'être pas à ma place, de n'avoir pour ainsi dire pas *le droit* d'être là ; mais, en même temps, j'avais envie de m'abandonner, de tout explorer, et d'imiter ces femmes qui pourtant me choquaient. Ne suis-je pas autorisée désormais à croquer dans le fruit interdit ? J'ai achevé mon verre, je m'en suis fait servir un autre, je l'ai bu et je me suis finalement trouvée un peu saoule. Lena aussi.

Tout à coup, nous avons entendu un brouhaha ; des femmes se sont mises à courir, comme si une alerte avait retenti. Inquiète, je me suis levée ; j'ai repéré Anouk, et me suis précipitée vers elle.

– Que se passe-t-il ?

– Rien, ne t'inquiète pas.

– Mais pourquoi cette agitation ?

– Judith est arrivée.

J'étais estomaquée : la Bergère, ici ? Et Anouk disait cela d'un ton dégagé, comme si c'était banal !

– Mais où est-elle ? me suis-je écriée.

Elle a souri.

– Du calme. Tu ne pourras pas la voir, tu sais. Une partie de la boîte lui est réservée. Des salles auxquelles nous n'avons pas accès. Elle s'y installe, et fait venir des filles.

– Des filles ?

– Oui. N'as-tu pas remarqué qu'il y en a beaucoup ?

Elle a éclaté de rire, puis m'a expliqué comment cela se passait.

– Il y a des caméras partout, qui nous filment. Judith regarde des écrans, et repère celles qui lui plaisent. Beaucoup ne viennent d'ailleurs au *Benno* que dans l'espoir d'être choisies. Et parfois, elle en emmène avec elle une ou deux pour la nuit. Mais elle ne vient pas tous les soirs. Il faut avoir de la chance.

Je suis demeurée pensive, à l'idée que la Bergère était là, tout près. Et je me suis prise à rêver…

Nous avons dansé de nouveau, puis nous sommes rentrées. Lena, très éméchée, m'a embrassée en riant, puis s'est endormie. Je me suis douchée, puis j'ai commencé d'écrire ces notes. Le sommeil à présent me gagne ; je vais éteindre. J'aurais pourtant mille autres choses à dire sur cette soirée, sur ces femmes, et sur Judith à côté de nous ! Quand retournerons-nous danser ? En entrant au *Benno*, j'ai cru détester cet endroit ; et me voilà conquise. Accoutumance dangereuse : tout cela, le *Benno*, le droit de boire, nous devrons l'oublier après l'anniversaire, quand il faudra rentrer chez nous…

Levé dès six heures, Golanski tira les rideaux en espérant découvrir un beau paysage : il fut déçu. L'hôtel donnait sur une friche industrielle, et sa première vision de la Belgique se réduisait à des monticules de mâchefer, une pyramide de cubes de béton et deux énormes bobines de câble noir. Ce n'était guère engageant ; un crachin enveloppait de brouillard ce triste tableau. Un temps idéal pour ne pas mettre le nez dehors ; obéissant à son tempérament casanier, Golanski aurait volontiers renoncé au programme prévu pour un fauteuil auprès d'un bon feu et quelques livres sur la Belgique. Ne pas quitter le salon de l'hôtel, c'était pour lui la seule manière acceptable de faire du reportage.

En bas, il retrouva Gould et Langlois qui déjeunaient au buffet dressé dans la salle où ils avaient dîné. Il leur fit part de la tristesse du paysage. « On se croirait dans un hôtel d'aéroport », dit-il. Mais Gould le rassura : ce soir, ils seraient à Bruxelles, et ce serait autre chose.

Alvert, Lotte et Langlois les rejoignirent, puis Kristin. Quand tout le monde eut pris son petit-déjeuner (sauf Lotte, qui se déclarait incapable de rien avaler de si bon matin, « surtout en voyage »), on partit pour l'école de filles où devait avoir lieu la cérémonie d'accueil. Les deux limousines de la veille avaient disparu ; ils seraient désormais transportés ensemble dans un minibus comparable à celui qui les avait menés la veille de Comines au check-point. Une escorte de motos et de voitures militaires les attendait – déploiement logistique que Kristin justifia pour raison de sécurité. Langlois, ironique, demanda à voix basse si le pays était si peu sûr que leur protection nécessitât de telles précautions. Kristin l'entendit et répondit que le pays était sous contrôle, et que les terroristes étaient toutes mortes ou en prison. Mais, comme cette réponse contredisait les moyens mobilisés, elle ajouta que ces escortes marquaient surtout l'estime que l'Empire leur portait. Golanski songea que c'était peut-être aussi parce que la Belgique avait perdu l'habitude des visites officielles, et qu'elle en faisait trop de peur de ne pas en faire assez.

Ils constatèrent que les vitres du minibus étaient teintées. Sans les rendre opaques, cet écran brouillait la vision de l'extérieur. Golanski tenta malgré tout de distinguer les formes ; Kristin s'aperçut de ses efforts et l'en détourna en lui posant d'aimables questions sur *L'Instant*, la presse française et la proportion de journaux engagés dans la cause féministe. Gould et Lotte se mêlèrent à la conversation, mais Golanski n'osa pas en profiter pour recommencer. Langlois, ayant obsevé la scène, lui fit un sourire discret, dans lequel il aurait pu lire un début de complicité.

Quant à Bordeaux, il était encore endormi, car il vivait ordinairement la nuit et dormait jusqu'à midi. Il avait roulé sa veste pour s'en faire un coussin et, indifférent à tout, somnolait paisiblement. Cette faculté d'abandon impressionna Golanski ; lui n'aurait jamais pu se laisser aller ainsi : il se sentait sur le qui-vive, en danger. N'était-ce qu'une manifestation de sa phobie des voyages ? Cette question le préoccupa jusqu'à l'arrivée devant l'école.

Quand le minibus se fut arrêté, il en actionna le premier la porte coulissante, mais elle était bloquée.

– Patientez, lança Kristin. Elle ne s'ouvre que de l'extérieur.

On les tenait donc enfermés, songea-t-il, comme des enfants. Avait-on peur qu'ils sautent en marche ?

L'école fit à Golanski la même impression que l'hôtel : elle était construite au milieu d'un désert. Le bâtiment, immense, était neuf ; mais alentour, il n'y avait rien, sinon la route, elle-même goudronnée de frais. Pour le reste, c'étaient des champs en friche. L'école semblait avoir été jetée au hasard sur la plaine.

L'accueil fut assuré par la directrice, une quinquagénaire aux cheveux gris nommée Vanlecht, qui ne parlait que le flamand. Kristin traduirait. En leur serrant la main, Mme Vanlecht eut un mot pour chacun d'eux, et Golanski fut surpris qu'elle les reconnaisse et les appelle par leur nom. Lui avait-on fait parvenir leurs photos ? Lui avait-on communiqué leurs dossiers ? Au moment de saluer Golanski, elle déclara que c'était un grand journaliste, que ses articles étaient lus par toutes les intellectuelles et que, si ses élèves n'étaient pas si jeunes, elle les leur ferait lire aussi. Golanski hocha la tête, gêné. Pourquoi ces flatteries ? Une façon maladroite de montrer le grand cas que la Belgique faisait d'eux ? Ou bien était-ce pour les intimider, leur faire comprendre que l'Empire savait tout de leur vie ? Gould lui tapa joyeusement sur l'épaule en levant les yeux vers le ciel : « Voilà le soleil, maintenant ! Est-ce qu'elle ne commence pas bien, cette journée ? »

Ils suivirent la directrice dans l'école. Autour d'eux, il y avait une foule de brigadières et de fonctionnaires. Golanski remarqua qu'en passant le seuil les soldates posaient les armes, et qu'ensuite elles ne savaient plus quoi faire de leurs bras, n'ayant plus rien à tenir. Une équipe de télévision était en place : Kristin expliqua qu'elle était venue filmer la cérémonie pour le journal du soir. Gould se mit aussitôt à sourire ; Golanski, qui savait le goût de son ami pour les caméras et le soin qu'il portait à son image, devina qu'il n'arrêterait plus de sourire tout le temps qu'ils seraient filmés, et qu'il se rendrait constamment aux toilettes pour vérifier dans une glace si son crâne ne luisait pas trop. (Ce qu'il fit effectivement.)

On entrait par un hall dont la hauteur sous plafond frappa les visiteurs. Les voix y résonnaient comme dans une église. Des dizaines de fillettes y couraient en poussant des cris et en riant. Golanski n'aimait pas les enfants (bien qu'il en eût deux), mais cette agitation étrangement l'apaisa. Il était rassuré de trouver de la vie dans ce pays où tout jusque-là lui paraissait figé.

Gould fit un commentaire admiratif sur les dimensions de la pièce.

– Les architectes de nos écoles voient grand, ils sont conseillés par la Bergère, expliqua la directrice.

Deux portraits couvraient les murs latéraux : Ingrid et Judith, austères, le regard droit, avec en arrière-plan un décor bucolique. Ils étaient suspendus à plusieurs mètres au-dessus du sol, et les Français durent lever la tête pour les contempler, écrasés par leur gigantisme.

– A gauche, vous aurez reconnu Ingrid, peinte en 1980 par Solen Jupon-René, commenta la directrice. On retrouve cette œuvre dans tous les hauts lieux de l'Empire, au même format. Quand on dessine les plans des bâtiments publics, on prévoit toujours une ou deux pièces assez grandes pour les accrocher.

– J'avais le même en plus petit dans ma chambre d'hôtel, observa Gould.

La directrice poursuivit :

– L'autre portrait, celui de Judith, a été peint en 1999 par une élève de Solen, Hendrika Van Barnevelt. L'artiste a pris le premier tableau pour modèle. Toutes nos élèves, quand elles passent dans ce hall pour rejoindre la cour de récréation devant nous, s'inclinent devant ces chefs-d'œuvre.

A ce moment précis, deux fillettes passèrent sans faire la moindre révérence. Mme Vanlecht les interpella et leur fit un sermon, que Kristin, amusée, traduisit en français :

– Elle dit qu'elles devraient avoir honte de donner un si désolant spectacle à nos invités.

Confuses, les petites regardaient leurs souliers. Puis, comme Mme Vanlecht leur en donnait l'ordre, elles se tournèrent vers les portraits et s'agenouillèrent longuement. Enfin, elles consultèrent le visage de la directrice, dont la sévérité figée alourdissait la gravité de leur faute. Quelle tension dans cette petite scène, et quelle docilité chez ces gamines ! Et tout cela, presque sans un mot ! Finalement, la directrice sourit ; les fillettes soulagées se relevèrent, offrirent encore une petite génuflexion et s'enfuirent.

Du hall, on passa dans la cour de récréation, grand espace flanqué de hauts murs comme ceux d'une prison. Golanski, qui était claustrophobe, éprouva une légère angoisse.

– De ce balcon là-haut, fit observer Mme Vanlecht, nous surveillons la cour.

Deux jeunes femmes y étaient postées. Cela ressemblait à l'installation panoptique qu'avait autrefois conçue Bentham pour surveiller à moindre coût les pénitenciers anglais. Etrange architecture pour une école, songea Golanski. Mais peut-être améliorait-elle la discipline ?

Soudain, un caillou fendit l'air et atteignit Golanski. Il demeura un instant stupéfait, comme paralysé ; puis il porta la main à son front, pour voir s'il saignait. Heureusement, non. Kristin se précipita.

– Tout va bien ?

– Oui… Ce n'est rien.

Mais sa voix tremblait. Kristin insista :

– Désirez-vous voir une infirmière ? Une doctoresse ?

– Non, répondit-il. C'est inutile. Je vous assure que ça va.

Tout le monde se pressait auprès de lui, comme s'il était gravement blessé. Voulait-il s'allonger ? Qu'on lui apporte un verre d'eau ? Etait-il certain de ne pas vouloir consulter ? Mais lui, qui détestait faire l'objet de trop d'attentions (il appréciait qu'on l'admire, mais pas en sa présence), était horriblement gêné. Gould, à sa place, se serait écroulé en poussant des râles, aurait demandé des médecins et qu'on le ramène d'urgence à l'hôtel ; et, sans doute, il se serait plaint durant des jours de maux de tête. Golanski, non ; eût-il saigné comme un bœuf, il aurait encore préféré que personne ne s'occupe de lui. Langlois, qui le connaissait bien, s'amusait de ses efforts pour convaincre ses hôtes empressées qu'il n'avait rien, et qu'on pouvait reprendre la visite. Elles finirent par le croire mais elles parurent déçues, comme si elles eussent voulu que sa blessure fût plus grave.

Les surveillantes au balcon descendirent. Elles avaient identifié les auteures de l'attentat : trois gamines qui sur-le-champ furent remises à Mme Vanlecht. Golanski pensa qu'elle allait les punir, ou au moins les tancer comme tout à l'heure les deux petites étourdies devant le portrait des Bergères ; il se prépara à protester gentiment, à se montrer grand prince et à prendre leur défense. Mais à sa surprise, la directrice attira les coupables dans ses bras, et leur posa un baiser dans les cheveux avant de les renvoyer. Puis elle dit à Golanski :

– Ne leur en voulez pas. Elles n'ont pas vu d'hommes depuis si longtemps ! Elles se sont senties menacées.

Golanski demeura interdit.

– C'est normal, n'est-ce pas ? insista-t-elle.

Golanski ne répondit rien. Suivant sa pente naturelle, il faillit approuver la directrice, et la féliciter d'avoir des élèves si méfiantes. Mais un sursaut le sauva.

– Je ne comprends pas. Que leur ai-je fait ? C'est fantastique, tout de même ! Ai-je donc l'air si méchant ?

Il avait voulu prendre une intonation colérique, mais n'avait pu s'empêcher de lui sourire aimablement. Q'importe, de toute façon : eût-il éclaté dans une grande fureur qu'il aurait obtenu la même réponse, dite d'un ton calme par Mme Vanlecht et traduite par Kristin avec le même air d'évidence :

– Vous êtes un homme.

Golanski se tut, aucun de ses compatriotes ne vint à son secours. Mme Vanlecht déclara l'incident clos, et proposa qu'on passe à la cérémonie. Tout le monde approuva. Ulcéré, Golanski fut tenté de faire un scandale ; mais ce n'était pas son genre, il n'y arriverait pas, ne convaincrait personne. Et Gould, Bordeaux, tous les autres qui emboîtaient le pas de la directrice, comme si de rien n'était ! Golanski ruminait à l'arrière. Il n'était certes pas ambassadeur, les relations franco-belges n'étaient pas menacées par l'événement – de relations, d'ailleurs, il n'y en avait pas. Mais la courtoisie ? La correction ? Chez lui, s'il avait renversé une soupière sur la robe de l'invitée, il se serait confondu en excuses, au lieu de rétorquer comme ici que ce n'est pas grave, puisque la robe est laide ! Le pire, ce fut que Gould à cet instant passa devant lui et lui jeta un regard irrité, comme s'il lui reprochait de s'être tenu exprès sur la trajectoire du caillou. La mesure lui parut comble ; excédé, il se renferma en lui-même, et décida de ne plus rien dire jusqu'à nouvel ordre. (C'était son réflexe quand il était en colère : il n'explosait pas, mais laissait infuser son mécontentement pendant des heures, refusant de parler. Toutefois, comme il était ordinairement peu bavard, ceux qui le connaissaient mal ne voyaient pas la différence, et l'effet de sa mauvaise humeur était nul.) Les mains dans les poches, il suivit la troupe d'un pas traînant jusqu'à la salle des cérémonies. Il aurait voulu marcher loin derrière pour montrer son mécontentement, mais des brigadières le poussaient dans les reins pour empêcher que le groupe se disloque ; elles lui faisaient penser à ces chiens de berger qui, dressés à courir aux flancs des moutons, parviennent à maintenir l'unité du troupeau jusqu'à l'enclos.

Dans la salle était assemblée une centaine d'enfants debout, droites comme des *i*, mains croisées dans le dos, véritable armée de poupées immobiles. Une tribune était dressée dans le fond, où l'équipe fut assise – chacun avait un siège à son nom. Gould, au milieu du premier rang, était à la place d'honneur, et paraissait très content. Kristin s'installa à sa gauche ; elle lui ferait des commentaires à voix basse. Golanski, lui, était au-dessus de Gould, entre Bordeaux et Langlois. C'était comme au spectacle, avant le lever de rideau.

La salle était immense, presque autant que le hall. Face à eux, un écran. A gauche, des baies vitrées apportaient la lumière ; mais elles étaient couvertes d'un film opalescent, en sorte qu'on ne voyait au travers que des formes indistinctes. Cela frappa Golanski, de même que l'avait frappé l'exigence des Belges de les faire arriver en pleine nuit. On aurait dit qu'elles prenaient soin d'empêcher qu'ils voient autre chose que ce qu'elles voulaient bien montrer.

Quand tout le monde fut installé, les invités sur la tribune, les brigadières, debout, le dos collé aux murs (Golanski trouva admirable cet inconfort qu'elles s'infligeaient, synonyme pour lui de discipline), les fillettes en rang et la camerawoman en hauteur pour tout filmer, le silence se fit, et la cérémonie commença. Golanski, par réflexe, se redressa sur son fauteuil. Il tenta de dénombrer précisément les enfants en comptant les colonnes et les lignes, mais se perdit dans son calcul. Au premier rang, l'une d'entre elles portait un brassard, comme les capitaines dans les matchs de football. Elle fit un pas en avant et déclama trois phrases sur un ton martial. Kristin les traduisit à Gould, mais trop bas pour que Golanski entende. Il se pencha vers Langlois, demanda si lui avait compris ; mais non. C'était contrariant.

La petite continua, hurlant presque ; on aurait dit la harangue d'un général avant la bataille.

Quand elle fut rentrée dans le rang, les écolières entonnèrent en leur honneur l'hymne révolutionnaire, en néerlandais puis en français. La mise en place était parfaite, digne des chœurs de l'armée Rouge. Golanski, qui connaissait un peu la musique militaire, fut impressionné.

Vint ensuite un spectacle de danse, remarquable lui aussi, en dépit d'une bande-son criarde. Le contraste était d'ailleurs frappant entre la perfection des mouvements des danseuses (leur coordination était impeccable, tout coïncidait à la seconde près : cent enfants qui bougeaient ensemble, comme des mécaniques synchronisées) et la nullité de la mise en scène – éclairage inexistant, musique pompière (il apprendrait par la suite que c'était le morceau préféré de Judith) et haut-parleurs crachotants. C'était du gâchis ; Golanski trouva injuste pour les petites danseuses que leur performance soit si piètrement mise en valeur.

Quand ce fut terminé et qu'on eut applaudi, Kristin expliqua que ce qu'ils venaient de voir était un extrait d'un spectacle donné voici quelques années dans les écoles de l'Empire pour les fêtes d'anniversaire de la Grande Marche, et même qu'il avait été joué devant Judith en personne.

– Elle l'a vu comme vous ! s'exclama-t-elle. Comme vous !

Ces danses étaient devenues une tradition dans l'Empire ; c'est Ingrid qui les avait mises à l'honneur lors du premier anniversaire de la Révolution, en 1971.

– Pour nous, la danse est plus qu'un divertissement, plus même qu'un art, expliqua Kristin. Nous la voyons comme une sorte de communion. Elle prend une dimension religieuse. Et en présence de la Bergère, cela devient magique. Il faudrait que vous veniez pour les prochaines fêtes, vous verriez !

– Ce serait formidable, approuva Gould.

Golanski retint un sourire, trouvant comique qu'on leur propose déjà de revenir, alors que Gould avait mis deux ans pour obtenir leur visa.

Après la danse, on leur projeta un film sur la Révolution. Pour le regarder, les fillettes s'assirent en tailleur à même le sol, dans un alignement parfait. Les brigadières tirèrent des tentures sur les baies vitrées.

L'image était médiocre, le matériel de projection sans doute obsolète, et la pellicule rayée à force d'être projetée. Mais on ne perdait pas grand-chose : Golanski connaissait presque toutes les images de ce film, pour les avoir vues durant la préparation du voyage – elles figuraient dans tous les documentaires sur la Révolution belge. Ingrid jeune femme, haranguant la foule lors d'un meeting, à la fin des années 1960. Les défilés féministes de 1965 et 1966 à Utrecht, à Rotterdam, à Amsterdam. Ingrid parmi des femmes qui discutent, qui rient – des femmes trop jolies pour n'être pas des comédiennes, des scènes trop belles pour n'être pas des reconstitutions. Puis des images de la Révolution proprement dite : des hommes agenouillés devant leurs nouvelles maîtresses, des rebelles arrêtés ; la

Grande Marche vers Bruxelles, l'invasion du Palais, la fuite du roi, autant de scènes primitives de l'épopée impériale. Il n'y avait aucun commentaire, juste la même musique que pendant les danses, et que Golanski trouvait fatigante. Il s'ennuyait. Kristin, devant lui, semblait passionnée ; on aurait pu s'attendre pourtant à ce qu'elle connaisse ces images par cœur, et n'y accorde aucune attention. A ses côtés, Gould semblait absorbé lui aussi ; mais pouvait-il paraître autrement, entre Kristin et Mme Vanlecht ? Lotte était studieuse, Alvert examinait ses ongles. Bordeaux, lui, se rendormait ; quant à Langlois, il lui fit un clin d'œil pour dire qu'il s'ennuyait aussi. Mais personne n'osait murmurer ni bouger. Les fillettes demeuraient immobiles, comme hypnotisées. Golanski fut frappé par cette discipline ; quand il était écolier, les films pédagogiques étaient toujours l'occasion de chahuts. Ici, rien. L'air dans la salle était chargé d'une tension qui prouvait que c'était pour ces enfants plus qu'un film, plus que des images, une communion fervente.

Soudain, la musique cessa. Golanski crut à un incident technique, mais comme tout le monde restait calme, il en conclut que c'était délibéré. Désencombrées de leur pénible bande-son, les images lui parurent prendre une dimension nouvelle, une charge dramatique jusqu'alors cachée. Il faut dire que les scènes qu'il voyait à présent étaient plus dures ; il en avait déjà vu certaines dans des films de propagande anti-belge. Hommes seuls longeant les murs, tête baissée ; colonnes d'hommes en état d'arrestation ; prisonniers à genoux devant un portrait d'Ingrid ; Ingrid elle-même sous un chêne, rendant la justice révolutionnaire ; des vitrines brisées, des magasins pillés, l'image fugace d'un pendu. Ainsi offert sans musique ni commentaire, ce spectacle était fascinant. L'atmosphère spéciale qui régnait dans la salle, l'attention passionnée des enfants figées rajoutaient à l'intensité du moment. Golanski avait jugé les Belges de piètres metteuses en scène au moment des danses, mais il trouva qu'avec ce film, et par la seule absence du son, elles parvenaient à provoquer une vive émotion – en tout cas chez lui. C'était étrange, du reste : ces brutalités, comment comprendre qu'elles les montrent sans précautions, presque crânement ? Etaient-elles fières de ces violences ? Y faisaient-elles face au contraire pour ne pas les oublier, pour les garder à l'esprit comme des outrances à ne plus commettre ? Golanski hésitait. S'il avait vu cela en France, *hors contexte*, pour ainsi dire, il se serait récrié, aurait affirmé qu'il soutenait la Révolution mais pas ses excès, que la fin ne justifie pas les moyens, etc. Mais ici, parmi ce public juvénile et captivé, il n'avait plus rien à objecter, comme si sa faculté d'indignation était paralysée. D'être là, sur les lieux de la Révolution et parmi les révolutionnaires, transformait ses réactions, de même qu'au milieu d'une foule on est transporté hors de soi-même. C'était troublant. Il comprit qu'il tenait là un sujet de méditation.

La musique reprit, plus grave et plus lente que précédemment. Golanski respira, croyant que le film allait prendre fin. Mais il continua. On voyait désormais Ingrid malade, à la fin de sa vie. Elle mourait dans son Palais de Bredene, en Flandre. Son visage lisse n'était pas celui d'une vieille femme ; on ne lui aurait pas donné soixante-dix ans, n'eût été sa chaise-roulante et la souffrance dans ses yeux. Sur certains plans, Judith était avec elle, qui tenait sa main ;

elle avait trente-sept ans, et monterait bientôt sur le trône. La mère et la fille ; la Grande Bergère et la Bergère tout court. Le film s'acheva sur la mort d'Ingrid : sa dépouille dans un linceul, avec la Cour autour d'elle – des apparatchiks graves, intimidantes, dans les mains desquelles tenait le destin de la Révolution. Dans la salle, la tension était à son comble. Un sanglot éclata : une fillette s'était mise à pleurer. Les autres aussitôt l'imitèrent ; des gémissements et des lamentations s'élevèrent de partout. Golanski crut que ces transports désolants faisaient partie du spectacle, et qu'elles mimaient l'extrême affliction. Mais très vite il douta : elles pleuraient trop bien, ce n'était pas du théâtre. Cent petites pouvaient-elles être toutes des comédiennes si douées ? Non : tout était vrai. C'était incroyable, mais Ingrid sur son lit de mort – Ingrid qu'elles n'avaient pas connue, et qui n'était pour elles qu'une figure de légende, le personnage central d'un tableau historique, le modèle des statues colossales qui se dressaient un peu partout – les bouleversait autant que si c'était leur propre mère à l'agonie.

Enfin, la musique alla crescendo, plus joyeuse, presque triomphale, et couvrit les sanglots. Après la fin pathétique de la Grande Bergère venait le couronnement de Judith. La Bergère est morte, vive la Bergère ! Les fillettes séchaient leurs joues avec la manche de leur tunique, riaient, applaudissaient. Elles vivaient cette scène comme elles avaient vécu intensément la précédente, confondant passé et présent. Dans un tonnerre de cuivres, on vit Judith sur le balcon de son Palais (l'ancienne maison du roi, méconnaissable) ; Judith qui ouvrait les bras au peuple sur la Grand-Place de Bruxelles. Les fillettes explosèrent, euphoriques : embrassades, accolades, elles ne se contrôlaient plus. Et Golanski, malgré ses efforts pour n'être pas dupe, se sentit étreint lui aussi, pris par l'hystérie générale. Il eut envie de serrer Bordeaux et Langlois dans ses bras ; Bordeaux, lui, n'y tint pas, et lui agrippa le poignet. C'était incroyable, l'impression que les Belges leur faisaient avec de si modestes moyens, dans cette école perdue. Alors, imaginez dans une ville, devant une foule !

Les brigadières tirèrent les rideaux. Golanski crut se réveiller d'une hypnose. Gould lui fit un signe de connivence : il était content, parce qu'il tenait une scène sensationnelle.

– Cela rendra bien, murmura-t-il.

Golanski approuva. Bien qu'il n'aimât plus tellement écrire, il aurait pu remplir facilement plusieurs pages avec les impressions que lui avaient laissées la cérémonie, ces danses, ce film. C'était le vrai début de leur voyage : ils avaient vraiment passé la frontière, cette fois – non pas la frontière géographique, mais la frontière intérieure. Une cosse était tombée qui laissait son regard vierge et neuf, prêt à percevoir ce que la Belgique avait à montrer.

Croyant que tout était fini, les Français se levèrent. Mais Kristin les pria de se rasseoir un instant, parce qu'il fallait encore écouter les discours de bienvenue qu'avaient préparés pour eux les six meilleures élèves de l'école – six élèves, expliqua Kristin, parce que eux-mêmes étaient six invités.

Les petites s'avancèrent devant la tribune, le menton haut. Elles avaient la même taille, au centimètre près, et Golanski trouva qu'elles se ressemblaient, comme des clones ; il fallait s'accrocher à des détails pour leur trouver des différences. Comme si l'unité du peuple, slogan préféré du régime, s'incarnait dans ces fillettes, toutes pareilles, toutes usinées au même tour. Adultes, se ressembleraient-elles encore ?

Dans un français parfait (la diction était bonne et elles mettaient du ton, malgré l'accent), elles dirent tour à tour combien l'Empire s'honorait de les recevoir, et qu'à leur retour en France ils devraient exalter la Révolution, la bonté des Bergères – les mêmes banalités rebattues cent fois depuis la veille, mais qui prenaient dans leur petite bouche, avec leurs voix fluettes et décidées, un tour bien sympathique.

Chacune fut applaudie. Gould descendit pour leur serrer la main – Kristin l'avait prévenu qu'il était hors de question de les effaroucher en les embrassant. On quitta la salle pour aller dîner. Combien de temps tout cela avait-il duré ? Golanski regarda machinalement son poignet, et se souvint qu'il n'avait plus sa montre ; il chercha une horloge, mais n'en trouva pas.

Avant le dîner, Golanski demanda à Kristin la direction des toilettes. Elle claqua dans ses doigts, faisant surgir trois brigadières qui offrirent de l'accompagner. Cette escorte l'agaça. Avait-on peur qu'il se perde ? Allaient-elles demeurer devant la porte, à l'écouter ? Il suivit les soldates en bougonnant.

– Je pourrai retrouver le chemin, dit-il quand ils furent arrivés.

Mais elles ne comprirent pas, et restèrent plantées là. Il haussa les épaules et pénétra dans une petite pièce carrelée de blanc, avec cinq lavabos surmontés d'une poire de savon jaune d'une vilaine odeur citronnée et cinq cabinets dépourvus de verrou. Il referma une porte sur lui et se soulagea longuement, debout, s'amusant à transgresser la règle que Gould leur avait plusieurs fois rappelée avant le départ : dans l'Empire, les hommes doivent uriner assis.

Quand il sortit, il sursauta : une écolière se tenait devant les lavabos. Comment les soldates ne lui avaient-elles pas défendu d'entrer ? Il hésita, tout sot devant elle ; puis il se reprit, trouvant grotesque d'être intimidé par une gamine. Il gonfla le torse, la contourna et se lava les mains au lavabo d'à côté. La petite le fixait durement. Golanski s'inquiéta. Qu'avait-elle ? Etait-ce de l'animosité, ou de la peur ? Il eut bientôt la réponse : elle recula contre le mur, et hurla. Horrifié, il fit un pas vers elle, voulut la rassurer, dire n'importe quoi qui la fasse taire. Mais les brigadières surgirent, et se mirent à considérer la scène comme si c'était celle d'un crime. Il était atrocement gêné ; qu'allait-il lui arriver encore, après le coup du caillou ? Les brigadières prirent la victime dans leurs bras, pour la protéger.

– Qu'avez-vous fait ? demanda la première.

Golanski fut doublement surpris – par la voix rauque, d'abord, digne d'une grande fumeuse, et parce qu'elle parlait français.

– Mais rien ! se défendit-il. Rien !

Il bégayait, se sentait mal. Pris de claustrophobie, il fallait qu'il sorte de cette pièce aveugle.

– Je ne sais pas pourquoi elle crie, reprit-il.

Il se passa la main sur le front et ajouta :

– Je ne l'ai même pas touchée.

Il comprit aussitôt qu'il s'enfonçait. La réponse de la soldate fusa :

– Vous auriez pu.

11 novembre. Cet après-midi, comme j'entre dans la chambre, je trouve Zoé sur mon lit, qui inspecte le tiroir de ma table de chevet. Elle sursaute, donne une explication embarrassée, puis se lève en prétextant du travail. Dois-je me méfier ? Hier, déjà, tandis que je discutais avec Lena, je l'ai sentie dans mon dos et j'ai pensé qu'elle nous écoutait, qu'elle nous *espionnait*. Et je me suis rendu compte alors que je me méfiais d'elle depuis le début, instinctivement. Peut-être est-elle une taupe, qui rapporte tous nos faits et gestes aux brigadières ou à je ne sais quelle officine, afin de vérifier si nous sommes de vraies militantes de la cause, dignes d'offrir son cadeau à Judith. J'ai fait part de mon sentiment à Lena. Elle m'a dit qu'elle nourrissait les mêmes soupçons, mais à l'égard d'Erika.

18 novembre. Journée de congé. J'en ai profité pour faire venir les filles, plutôt que d'aller les voir. J'ai pensé qu'elles seraient contentes de visiter le Palais. Et j'ai eu raison : elles ont été émerveillées !

Au départ, les soldates postées aux portes les intimidaient. Au moment de passer devant, elles se collaient à moi, craintives. Mais bientôt, elles ont compris que le badge à mon cou était un sésame, et que les brigadières ne pouvaient rien nous interdire : alors, elles ont pris de l'assurance et, tête haute, se sont mises à regarder les sentinelles dans les yeux, sûres de leur droit, marchant à mes côtés plutôt que derrière moi, et quelquefois même devant…

Judith m'a montré fièrement son relevé de notes. Depuis plusieurs semaines, elles sont nettement meilleures ; c'en est même suspect. J'aimerais penser que c'est parce qu'elle travaille mieux, mais j'ai tendance à croire que son institutrice, ayant eu vent de mon installation au Palais, en a déduit que j'appartiens à la Cour, ou que je suis devenue brigadière. Encore une qui me croit puissante ! Comme elle déchanterait si elle savait que je n'ai fait que gagner à un tirage au sort, et qu'après les fêtes je redeviendrai la Cendrillon que j'étais… Peut-être se fâchera-t-elle alors d'avoir favorisé ma fille ? Pourvu qu'elle ne le lui fasse pas payer… Je surveillerai tout cela.

Quant à Virginie, elle m'a décrit les répétitions. A l'entendre, tout est prêt, les chorégraphies sont parfaitement réglées. Il est temps, lui dis-je : les cérémonies sont pour janvier. Dans un mois et demi !

Elles m'ont aussi donné des nouvelles de Dorus. Il a quitté la maison la semaine dernière pour son offrande et son reniement – à l'heure qu'il est, ce n'est plus entièrement un garçon. Judith le trouve courageux. Virginie, qui a la tête plus politique, pense que cela n'a rien d'héroïque : « C'est bien le moins ! dit-elle. » Ma Virginie, militante modèle !

Avant le goûter, qui leur a beaucoup plu à cause de l'abondance des pâtisseries et du parfum du chocolat chaud qu'elles ont bu en se léchant les babines, nous nous sommes baignées dans la piscine au sous-sol. Elles ont poussé des cris de joie en découvrant le bassin, qui n'est pas olympique mais tellement plus beau que ceux de Bruxelles, délabrés, sales et toujours bondés ! (Je me suis souvent demandé pourquoi la natation est obligatoire dans nos écoles, étant donné qu'il n'y a presque aucune piscine dans le pays, et qu'on n'a pas le droit d'aller à la mer.) Je leur ai expliqué que la Bergère s'était baignée plusieurs fois ici. Elles ont sauté de joie en battant des mains comme des folles. « Je boirai toute l'eau ! », s'est même exclamée Judith. Je l'imagine dans la cour de son école, demain, racontant sa visite au Palais, épatant ses amies incrédules : « Ce n'est pas croyable ! Dans la même eau que la Bergère ? »

Leur nourrice, que je rencontrais pour la première fois, est venue les reprendre vers dix-neuf heures. Elle s'appelle Dirkje. Les filles ne l'aiment guère, parce que c'est une taiseuse qui ne rit jamais. Mais elle a l'air consciencieuse, et s'occupe apparemment bien d'elles.

Nous séparer n'a pas été facile ; je ne les verrai sans doute plus d'ici la fin des fêtes.

La mélancolie qui a suivi leur départ m'a fait penser à Gregor. Je sais que je devrais l'oublier, demander à sa nourrice qu'elle le dépose anonymement dans une Maison des femmes, et ne plus en parler. Je le devrais d'autant plus aujourd'hui que l'Empire m'a choisie, et que je dois être encore plus exemplaire. Cacher un fils, n'est-ce pas la pire des trahisons ?

Je me sens lasse ; je vais éteindre. Lena, me voyant écrire, m'a demandé l'autre jour si je tenais un journal ; je n'ai rien répondu, elle n'a pas insisté. Je cache soigneusement ce carnet dès que j'ai fini. Je n'ose imaginer ce qui arriverait si mes confessions étaient découvertes.

Depuis quelques jours, Lena me rejoint dans mon lit après que nous avons éteint les feux. Nous ne faisons pas l'amour, pas encore (comment le ferions-nous, avec Zoé près de nous ?) ; enlacées, nous attendons le sommeil. J'aime la sentir contre moi. Elle me rassure. Je n'ai pourtant pas de raison de me sentir menacée. Hier, oui, mais maintenant, dans un Palais de l'Empire si bien gardé ?

6 décembre. La rumeur court qu'une catastrophe a eu lieu dans le Nord, près d'Harlingen. Quelle catastrophe ? Quand ? Comment ? Je n'en sais rien. Les fonctionnaires du Palais refusent de répondre à nos questions, et font comme si elles ne nous entendaient même pas – cela nous remet à notre place, nous qui ne sommes que des invitées. Vivre au Palais ne nous ouvre pas les secrets du pays. Nous sommes privilégiées sur le plan matériel mais, pour le reste, nous ne savons rien de plus que la moyenne des Belges. Elles ont dit à Zoé qui voulait en savoir plus sur cette catastrophe : « Tu n'as qu'à lire le journal. Ou regarder la télévision. »

C'est ce que nous avons fait. Mais, évidemment, nous n'avons rien vu. Faut-il en déduire qu'il n'y a pas eu de catastrophe ?

Cependant, nous n'aurons pas regardé le journal en vain : on nous a montré Solen Jupon-René qui présentait la grande exposition féministe qu'on pourra voir pendant les fêtes, dans le deuxième Palais, converti en galerie d'art. Et surtout, des images des répétitions des danses ! Je n'ai bien sûr pas reconnu Virginie dans la foule des jeunes filles costumées, mais je savais qu'elle était là et je me suis exclamée : « C'est ma fille ! » Tout le monde a ri.

8 décembre. On nous a enfin montré le cadeau que nous devons offrir à Judith ! « Le cadeau du peuple à sa Bergère », comme dit Anouk.

Des voitures nous ont emmenées dans une banlieue lugubre, du côté de Watermael. Là se trouve l'un des ateliers de Solen Jupon-René, la sculptrice officielle du régime. Elle nous a personnellement accueillies, entourée d'une armée de brigadières et d'assistantes. (Elle a des dizaines de disciples, de jolies jeunes filles à qui elle enseigne son art et parmi lesquelles elle choisira un jour son héritière, comme Ingrid avec Judith. Il paraît que dans les milieux artistiques, c'est la question principale : qui sera l'artiste officielle après Solen ? La guerre entre les candidates serait sans merci. Plusieurs d'entre elles ne s'en seraient pas relevées. Au sens figuré, et même au sens propre !)

J'étais très impressionnée de rencontrer l'artiste officielle du régime. A ma surprise, elle nous a serrées dans ses bras, en disant combien elle était heureuse et honorée de nous voir, nous qui allions porter son œuvre. Il me semblait plutôt que l'honneur était pour nous !

Elle nous a fait signe de la suivre dans l'atelier, où régnait un désordre indescriptible. Surface immense, sans cloison, mais incroyablement encombrée : partout des sculptures en cours, grandes comme des rochers, surmontées par des grues, masquées par des échafaudages ; et sur le sol, éparpillés, toutes sortes d'outils que Solen s'est plu à nommer : bouchardes à pierre, gouges, marteaux d'épinceur, martelines. J'ai repensé devant ce capharnaüm aux critiques qu'on fait (par en dessous, évidemment, car en public, personne n'ose médire de celle dont Judith a décrété le génie) à cette femme qui depuis vingt ans dicte les principes d'un art de combat censé régénérer notre sens esthétique corrompu. On dit qu'elle a eu du talent dans sa jeunesse mais qu'elle l'a gaspillé dans ses œuvres de propagande, et qu'elle n'a plus rien créé qui vaille depuis les années 1990. (C'est un débat que je n'ai pas assez de culture pour trancher ; je dirais simplement, avec un peu de honte, que son œuvre ne me plaît pas trop, malgré les cours d'arts plastiques au lycée où on nous apprenait que ses sculptures sont forcément belles, parce qu'elles glorifient notre émancipation.) On dit aussi qu'elle a la folie des grandeurs, que les faveurs de Judith lui ont fait perdre toute mesure, et qu'elle engloutit dans ses projets pharaoniques des millions de couronnes de subventions qui seraient plus utiles à nourrir les clochardes qui mendient au pied de ses statues. Ah ! Il n'y a pas que des chefs-d'œuvre, c'est sûr ; ses ratages font d'ailleurs l'objet de nombreuses plaisanteries. Le dôme de la gare de La Haye, qui laisse passer la pluie… *L'Arbre des femmes* à Bruxelles, reproduction en métal d'un grand noisetier, si solide que les enfants devaient y grimper sans risque, mais dont les branches ont cassé après quelques semaines… Les temples, qui sont la risée même des ouailles les plus endoctrinées… Mais enfin, il serait injuste de l'accabler : elle et ses élèves ont aussi sculpté toutes les statues de Judith, qui sont magnifiques. (Mais comment ne pas être inspirée par un modèle comme la Bergère ?)

A mesure que nous avancions parmi les sculptures en cours, les gravats et les flaques d'huile (Erika a manqué se rompre le cou en glissant. « Il faudra que j'y fasse jeter de la sciure », a observé Solen. J'ai aussitôt pensé, je ne sais pourquoi, à un livre que j'ai lu sur la marine et au sable qu'on jetait sur le pont pour couvrir le sang des matelots après un combat naval), le désordre augmentait. L'armée entière n'aurait pas suffi à déplacer cette montagne. Il aurait fallu tout faire sauter. A la dynamite. Ou mieux, avec une bombe atomique, puisque nos savantes, paraît-il, savent maintenant en fabriquer…

Tout ce fourbi m'a paru choquant, moi qui par nature suis méticuleuse. Cela m'a fait penser à l'hôpital : le même fouillis, la même inextricable confusion. A croire que l'Empire n'est qu'un vaste bazar.

Enfin, nous avons touché au but : le cadeau de la Bergère était là, recouvert d'un drap dont la blancheur immaculée contrastait avec la crasse ambiante. Comparée aux œuvres géantes que nous voyions autour de nous, cette sculpture ne dépassait pas deux mètres.

Sur un claquement de doigts, les assistantes se sont précipitées pour dévoiler le chef-d'œuvre.

Nous avons eu le souffle coupé.

Solen a sculpté *un homme*. Un mâle en pied, nu, ignoble. Le torse et le ventre, musclés comme ceux des statues antiques. Le cou, fort comme celui d'un bœuf. Il appuie ses grosses mains sur ses hanches, fier, arrogant. Je suis encore effarée en écrivant cela, même si j'ai maintenant le fin mot de cette abomination. Sur ses jambes, détail infâme, Solen a figuré habilement des poils. Entre les cuisses, un phallus et ses bourses nous sautaient aux yeux, en proportion avec la statue. J'en suis restée sans voix, et mes amies aussi. (Lena m'avouera plus tard qu'elle n'en avait jamais vu, ni en vrai ni en sculpture. Il paraît qu'on vend sous le manteau des vidéocassettes qui en montrent. « Je refuserais, si on m'en proposait, affirme-t-elle. D'ailleurs, cela coûte sûrement très cher. Et puis, où trouver le matériel pour les regarder ? » Je ne sais ce qui, du principe moral ou de l'obstacle technique, explique son refus.) Nous sommes demeurées muettes une minute, louchant avec dégoût sur l'entrejambe du monstre. De quoi s'agissait-il ? Solen, l'artiste officielle de notre Empire, qui avait façonné un homme ! Au mépris de toutes les lois ! Un homme pourvu d'un sexe ! Etait-elle devenue folle ? Etait-ce cette horreur qu'elle voulait offrir à la Bergère ?

Impassible, l'intéressée attendait nos réactions. Croyant la voir sourire, j'ai pensé que c'était une farce, qu'elle se jouait de nous et que le vrai cadeau de la Bergère n'était pas celui-là. Anouk a finalement rompu le silence – elle était dans la confidence.

– Vas-tu enfin leur expliquer ?

Solen a éclaté de rire, contente de son effet, puis elle a caressé la cuisse du colosse.

– Vous n'en revenez pas, n'est-ce pas ?

Il était inutile d'acquiescer.

– C'est normal. Il manque quelque chose à cette statue.

Nous l'avons regardée sans comprendre, trouvant qu'il n'y manquait rien du tout, hélas !

Solen a claqué de nouveau dans ses mains et, d'un coffret en bois posé au pied de la statue, une assistante a tiré une massette.

– Le cadeau que je vais faire à Judith…

Elle toussota, se reprit :

– Le cadeau que *nous* allons lui faire, ce n'est pas tant cela – elle a désigné la statue – que ceci.

Nous comprenions moins que jamais. Elle a poursuivi :

– Plutôt qu'une œuvre de plus, j'ai voulu offrir à notre Bergère quelque chose d'inattendu. Des tableaux, des sculptures à son effigie, elle en possède des milliers, et je lui en ferai d'autres. Mais pour cette fois, j'ai voulu innover. Nous allons lui offrir un geste. Ou plutôt, l'occasion d'un geste.

Elle s'est enflammée.

– Le jour de l'anniversaire, *le grand jour*, vous apporterez à Judith cet ignoble simulacre.

J'ai frissonné. Ce n'était donc pas une plaisanterie ! Nous voyant accablées, elle a ri.

– Ne vous inquiétez pas. En même temps, vous lui remettrez la massette avec laquelle elle détruira la statue. Devant la foule et les caméras de télévision ! Notre cadeau ne sera pas une œuvre achevée, mais une œuvre à accomplir. Comprenez-vous ?

Le mystère s'éclaircissait, en effet.

– Judith cassera l'homme de pierre. Le visage d'abord, et puis le sexe, gros et provocant exprès pour la mettre en rage ! Elle le réduira en poudre. Cette image inoubliable fera le tour du monde.

Nous avons considéré l'idée de Solen sans savoir

quoi penser. Elle était originale, sans doute. Mais un cadeau à détruire, est-ce bien raisonnable ? Anouk nous a rassurées.

– Solen sait ce qu'elle fait. Le protocole a donné son accord.

(On saura par la suite que la Cour non seulement approuve, mais qu'elle est à l'origine de cette mise en scène.) « La pauvre Solen, elle n'aurait jamais pris seule une décision pareille. Ce n'est plus la provocatrice d'autrefois, vous savez... Au départ, elle voulait offrir à Judith une de ses réalisations conceptuelles, dans le genre de celles dont le pays est couvert. Mais la Cour a trouvé que c'était banal. L'anniversaire de l'accession de Judith au pouvoir mérite qu'on se creuse les méninges. Quelqu'un, par plaisanterie, a proposé de fabriquer un petit homme en porcelaine, que Judith aurait cassé avec un marteau. Personne n'y a fait attention. Puis Jolanda Schimmelnau a trouvé que c'était une bonne idée. On a donc demandé à Solen de fabriquer une statue de grand format vouée à la casse. Et je vais vous dire : elle a été aussi surprise par cette commande que vous en voyant le résultat. »

A présent que j'écris ces lignes, je demeure sceptique. N'allons-nous pas choquer les Belges ? L'anniversaire de l'intronisation de Judith ! Le moment est-il bien choisi ? Et si la foule cédait à ses pulsions inculquées, si en voyant ce mâle offert à la destruction, elle se ruait sur lui, furieuse ? Cela pourrait finir en émeute !

Mais allons ! Comme toujours, j'imagine le pire... Il y aura des barrières, des soldates, tout sera sous contrôle. Dans l'Empire, tout est toujours sous contrôle.

10 décembre. Je relis les pages d'avant-hier. Cette phrase : « N'allons-nous pas choquer les Belges ? »... Voilà que je dis « nous » en parlant d'elles : les fonctionnaires, les femmes du pouvoir, les brigadières... Je me compte désormais parmi les privilégiées, je me crois au cœur du système ! J'ai tort ; il faut résister à cette illusion. Plus dur sera le retour sur terre, quand on nous dira, après les fêtes, qu'il faut rentrer chez nous, et reprendre notre ancienne vie. La frustration sera terrible.

Oh ! Je ne me plains pas ! Je ne suis pas malheureuse. Je mange, et je fais manger mes filles. (« C'est l'Etat qui nous nourrit, pas toi », corrigerait Virginie...) Ne suis-je pas mieux lotie ici, dans l'Empire, que si j'habitais ailleurs dans le monde, où dominent les hommes ? Même retournée dans mon pavillon, même redevenue infirmière, j'aurai encore la chance de vivre en Belgique. Mais tout de même, ce sera bien différent d'aujourd'hui.

Pour l'heure, Capucine Lotte était, de toute l'équipe Gould, la plus enchantée du voyage. Elle s'extasiait à tout moment, ravie de ce qu'elle voyait – ou plutôt de ce qu'on lui faisait voir, mais elle ne soupçonnait pas cette nuance. Elle trouvait la Belgique magnifique, les Belges merveilleuses ; rien n'était au-dessous de ce qu'elle espérait. C'était au fond sa seule vraie raison de se sentir heureuse : elle n'était pas déçue. Plutôt que d'émerveillement, il aurait fallu parler de soulagement. Bien que féministe de la ligne dure, partisane acharnée de l'Empire, idolâtre des Bergères, elle avait nourri en secret des préventions, sans doute instillées par la propagande anti-belge que le Parti l'avait chargée de surveiller. Depuis deux ans, elle dirigeait un groupe de dix personnes occupé à recueillir la littérature antiféministe et à contre-attaquer. Les arguments des anti-belges, il fallait les démonter ; leurs témoignages, les discréditer ; leurs photos accusatrices, les interpréter, ou prouver qu'elles étaient truquées ; et toutes les critiques contre l'Empire, leur trouver des motifs inavouables, des arrière-pensées politiques. Souvent, le groupe portait plainte pour diffamation. Le Parti gagnait la moitié de ses procès. Mais Capucine préférait polémiquer avec ses ennemis dans la presse, monter des campagnes, organiser des coups, harceler et dénoncer ; elle trouvait ces méthodes plus efficaces qu'une victoire en justice, parce qu'elles touchaient davantage l'opinion.

Au début, l'inauthenticité des documents qui lui passaient entre les mains ne faisait pour elle aucun doute. Ses collègues étaient des militantes ultras comme elle, et partageaient ses certitudes. Au reste, la religion du Parti les empêchait d'en démordre et il aurait fallu pour les faire changer d'avis un document signé de la Bergère elle-même qui reconnaisse que les ennemis de l'Empire avaient raison. Et encore !

Il n'empêche qu'au bout de quelques mois, à force de lire de la propagande, Capucine s'était sentie vaciller. Non qu'elle perdît sa foi dans la Belgique, évidemment ; mais tout de même, dans la masse des pamphlets qui s'amoncelaient sur son bureau, certains la troublaient. Malgré son sectarisme, elle était sensible à une dialectique bien menée, au talent d'un polémiste. Mais elle se savait influençable et se disait du coup que si la propagande de l'adversaire parvenait parfois à la convaincre, c'était à cause de son manque de caractère, et non parce que l'adversaire disait tout simplement la vérité. Il n'en restait pas moins qu'en dépit de ses efforts pour penser correctement, il lui arrivait de se trouver un peu fragile face à l'ennemi. Ses convictions n'étaient pas ébranlées, mais elle s'angoissait à l'idée que ces quelques lézardes pourraient s'étendre et menacer un jour l'édifice entier de ses idées.

Ce qu'elle était venue chercher en Belgique, c'était

donc leur confirmation. Elle venait à la source pour purifier son âme. Elle avait dit oui à Gould parce que ce voyage allait la promouvoir dans la hiérarchie du Parti et la rendre incontournable dans les milieux de l'ultra-féminisme français, mais surtout pour se débarrasser de ses doutes et s'assurer que l'Empire n'avait pas la face noire que ses ennemis dénonçaient. Eh bien ! A ce point du voyage (ils n'étaient sur place que depuis la veille, mais tout de même), c'était gagné. Elle jubilait. Ah ! Où étaient-elles, les pauvresses, les affamées, les effarées si complaisamment décrites par les contempteurs des Bergères ? La misère ? Et la dictature, le régime policier ? Il y avait bien des soldates, mais elles ne tiraient sur personne ! Aurait-on voulu qu'il y en ait moins, pour que les groupuscules de Beatrix assassinent au coin des rues et sur les chemins de campagne ? Avec toutes ces brigadières, on se sentait protégée ; Capucine aurait même voulu qu'il y en ait davantage, parce qu'elle les trouvait belles. Tout ce que disaient les ennemis de l'Empire était faux, elle le savait à présent ; elle aurait voulu avoir les antiféministes à ses côtés, et les voir rougir de honte. Désormais, elle pourrait les démentir en soulignant qu'elle, au moins, était allée là-bas, et qu'elle avait tout vu de ses yeux. Elle témoignerait auprès des féministes qui sans cesse s'adresseraient à elle pour contrer les mauvais coups. Leurs ennemis avanceraient-ils un fait incontestable ? « Non, répondrait-elle, ce n'est pas vrai ; *moi qui suis allée là-bas*, je n'ai pas vu cela – j'ai vu le contraire. » Sur tous les sujets, elle parlerait ainsi. Aussi, elle n'en manquait pas une miette, en tâchant de tout retenir, pour n'avoir pas à dire un jour : « Je ne sais pas. » Lorsqu'elle regardait devant, il fallait qu'elle se retourne pour vérifier qu'il n'y avait rien dans son dos qui méritait d'être vu ; quand tous les regards se tournaient à gauche, elle jetait toujours un coup d'œil à droite, au cas où.

Dans l'après-midi, après la visite de l'école et le règlement de l'incident provoqué par Golanski, ils reprirent leur minibus, en direction de Bruxelles. Devant eux, derrière eux, dix voitures blindées et une douzaine de motardes. Le jour déclinait ; il ferait bientôt nuit. Kristin et Gould, installés à l'avant, comparaient les méthodes pédagogiques dans les écoles belges et les écoles françaises, que Gould « trouvait fascistes ». A l'arrière, Langlois, Bordeaux, Golanski et Alvert somnolaient.

Le convoi roula une heure sur de mauvaises routes. Les nids-de-poule les faisaient à chaque instant sursauter. Capucine voyait Langlois serrer les dents, lui qui bichonnait ses voitures et respectait leurs suspensions. Enfin, on emprunta une route plus large et mieux goudronnée – mais tout aussi déserte (Capucine préféra ne pas s'interroger sur cette absence de circulation, pour n'avoir pas à émettre l'hypothèse que personne ici n'avait les moyens d'acheter une voiture, ou que l'Empire en restreignait le nombre pour mieux contrôler les flux de circulation).

Elle tenta de voir au-dehors. Aucun panneau indicateur, aucune borne le long de la chaussée, rien qui permettrait de se repérer.

Soudain, le minibus ralentit, puis s'arrêta. Le convoi s'immobilisa à un carrefour ; à droite, un panneau indiquait Bruxelles.

– Peut-on faire trente kilomètres dans ce pays sans être arrêté ? maugréa Bordeaux.

– Je vais voir ce qui se passe, dit Kristin.

Ayant pris ses renseignements auprès des soldates, elle revint, l'air contrariée.

– On signale des miliciennes de Beatrix dans la zone que nous devons traverser. Comme nous ne voulons courir aucun risque, il nous faudra faire un détour.

Capucine trouva une nuance de reproche dans la voix de Kristin, et s'excusa en pensée de lui rendre la vie si difficile. Kristin continua :

– Pour éviter tout danger, nous n'irons à Bruxelles que demain. Nous passerons la nuit près de Waterloo.

Elle sourit.

– Nous vous servirons un morceau d'histoire.

Et elle ordonna à la conducttrice de suivre les véhicules militaires qui, devant eux, démarraient déjà.

Gould fit aimablement savoir qu'il était déçu. Kristin lui répondit de ne pas s'inquiéter, qu'on reprendrait le lendemain le programme normal et qu'on ferait à Bruxelles tout ce qui était prévu, sans rien annuler. Gould se recala dans son siège, satisfait, et fit à Capucine un clin d'œil, fier d'avoir manifesté son mécontentement, et montré qu'il ne s'en laissait pas conter.

On roula une heure, en alternant sans raison des petites vitesses avec des accélérations brusques qui surprenaient les passagers. Capucine pensa que c'était pour dérouter l'ennemie. Parfois, elle tendait le cou pour voir devant eux, dans la lumière des phares ; mais il n'y avait rien à voir. On ne croisait personne, pas un seul véhicule – sauf une fois, un bolide noir qui avait dépassé le convoi à fond de train en klaxonnant. Kristin eut l'air de reconnaître la femme qui était au volant, mais ne dit rien.

Cet événement mis à part, le seul intérêt du trajet fut qu'on roula sur une autoroute à seize voies, éclairée par de puissants réverbères installés tous les vingt mètres.

– C'est la transimpériale, expliqua Kristin.

– Pardon ?

– La Transimpériale. L'autoroute la plus large d'Europe, en construction depuis 1980, selon un tracé conçu par Ingrid. Elle sillonne tout le pays. Je vous montrerai une carte : vous comprendrez ce qu'elle a de spécial.

Elle se tut, laissant planer le suspense.

– Dites-nous, supplia Bordeaux.

– Non, vous verrez tantôt ! répondit-elle en riant.

Mais ils insistèrent tant qu'elle expliqua : la Transimpériale traversait l'Empire suivant les contours du profil officiel d'Ingrid, celui dont étaient frappées les anciennes pièces de monnaie, avant leur remplacement au milieu des années 1990.

– Depuis l'espace, affirma Kristin, on voit Ingrid. La Transimpériale est, avec la muraille de Chine, la seule construction visible depuis la Lune.

Cette révélation tomba dans un silence stupéfait. Capucine elle-même, qui avait déjà entendu parler de cette autoroute gigantesque, était sidérée.

– Vous voulez dire que son tracé n'a rien à voir avec la position des villes ? demanda Golanski.

– Non.

– Mais alors, à quoi sert-elle ?

– Elle n'a pas besoin d'être utile, répliqua Kristin.

Elle savoura son mot, puis ajouta :

– C'est l'Empire qui se réorganise autour du profil de la Grande Bergère. Vous ne voudriez tout de même pas qu'on redessine ce profil pour qu'il coïncide avec la géographie du pays ?

Nouveau silence.

– Mais si je vous suis bien, il faudrait déplacer les villes ? continua Golanski.

– C'est ce qu'on fait.

Et Kristin expliqua comment des cités nouvelles, dessinées par Ingrid et Judith, sortaient de terre le long de la Transimpériale.

– Et s'il faut un jour déplacer Bruxelles pour qu'elle se trouve sur le tracé, eh bien, Judith saura comment faire, et elle le fera !

Capucine bondit, et reprit dans un bel enthousiasme :

– Oui ! Elle le fera !

17 décembre. Nous ne travaillons plus guère, ces jours-ci. Le rythme des répétitions diminue ; répéter est inutile, puisque nous savons tout par cœur. Du coup, c'est quartier libre pour tout le monde – dans l'enceinte du Palais seulement.

Lena et moi nous nous sommes baignées, puis nous sommes allées nous reposer dans le jardin d'hiver. (Je n'ai pas encore parlé de cet endroit, alors que c'est le plus beau du Palais. Sous une véranda, des fauteuils d'osier et des chaises longues sont disposés parmi des fleurs et des plantes magnifiques et odorantes – orchidées, hoyas, jasmins, citronniers, gardénias d'unc variété qui fleurit toute l'année, un très beau frangipanier…) Nous avons trouvé là un petit jardinier que nous avons salué. Le pauvre, qui devait avoir seize ans, s'est jeté à nos pieds en nous suppliant de ne dire à personne que nous l'avons vu. Comme nous lui demandions pourquoi, il a répondu qu'il avait l'ordre de se rendre invisible. Nous n'avons pas voulu savoir l'origine de cette consigne bizarre, et nous avons promis de nous taire. Il s'est enfui avec ses outils. Je repense à lui ce soir : son visage, sa voix flûtée de castrat… Invisible : qu'est-ce à dire ?

19 décembre. Cet après-midi, visite médicale. Le Palais tient à s'assurer de notre santé pour le grand jour. Les doctoresses nous ont examinées longuement – pendant plus d'une demi-heure – dans une « infirmerie » très propre, équipée comme un petit hôpital (infiniment mieux que le mien). En attendant mon tour, j'ai bavardé avec Jenny, une brigadière. Elle m'a parlé de l'organisation des brigades, sujet tout nouveau pour moi. J'ai toujours considéré les brigadières comme des sortes d'automates, fabriqués en série et égales entre elles. Erreur : en réalité, la hiérarchie des brigades est très complexe, organisée en groupes et en sous-groupes. Selon Jenny, les brigadières sont environ dix mille (chiffre qui m'a paru faible : comment font-elles pour être présentes partout ?), et sont réparties en plusieurs centaines – je dis bien *centaines* – d'unités. C'est si compliqué que Jenny elle-même ne s'y retrouve pas toujours. Elles portent brodés sur leurs uniformes leurs différents grades. Jenny les a énumérés, mais trop vite pour que je les retienne ; je me rappelle tout de même certains, qui inspirent le respect. Au sommet, la générale révolutionnaire ; puis, comme dans l'ancienne armée de terre belge, dont Ingrid s'est inspirée, les lieutenantes-générales, les générales-majores, les générales de brigade, les colonelles, les lieutenantes-colonelles et les majores. Après je ne me souviens plus, notamment en ce qui concerne les brigadières qui n'ont pas le grade d'officier, et qui elles aussi sont savamment organisées. Mais là où tout se complique, c'est qu'il y a des hiérarchies concurrentes. D'abord, toutes les brigadières sont rattachées au Conseil de la Révolution, qui possède sa propre classification. En dessous de la Bergère et des Quatre Grandes, il y a les cardinales, les évêques-femmes, les archichancelières et les chancelières, les prêtresses, les diacresses et les sous-diacresses, les archichapelaines et les chapelaines, puis les lectrices et, enfin, les chantres. (Je crois n'avoir rien oublié.) Cette organisation entre en conflit avec la précédente, et la tient parfois en échec. Par exemple, Jenny est majore dans la première et archichapelaine dans la seconde ; elle commandera donc toutes celles qui portent un grade inférieur au sien, mais devra s'incliner devant une lieutenante si elle est aussi prêtresse, ou devant une sous-lieutenante si elle est au moins chancelière. « C'est rare, mais cela se rencontre, a-t-elle expliqué. J'ai même connu une brigadière simple soldate qui, parce qu'elle était férue de théorie révolutionnaire et qu'elle avait lu énormément d'idéologie, avait été nommée évêque. Les colonelles et les générales qui devaient la saluer à son passage faisaient une drôle de tête, tu peux me croire. »

Cette double appartenance rend le statut des brigadières très obscur, ainsi que leurs relations incompréhensibles. Elles-mêmes ne maîtrisent pas toujours les diverses combinaisons possibles, et la plupart des novices sont incapables de dire si, par exemple, la majore cardinale de la garnison de Lessines doit s'incliner devant la colonelle archichapelaine de Lommel, ou vice versa ; ou bien si la générale de brigade de la province de Bruges, qui n'est que prêtresse, doit ou non baiser la main de la colonelle d'une garnison de Zélande, qui se trouve être archichancelière. Toutes les jeunes brigadières vivent dans la hantise d'un impair hiérarchique ; dans les garnisons, on se raconte des histoires de gaffeuses qui, fières de leurs galons de capitaine fraîchement reçus, se sont permis de donner des ordres à une lieutenante, en ignorant qu'elle était aussi prêtresse et qu'elles lui devaient obéissance…

Sans compter les titres de noblesse qu'Ingrid a restaurés avant sa mort : baronne, vicomtesse, comtesse, marquise et duchesse. Ainsi, une marquise commandera à toutes les brigadières d'un grade inférieur à celui de générale de brigade, et peu importe son rang dans la hiérarchie du Grand Conseil. Du coup, pour gravir plus vite les échelons, beaucoup de jeunes femmes cherchent à épouser un titre qui, par définition, les mettra au-dessus du lot. « Mais c'est assez mal vu », a commenté Jenny.

20 décembre. Encore des bruits sur cette affaire d'Harlingen. Des bribes d'informations qu'on entend dans une bouche et qu'une autre confirme à demi, impossibles à vérifier. Ma source la plus fiable, ce sont les brigadières que je croise dans les vestiaires de la piscine, et qui ne jugent pas nécessaire d'interrompre leur conversation devant moi. Elles évoquaient l'affaire ce matin ; je n'ai pas tout compris, car elles parlaient vite et bas – d'autant plus que je ne voulais pas donner l'impression de les écouter. Apparemment, donc, il y aurait eu une explosion, avec des victimes. Pourquoi ? Combien ? Je l'ignore.

J'en ai parlé à Lena et Chloé. Cette dernière pense qu'il s'agit d'un incident dans une centrale atomique. Ce ne serait pas le premier. Elle connaît une ingénieure qui travaille dans l'industrie militaire ; à l'en croire, nos installations sont en mauvais état ; les centrales fuient, plusieurs accidents se sont déjà produits. Comme Lena et moi faisions mine de ne pas la croire, elle s'est emportée, et a tenu des propos délirants : des régions de l'Empire contaminées par des retombées radioactives. Des larbins kamikazes, chargés de réparer les dégâts, protégés par des plaquettes en plomb ficelées autour du torse ; tous seraient morts. Et puis, chez les habitantes exposées aux radiations, toutes sortes de cancers, des bébés monstrueux, des horreurs. C'était absurde ; Lena et moi nous nous sommes moquées de Chloé. « Si c'était vrai, nous le saurions ! », a lancé Lena. Chloé a répondu par un sourire énigmatique, a secoué la tête, puis elle est partie. Laquelle est la plus naïve des deux ?

24 décembre. Veille de Noël. Quand j'étais petite fille, c'était une fête. Aujourd'hui, la célébrer est défendu, et les enfants ne savent même pas ce que c'est – je me demande si Judith et Virginie en ont jamais entendu parler.

Jusque vers 1975, les traditions ont perduré : le sapin, les cadeaux. Mais les brigadières s'en sont mêlées, et nous ont forcées à mettre fin à cette survivance. (Survivance : je crois que ce terme est d'Ingrid mais, faute d'en être sûre, je n'y mets pas de guillemets.) Désormais, le 25 décembre est un jour ordinaire. Pour les cadeaux, on a les fêtes officielles. Et bientôt, l'anniversaire du couronnement !

29 décembre. Harlingen, suite : selon Lena, il s'agirait bien d'une explosion nucléaire. On aurait évacué dix mille citoyennes et envoyé des larbins pour éteindre le brasier. Mais Lena est crédule, elle répéterait n'importe quoi, en l'amplifiant sans s'en rendre compte. Dois-je l'écouter? En tout cas, il n'y a rien eu là-dessus au journal télévisé ce soir. On a vu en revanche toute une séquence sur Judith, rayonnante, après un match de tennis contre la ministre des Sports.

Dans quinze jours, les fêtes commencent. Je suis impatiente, follement impatiente. J'imagine que Virginie aussi ! Il paraît que le spectacle sera l'un des plus grandioses jamais donnés. Le monde entier nous jalousera.

En attendant, après-demain, nous sommes invitées pour le réveillon du nouvel an au feu d'artifice tiré dans le parc de la Libération. Au premier rang !

30 décembre. Piscine. Dans les vestiaires, une brigadière se déshabille près de moi. Nous sommes seules. La regardant à la dérobée, je repère sur sa cuisse un tatouage. Elle m'invite à l'observer de plus près ; je reconnais le visage d'Ingrid, et elle m'apprend que toutes les brigadières, un an jour pour jour après la prise d'uniforme, se le font tatouer.

31 décembre. Journée atroce. Je suis au plus mal.

Il est vingt-trois heures, les autres sont parties au feu d'artifice. Je n'ai pas pu les accompagner, incapable de sauver les apparences ; je me suis inventé une migraine et, malgré les supplications de Lena, je suis allée me coucher. Ou plutôt, pleurer dans mon oreiller.

Vers vingt heures, une gardienne inconnue m'a bousculée. Je suis tombée ; sans un geste pour m'aider, elle a continué son chemin. En me relevant, j'ai découvert qu'elle avait glissé dans ma manche un bout de papier chiffonné. J'ai lu ces mots terribles, rédigés d'une main maladroite : « Gregor mort. Rien pu faire. Désolée. »

Je me suis effondrée.

Cela devait arriver, évidemment. Je savais qu'il n'atteindrait pas l'âge adulte, compte tenu des circonstances. Mais quoi ? Est-ce une consolation ?

Le pire, c'est qu'à la douleur de l'avoir perdu s'ajoute désormais l'angoisse de savoir que quelqu'un est au courant de tout. Cette brigadière pourra me dénoncer à tout moment. Suis-je condamnée ?

Au lieu de Bruxelles, les Français furent emmenés dans une ancienne caserne militaire, près de Waterloo. Extérieurement, l'ensemble était rustique : de vieilles bâtisses décrépites, entourées d'un grillage, et qui faisaient penser à un camp. Kristin les rassura :

– Cela n'a pas l'air terrible, mais c'est très confortable. Ce sont d'anciens bâtiments militaires convertis en logements. C'est aussi bien qu'un hôtel, vraiment.

Langlois, descendant du minibus, devina dans la nuit la silhouette d'une construction en hauteur, peut-être un ancien mirador. Bon ! Ils allaient dormir à l'ombre d'un mirador ! C'était charmant. Il soupira et suivit la troupe dans un grand bâtiment aux volets clos. Heureusement, l'intérieur était assez coquet, plus que l'hôtel de la veille, avec une bonne chaleur qui le réconforta.

Leurs chambres étaient décorées comme des chalets suisses – murs lambrissés et meubles en bois. Dans celle de Langlois, il n'y avait pas de portrait des Bergères, seulement des photographies de paysages et des peintures naïves représentant des animaux de ferme – vaches, veaux, poules, cochons. Il examina ces croûtes de près. Elles étaient signées : « J.V. ». Judith Vermaarsch ? Il tira les rideaux pour voir à l'extérieur, mais les volets étaient fermés et les fenêtres bloquées. Il s'assit sur son lit, déçu, puis songea qu'il n'aurait rien vu de plus gai que la campagne où ils tournaient depuis la veille, plate, froide et vide. Des pâturages, des friches, des routes menant à de plus grandes voies, embranchées sur des nationales qui débouchaient sur la Transimpériale. Mais pas de villages, pas de villes. Et pas de Belges. Et les hommes, là-dedans ? Langlois songea soudain qu'ils n'en avaient vu aucun, à part les grooms. Y avait-il une population, dans ce pays ?

Et Beatrix, ses fameuses rebelles, le danger terroriste qui avait justifié qu'on les détourne pour les amener ici, tout cela était-il bien sérieux ? Langlois était de plus en plus perplexe. Ce qui l'étonnait, c'était que là-dessus les Belges ne faisaient aucun mystère. D'en parler revenait pourtant à un aveu de faiblesse (puisque c'était reconnaître que l'Empire ne contrôlait pas tout), et presque à un aveu d'échec – si la contre-révolution béatrixienne durait depuis 1977, c'est qu'elle avait des soutiens dans le pays et que la Révolution n'avait pas complètement réussi. Les Belges étaient transparentes à dessein, car elles ne laissaient rien au hasard ; elles avaient un message à leur faire passer. Mais lequel ?

Après s'être rafraîchi, Langlois descendit au salon pour l'apéritif. Toujours pas d'alcool, bien sûr, mais cette mixture douteuse concoctée par la Bergère. De quoi n'était-elle pas à l'origine, dans ce pays ? Lui qui buvait rarement aurait apprécié ce soir un verre de vin. Mais le plus déçu demeurait Bordeaux qui, à la vue du cocktail que lui tendait un larbin souriant, poussa un long soupir de découragement.

Comme les Français étaient arrivés dans la caserne sans prévenir et que leurs hôtesses n'avaient rien préparé, tout fut improvisé. Il en résulta une atmosphère de pique-nique qui poussa chacun à se détendre, et la soirée fut excellente. Pour la première fois, Langlois eut l'impression de pouvoir baisser la garde ; il ne se sentait pas encore tout à fait à l'aise, mais il n'avait plus la sensation qu'une menace planait au-dessus de lui. Plus tard, pourtant, au moment de se coucher, il se demanderait si cette soirée impromptue ne faisait pas partie d'un plan pour les mettre en condition. On les avait successivement intimidés – le contrôle brutal en zone neutre –, impressionnés – le film à l'école –, réconfortés enfin avec cette caserne insolite, cette chambre chaleureuse aux allures de chalet alpestre. Ainsi, leurs défenses étaient tombées plus sûrement que s'ils avaient été tout de suite chaleureusement accueillis.

Paranoïa ? Peut-être. Ses compagnons ne paraissaient pas aussi inquiets que lui. Ne l'étaient-ils pas assez ? L'était-il trop ? Langlois soupçonnait facilement tout et tout le monde – ses années passées à étudier les questions géopolitiques et les services secrets l'avaient incité à voir partout des manigances. « Il faut combattre cette tendance, qui m'amène à déformer ce que je vois. » Gould finirait par la lui reprocher, car elle risquait de froisser les Belges.

21 janvier. Je n'ai pas pu toucher à ce journal depuis la mort de Gregor. Je m'en veux, car je m'étais promis de tout noter au jour le jour pendant les fêtes. Maintenant qu'elles sont terminées, j'en parlerai moins bien, mes impressions auront perdu leur fraîcheur, j'aurai oublié des détails… La mémoire corrompt tout, transforme tout ; déjà, je ne suis plus sûre de ce que j'ai pensé à tel moment, vu à tel ou tel endroit, alors que je l'aurais reconstitué parfaitement si je l'avais noté le soir dans mon carnet. Mais enfin, c'est ainsi.

Les fêtes, donc. Qu'en dire qui ne soit pas trop pâle, trop en dessous de la vérité ? Commençons par reconnaître qu'elles ont été magnifiques. Je m'attendais à des réjouissances exceptionnelles : eh bien ! Elles ont dépassé mes espérances.

Il y a eu, d'abord, une grande manifestation. C'était incroyable : de la foule partout, des milliers de femmes avec leurs enfants qui marchaient librement dans les rues, sans rien craindre. Sur les visages des fillettes, on ne voyait que des sourires. (J'ai constaté à cette occasion combien leurs dents sont mal soignées ; mais ce n'est pas le lieu pour des considérations médicales.) Depuis quand n'avions-nous plus vu tant de monde, tant d'animation dans la capitale ? Et quel contraste par rapport aux dernières fêtes, il y a trois ans, quand la police antiterroriste avait bouclé la ville et que nous avions dû rester chez nous, à suivre à la télévision les cérémonies à huis clos et les discours officiels !

Virginie et Judith ont passé avec moi une partie de cette journée. Elles ont trouvé tout merveilleux. Comme nous progressions difficilement dans la foule, Judith a murmuré :

– Je n'aurais pas cru que nous étions si nombreuses.

– Qui, nous ? lui ai-je demandé.

– Eh bien, les Belges.

C'était la première fois qu'elle voyait tant de femmes rassemblées.

– Dans les spectacles aussi, il y a beaucoup de femmes, ai-je fait observer.

– Oui, mais c'est différent, elles sont en ligne, bien rangées. On dirait qu'il n'y en a qu'une.

La vérité dans la bouche d'une enfant : les spectacles, précisément, sont conçus pour donner à sentir au peuple que nous ne formons qu'un seul corps dont la Bergère est la tête.

Je ne saurais décrire ici tout ce que nous avons vu lors de cette balade dans la ville en fête : il faudrait parler des manèges, des trampolines et des jeux d'adresse où se pressaient les enfants, de l'odeur des confiseries et des baraques à frites, des jongleuses avec leurs balles et leurs quilles, des cracheuses de feu et des acrobates sur leurs monocycles… Tout cela, en plus, était gratuit.

Poussée par Virginie, j'ai participé à un jeu de tir : il fallait lancer des balles en caoutchouc sur un petit homme enfermé dans une cage qui, au troisième impact, s'écroulait en faisant le mort. La gagnante recevait un lot – un bijou de pacotille, ou une médaille à l'effigie de la Bergère.

Il y a eu aussi des chasses à courre : on jetait dans la foule un homme à qui, entre les deux sonneries de cor qui marquaient le début et la fin du jeu, chacune pouvait donner la chasse. C'est spectaculaire, parce que cela génère énormément d'agitation. Le gibier détale comme un rat, il se défend à toute force, mord, griffe et cogne ; cela peut même être dangereux. Judith a voulu jouer, mais je le lui ai défendu ; ce n'est pas de son âge. Elle a pris sa mine boudeuse et a tenté de me forcer la main en jurant que ses amies ont la permission, mais j'ai tenu bon.

Tout cela a duré jusqu'à la nuit. Dans le noir, le caractère exceptionnel de cette journée était encore plus sensible : à une heure où d'habitude les rues sont vides et la ville endormie, il y avait encore du monde partout, surtout sur la Grand-Place et dans les rues alentour, où se concentraient les stands et les animations. (A propos de la Grand-Place, je sais, on doit l'appeler aujourd'hui « place de la Bergère », mais rien à faire, l'ancien nom me vient toujours sous la plume.)

Dorus est venu chercher Judith vers dix-neuf heures. Je lui avais donné rendez-vous sur le boulevard du Jardin-Botanique, un peu à l'écart : cela valait mieux car, au milieu de ces femmes déchaînées, il aurait pu jouer les proies. Judith s'endormait déjà quand je la lui ai donnée. C'était bien normal ! J'ai conseillé à Dorus de déguerpir et de regarder toujours ses souliers s'il croisait des femmes. Il a hoché la tête et s'en est allé sans un mot, en serrant la petite contre lui.

Revenant vers la place par la rue du Marais, j'ai rencontré Jeanne et Erika qui, avec leurs amies, tapaient comme des sourdes sur des percussions en essayant d'entraîner les passantes. Quel raffut ! Elles m'ont mis un tambourin dans les mains, et m'ont prise dans leur farandole. Je me suis inquiétée : ne risquions-nous pas d'attirer l'attention des brigades, avec un tel boucan ? Mais Jeanne a répondu en riant que nous avions tous les droits, puisque nous venions du Palais. Et, pour le prouver, elle s'est ruée sur un groupe de brigadières qui sortaient de la rue des Comédiens en hurlant : « Vive Judith ! », et en faisant des gestes ambigus. Les soldates lui ont demandé de décliner son identité et Jeanne a montré son badge, sûre d'elle. Les brigadières lui ont fait le salut militaire. Puis elles sont reparties en nous souhaitant une belle soirée. Nous avons éclaté de rire.

Tous les droits !

Plus tard. Je continue mon récit. Le lendemain était le grand jour, celui que nous attendions et pour lequel nous nous préparions depuis des mois. Malgré la courte nuit, notre impatience nous a poussées hors du lit à l'aube. Après le petit-déjeuner, qu'à cause du trac je n'ai pas pu avaler, nous sommes parties pour la Maison des femmes de Schaarbeek, non loin de l'esplanade où Judith devait prononcer son discours et recevoir son cadeau devant cent mille femmes. Dans notre sac, nous transportions notre tenue : une tunique blanche très simple, avec le profil de Judith brodé au fil d'or à la place du cœur ;

nous ne l'enfilerions qu'au dernier moment, pour ne pas risquer de la tacher.

Il n'était que neuf heures, mais il y avait déjà du monde dans les rues ; de nouveau, j'ai eu l'impression de revoir la ville vivante, qui se réveillait après un très long sommeil.

A la Maison des femmes, nous avons patienté dans un salon. La télévision retransmettait le spectacle donné au stade. Virginie, noyée parmi deux mille toutes jeunes filles, y a dansé devant la Bergère… Instinctivement, je l'ai cherchée dans la mer humaine que formaient les danseuses, mais c'était impossible. Il n'y a jamais de gros plan sur leurs visages, par principe : c'est le groupe qui compte, pas les individus qui le composent. En revanche, les objectifs étaient braqués sur la tribune impériale et sur Judith. Elle avait l'air radieuse. A chaque fois qu'elle apparaissait, nous criions de joie. Autour d'elle, les Quatre Grandes : Schimmelnau, Monderman, Bertolucci, Appel – et Jupon-René, impatiente autant que nous.

Dans tout l'Empire, les télévisions étaient allumées ; le peuple entier suivait les cérémonies – c'était un ordre, et les brigadières tournaient pour s'assurer que, dans chaque foyer, on accomplissait son devoir. (Mais qui aurait voulu désobéir ?) Beaucoup de femmes aussi sont venues à Bruxelles, qui se sont saignées pour un billet de train. Elles ont sacrifié tout, parce que rien n'est trop coûteux pour voir la Bergère et l'applaudir. (Et peut-être l'approcher, car il lui arrive après ses discours de descendre dans la foule, de prendre des mains et de baiser au front les petites filles. Toucher la Bergère !)

Nous avons attendu l'heure d'entrer en scène. Nous

piaffions d'impatience et mourions d'angoisse en même temps, excitées au point d'avoir des crises de rire et de larmes. Il m'a semblé qu'à ce moment la concorde entre nous était parfaite. Chacune dans cet instant aurait pu décrire précisément ce que ressentaient les autres, parce que nous ressentions toutes la même chose. Pour la première fois, j'ai pu concevoir parfaitement ce qu'est la sororité, mille fois mieux que dans les appartements censés nous l'inculquer, mais où l'on ne songe en réalité qu'à se rendre la vie impossible. Si je devais définir la sororité, je dirais que c'est l'état où nous étions ce matin-là à la Maison des femmes, nous autres, les « compagnes du cadeau » – surnom qu'a trouvé Erika, et que nous avions adopté.

Autour de nous s'affairaient des costumières, des répétitrices, des chorégraphes. Chacune s'assurait que nous ne manquions de rien. Nous étions les vedettes du jour, c'était grisant ; tout nous était accordé, il suffisait de demander.

Anouk nous a rejointes vers onze heures, superbe dans son habit de soie, avec sur la poitrine un badge de Judith. Elle nous appelait « mes chéries », ne tenait plus en place. Nous avons dû répéter encore tous nos gestes, comme si elle craignait que nous ne les sachions pas par cœur... En fait, elle voulait se mettre une dernière fois dans la peau de Judith, et nous voir nous prosterner devant elle. « Maintenant, imaginez que je suis elle. Défilez devant moi. Inclinez-vous. » Puis, le rouge lui montant aux joues : « Je fais cela pour que vous soyez parfaites, bien sûr... » Elle nous a donné encore les mêmes conseils mille fois répétés : garder la tête droite, ne faire aucun geste brusque qui pourrait effrayer la Bergère, et lui sourire, sourire en permanence, montrer combien nous sommes heureuses. « Un si grand bonheur que vous pourriez en mourir », explique Anouk.

Le spectacle s'est achevé vers midi, avec un peu de retard. Le stade s'est vidé ; la foule s'est transportée sur l'esplanade. Pour que Judith puisse tout dominer, on avait installé une estrade entourée d'écrans qui retransmettraient la scène en direct. Judith, comme avant tous ses discours, était allée se faire masser, pour se détendre. (De sa masseuse, une Vietnamienne qui s'appelle Minh, on dit qu'il lui suffit de poser ses mains sur elle pour la calmer. Qui ne voudrait être à la place de Minh, fût-ce une seconde, pour caresser les reins de la Bergère… ?) Nous avons revêtu notre habit ; le grand moment approchait. A treize heures, nous avons quitté la Maison des femmes et nous sommes allées derrière l'estrade. De près, elle était haute comme une cathédrale, et longue comme le Palais. A nos pieds couraient de gros câbles. Nous étions entourées de techniciennes affairées et de brigadières qui surveillaient leur travail, crispées. (Anouk nous avait prévenues qu'on redoutait un attentat et que, malgré nos badges et notre costume, nous serions contrôlées et palpées – de fait, on m'a contrôlée et palpée cinq fois.)

L'estrade nous cachait la foule, mais nous l'entendions. Combien étaient-elles sur l'esplanade ? Cent mille, ont dit les journaux ; comme toujours, il faut diviser le chiffre par deux, mais cela reste énorme. Je me suis sentie prise d'un trac fou, à la limite du malaise ; Lena m'a serrée contre elle et m'a embrassée, sous l'œil attendri de Jeanne qui me réconfortait en m'assurant que tout se passerait bien.

Nous avons attendu comme cela plusieurs minutes, qui m'ont paru interminables. Puis, tout à coup, tout s'est agité. Un cri formidable s'est élevé : Judith montait sur l'estrade pour apparaître à son peuple. De là où nous étions, nous ne pouvions pas la voir, mais nous avions un écran pour suivre la scène ; j'ai songé avec émotion que ces images étaient diffusées dans tout le pays. La foule, filmée du ciel, semblait une mer. Les hélicoptères qui prenaient ces images tournaient au-dessus de nos têtes.

Judith s'est avancée sur l'estrade, et a levé les bras. La foule l'a acclamée ; hurlements, youyous, c'était du délire, on ne s'entendait plus. Puis, au bout de quelques secondes, elle a baissé les bras ; instantanément la foule s'est tue, comme un orchestre sous la baguette du chef. Ce talent qu'a Judith pour magnétiser les masses, pour obtenir toujours des réactions parfaites ! Elle l'a hérité de sa mère qui dirigeait les foules de la voix et du geste, comme une marionnettiste ou une charmeuse de serpents.

Judith a reculé et s'est installée sur son trône, entourée de micros. Elle parle assise, comme Ingrid. Elle s'est éclairci la voix, puis a commencé son discours qui a duré une demi-heure à peine. Rien à voir avec les discours-fleuves dont sa mère était coutumière, et qu'il lui arrive, à elle aussi, de prononcer parfois. (Enfant, j'ai lutté cent fois contre le sommeil devant la télévision, obligée par ma mère à les écouter jusqu'au bout !) Judith a évoqué la nécessité de continuer la lutte et de préparer la Révolution mondiale, et elle a fustigé les « traîtresses béatrixiennes » et leurs alliés du monde entier, provoquant des huées dans la foule ; puis elle a ajouté que la domination des femmes allait dans le sens de l'histoire, et que notre victoire était une évidence mathématique. « J'y crois, vous devez y croire aussi. » Tonnerre d'applaudissements.

C'était pour nous le moment d'entrer en scène. Mon cœur battait à tout rompre. La statue, couverte de papier doré, avait été montée sur roulettes pour que nous la transportions commodément. Anouk, qui communiquait par radio avec les techniciennes, nous a donné le signal du départ. Enfin !

Nous avons poussé et soulevé la statue. Elle était très lourde, mais nous étions entraînées ; et puis, pour la Bergère, nous aurions soulevé des montagnes ! Solen nous suivait, qui tenait l'autre partie du cadeau – la massette avec quoi Judith détruirait la statue, enfermée dans un coffret en bois précieux.

Nous sommes arrivées sur l'estrade ; la foule s'étendait à perte de vue. C'était un spectacle grandiose ; on aurait dit que le monde entier était là. Judith, en nous voyant, a porté les mains à sa bouche, comme pour réprimer un cri de surprise. Des murmures sont montés du public. Tétanisée, je n'osais regarder ni vers le peuple, ni vers les écrans géants où l'on projetait en gros plan le visage de la Bergère. Les nôtres aussi sans doute – peut-être le mien !

Judith est venue à notre rencontre. Nous nous sommes agenouillées, comme nous l'avions appris. Solen l'a embrassée, puis s'est s'agenouillée elle aussi. (Il était prévu qu'elle le fasse *avant* l'accolade, non après.) Chacune à notre tour, nous avons déposé un baiser sur le pied de la Bergère. J'ai remarqué qu'elle avançait son pied droit ; il paraît que c'est bon signe. (Le droit les bons jours, le gauche les mauvais. Et quand elle refuse son pied et tend plutôt la main, cela veut dire qu'elle est très en colère. Pour celle qui donne le baiser, c'est une humiliation terrible.) Quand mon tour est venu, j'ai inspiré très profondément pour graver dans ma mémoire l'odeur du cuir de son mocassin ; si j'avais osé, je l'aurais léché, pour en connaître le goût. Enfin, nous avons reculé vers le fond de l'estrade, bien alignées. Je me suis rendu compte à ce moment que nous avions toutes exactement la même taille ; c'était sûrement très harmonieux à l'image.

Après une nouvelle révérence devant Judith, Solen s'est approché du micro pour un discours. Elle a buté sur les mots, et je me suis demandé si c'était pour donner du naturel à son propos ou parce qu'elle était émue. Enfin, après une ultime accolade, elle a invité Judith à s'approcher de son cadeau. La foule ronronnait ; chacune était impatiente de découvrir le présent, comme s'il était autant pour elle que pour la Bergère.

Alors, Judith a déchiré le papier doré, et l'homme est apparu, gigantesque, avec son pénis et ses bourses. Là où nous étions, nous pouvions contempler son dos, ses fesses et ses cuisses musclés. Quel choc, à nouveau ! La Bergère est demeurée sans voix ; du sein de la foule montaient une puissante vibration négative, un malaise, un début de panique. Pendant quelques secondes, j'ai même eu peur que cette statue obscène rende folles ces milliers de femmes au bord de l'émeute. Solen, elle, jouissait de son effet. Quelle tension insoutenable ! Allait-elle enfin offrir à Judith la massette, et reprendre le micro pour calmer le public ?

Tout s'est heureusement passé comme prévu. Solen a parlé. Judith a compris le sens de son œuvre, et l'a aimée.

Et quand, s'emparant prestement de la massette, elle a porté le premier coup dans la pierre, la foule conquise a exulté. Quelle liesse ! Judith – il fallait s'y attendre – s'est acharnée d'abord sur l'entrejambe de la statue ; en une minute, il n'en resta plus rien. Des brigadières nous ont apporté d'autres massettes, plus petites. Ce n'était pas prévu au programme, et nous avons hésité ; mais Judith nous a fait signe : « Venez ! » Alors, nous avons cogné comme elle sur le simulacre, aussi fort que nous le pouvions, pour finir de le mettre en miettes. Quand il a été bien entamé, nous l'avons fait basculer ; il s'est écrasé lourdement sur l'estrade, qui heureusement était solide. Un hourra a retenti, la foule jubilant de nous voir mettre à bas le symbole d'un pouvoir encore menaçant. L'ambiance était indescriptible, la foule coulait en fusion sur le cadavre du mâle. Alors, couvrant les cris et les vivats, un chant est monté au-dessus de la masse étendue à nos pieds : notre hymne. C'était sublime. Judith a de nouveau levé les bras pour exhorter la foule en délire ; puis elle s'est placée parmi nous, et nous avons chanté ensemble. Par miracle, je me suis trouvée à côté d'elle. Elle a pris ma main ; j'ai senti sa peau chaude, le sang sous sa chair, et toute l'émotion contenue dans son corps ; oui, je la sentais ! Dans cet instant, je ne vivais plus que par la main de Judith qui touchait la mienne.

Tout s'est ensuite terminé très vite. Des courtisanes ont apporté à Judith son étole de mouflon et le verre d'eau sucrée qu'elle boit après ses discours. Nous avons quitté l'estrade et, au bas de l'escalier, nous avons retrouvé Anouk, soulagée que tout se soit déroulé sans anicroche. On nous a donné à boire. Nous avons attendu le départ de la

Bergère, puis sommes retournées à la Maison des femmes pour nous changer. Ensuite, nous avons eu droit à un festin à Tervuren, en compagnie de tout ce que l'Empire compte de notables, devant la Cour au complet. Judith, hélas, n'y était pas. Comme je demandais pourquoi, Anouk m'a expliqué qu'elle n'aime pas se montrer trop longtemps en public. Elle passera le reste de la journée dans ses appartements, « avec ses favorites ». Puis elle a ajouté :

– Mais peut-être qu'aujourd'hui elle voudra s'en faire livrer une nouvelle ?

Je ne comprenais pas ; elle m'a fait un clin d'œil.

– Si tu avais vu comme elle te regardait, tout à l'heure, sur l'estrade !

Et elle a éclaté de rire.

Moi, une mignonne de la Bergère ? Quelle bêtise ! Judith n'aime que les jeunesses de quinze ans, fraîches et bien lisses. J'en ai quarante, et j'ai eu trois enfants. (J'ai failli écrire deux enfants. Gregor, je t'oublie déjà…)

Fin de ce long récit. Ai-je tout dit ? Non, évidemment : ces journées ont été si riches ! Rien que le moment où Judith a pris ma main pourrait remplir deux cahiers comme celui-ci.

Dire que tout est fini à présent !

A moins qu'il n'y ait des suites… Cette sottise que m'a dite Anouk : elle m'obsède.

Ils s'impatientaient de découvrir Bruxelles. A quoi ressemblerait-elle ? Gould avait tenté de s'en faire une idée en superposant aux images de la ville, telle qu'elle était avant la Révolution, les réalisations du nouveau pouvoir – le Grand Palais avec ses marbres, les tours, le Musée de la Révolution, le Centre d'art féministe (sorte de paquebot conçu par Solen Jupon-René, pour exposer ses œuvres) et les statues des Bergères qui se dressaient partout. Les esprits frondeurs disaient qu'on ne pouvait pas faire cent mètres dans Bruxelles sans tomber sur Judith et Ingrid – statues, noms d'avenues, affiches, peintures murales.

Pour Gould, Bruxelles devait être le moment fort du voyage. Il ne concevait pas de ne pas voir la capitale, mais ne voir qu'elle lui aurait suffi – pour qu'il estime avoir rempli son cahier des charges, et juger le voyage réussi. Dussent-ils ne rien visiter d'autre ensuite, il rentrerait satisfait, comme un Japonais en France se contente de voir Paris.

Ce désir spécial pour la capitale, il se l'expliquait d'ailleurs mal. C'est qu'il était citadin dans l'âme, et c'était pour lui dans les villes que se révélait le mieux un peuple. Et, particulièrement, dans les capitales. Il avait donc hâte de pénétrer dans Bruxelles, et de confronter avec la réalité l'idée préconçue qu'il s'en faisait.

Ils quittèrent Waterloo vers neuf heures, toujours escortés de motos et de voitures militaires. On roula sur des petites routes en bifurquant souvent – sans doute pour déjouer la menace terroriste, se dit Gould. Le convoi roulait à vitesse constante, sans respecter aucune signalisation. Enfin, au bout d'une heure, le décor changea : on quittait la campagne pour entrer dans des zones industrielles. Malgré les vitres teintées, Gould distingua des engins de chantier, ainsi que des immeubles en construction. Il n'y avait aucun mouvement. Où les Belges se cachaient-elles ? Gould pensa en souriant qu'ils provoquaient peut-être un phénomène d'attraction-répulsion, que les Belges s'éloignaient spontanément à leur approche, et qu'elles revenaient sur place une fois qu'ils étaient passés. Ils seraient donc condamnés à ne voir que les rares non-polarisées du pays, et qui pour l'heure se réduisaient aux militaires et aux bureaucrates qui les accompagnaient, ainsi qu'aux écolières qu'ils avaient vues la veille… C'était une idée idiote, mais qui fit sourire Gould.

Soudain, ils furent dans la ville. A l'horizon pointait une flèche gigantesque. Gould crut que c'était le sommet d'une cathédrale, puis il comprit que c'était en fait la Tour de la Révolution, un building érigé en 1980 pour le dixième anniversaire de l'accession des femmes au pouvoir, avec son antenne de télévision culminant à près de trois cents mètres.

– C'est la Tour, non ? demanda-t-il.

– En effet, répondit Kristin. Par beau temps, on la voit à plusieurs kilomètres de distance.

– Je ne l'aurais pas reconnue, admit Langlois – et Gould fut enchanté de l'avoir identifiée avant lui.

Kristin expliqua que la Tour mesurait exactement deux cent quatre-vingts mètres et que les Bergères jouissaient dans les trois étages supérieurs d'un appartement panoramique desservi par un ascenseur privé.

– On raconte que l'architecte a installé des canalisations pour recueillir les urines de la Grande Bergère dans des cuves cachées au sous-sol. Certaines courtisanes les boiraient, croyant que les humeurs d'Ingrid les immuniseraient contre toutes les maladies.

Elle rit, puis demanda :

– C'est absurde, non ?

Les Français se forcèrent à ricaner. Kristin se tourna vers Gould.

– Vous n'y auriez pas cru, n'est-ce pas ?

– Non, non, bien sûr, répondit-il avec gêne.

Et il rit de nouveau. Kristin fit un sourire énigmatique, puis tourna la tête. Qu'avait-elle voulu dire, ou lui faire dire ? Il craignit d'avoir échoué à un test pour savoir ce qu'il pensait de la Grande Bergère. N'aurait-il pas dû répondre que cette histoire n'avait rien pour le surprendre, et qu'il aurait été ravi de recueillir lui aussi les précieux liquides d'Ingrid ? Inquiet, il chercha douloureusement le regard de Capucine ou celui de Léonore, pour y trouver un sourire qui démentirait sa peur d'avoir commis une imprudence. Mais elles ne faisaient pas attention à lui, électrisées par l'entrée dans Bruxelles. Il soupira, se dit que ce n'était de la part de Kristin qu'une taquinerie innocente. Il la regarda à la dérobée et la trouva belle, comme il trouvait souvent belles les femmes qui lui tenaient tête.

Alors qu'ils arrivaient à Uccle, un peu de soleil perça la grisaille ; ce fut comme un lever de rideau. Gould chantonna pour lui-même l'ouverture de *Guillaume Tell*, et regarda de nouveau Kristin en pensant : « Elle orchestre même le temps qu'il fait. »

Le convoi ralentit. Gould ne pouvait détacher son regard de la Tour qui s'élevait devant eux, comme un axe autour duquel gravitait la cité. A moins que ce ne fût un poste de contrôle ? Il imagina qu'en haut, depuis son appartement, Judith voyait tout ; dans cet observatoire vitré, elle regardait le peuple grouiller à ses pieds tout en bas. Peut-être y était-elle en ce moment, peut-être les fixait-elle avec sa lunette ?

Une autre chose frappa Gould : le tracé rectiligne des rues, comme dans les villes américaines. Bruxelles semblait redessinée géométriquement, comme si une main géante avait tout balayé pour tout dessiner en damier, avec des croisements à angle droit et des perspectives interminables. Il en résultait une impression d'immensité, de clarté ; rien n'était confus dans cette cité tracée au cordeau, redressée et disciplinée avec un soin maniaque. Une impression d'unité, aussi : unité des formes, des matériaux, des couleurs – tout semblait recouvert d'un même gris bas de gamme, fondu dans la même pauvre pâte décolorée. Les bâtiments, cubiques, semblaient coupés à la scie, empilés les uns sur les autres. Il n'y avait pas un arbre, mais partout des carrés de pelouse qui firent plaisir à Gould. (A cause du golf, il se passionnait pour l'entretien des pelouses, et soignait dans son manoir de Normandie un hectare de gazon dont il disait souvent : « Comme Proust, je le compare au nom de Parme : moelleux, lisse, vert et doux ».)

Enfin, le calme dans les rues le stupéfiait. Il n'y avait presque aucune voiture ; quand on en croisait, c'étaient des berlines aux vitres teintées, si longues qu'on craignait qu'elles ploient en leur milieu et se cassent en deux. De temps en temps, on voyait filer des passantes ; elles marchaient vite, courant presque, concentrées, comme poursuivies. Les trottoirs étant larges et les avenues très longues, elles paraissaient anormalement petites par rapport au décor.

Ce n'était pas la Bruxelles qu'avait imaginée Gould. Il avait en tête un beau désordre flamand. Ce n'était plus Bruxelles, c'était une ville sans âme. Et, plus ils avançaient vers le centre – ils avaient traversé Saint-Gilles, arrivaient dans Ixelles –, plus elle donnait l'impression d'un camp militaire. Gould fut pris d'un peu d'angoisse. La ville se résumait-elle à ce quadrillage d'avenues vides où ils roulaient ?

Au bout d'une dizaine de minutes, ils arrivèrent dans un quartier plus animé. Par comparaison avec Paris, c'était un désert ; mais on voyait enfin des femmes, seules ou en groupes, à pied ou sur leur vélo, le dos étonnamment droit, comme si elles portaient une tige métallique. Gould admira cette raideur, ce qu'elle révélait de leur éducation : comme il avait fallu qu'on soit stricte avec elles ! Il n'y avait en revanche toujours aucune circulation, ce qui rendait absurde, et même poétique, le ballet des soldates perchées tous les deux cents mètres sur des plots de béton et gesticulant pour régler un trafic invisible.

Kristin leur décrivit le programme :

– Nous allons d'abord faire un tour dans la ville, puis nous dînerons. Nous visiterons ensuite le Musée de la grande marche, et nous vous conduirons à votre hôtel.

– L'hôtel est-il au centre ? demanda Bordeaux, qui rêvait en secret d'une chambre sur la Grand-Place, près de la maison où avait séjourné Victor Hugo.

– Non, répondit Kristin. Pour votre confort, nous avons pensé qu'un endroit calme serait plus approprié. Et puis…

Elle hésita.

– Et puis, n'oubliez pas qu'il y a quatre hommes parmi vous, et que certaines Bruxelloises des quartiers non-mixtes n'en ont plus vu depuis longtemps. Elles pourraient réagir de manière, disons, imprévisible.

– Elles seraient capable de nous attaquer ? s'inquiéta Bordeaux.

– Non. Enfin, j'imagine que non. Mais soyez sans crainte : il n'y aura pas de problème.

– Evidemment, approuva Capucine.

Mais Bordeaux, qui avait déduit que le centre-ville n'était plus mixte, insista :

– La Grand-Place, nous pourrons la voir, n'est-ce pas ?

– Mais bien sûr, répondit Kristin.

Elle ajouta, d'un ton que Gould trouva méprisant :

– Je vois que vous aimez les *vieilles choses*.

Gould fut alerté par cette réflexion, qui n'était pas la

première du genre que faisait Kristin. On aurait dit que pour elle, tout ce qui datait d'avant la Révolution était sans valeur, y compris la tour gothique de l'hôtel de ville et les maisons des corporations. Ne comptait dans son esprit que ce qui avait été construit après 1970, année zéro du pays régénéré (les Belges avaient inventé un calendrier révolutionnaire dont l'An I était la prise de La Haye ; mais, dans la vie quotidienne, elles utilisaient le calendrier grégorien) ; avant cette date, rien n'avait d'importance pour elle. Cette façon de voir heurtait le passionné d'histoire qu'était Gould, mais il trouvait sa logique admirable : les Belges jugeaient de toute chose à l'aune de la Révolution. Etait-elle belle ou non, la Grand-Place ? Cela n'avait pas d'importance ; ce n'était pas une réalisation de la Révolution. Et sans doute une vraie féministe aurait-elle répondu que cette place ne *pouvait* pas être belle, puisqu'elle datait de l'ancien régime.

– Avant la visite, reprit Kristin, il y a une tradition, pour ceux qui comme vous viennent à Bruxelles pour la première fois.

– Mais je suis déjà venu à Bruxelles, corrigea Gould.

– Oui, mais c'était avant.

Il approuva. C'était logique, de nouveau.

– Et qu'est-ce que c'est, cette tradition ?

– Vous allez voir.

Le convoi pénétra dans un parc, protégé par des grilles. Au fond d'une allée se dressaient deux gigantesques statues de pierre, l'une représentant Ingrid, l'autre Judith. C'était spectaculaire ; l'effet monumental était renforcé par le fait qu'elles étaient isolées – les premiers arbres se trouvaient à cinquante mètres. Elles dominaient tout.

Hautes de quarante mètres, elles avaient été commandées à Jupon-René et inaugurées peu après l'investiture de Judith, expliqua Kristin. Il était obligatoire pour chaque Belge de les honorer au moins une fois par an – plusieurs fois pour les habitantes de Bruxelles, qui n'avaient pas l'excuse de la distance. C'était l'œuvre la plus célèbre de Jupon-René, reproduite sur des millions de timbres, de cartes postales, de posters et de tableaux. Et quand des peintres du dimanche se cherchaient un sujet, elles choisissaient fréquemment les deux colosses – pour preuve, Kristin pria ses hôtes de regarder en lisière du parc, où l'on distinguait quelques silhouettes derrière des chevalets.

Gould considéra les statues, minuscule à leur pied, comme les enfants au bas des immeubles, il se donnait l'impression qu'elles tombaient sur lui. Etait-ce beau ? Non, certainement pas. Mais il fallait parler ici un autre langage, et garder à l'esprit que la Révolution avait bouleversé tous les critères. Cela ne lui plaisait pas, mais peu importe : c'était écrasant, cela subjuguait les foules, et l'adoration des Belges pour les Bergères en sortait renforcée – voilà ce qui comptait.

Kristin, avec un sourire, invita les Français à déposer selon la tradition un bouquet de fleurs au pied des statues. Des brigadières surgirent, qui portaient trois gerbes jaune et rouge ; elles les tendirent à Gould, Alvert et Lotte. Gould eut alors un instant d'hésitation. Fleurir le pied de ces statues, pourquoi pas ; mais lui avait-on demandé son avis ? C'était tout de même un peu fort : on lui donnait ces fleurs d'autorité, on lui commandait presque de les déposer. Et après ? N'était-il pas libre ? Il hésita, tenté soudain par la révolte, songeant que c'était le moment idéal pour manifester son indépendance. Il chercha le regard de Lotte et d'Alvert, mais elles ne paraissaient pas gênées par cet hommage imposé. Pour Capucine, c'était même le contraire : elle avait l'air ravie, comme une fillette choisie pour offrir des fleurs à une diva.

Gould regarda les autres. Bordeaux, les mains dans le dos, contemplait les statues avec une curiosité de touriste ; il ne parvint pas à capter son attention. Golanski et Langlois grimaçaient – et principalement le second, le plus à cheval sur les principes. Gould entendait déjà le sermon que lui ferait le jeune homme : déposer ces couronnes n'avait aucun sens, leur sympathie pour la Révolution ne devait pas les conduire à se soumettre aux désirs des Belges, etc. Gould tergiversait. Refuser poliment ? Ou alors déposer la couronne au pied des statues, mais sans se mettre à genoux ? Cela pourrait être interprété comme de l'hostilité, et dégénérer en incident. Et puis, en imaginant qu'il refuse, Alvert et Lotte l'imiteraient-elles ? Il perdrait la face ! Après tout, songea-t-il, il avait bien le droit de suivre son envie, sans s'enliser dans ces calculs. S'il voulait l'offrir, cette couronne, pourquoi s'en priver ?

Tout à coup très résolu, il fit un pas en avant et déposa la gerbe au pied d'Ingrid. Puis il recula et, après avoir lancé par-dessus son épaule un regard à Langlois et Golanski, espérant – mais en vain – que par solidarité ils consentiraient à prendre part à l'hommage, il s'agenouilla, en fermant les yeux. C'était un moment solennel, comme il les aimait ; il s'efforça de faire le vide dans sa tête, et d'en profiter le mieux possible. Il se concentra, fixa son esprit sur l'image des Bergères. Au bout de quelques secondes, il se sentit envahi d'un sentiment de félicité : penser aux Bergères l'apaisait. Il respira, sourit. Auprès de lui, Capucine et Léonore demeuraient immobiles, comme plongées dans une prière. Quelle émotion, tout à coup ! Il pensa de nouveau à Langlois et Golanski, et eut pitié d'eux. Leur obsession d'indépendance les privait d'une magnifique expérience mystique. Il se retourna et, compatissant, leur sourit ; ils parurent soulagés de ne pas le voir fâché contre eux, et lui firent un signe d'amitié. Gould comprit qu'ils prenaient son sourire pour un pardon, alors que c'était de la courtoisie pure et simple : ils ne savaient pas, les pauvres, ce qu'ils avaient manqué.

28 janvier. Qu'allons-nous devenir, à présent que les fêtes sont finies ? Nous vivons toujours au Palais, mais personne ne s'occupe plus de nous, et nous ne faisons pas grand-chose de nos journées. Nous n'osons pas poser de questions, par crainte qu'on s'aperçoive que notre présence n'est plus utile, et qu'on nous renvoie chez nous. Certaines disent qu'il n'y a pas de risque : nous serions devenues des courtisanes, des femmes importantes, et resterions au Palais pour toujours. Mais la majorité d'entre nous pense qu'il ne faut pas rêver, et que tout cela – cette vie facile, ces plaisirs, le Palais – prendra bientôt fin. Prudente, je pense comme elles. Chloé, elle, affirme carrément qu'elle n'est pas triste de partir, parce que c'est déjà formidable d'avoir vécu tout cela. Je n'aime guère cette mesquinerie, cette façon de se contenter de ce qu'on a parce que c'est toujours mieux que de ne rien avoir. Evidemment, nous avons de la chance ! Evidemment, toutes les Belges auraient voulu être à notre place ! Mais ensuite ? Heureuses un temps, il nous faudrait vivre dans la misère pour le restant de nos jours ? On dirait qu'être privilégiée fait peur à Chloé, et qu'elle soupire après l'inconfort où elle a toujours vécu, et qui lui paraît l'existence à laquelle elle est normalement vouée… Moi, c'est le contraire : reprendre ma vie minuscule après ces mois au Palais, non ! Chloé veut-elle retrouver son pavillon sordide, son cellier vide, son lavabo où coule un filet d'eau froide ? Grand bien lui fasse ! Mais qu'elle ne compte pas sur moi pour partager sa résignation.

29 janvier. Nous nous ennuyons. Moi qui n'ai jamais compté les heures, je supporte mal l'oisiveté, et je culpabilise. Mais à quoi pourrais-je m'occuper ici, où tout est fait par d'autres, avec des larbins qui répondent dans l'instant à nos moindres désirs ?

J'ai dit mon sentiment à Erika qui, comme d'habitude, a ri, disant que je suis trop cérébrale, et que j'ai l'art de tout compliquer. Puis, pour me réconforter, elle a feint d'entrer dans mon raisonnement, et m'a dit que l'offrande à Judith, c'était du travail ; nous avons donc le droit de nous reposer. L'espace d'une seconde, elle m'a convaincue ; à l'entendre, il n'y a pas de mal à ne rien faire. Cette petite est décidément née pour la Cour : tout lui semble dû. Je me demande comment elle a pu supporter sa vie d'avant. Comment survivra-t-elle demain, quand tout lui sera retiré ?

Pour passer le temps, j'ai joué aux cartes avec Lena. Elle n'est pas inquiète, et ne croit pas qu'on nous renverra. Mais quand je lui demande ce qui fonde son opinion, elle n'a évidemment rien à répondre.

30 janvier. Messe à la chapelle. Le public est toujours aussi rare et dissipé.

Au cocktail qui a suivi, j'ai demandé à Anouk la permission de faire venir les filles demain ; elle me l'a accordée, en insistant pour qu'elles n'oublient pas de bien mettre en évidence leur badge sur leur blouse, car peut-être la Bergère passera au Palais, ou une grande courtisane (elle n'a pas voulu me dire laquelle), que nous pourrons croiser et devant qui, si cela arrive, il faudra être irréprochables.

La Bergère !

Ne rien dire aux filles : elles en seraient folles.

31 janvier. Journée avec les petites. A leur demande, nous avons nagé dans la piscine – je n'ai pas pu le leur refuser, même si je n'avais guère envie d'une baignade. Elles ont gardé un si bon souvenir de leur dernier plongeon dans ce bassin où la Bergère jadis a fait des brasses !

Virginie a repris l'école. Elle redoublera, car l'apprentissage des chorégraphies l'a empêchée de suivre le programme. Ses camarades sont dans le même cas. L'idée que celles qui n'ont pas participé au spectacle passeront, elles, dans la classe supérieure lui inspire un sursaut d'orgueil : « Qu'est-ce qu'un an de retard, quand on a dansé pour la Bergère ? » Je l'ai confortée dans ce sentiment. N'est-ce pas ainsi que la Souveraine aurait voulu que Virginie réagisse ?

Quant à Judith, elle rayonne d'admiration pour sa sœur, et aussi pour moi. Pensez ! Virginie dans les chorégraphies et moi sur la scène, devant la foule, tout près de la Bergère ! Dans son jeune esprit, notre famille est désormais l'une des plus importantes de l'Empire ; elle ne cesse d'en parler à ses amies, et ne pense plus qu'à ça. C'en est même inquiétant. Toute la journée, elle a cherché à embrasser ma main, prétendant qu'un baiser sur la peau qui a touché Judith, c'est un peu comme un baiser à Judith, et que cela porte chance. J'ai voulu lui faire croire que c'était seulement ma main gauche qu'avait prise la Bergère ; mais elle savait bien que c'était la droite. Elle m'a grondée en disant que ce n'était pas un sujet de plaisanterie. Elle devient pire que sa sœur.

Pour le reste, comme je m'y attendais, nous n'avons vu ni la Bergère ni aucune courtisane. J'ai bien fait de ne rien dire aux filles, car elles auraient été déçues. Je le suis un peu moi-même…

1er février. Rumeur : il paraît que le gouvernement veut reprendre les campagnes de vaccinations. Je n'y crois pas. Quel horrible souvenir ! Quand j'étais enfant, ces injections nous rendaient malades. Le pire, c'est qu'à l'époque je croyais à leurs effets bénéfiques. Maintenant qu'on sait ce que contenaient les seringues… Je me demande ce qu'est devenue la ministre qui avait conçu ce plan. Elle était à demi folle. Quel était déjà son nom ? Je ne sais si elle vit toujours.

3 février. Depuis une semaine, il me semble que l'ambiance se dégrade entre nous. J'entends des remarques désobligeantes, des moqueries, un ton aigre parfois. Moi-même, je me surprends à être désagréable avec Chloé, et même avec Lena. Nous nous disputons. Mais comment en irait-il autrement ? Captives dans ce Palais où nous n'avons rien à faire, nous marinons, nous nous portons sur les nerfs, et nous finissons par ne plus nous supporter. Parfois, j'ai l'impression d'être revenue dans mon vieil appartement sororal, où entre colocatrices nous nous haïssions... J'ai peur de finir par les détester, mes camarades, si on ne renouvelle pas un peu notre air. Mais on nous refuse tout. Combien de fois ai-je demandé la permission de sortir, de rendre visite à mes amies ? Il y a dans les parkings des dizaines de voitures, qui ne roulent jamais ; pourquoi ne pourrions-nous pas les emprunter ? Mais non. J'étouffe.

Alors, fatalement, des querelles éclatent. Cet après-midi, par exemple, comme nous buvions du chocolat au salon, Erika et Chloé se sont lancé au visage des propos acerbes, sur un sujet futile. Je crois que tout a commencé quand Erika a repris Chloé qui avait mal féminisé un mot ; et, pour rire, elle l'a accusée de ne pas bien parler le sabir impérial. Chloé a répliqué qu'elle parlerait mieux notre langue, si on n'en changeait pas tout le temps les règles ; Erika a répondu que c'était surtout parce qu'elle était une mauvaise citoyenne. L'engrenage était en marche, et tout le monde s'en est mêlé. Le goûter a tourné à la dispute. A un moment, nous étions près d'en venir aux mains. C'est alors que Chloé a craché à Erika qu'elle était « un sale type », puis dix insultes du même tonneau en rafale, affirmant qu'Erika était pire qu'un homme. Silence. L'affaire devenait grave. Mais, comme Chloé faisait une grimace horrible, Erika s'est mise à rire. Cette réaction a eu l'effet d'une soupape, et la tension est retombée. Nous étions toutes soulagées. A côté de quoi sommes-nous passées ?

La suite a été gaie, et même infantile : redevenues gamines et très sottes, nous nous sommes donné la chasse dans les couloirs, pénétrant dans toutes les pièces pour y faire les folles, nous pincer les seins et les fesses. Douze larbins affolés nous suivaient en se lamentant et en remettant à leur place les objets que nous dérangions. Nous levions parfois sur eux une main menaçante, et les regardions se protéger le visage en croyant que nous allions les frapper. C'est d'ailleurs ce qui a fini par arriver : Jeanne n'a pas retenu son coup. Galvanisées, nous l'avons imitée. Au bout d'un quart d'heure de cirque, des brigadières ont surgi. Elles nous ont crié de nous calmer, et nous ont renvoyées dans nos chambres. Nous sommes reparties en continuant nos agaceries, et en leur tirant la langue.

4 février. Zoé, grippée, a passé la nuit à l'infirmerie. Lena et moi en avons profité pour faire l'amour. Nous ne l'avions plus fait depuis un mois, et j'avais peur que quelque chose entre nous soit changé. Elle m'a confié avoir eu la même crainte. Elle pensait que nous nous étions éloignées l'une de l'autre à cause des fêtes qui ont mobilisé nos énergies. Tout notre amour s'étant porté sur la Bergère, nous n'en avions plus pour nous aimer.

6 février. Au journal télévisé, on apprend que Judith a quitté Bruxelles ce matin, sans précision. Est-elle en voyage ? Mystère.

A la fin des informations, la litanie habituelle, dite sur un ton monocorde par la présentatrice : tant de femmes battues à mort par des hommes dans le monde aujourd'hui, tant de viols, tant de demandes pour le statut de réfugiée… Ces statistiques me laissent indifférente. Depuis que je suis enfant, ces chiffres tombent chaque jour comme d'une éphéméride dont les pages sont arrachées par le vent; ils ne veulent rien dire. Jeanne, qui regarde avec moi, éclate de rire. Elle a travaillé dans les bureaux où on fabrique ces informations. Elle répète : on les *fabrique*.

Après l'hommage aux statues, ils firent une promenade dans Bruxelles. Langlois s'était préparé à ce que la ville soit méconnaissable. Il ne fut pas déçu. Ce que les révolutionnaires en avaient fait était inouï. C'était plus qu'une transformation : une recréation. La ville avait été étirée, alignée, rigidifiée et géométrisée. Triste et plate. Un damier, où chaque case était reportée sur la précédente. Le centre surtout était ravagé. La Grand-Place, joyau de la Bruxelles ancienne, avait été entièrement « rénovée ». Seule la maison du roi avait été épargnée, mais l'hôtel de ville n'existait plus ; à sa place, un bâtiment cubique abritait un ministère. A l'est, là où jadis s'élevait la maison des ducs de Brabant, Ingrid avait fait percer une rue rejoignant la rue des Eperonniers, parallèle à la rue du Marché-aux-Fromages qui avait été murée. Du béton avait été coulé sur le sol, parce que Ingrid un jour avait trébuché sur les anciens pavés.

Au milieu de la place trônait une sculpture de Solen Jupon-René. « L'une de ses plus grandes œuvres », commenta Kristin (mais toutes les sculptures de Jupon-René faisaient partie de ses « plus grandes œuvres », observa Langlois...), pompeusement intitulée *L'Epopée des survivantes*.

Elle commençait par un cylindre de bronze bien massif, haut de deux mètres. C'était, d'après l'artiste, une figuration de l'âge mythique où la Terre, peuplée exclusivement de femmes, était un paradis – ce que les Belges appelaient non « le » mais « la » gynécée. Ce tronc se divisait en branches, qui se ramifiaient en un fouillis de fines tiges métalliques : expression du chaos engendré par l'irruption de l'élément masculin, qui détruisait l'ordre paisible de l'univers féminin. De nombreuses branches étaient cassées : c'étaient les victimes de la violence masculine. Heureusement, ce n'était qu'une parenthèse dans l'histoire : plus haut, les branches éclatées se rejoignaient, et reconstituaient le tronc homogène du début. C'était évidemment une référence à la Révolution : Ingrid et Judith libéraient les femmes et soumettaient les hommes, mettant fin au désordre du monde. Bref, conclut Kristin, *L'Epopée des survivantes* était une méditation sur l'histoire, un monument au triomphe des femmes qui se lisait de bas en haut.

Langlois vit Capucine hocher la tête, avec des murmures d'approbation.

Après avoir visité la Grand-Place, ils firent un tour à pied : l'ancienne Bourse, le Théâtre de la Monnaie et le Théâtre impérial, les Galeries de la Bergère, la place d'Espagne. Au soulagement de Langlois, l'Îlot sacré avait gardé son aspect ancien – façades baroques, maisons flamandes, pavés irréguliers.

Alvert et Bordeaux ne résistèrent pas à l'appel des chocolatiers et aux merveilleux assortiments de pralines dans leurs vitrines. Kristin, amusée, les regarda goûter des pralines aux noisettes, au café, aux cerises et aux noix, ainsi que des massepains dont Bordeaux se régalait. Dans chaque magasin qu'ils visitaient, on insistait pour leur offrir des friandises ; s'ils faisaient mine de vouloir payer, on refusait avec des gestes offusqués. Langlois remarqua avec intérêt que sur certains chocolats était frappé le visage de Judith, qui s'offrait ainsi à la gourmandise de ses sujets.

Dans la rue de l'Etuve, ils découvrirent que le Manneken-Pis n'était plus dans sa niche ; il avait été remplacé en 1975 par une petite statue de Judith enfant. Mais sa mémoire survivait grâce à un stand installé non loin, où l'on pouvait acheter pour quelques couronnes des reproductions du garçonnet. Elles étaient en fer-blanc, sauf le zizi qui était en plâtre. L'acquéreur pouvait le casser avec le petit marteau qui pendait à une chaînette sur un montant du stand. Kristin encouragea ses invités à l'essayer, en expliquant que ce geste leur porterait chance. Amusés, les Français frappèrent tour à tour, chacun à sa manière : des petits coups nets et appliqués pour Alvert, une seule frappe rageuse pour Lotte, etc. Langlois ne se défila pas, même s'il trouvait ce petit rituel similaire à celui auquel il avait refusé de prendre part un peu plus tôt : fleurir les pieds des Bergères ou casser des verges en plâtre, n'était-ce pas entrer complaisamment dans les symboles du pouvoir ? Mais il y avait tout de même une différence de degré : c'était un geste moins politique. Il pouvait donc jouer le jeu sans manquer à ses principes.

D'une manière générale, cette sortie dans Bruxelles lui plut. Pour la première fois, il lui semblait que les Belges leur montraient la réalité, sans rien cacher. Il avait la sensation de respirer à l'air libre. Il pourrait dire légitimement, à son retour : « J'y étais. »

Oubliant l'épisode des statues, il se sentit presque guilleret. Et, quand Kristin leur annonça qu'ils allaient maintenant dîner dans un fameux restaurant de la rue des Bouchers, il se frotta les mains, plein d'appétit.

10 février. Aujourd'hui, Erika, Betty et moi avons été autorisées à quitter le Palais, à condition d'être revenues avant dix-neuf heures. Chloé et Lena ont fait la même demande, mais en vain. Pourquoi cette différence de traitement ? Elles n'ont pas eu d'explication.

Nous sommes parties après le dîner. A la sortie, une brigadière a contrôlé nos badges d'un air soupçonneux puis a longuement consulté son registre, couvert d'une écriture ronde et grossière, pareille à celle d'une enfant. Au bout d'une minute, ayant découvert nos noms dans sa liste, elle a relevé la tête et nous a informées que notre autorisation de sortir incluait le bénéfice d'une voiture avec chauffeur – une pour trois. Nous sommes donc montées dans une limousine conduite par une brigadière qui nous a demandé où nous souhaitions être déposées. Betty et Erika n'ont pas fait de mystère, et lui ont donné tout leur programme de l'après-midi. La brigadière l'a consciencieusement noté, « pour ne rien oublier ». J'ai trouvé que sa prévenance n'était pas innocente, et qu'elle consistait moins à faciliter nos déplacements qu'à les surveiller. Je n'avais rien à cacher mais, par instinct, je suis restée vague.

– Déposez-moi à mon domicile et revenez me chercher à dix-huit heures, ai-je dit.

– Vous comptez rester chez vous ?

Je n'ai rien répondu. Elle n'a pas insisté, mais m'a jeté un regard hostile.

Comme c'était étrange, les rues de Bruxelles vides, après l'animation qui a régné pendant les fêtes ! La ville m'a paru morte.

A un carrefour, nous avons été arrêtées par une policière chargée de la circulation. Debout sur la chaussée, bras levé, elle nous a fait attendre une longue minute, impassible. C'était absurde, car il n'y avait pas d'autre voiture en vue. On l'avait chargée de régler le trafic ; elle le réglait à sa manière. Notre brigadière s'impatientait. Elle pianotait nerveusement sur ses cuisses puis, n'y tenant plus, elle a collé sur le pare-brise son badge frappé du signe impérial ; mais la policière n'a même pas réagi. Enfin, mécaniquement, elle a baissé son bras. La brigadière a juré, et démarré avec brusquerie.

Au pavillon, j'ai retrouvé Dorus. Son opération est un succès, mais sa cicatrice lui fait un peu mal.

Après avoir réglé quelques affaires à la maison, je suis allée goûter chez ma voisine Sigrid. Quelle joie de nous retrouver, après tout ce temps ! Elle avait invité quelques amies, et préparé pour moi une montagne de gâteaux.

D'emblée, elles m'ont assommée de questions, sur moi mais surtout sur le Palais d'Etterbeek, et sur la vie qu'on y mène. Leur curiosité allait jusqu'aux détails inattendus : dans quel tissu sont coupés les rideaux, s'il y a des appareils pour les disques, si l'eau chaude aux robinets est tiède ou brûlante… Elles voulaient vérifier des légendes célèbres.

– Est-il vrai que toute la vaisselle des Palais est en or ?

– Mais bien sûr que non ! répondais-je en riant. En or !

Et elles s'esclaffaient, disant qu'elles en étaient sûres, qu'elles n'y avaient jamais cru. Mais je voyais bien qu'elles étaient déçues…

Au cours de ces heures passées ensemble, un sentiment douloureux m'a traversée : nous ne sommes plus complices comme auparavant. Avons-nous changé ? Ai-je changé, moi ? J'ai l'impression que cette autre vie depuis quelques mois m'a transformée. Ce soir, je mangerai à la cantine du Palais et dormirai dans une chambre bien chauffée, tandis qu'elles continueront de crever la faim et d'avoir froid. C'est assez pour nous éloigner. Avant, c'étaient *nous* d'un côté et *elles* de l'autre ; elles : les grandes, les militaires, les courtisanes. Et maintenant ? Moi je me considère toujours comme une femme du peuple ; mais Sigrid, sans me le dire, me voit autrement.

Cela me peine un peu, et m'effraie. Je ne voudrais pas que quelque chose se rompe entre nous. Non ! J'essaierai de reconquérir mes amies. Je demanderai de nouvelles autorisations de sortie, pour venir les voir plus souvent ; nous nous apprivoiserons de nouveau, et tout redeviendra comme avant. Pour leur faire plaisir, j'essaierai même de les faire venir au Palais, comme j'ai fait avec les filles !

Mais leur montrer où je vis ne risque-t-il pas de creuser le fossé entre nous ? Eh ! Que penseraient-elles quand, après être venues au Palais boire du vrai chocolat et s'être baignées avec moi dans la piscine, elles retrouveraient leur pauvre pavillon délabré ?

14 février. Je suis la seule rescapée. La situation est inexplicable : toutes les autres sont parties, moi pas !

A neuf heures, Anouk a annoncé qu'il était temps pour nous de repartir. Elle l'a dit gentiment, mais c'était tout de même brutal : nous devions quitter le Palais avant ce soir ! Stupéfaction, protestations, larmes. Nous avons cherché des explications, en vain. Un monde s'écroulait. C'était fatal, ai-je pensé.

Nous sommes donc allées faire nos valises. Mais, comme je m'agitais avec les autres, Anouk m'a glissé à l'oreille : « Elles s'en vont ; toi, non. »

Pourquoi ? Impossible de le savoir. Elle n'a rien voulu dire. Est-ce une faveur, ou une punition ? Suis-je en danger ?

Je tourne tout cela dans ma tête, folle d'angoisse. Pour me rassurer, je songe que si on voulait m'emprisonner, ou me sanctionner (mais pourquoi ?), on ne mc laisserait pas seule au Palais, comme cela, sans surveillance apparente. Mais impossible de me calmer, ce qui est inattendu n'est jamais bon, et ce qui sort vraiment de l'ordinaire est toujours alarmant. On n'est tranquille que si rien ne change ; et encore, même en temps normal, on a toujours un poids sur la poitrine.

Au milieu de l'après-midi, les autres s'en sont allées. J'ai à peine eu le temps d'embrasser Lena, qui m'a fait promettre de venir bientôt la voir. J'ai juré. Mais cela suppose que je sois libre. Et vivante.

Depuis, j'erre dans les chambres désertes. Vers dix-huit heures trente, j'ai dîné, seule. Comme elle m'a semblé sinistre, la grande table du réfectoire où hier encore nous mangions toutes ensemble !

15 février. Quelle journée ! Plus incroyable que celle d'hier.

En me réveillant, je me suis d'abord sentie tout à fait bien. Puis je me suis rappelé tout à coup ma solitude. L'angoisse a ressurgi, plus intense. J'ai voulu reprendre des raisonnements qui hier m'avaient rassurée, mais l'émotion l'a emporté, et je me suis mise à pleurer.

Quand je me suis présentée au réfectoire pour le petit-déjeuner, les tables n'étaient plus mises, et les buffets étaient vides. Rien à manger, pas de larbin pour servir. On m'avait oubliée ! Je devais être victime d'une erreur administrative. Je n'étais pas prévue, je n'avais plus rien à faire ici ; j'aurais dû être renvoyée avec les autres. J'ai couru dans ma chambre chercher mon badge, que depuis quelque temps je négligeais de porter, et l'ai solidement agrafé à ma blouse comme une preuve dérisoire que ma présence n'était pas incongrue…

Toute la matinée, j'ai déambulé dans le Palais. Il semblait vide, comme abandonné. Que faire ? J'ai d'abord pris un livre, pour passer le temps ; mais j'étais trop anxieuse pour me concentrer sur ma lecture. Puis le journal, en vain. (Je n'ai rien manqué : il claironne sans cesse les mêmes informations, jour après jour. Pour être bien informée, disent les blagueuses, il suffit d'avoir lu celui de l'an dernier.) J'ai pensé ensuite que le mieux pour me calmer serait de nager un peu ; mais je n'ai pas eu le courage de descendre jusqu'à la piscine. Pour finir, je me suis allongée, et j'ai enfoui mon visage dans mon oreiller. L'image de Lena me venait sans cesse à l'esprit. Dans un mouvement absurde, j'ai inspecté sa table de chevet et son armoire, espérant qu'elle y aurait oublié un linge imprégné de son odeur. Mais non, évidemment. Je me suis recouchée, et me suis efforcée de ne plus penser à rien. J'ai réussi. Cela me sauve, quelquefois.

Midi a sonné à la cloche. N'ayant rien mangé depuis la veille, je mourais de faim ; mais je n'ai pas quitté la chambre. A quoi bon ? Au restaurant, je n'aurais trouvé de nouveau que des tables vides. Je me suis enroulée dans une couverture, et je me suis endormie.

Quelle heure était-il à mon réveil ? Dans le couloir, j'entendais des pas. Un puissant soulagement m'a envahie – enfin, il y avait quelqu'un dans ce Palais –, mais tempéré par la crainte – ce pouvait être des brigadières, qui ne comprendraient pas ce que je faisais là et qui m'arrêteraient. J'ai décidé d'affronter malgré tout le danger (que pouvais-je faire d'autre ? Impossible de me cacher), et suis sortie. J'ai sursauté : devant ma porte se tenaient deux militaires au visage sévère, et d'un rang élevé – je ne suis pas sûre d'avoir su lire leur grade sur leurs galons, plus grands que tous ceux que je connais, mais c'étaient au moins des générales de brigade.

Elles m'ont demandé mon nom puis, d'un ton courtois de pure forme, elles m'ont invitée à les suivre. On ne questionne pas les brigadières (certaines pour l'avoir oublié ont pris une balle dans le genou), mais j'étais si troublée qu'imprudemment j'ai demandé : « Où allons-nous ? » Je me suis aussitôt mordu les lèvres. Elles ne se sont pas formalisées de mon impolitesse, et m'ont même gratifiée d'un large sourire, aussi inattendu que leur réponse était incroyable : « Chez Judith. »

Judith ?

Judith !

Je les ai suivies dans le dédale du Palais, qu'elles semblaient connaître parfaitement. J'ai remarqué qu'elles ne portaient pas d'arme, et qu'il y avait un écusson sur les talons de leurs bottes – sans doute celui de leur corps de troupes. Les fonctionnaires que nous croisions leur faisaient un salut déférent, auquel elles répondaient négligemment.

Dans la cour nous attendait une longue limousine officielle, avec ces vitres teintées qui les rendent si mystérieuses – on ne peut s'empêcher de se demander, quand on les voit, quelle puissance obscure elles transportent, quelles décisions graves s'y préparent. Le chauffeur, un eunuque (j'ai comme un sixième sens pour les repérer au premier coup d'œil), s'est précipité pour nous ouvrir. L'habitacle était luxueux, avec deux banquettes encadrant une table basse en bois des îles, comme un petit salon ! Les brigadières ont insisté pour que je monte la première, me laissant choisir ma place ; je me suis assise dans le sens inverse de la marche – je n'en avais jamais eu l'occasion. Elles se sont installées en face et, comme nous démarrions, elles ont commencé de parler entre elles à voix basse, sans faire attention à moi. J'ai regardé la ville à travers la vitre obscure, songeant avec amusement que c'était *moi*, la femme invisible dans la limousine, celle dont les passantes se demandaient qui elle était, quels étaient ses pouvoirs, son rôle auprès de Judith…

Comme nous approchions de notre destination, les brigadières m'ont priée de bien vouloir les laisser me bander les yeux. Précaution humiliante (pense-t-on que je ne sais pas tenir un secret ?), que je n'ai pu qu'accepter ; et c'est avec un foulard noué autour de la tête que j'ai terminé le voyage.

On me l'a ôté quand la limousine s'est arrêtée, dans un parking souterrain. Où étions-nous ? J'étais très excitée, et aussi très inquiète. Un ascenseur nous a remontées à la surface. C'était apparemment un Palais, mais j'ignorais lequel : Tervuren, peut-être ? Je n'ai rien osé demander et me suis contentée de suivre mes guides dans des corridors recouverts de marbre. J'ai vu sur un mur le portrait de Léopold II traversé d'une déchirure – une œuvre célèbre de Jupon-René. Nous croisions du monde ; j'ai pensé que nous approchions de Judith. Je me sentais regardée comme une bête curieuse ; dans toutes les bouches, j'ai cru entendre les mêmes murmures :

– C'est elle !

– La voilà…

– Elle est là !

Etait-ce une hallucination ?

Nous sommes arrivées devant une porte capitonnée. La soldate de garde m'a fouillée, puis m'a ouvert. Les deux brigadières m'ont alors annoncé que leur mission s'arrêtait là.

– Tu trouveras ton chemin, ont-elles plaisanté.

Elles m'ont serré chaleureusement la main (elles m'étaient devenues très sympathiques) et m'ont confiée à l'« apparitrice » – une fonctionnaire chargée d'introduire les visiteuses auprès de la Bergère.

Judith ! J'allais être reçue par Judith !

Je pourrais réécrire cette phrase dix fois, avec le même frisson.

L'apparitrice m'a donné quelques consignes : parler à voix basse, d'un ton égal, et seulement après que Judith aura parlé la première ; ne pas la toucher, sauf si elle vous y invite ; aucune attitude qu'elle pourrait juger menaçante ; ne pas rire sauf s'il est certain qu'elle a voulu plaisanter, et toujours montrer un visage aimable. C'était à croire que je pénétrais dans la cage d'une bête prête à mordre…

– Tu as compris ? a demandé l'apparitrice.

J'ai hoché la tête.

– Vas-y, alors.

Elle a ouvert la porte sans avoir frappé et m'a poussée à l'intérieur. Ai-je jamais été plus bouleversée qu'à cet instant ?

J'avais imaginé un salon d'apparat mais c'était en fait un boudoir intime, très coquet, tendu de tissus verts et jaunes. Judith trônait dans un fauteuil en jonc. Elle était habillée très simplement d'une tunique blanche, les cheveux tenus par un serre-tête. La revoir m'a étonnée : elle m'a paru moins svelte que lors de la cérémonie, son teint plus clair, ses mains moins fines. J'ai pensé que c'était à cause de la lumière ; je l'avais tellement idéalisée le jour de son anniversaire que ma mémoire avait forcément déformé un peu sa silhouette et ses traits.

Deux femmes l'entouraient. La première, sur un coussin à sa gauche, devait avoir vingt ans ; elle était très jolie. L'autre, je l'ai reconnue tout de suite : c'était Bertolucci, l'une des Quatre Grandes. Elle lisait un livre dans une marquise, ignorant ma présence. Conformément au protocole, j'ai mis un genou à terre et je me suis efforcée de tenir la tête baissée, sans lever les yeux avant que Judith m'ait adressé la parole – en attendant, j'ai fixé mon attention sur les motifs du tapis.

– Astrid ? a-t-elle demandé. Viens ici, ma fille.

Elle me tendait sa main. Je me suis empressée d'y déposer un baiser.

– Bergère, ai-je dit d'une voix étranglée, mon émotion est immense d'être de nouveau devant vous…

Elle a froncé les sourcils.

– De nouveau ? Mais nous ne nous sommes jamais vues.

Je suis demeurée perplexe. J'ai cru bon d'expliquer :

– Nous nous sommes vues le jour où vous avez reçu votre cadeau, Bergère. Vous avez même pris ma main ; vous m'avez fait l'honneur de me laisser vous toucher.

Alors, à ma surprise, elle a éclaté de rire, imitée aussitôt par la jeune femme à ses côtés. (Bertolucci, absorbée par son livre, n'écoutait pas.) J'ai commencé à me troubler. Que se passait-il ?

La Bergère, après avoir essuyé une larme au coin de l'œil, m'a lancé que j'étais bien naïve.

– Mais…

Elle ne m'a pas laissée finir.

– Ce n'était évidemment pas moi, sur la tribune, ce jour-là, devant tous ces gens. (Elle a dit « tous ces gens » ; pas « toutes ces femmes ».)

Incrédule, j'ai protesté :

– Si ce n'était pas vous, à qui aurais-je pris la main ?

Sa réponse m'a stupéfaite :

– A une autre, évidemment.

Ainsi ai-je appris, de la bouche même de Judith, qu'une demi-douzaine de femmes qui lui ressemblent la remplacent dans ses sorties officielles, et qu'elle-même ne prend jamais le risque d'apparaître en public. Elle surveille tout à distance sur des écrans, ou par des judas pratiqués dans des cachettes et des renfoncements aménagés spécialement (par exemple, à la Grand-Chambre parlementaire, elle observe fréquemment les séances derrière un miroir sans tain, subterfuge dont les députées chevronnées connaissent l'existence).

Cette révélation m'a bouleversée. Ce n'est donc pas à Judith que nous avons offert le mâle de pierre, mais à un sosie ! Ce n'est pas Judith qui a parlé au peuple, pas Judith qui a tenu ma main ! La vraie Judith regardait la cérémonie à la télévision, chez elle, dans son Palais…

C'est ainsi qu'elle m'a vue.

– Des dix, tu étais la plus charmante.

Charmante !

Depuis ce jour, elle voulait me rencontrer. La chose ne s'est pas réalisée tout de suite, parce que les tâches du gouvernement l'avaient absorbée.

– Tu sais, toute cette affaire à Harlingen qu'il a fallu régler…

Disant cela, elle a eu un geste d'agacement, comme si je savais de quoi il était question et que j'en étais lasse moi aussi…

– Enfin, voilà, nous nous voyons.

Mon cœur s'est mis à battre plus fort – si la chose est possible. Judith disait « nous » à propos d'elle et de moi ! Toutes les fois que je l'avais entendue dire « nous », c'est du peuple qu'elle parlait – nous, les femmes, nous, les survivantes. Mais aujourd'hui, nous, c'était elle et moi.

– Et maintenant que je t'ai, a-t-elle ajouté, je te garde.

Puis elle m'apprend qu'elle m'a fait préparer une chambre dans son Palais et que je déménage dès demain.

– Quand j'aurai un moment, je t'inviterai dans mes appartements. Nous y ferons connaissance.

Faire connaissance ! Va-t-elle s'intéresser à moi, vraiment ? Je n'ose le croire !

Mais que me trouve-t-elle de si « charmant » ?

Qu'importe ! Demain, je m'en vais habiter au Palais, avec elle. (Elle, la vraie – puisque je suis maintenant dans le secret, puisque je sais que les autres ne sont que des sosies pour les naïves, ces naïves dont j'ai longtemps fait partie…)

Il est deux heures du matin ; j'écris depuis minuit. C'est la dernière nuit que je passe à Etterbeek, dans ce lit où Lena m'a si souvent rejointe. Comme ce temps me semble loin déjà !

Après un copieux déjeuner dans un restaurant fréquenté, aux dires de Kristin, par les personnalités les plus éminentes de l'Empire, les Français se rendirent au Palais des brigadières – un imposant bunker niché dans les bois, comme une maison de repos – pour rencontrer une délégation de notables aux titres ronflants : une lieutenante-générale générale-majore, deux générales de brigade et une escouade de colonelles.

La réunion eut lieu dans une salle de conférences recouverte du sol au plafond de moquette, pour étouffer les sons. Les fenêtres étaient obturées ; la lumière tombait des néons – toujours cette préférence des Belges pour cet éclairage artificiel. Deux tables étaient disposées face à face. D'un côté les Français s'installèrent, avec Gould, le chef de la troupe, au milieu ; de l'autre, un majestueux aréopage de bureaucrates impériales dominé par la figure considérable de la lieutenante-générale générale-majore Maureen Marceloos. C'était une femme forte, musculeuse, presque obèse – un chêne, songea Langlois, ou un taureau. Elle se déplaçait lentement, lourdement, en se dandinant. Comme toutes les soldates, ses cheveux étaient coupés ras, et de gros verres fumés cachaient son regard. Langlois la trouva étrangement masculine ; il crut même à une farce, pensant que c'était un travesti. Mais quand elle ouvrit la bouche, sa voix aiguë et flûtée le détrompa.

Leur colloque fut interminable. D'abord, la lieutenante-générale lut pendant trente minutes un discours qu'on avait sans doute écrit pour elle. Y a-t-il rien de plus ennuyeux qu'un discours lu ? Pour ne rien arranger, elle s'interrompait toutes les cinq phrases pour que Kristin traduise, ce qui brisait la progression de son propos. Invariablement, pendant la traduction, Marceloos buvait une gorgée d'eau, puis reprenait sur le même ton monocorde. Parfois, elle oubliait Kristin et se lançait dans une tirade plus longue ; Kristin griffonnait alors ses feuilles, mais échouait à tout noter. Après avoir traduit le début, elle devait faire répéter la fin à l'oratrice, rajoutant ainsi au supplice de l'auditoire.

Après quelques minutes, Langlois lâcha prise. Il jeta un regard compatissant à Gould qui l'ignora. En tant que chef de la délégation, il devrait répondre à la lieutenante, et se trouvait donc obligé de l'écouter ; aussi prenait-il des notes et s'efforçait-il de manifester son intérêt par des hochements de tête approbateurs.

Las de regarder les mouches voler, Langlois laissa ses yeux se perdre sur les soldates assises face à lui, autour de Marceloos. Elles paraissaient jeunes, comme la plupart de celles qu'ils avaient croisées ce matin dans Bruxelles. Où cachait-on les vieilles femmes, dans ce pays ? Kristin lui dirait sans doute que la vie ici conserve aux femmes la beauté de la jeunesse. La Belgique est une fontaine de Jouvence…

Marceloos se tut enfin, tirant Langlois de ses pensées. Les Français applaudirent, puis Gould improvisa avec éloquence un remerciement – exercice où il excellait, dans n'importe quelle circonstance :

« Chère lieutenante-générale, chères brigadières, mesdames, je n'ai pas assez de mots pour dire le plaisir que mes amis et moi avons à nous trouver ici, en votre éminente compagnie. M'aurait-on annoncé voici quelques jours qu'une lieutenante-générale de l'Empire nous accorderait la moitié d'un après-midi, je ne l'aurais pas cru. Depuis notre arrivée en Belgique, nous allons d'étonnement en étonnement, mais surtout de bonheur en bonheur. D'abord, nous avons été frappés par… », et ainsi de suite, pendant dix minutes. Habilement, Gould cita plusieurs passages du discours de Marceloos (« ainsi que vous l'avez très bien dit, etc. »), comme on caresse le dos d'un chat ; l'intéressée opinait de la tête. Langlois admira le travail : excellent ! Gould savait parler. Parler était au fond son vrai talent ; les mêmes formules, qui dans ses textes horripilaient, produisaient à la tribune tout leur effet, sans être ridicules ; sa rhétorique était ensorcelante. Il parvint même, exploit inouï, à faire rire les soldates. Il était capable de tout.

Quand il eut terminé, un long silence s'installa. De part et d'autre de la table, Français et Belges s'observaient. Marceloos se cala dans son fauteuil et, posant les mains à plat, fit un sourire en direction de Gould, comme pour l'inviter à ouvrir le débat. Il toussota, se tourna vers Kristin, puis se lança :

– Eh bien, à présent, si vous le voulez bien, ma chère lieutenante-générale, il y a plusieurs questions que nous souhaiterions vous poser, sur le fonctionnement constitutionnel du régime d'abord, puis sur quelques thèmes économiques, sociaux et culturels.

Kristin traduisit, Marceloos consentit. Gould ouvrit le feu, en s'entortillant dans toutes sortes de précautions, tant il redoutait d'être importun. Marceloos débita d'un trait une réponse calme, brève et complète. Gould s'enhardit. Bien que la traduction ralentît l'échange, cela devenait intéressant, moins pesant que le discours d'ouverture. Bientôt, les autres membres de l'équipe, encouragés par Gould qui leur tendait aimablement des perches (« Je suis sûr que mes compagnons aimeraient savoir autant que moi-même… », « D'ailleurs, Jean-Michel me demandait encore ce matin si, à mon avis… »), entrèrent dans la discussion. Marceloos affrontait cette salve de questions en soldate, buvant à petites gorgées un verre d'eau après chaque réponse. Parfois, elle se penchait pour choisir parmi ses subordonnées celle qui répondrait à sa place et, d'un mouvement du menton, lui ordonnait de prendre la parole.

Sur certains sujets, elles opposaient calmement des fins de non-recevoir. Et puis, elles se répétaient beaucoup ; plus la discussion avançait, plus il apparut à Langlois qu'elles déroulaient les mêmes phrases. Et quand les Français tentaient d'obtenir davantage, ils se heurtaient à des murs :

– Nous l'ignorons.

Ou bien :

– Nous n'avons pas de réponse.

Ou encore :

– Nous ne *pouvons* pas vous répondre (sans qu'on sache

si c'était par ignorance, ou parce qu'elles n'avaient pas la permission de parler).

C'était frustrant pour la curiosité des Français, qui échouaient toujours sur les sujets les plus graves. Quand Gould par exemple disait :

– Nous n'avons presque pas vu d'hommes depuis notre arrivée, sinon le personnel domestique. Il nous semble bien sûr normal qu'ils ne tiennent pas les leviers du pouvoir comme en France, mais nous nous interrogeons : où sont-ils ? Pourquoi sont-ils si peu nombreux ?

Les Belges avaient un petit rire, et Marceloos répondait :

– Peu nombreux ? Vous trouvez ?

Sourire. Puis elle continuait d'un air sérieux :

– Comme nous vous l'avons expliqué, la Belgique ne nourrit aucune rancœur à l'égard des mâles. Ingrid et Judith ont rétabli l'égalité, mais elles n'ont pas souhaité aller plus loin. Les hommes ont ici les mêmes droits – et les mêmes devoirs – que les femmes.

Ce n'était évidemment pas la réponse qu'attendait Gould. Il insistait :

– Mais où sont-ils, ces hommes ? Nous n'en avons pas vu.

– Ce n'est pas ce que vous avez dit.

– Pardon ?

– Vous avez dit que vous n'en aviez *presque* pas vu.

– C'est vrai. Nous en avons vu, mais en si petit nombre…

– Beaucoup préfèrent ne pas vivre avec les femmes.

On se rapprochait d'une information qui depuis le début se dérobait. Gould laissa Marceloos continuer.

– Dans l'Empire coexistent différents modes de vie. Vous choisissez celui qui vous convient. Certaines régions ne sont pas mixtes : elles sont réservées aux hommes, ou aux femmes. D'autres sont mixtes, mais à dominante féminine ; les hommes y sont admis, à certaines conditions. Le reste du pays est mixte. Comme chez vous. Mais sans aucun rapport de domination, bien entendu.

– Nous n'avons cependant vu que des femmes, à Bruxelles, objecta Gould. La ville n'est donc pas mixte ?

– Pas tout à fait. Bruxelles, c'est compliqué. La ville est découpée en secteurs. Sans doute n'avez-vous traversé que des secteurs réservés aux femmes.

Kristin hocha la tête.

– Donc, continua Gould, il y a dans la ville d'autres secteurs qui, eux, sont mixtes ?

– Bien sûr.

– Pourrons-nous nous y rendre ?

Silence. Marceloos devint énigmatique : un sphinx. Il n'y aurait rien à tirer d'elle sur le sujet. Gould changea de tactique.

– Quelle est la proportion de zones mixtes, unisexes et à dominante féminine, dans l'Empire ?

– Je ne sais pas répondre.

Marceloos regarda ses brigadières :

– L'une de vous le sait-elle ?

Mais personne ne savait.

– Pour les zones à dominante féminine, reprit Gould, si je comprends bien, les hommes ne peuvent y séjourner que sous certaines conditions. Quelles sont-elles ?

– Oh, cela dépend. Il n'est pas possible de répondre de manière générale. Vous savez, l'Empire est très décentralisé. La Bergère fait confiance aux femmes. Les régions sont plus ou moins autonomes. Chacune organise donc comme elle le souhaite les rapports entre hommes et femmes.

– Pouvez-vous donner des exemples ?

– Non. Les situations sont trop variées.

Gould ne se découragea pas.

– Dans l'ensemble, s'agit-il de limitation des droits politiques ? Des droits individuels, peut-être ?

– Pas de commentaire.

Et ainsi de suite. Chaque fois qu'on voulait entrer plus avant dans un domaine, ou bien les Belges ne savaient pas, ou bien elles ne répondaient pas. Entre ces deux écueils, elles ne livrèrent en définitive que des bribes d'informations qui, à défaut de certitudes, permettraient aux Français d'échafauder des hypothèses, ou d'en éliminer d'autres. Mais dès qu'ils voulaient en savoir plus, c'était toujours trop. Ils essayèrent tous les moyens pour tirer les vers du nez à leurs interlocutrices. Au lieu d'aller droit au but, ils avançaient de biais ; ou bien, ils changeaient de sujet, puis revenaient à la charge : par exemple, achoppant sur l'économie (le niveau de vie des Belges, l'égalité salariale entre femmes et hommes, la balance commerciale, si les chiffres des économistes étrangers étaient vrais), ils abordaient les questions culturelles, la philosophie, l'art (les auteurs les plus lues en Belgique – excepté, bien sûr, le *Livre* de Judith –, les peintres les plus appréciées, leur cote, le marché de l'art) ; puis, ayant endormi la vigilance de Marceloos par ces dérivatifs, ils attaquaient de nouveau la question de l'économie ; mais en vain. A ce jeu, les Belges gagnaient toujours. Langlois se lassa vite : il aurait mieux valu mettre fin à l'entretien. Mais il était le seul à le penser, et cette mascarade dura deux heures.

Pourquoi cette attitude, s'interrogea-t-il, ce mur levé contre leurs interrogations légitimes ? L'Empire ne se rendait pas service en se renfermant ainsi. Il voulait cacher des choses, on l'imagine ; la Révolution avait sa face sombre, mais quel pays n'a pas la sienne ? A trop vouloir dissimuler ne dissimulait-on pas aussi ce qui, peut-être, allait bien ? Péché d'orgueil, qui leur faisait tort. Peut-être craignaient-elles que les Français soient incapables de faire la part des choses. Situation étrange : ils étaient venus dans l'intention de les admirer, et elles avaient la hantise qu'ils les dénigrent !

L'entretien terminé, la lieutenante-générale se retira. On servit aux Français du café et des biscuits dans un salon meublé de fauteuils ovoïdes. Langlois, à voix basse, demanda à Gould son sentiment sur leur rencontre avec Marceloos, attendant naturellement qu'il partage sa déception. Mais Gould au contraire affirma en mâchouillant un gâteau qu'il avait trouvé cela « très bien » et « fort instructif ». Il ne plaisantait pas, ni n'arrangeait sa réponse pour plaire à Kristin, qui n'était pas près d'eux. Langlois, sidéré, ne trouva rien à répliquer.

La suite du programme ne fut pas pour arranger son humeur. Comme ils sortaient du Palais, Kristin considéra le ciel. Il faisait toujours très froid mais, pour la première fois depuis leur arrivée, le soleil brillait franchement. Elle prit une mine réjouie, et expliqua que le temps allait permettre de leur offrir le divertissement prévu. Ils voulurent savoir de quoi il s'agissait, mais elle les fit lanterner.

– Patience. Montez dans le minibus.

Et ils repartirent, toujours flanqués d'un cortège de voitures et de motardes. Ils empruntèrent un boulevard périphérique puis traversèrent des quartiers résidentiels, avec des villas tapies au fond de parcs ceints de hautes grilles.

– Qui habite ces maisons ? demanda Langlois.

– Oh, monsieur Langlois, plaisanta Kristin, n'avez-vous pas posé assez de questions aujourd'hui ?

Tout le monde éclata de rire et Langlois n'eut pas sa réponse.

Au bout d'une demi-heure, ils arrivèrent à l'endroit que Kristin voulait tant leur montrer : Aqualand, un lac artificiel creusé dans le bois du Laerbeek selon des plans dessinés par Ingrid en 1979, et où tout Bruxelles allait à la belle saison passer ses après-midi.

– Cela va vous aérer l'esprit, après cette longue journée de travail, expliqua-t-elle. N'est-ce pas ? Vous l'avez mérité !

Elle semblait très fière de leur montrer le plan d'eau, comme si c'était un trésor de l'Empire.

Langlois n'en croyait pas ses yeux : la visite à présent d'un lac artificiel !

– Allons-y, continuait Kristin. Il y a des sentiers charmants.

Elle prit une grande inspiration, et ajouta :

– Et puis il fait si bon ! Profitons-en.

Langlois voulut protester : il ne faisait pas bon du tout – au contraire, on gelait – et, surtout, ils n'étaient pas venus en Belgique pour arpenter des sous-bois et s'extasier devant une mare, même si elle avait été dessinée par Ingrid. Mais Kristin, déjà lancée sur un chemin de terre, leur criait :

– Dans cette lumière de fin d'après-midi, avec l'odeur

de la terre mouillée, vous verrez, c'est le plus bel endroit de Bruxelles. Vous me suivez ?

Et tout le monde de lui emboîter le pas, sous le regard consterné de Langlois. Il tenta d'alerter Gould sur l'absurdité de la situation, et de lui demander de protester en leur nom (il aurait pu protester lui-même, mais craignait que le « patron » n'en prenne ombrage) ; Gould une fois de plus ne voyait pas le problème : cette promenade les reposerait, et Langlois devrait en profiter au lieu de « faire le grincheux ». Puis il retourna auprès de Bordeaux qui, féru de botanique, avait entrepris de nommer les plantes qu'il voyait, et qui faisait un cours sur le fenouil des montagnes et la canneberge.

Comment Gould pouvait-il être aussi complaisant ? Scandalisé, Langlois donna un coup de pied dans une motte de terre qui vola au loin, et suivit la marche en silence. Devant lui, Golanski sifflotait nonchalamment. Partageait-il son sentiment ? Langlois crut qu'il serait de nouveau son allié, comme lors de la visite des statues ; mais, alors qu'il allait le rejoindre, Golanski força l'allure pour se porter à hauteur de Gould, et échanger quelques plaisanteries.

La promenade dura une heure. Le sentier déboucha sur le lac où des panneaux de bois sur pilotis dessinaient une sorte de labyrinthe. On pouvait naviguer sur ces canaux dans des barques en forme de cygnes, qu'on faisait avancer en actionnant un pédalier. Langlois s'immobilisa : Kristin n'allait tout de même pas proposer qu'ils embarquent là-dedans ! Non ! Ce n'était pas possible ! C'était trop !

Mais si. Elle pria les Français de prendre place à bord des

cygnes. Bordeaux et Lotte poussèrent des cris enfantins, applaudirent et montèrent ensemble. Gould et Léonore les imitèrent. Restait Golanski ; Langlois attendit qu'il hésite, au moins pour la forme, mais celui-ci embarqua sans rien dire à bord du troisième oiseau blanc.

Alors, désespéré, Langlois se rebella, et déclara que c'en était assez. Non, il ne monterait pas dans une barque en plastique en forme de palmipède ; non, il ne pédalerait pas sur un plan d'eau avec Golanski. Il n'était pas venu en Belgique pour ça ! A Kristin, il dit sèchement qu'il retournait au minibus.

– Vraiment, vous ne voulez pas vous amuser avec nous ? C'est dommage !

Elle ordonna à deux brigadières de le raccompagner jusqu'au minibus, et prit la place vide dans le cygne de Golanski. Langlois repartit seul avec les soldates, ruminant des pensées assassines contre les Belges, contre ses collègues, contre Gould qui disait oui à tout, et finalement contre lui-même, qui échouait à faire valoir son désaccord.

Ils ne le rejoignirent qu'une heure plus tard, alors que le soleil se couchait sur le parc silencieux.

16 février. Tôt levée ce matin ; à huit heures, j'étais prête, et j'attendais avec mes bagages qu'on vînt me chercher. Que faisaient-elles, les brigadières chargées de mon transport ? Pourquoi n'étaient-elles pas déjà là ? Pour la première fois de ma vie, j'attendais impatiemment leur venue !

Las ! A midi, rien. J'ai commencé à craindre que tout soit annulé au dernier moment. Inquiète comme hier, j'étais incapable de m'occuper à quoi que ce soit. J'ai lu distraitement le *Féminité* du jour ; en deuxième page, je suis tombée sur une photo de Judith prise hier à La Hayc. La Haye, alors que j'étais avec elle à Bruxelles ! J'ai éclaté de rire : je me suis sentie une initiée.

Il était seize heures quand les deux brigadières de la veille (des générales de brigade, m'a confirmé une soldate à qui j'ai décrit leurs galons – rien que ça) sont arrivées. Enfin ! Même procédure qu'hier, même voiture – mais autre trajet, par mesure de sécurité –, même bandeau.

Le Palais ! J'y suis désormais chez moi !

Avant de m'installer, j'ai dû me plier à toutes sortes de contrôles, relevés d'empreintes, fouilles à corps, puis à un interrogatoire où deux fonctionnaires un peu sèches ont passé ma vie au crible. Elles savaient tout de moi, jusqu'au moindre détail. Le peu qu'elles ignoraient, elles me l'ont fait avouer. Puis, quand elles ont eu fini, elles m'ont ouvert ma chambre, au bout d'un couloir sans fin. Elle est plus grande que celle que j'occupais à Etterbeek, et tout aussi luxueusement meublée, avec le butin des confiscations révolutionnaires. Seul le linge de lit n'est pas à la hauteur : du drap rêche, qui griffe le dos quand on dort nue… Mais brodé dans un coin au profil d'Ingrid. (Ingrid et non Judith, ce qui prouve qu'ils ne sont pas tout neufs ; je ne serai pas la première à les utiliser.)

« Ta chambre est *encore* assez loin des appartements de Judith », m'ont dit les deux femmes. Je n'y ai pas prêté attention sur le moment mais, à présent, cet « encore » m'étonne. Le statut social d'une personne serait-il mesuré, ici, en fonction de la distance qui la sépare de Judith ? Je suis donc « assez loin » ; c'est mieux que « loin », pourtant je préférerais « assez près ». Mais peut-être cela n'a-t-il rien à voir…

Plus tard. Ne sachant rien des habitudes du Palais, je me suis demandé où et à quelle heure on mange. Mais, comme toujours, je redoutais d'avoir l'air idiote en posant cette question, ou de me trouver là où je ne devais pas être, au risque de me faire rembarrer. Ah ! Cette peur incurable de déranger, de n'être pas à ma place, de susciter des moqueries…

Errant dans les couloirs, j'ai souri à celles que je croisais, en espérant qu'elles s'intéresseraient à moi et me guideraient. J'aurais bien interrogé un larbin, mais je n'en ai pas trouvé. Finalement, j'ai été sauvée par une dame dans le salon de qui je suis entrée par mégarde – une petite pièce obscure où, allongée sur un sofa, elle lisait dans la lumière faible d'une lampe de chevet. Horrifiée de ma méprise, je me suis confondue en excuses ; mais, comme je refermais la porte, elle m'a demandé qui j'étais, car elle ne m'avait jamais vue. Après m'être présentée et lui avoir dit que c'était ma première nuit ici, elle s'est proposé de me faire les honneurs du Palais. Elle s'appelle Diane, et possède depuis 1990 ce salon privé *qu'on ne lui a jamais repris* – privilège incroyable, apparemment. Elle a soixante-douze ans ; c'est la doyenne des courtisanes.

– Alors comme ça, on ne vous a rien dit sur la façon dont les choses se passent ici ? s'est-elle étonnée.

– Non.

– Quand même ! A quoi pensent-elles, ces brigadières ?

Et, posant sa main sur mon épaule :

– Eh bien, vous ne devrez jamais hésiter à venir me voir. Je vous dirai tout, *moi*. Je vous mettrai au parfum.

C'est une expression qu'elle adore, et qu'elle utilise sans cesse.

Elle m'a emmenée dîner ; il y a dans le Palais deux restaurants qui servent jusqu'à minuit. (Comme je disais que cela me changerait des horaires stricts du Palais d'Etterbeek, elle s'est esclaffée : « Eh, c'est la Cour, ici, pas la caserne ! ») Judith ne les fréquente pas : elle dîne dans ses appartements en compagnie des Grandes – Bertolucci, Schimmelnau, Appel et Monderman – et, parfois, d'une courtisane choisie pour la soirée. Dîner chez elle est un honneur immense, le plus grand qui se puisse concevoir ici. « Mais c'est aussi un risque, parce que les Grandes sont jalouses. Quand arrive une nouvelle, elles sont odieuses avec elle. On n'en sort pas indemne. »

Après le repas, qui fut excellent, nous sommes sorties dans les jardins. Je me suis inquiétée : avions-nous le droit de quitter l'enceinte du bâtiment ? Mais Diane a ri et m'a dit de ne pas m'en faire ; je l'ai suivie en songeant qu'elle prendrait sur elle la responsabilité de nos ennuis, si nous en avions. Dehors, il faisait très froid, mais la promenade a été délicieuse. Nous avons marché un quart d'heure puis nous sommes rentrées pour la tisane. Je l'ai laissée vers vingt-trois heures – elle se couche toujours très tôt, m'a-t-elle dit.

Comme je suis contente de l'avoir rencontrée ! J'espère qu'elle continuera de faire le cicérone dans les prochains jours ; cela me rassure.

Depuis une heure, je suis sur mon lit, et écris dans ce carnet. Au-dehors, j'entends des bruits, des éclats de voix, de la vie. A quelle heure le Palais s'endort-il, s'il s'endort jamais ?

19 février. Troisième jour au Palais. J'apprends ses coutumes. C'est un petit monde avec ses mœurs, ses heures, ses rites et ses personnages. Sa langue, aussi : tout un jargon d'abréviations, d'expressions qu'il faut connaître. Diane prend à cœur son rôle de guide.

En la rejoignant ce matin dans son salon, je l'ai trouvée occupée à broder. Comme j'en restais muette, elle a éclaté de rire : « Je me moque que ce soit interdit. » Et elle a même ajouté : « Je trouve cette prohibition insensée. » A la lueur de sa lampe (elle n'ouvre jamais ses volets), elle m'a montré son ouvrage : une étamine de lin qu'elle brode au point compté selon un dessin végétal, et dont elle fera la housse d'un coussin.

– Broder m'apaise, m'a-t-elle expliqué. Saviez-vous que c'était un passe-temps très apprécié dans la marine anglaise ?

– Non.

– Vous devriez vous y mettre.

Elle range son matériel d'ouvrage (tambour, ciseaux, aiguilles à bout rond et pointu, échevettes et carrés de drap) dans une boîte en bois qu'elle ferme à clef et qu'elle cache soigneusement sous une latte au pied de son sofa, avec ses pelotes de laine. (Chacune au Palais sait qu'elle brode et tricote mais, dit-elle, « je ne veux pas rendre la partie trop facile aux brigadières qui décideraient d'inspecter mon salon ».)

Je n'ai pas revu la Bergère depuis notre rencontre du 15. Il paraît que même en vivant ici, à Tervuren, on peut passer des mois sans la voir. Tout de même, si elle m'a fait venir, ce n'est pas pour m'ignorer… J'ai tellement hâte qu'elle m'appelle !

J'ai obtenu une autorisation pour retrouver demain Judith et Virginie. On ne m'a fait aucune difficulté, et on a mis à ma disposition une voiture.

Quand j'ai dit à Diane que j'avais deux enfants, elle a applaudi, et a voulu tout savoir sur elles. « C'est merveilleux ! », répétait-elle sans cesse. J'ai cru que, pour trouver si fabuleux que je sois mère, elle-même ne l'était pas. Mais je me trompais : elle a eu six enfants. Dont quatre garçons : c'était l'époque où la technique n'était pas encore au point.

20 février. Journée avec les filles. Nous ne nous étions plus vues depuis des semaines ! A mon arrivée, elles ont fait semblant d'être fâchées, prenant une mine boudeuse pour me reprocher mon absence ; mais tout de suite j'ai deviné leur jeu, comprenant qu'elles me faisaient marcher. Leur fausse colère s'est alors transformée en fou rire, et nous nous sommes follement embrassées. Puis, pendant une heure, elles m'ont posé mille questions sur le Palais. Judith, toujours rapide en besogne, me voit déjà au gouvernement ; elle cherche le poste ministériel qui me conviendrait le mieux. Virginie, elle, veut tout savoir sur les Quatre Grandes, qu'elle admire. Comme elle a été déçue d'apprendre que je ne les ai pas rencontrées !

Pas encore ?

Je leur ai aussi parlé de Diane, en laissant entendre qu'elle faisait partie des courtisanes les plus en vue. Je ne crois pas que ce soit vrai – une des plus anciennes, oui, mais c'est tout. La fierté que j'ai lue dans leurs yeux valait bien ce mensonge.

D'un ton docte, Virginie m'a donné des conseils sur la façon de me comporter au Palais, et sur l'opinion qu'il convient d'avoir sur divers sujets : « Ne prononce jamais le nom de Beatrix », « N'oublie pas de lire le *Féminité* du jour, même rapidement ». Bien qu'elle n'ose pas le dire ouvertement, comme sa sœur, elle aussi nourrit pour moi de grandes ambitions, et croit sincèrement que je vais m'élever dans la Cour.

S'imaginent-elles vraiment que je deviendrai une dignitaire de l'Empire ? Je devrais calmer leur enthousiasme. Mais je suis tellement heureuse de les voir fières de moi…

23 février. On célèbre ici la messe moins sérieusement encore qu'à Etterbeek, où ce n'était déjà pas terrible. Que dirait-on, dans les provinces où l'on est si dévot, si l'on voyait comment les élites bâclent le culte ?

Déjà, une minorité de courtisanes assiste à l'office. Il y a mille femmes dans le Palais, deux mille, peut-être ; mais nous n'étions que trente à la chapelle. Même Diane n'a pas voulu m'accompagner : elle ne va plus à la messe depuis des années, trouvant cela « ennuyeux ». Ennuyeux ! (Mais désormais je n'ai plus besoin d'elle ; sans être tout à fait à l'aise, je ne me sens plus une étrangère, ni une idiote. Je grandis.)

La cérémonie était consternante, le sermon nul. L'officiante articulait mal, et butait sur tous les mots. Sur les bancs, les ouailles se parlaient à voix basse, on ne l'écoutait pas.

Et pourtant, je me souviendrai de cette messe : peu avant la communion, un murmure a rempli la chapelle, et tous les regards se sont portés vers une petite fenêtre donnant sur un balconnet situé au-dessus de l'abside. Comme je demandais à ma voisine ce qui se passait, elle a répondu en murmurant :

– Mais Judith est là, voyons ! Ne vois-tu pas que le sabord est ouvert ?

En observant attentivement, j'ai alors constaté qu'il y avait un vasistas dans la fenêtre, et que son volet coulissant était repoussé. Judith était derrière, elle assistait à la messe ! Mon cœur s'est mis à battre. Comme je fixais mon regard dans sa direction, ma voisine m'a donné un coup de coude.

– Baisse les yeux ! Veux-tu qu'on croie que tu penses à mal ?

Penaude, j'ai détourné la tête, sentant le rouge me monter aux joues.

Mais quel crime allais-je commettre ? Est-ce pécher que de regarder la Bergère ? C'est plutôt le contraire, qui devrait être défendu !

24 février. Thé chez Diane. Nous parlons de tout et de rien. Elle me supplie de ne pas lui tenir le crachoir, mais elle a tant à raconter que je pourrais l'écouter des heures sans ouvrir la bouche. Elle est la mémoire vivante de la Cour, et même de la Révolution. Elle sait tout sur le Palais, tout sur l'histoire de la Belgique depuis 1970. Et moi, je suis passionnée d'histoire. Si on me montre des photos, des documents d'autrefois, je passe des heures à les examiner. Si je rencontre une ancêtre qui me parle de sa jeunesse, je l'écouterais des jours entiers. Et parfois je rêve de remonter le temps. Ah ! Je me vois transportée dans la Bruxelles, la Liège ou l'Amsterdam du Siècle d'or, fût-ce seulement une journée, fût-ce seulement une heure ! (Non pas que je préférerais avoir vécu avant la Révolution, bien sûr ; juste savoir « comment c'était ».)

Diane a connu Judith enfant, alors qu'elle avait six ans. Même, elle l'a prise sur ses genoux ! Ingrid et elle ont été proches. J'ai tenté d'en savoir plus, mais elle a changé de sujet.

– Je ne veux pas vous ennuyer avec mes histoires d'ancienne combattante, s'est-elle défendue.

Elle sait pourtant que je ne demande pas mieux.

Pour l'inciter à poursuivre (comme si nos confessions

étaient sur une balance qu'il faut maintenir à l'équilibre), je lui ai parlé de moi. Ma vie est pourtant bien pauvre et bien banale par rapport à la sienne ; mais elle veut tout savoir, en détail. Elle demande que je lui parle de ma vie quotidienne, ce que je mange, comment je me divertis, enfin, tout. Je crois qu'elle n'est guère sortie du Palais depuis trente ans, et que le monde extérieur lui est mal connu. Ma curiosité pour la vie du Palais d'un côté, la sienne pour la vie « normale », si j'ose dire : nous sommes deux étrangères, qui se parlent de leur propre pays. Gentiment, elle m'épargne en ne trouvant pas mon monde indigne du sien. La peur peut-être de provoquer chez moi une gêne, ou une réaction de classe. Mais elle a souvent des expressions comme « chez vous », « vous autres », qui trahissent la coupure, dans son esprit, entre ma planète et la sienne. La Belgique, au fond, elle ne la connaît pas.

Le lendemain, les Belges avaient mis la « culture » au programme. Bordeaux était impatient. Ils quittèrent leur hôtel – un établissement luxueux, situé près du bois de la Cambre, et qui n'avait rien à envier aux palaces qu'il fréquentait ordinairement pendant ses voyages – vers neuf heures et, après vingt minutes en convoi militarisé (il s'était habitué à cette caravane : voyager simplement, sans ce cirque, maintenant l'aurait surpris), ils arrivèrent au cœur de Bruxelles, devant l'ancien Palais royal, réaménagé au début des années 1980 pour abriter deux musées : le premier consacré aux beaux-arts (artistes femmes uniquement), le second – qui en aurait douté ? – à la Révolution – fresques glorieuses de la Grande Marche, objets ayant appartenu à Ingrid, maquettes de ses demeures successives, portraits, manuscrits. Voici les notes prises par Bordeaux, de tous le plus versé dans les choses de l'art.

« Musée des Beaux-Arts. Suis resté en admiration devant les *Dunes au soleil* d'Anna Bosch, une élève de Verheyden, qui encouragea Van Gogh ; devant les charmants dessins de Fanny Corr et, surtout, devant les nus de Petra Vollmark, qui mériteraient d'être accrochés dans mon salon. J'en parlerai, c'est sûr, dans notre récit de ce voyage.

Patrimoine mis à part, beaucoup d'art féministe moderne dans ce musée. De grandes choses brutes, colorées et géométriques. Plus de sculptures que de tableaux ; il y a chez ce peuple une passion pour la tridimensionnalité, la prise en main d'un bloc de pierre, le malaxage d'une argile. On ferait un parallèle intéressant avec la politique : elles sculptent dans la matière comme leur Bergère une société dans les femmes… Creuser cette idée.

Tout n'est pas du meilleur niveau. L'ensemble est répétitif. Même sentiment chez Gould.

Des œuvres fortes malgré tout, et des noms à retenir :

– Irène Schweitzer. De grandes coulées de bronze enroulées sur elles-mêmes, comme des nids de lave, accueillantes, maternelles, et en même temps très étranges.

– Krista Arthur. Une Américaine émigrée en Belgique en 1972, auteure de remarquables constructions à base de cubes multicolores dont elle a fait breveter les dimensions (47,55 × 47,55 × 47,55 cm : impossible de savoir si ces œuvres ont une signification numérologique). La plus grande, composée de 7 600 cubes, occupe une pièce entière.

– Nana Vandesteen. Belles photographies de femmes nues, en pied, grandeur nature, lacérées au scalpel puis éclaboussées de goudron et de boue. Métaphore de la violence masculine. Primaire, mais efficace ; apparemment, Vandesteen est très connue en Belgique.

– Solen Jupon-René, évidemment. Omniprésente, des

œuvres dans chaque salle. Elle écrase tout et tout le monde par l'abondance surhumaine de sa production. Son rayonnement est considérable. C'est bien simple : tout le monde l'imite. Les différentes époques de l'art féministe en Belgique sont les étapes successives de son travail.

Mon rêve : écrire avec autant de facilité que Jupon-René dans son domaine, et avoir en France le même rayonnement...

Est-il possible d'acheter de l'art belge ? Demain, je demanderai à Kristin si nous pouvons visiter des galeries. On nous a bien offert des chocolats : pourquoi nous empêcherait-on d'acheter des œuvres ? Ce serait une publicité pour l'art impérial. Je me demande ce que ces pièces vaudraient chez nous. Sans doute des féministes du P.F.F. voudraient s'en procurer.

Après les Beaux-Arts, le Musée de la Révolution, dans le même bâtiment. Ici, rien. Enfin, rien de remarquable, à moins d'aimer le kitsch. Exemples de ce que nous avons vu :

– Sur des panneaux muraux, des colonnes de chiffres : la production d'électricité, les tonnes de charbon des mines du Borinage, l'indice de bien-être des Belges... Mortel.

– Des séquences sonores et des vidéos sans intérêt, notamment des témoignages de sujettes à qui l'Empire offre leurs vacances – deux semaines à la mer, tous les cinq ans. Elles se confondent en remerciements à Judith. Pathétique.

– Des mannequins, revêtus des uniformes successifs des brigadières depuis 1970. Passionnant. Et ainsi de suite.

Dans ce bric-à-brac, j'ai tout de même été ému par les vitrines de cadeaux envoyés aux Bergères depuis quarante ans : bibelots, dessins d'enfants, bijoux, sculptures naïves, écharpes brodées par des ouvrières d'Amérique latine ou d'Europe de l'Est, avec l'espoir que la Bergère les portera, du moins qu'elle les touchera, ou simplement qu'elle les verra… Bref, des petits cadeaux simples, « témoignages de l'amour des femmes pour Ingrid et Judith » – je n'aurais pas trouvé de mots plus justes.

Certains viennent de France ; on y trouve notamment ceux qu'a rassemblés le Parti pour le cinquantième anniversaire de Judith. Mon cœur s'est serré à l'idée que cet objet débile que je voyais dans sa vitrine avait peut-être été fabriqué par la gamine en bas de chez moi, la fille des voisins, féministes convaincus, qui doit aimer la Bergère comme elle aime sa mère. »

L'après-midi, ils visitèrent la bibliothèque universitaire de Bruxelles – un million de volumes, selon Kristin, dont vingt mille en accès totalement libre. Les Belges n'avaient proposé cette excursion qu'à titre facultatif, parmi d'autres (un autre musée, un stade, l'Atomium – ils furent surpris qu'il existât encore) : libre choix inattendu, qui trahissait le peu d'intérêt qu'elles accordaient aux livres. Les Français hésitèrent quelques instants (Lotte était pour le stade, Golanski pour l'Atomium), mais Gould et Bordeaux, qui étaient d'un métal que les livres attirent comme des aimants – dans une ville étrangère, ils étaient capables de renoncer à une cathédrale pour s'attarder chez un bouquiniste –, montrèrent tant de fermeté en faveur de la bibliothèque qu'ils emportèrent la décision.

Ils partirent donc pour le campus, à Anderlecht. « Loin

du centre, loin des gens », songea Bordeaux. (La veille, Langlois avait sous-entendu par cette formule que les Belges ne leur faisaient visiter que des endroits isolés, peu peuplés ; Bordeaux avait haussé les épaules, mais cela lui donnait tout de même à réfléchir.)

C'était un campus à l'américaine, une ville organisée autour d'esplanades immenses. Gould interrogea Kristin sur la proportion de Belges qui accédaient aux études supérieures : « Une majorité », répondit-elle évasivement. Sur la mixité à l'université : « Certaines facultés sont mixtes, d'autres non. » Sur les filières les plus prisées : « Je ne sais pas. »

La bibliothèque était un bâtiment cubique surmonté d'une tour de vingt mètres – le magasin de livres. Une fois encore, Bordeaux fut frappé par le contraste entre ce qu'il attendait (peut-être naïvement) d'une architecture féminine – des formes délicates, des ornements – et cette architecture belge toute en lignes sèches, en gros volumes, sans superflu, sur le modèle des blockhaus militaires. Seule concession à l'esthétique : un bas-relief au-dessus de l'entrée, représentant Ingrid auprès d'un arbre – l'arbre de la science, sans doute.

Sitôt que les brigadières eurent fait évacuer les salles de lecture (en dépit des protestations des Français, qui assurèrent que la présence des étudiantes ne les dérangeait pas, et qu'au contraire cela les intéressait de les voir au travail), ils pénétrèrent dans le bâtiment. Lisons ce qu'écrivit Bordeaux à son propos :

« Massive, la façade de la bibliothèque semble conçue pour en imposer, à la manière d'un palais de justice. Elle laissait présager que l'intérieur serait vaste, fastueux, avec des rayonnages à perte de vue où j'aurais pu me perdre, comme dans un labyrinthe. Mais non : à ma surprise, je n'ai découvert qu'une enfilade de petites salles étriquées, sombres et basses. J'attendais l'équivalent de la bibliothèque du Congrès à Washington : je n'ai trouvé qu'une médiathèque de province, étouffante, mesquine.

Je cherche le regard de Kristin, pour m'assurer que nous pouvons circuler librement ; mais Gould déjà va fureter parmi les rayons. Je lui emboîte le pas et flâne dans les salles. Les étagères, au lieu de monter au plafond, s'arrêtent à hauteur d'épaule, comme si elles étaient conçues pour des naines. Cela m'a privé du plaisir de me sentir immergé dans les livres, d'en avoir par-dessus la tête, littéralement. Drôle de labyrinthe : je ne risquais pas de m'y perdre !

Enfin, je considère les livres. Les quinze premiers que je regarde, j'ignore tout de leurs auteurs. Des Néerlandais, peut-être ? C'est la section littéraire, les auteurs sont classés par ordre alphabétique. A : je ne retrouve aucun de ceux que j'attends. J'avance vers B : même chose. Tous me sont inconnus. Je passe aux H, je donne de nouveaux coups de sonde. Haasse : je connais. Enfin ! Ah ! La poétesse Judith Herzberg, aussi, dont j'ai entendu parler. Mais les autres ? Herberbrook, Herbereen, Hürbineck : tout cela ne me dit rien ! Je cherche Hugo, en vain. Mon esprit s'alarme. Je reviens à F : pas de Flaubert. Ni de Proust à P, ni de Dostoïevski à D. En revanche, des centaines d'inconnues. J'ai l'impression d'une dimension parallèle, où tout est sens dessus dessous. Est-ce moi qui ne comprends rien à leur classement, ou bien leur catalogue est-il conçu selon le principe que je soupçonne ?

Déconcerté, je cherche Gould. Je le trouve aux G, tout pâle : « Je n'y suis pas », dit-il. Nous pensons la même chose ; je le vois se creuser les méninges pour justifier ce qui, compte tenu de nos principes, est une perversion de l'esprit. Il cherche à expliquer cet apartheid : un réflexe de légitime défense ? Il est troublé mais garde son sang-froid ; il ne fait même aucune remarque. Quant à moi, j'ai les bras ballants : la chose est si aberrante qu'elle dépasse mes capacités d'entendement. Je bloque. Moi, si prompt à émettre des opinions, voilà que je ne sais plus quoi penser ! Alors j'imite Gould, un peu comme un homme qui, perdu dans une campagne, prend le parti de suivre le premier véhicule qui le dépasse, pour qu'il le ramène sur une grand-route : je fais comme si tout était normal.

Langlois, lui, crie au scandale, évidemment. Il ne cessera d'en parler tout au long de la soirée, multipliant les allusions désobligeantes et les plaisanteries sur le fait que les Belges ne lisent que des livres écrits par des femmes. Gould et moi, gênés aux entournures, sommes condamnés à endurer ce flot d'ironie sans répondre (puisque nous savons qu'il a raison !), en espérant qu'à la longue il se lassera... Mais il en rajoute : « Elle doit être fabuleuse, la littérature des femmes belges, pour que l'Empire se passe de ce qu'écrivent les hommes ! » Et de compter sur ses doigts les écrivains femmes qu'il admire (il cite cinq noms), pour en conclure que cela fait un beau catalogue, et qu'on a raison de ne pas vouloir davantage. Dans la bibliothèque, déjà, voyant que Gould et moi refusions de réagir, il posait à Kristin toutes sortes de questions épouvantablement lourdes, d'un ton faussement naïf ; et Kristin répondait avec allégresse, tombant dans ses panneaux, inconsciente du côté blessant de ses réponses (à moins qu'elle ne s'en rendît parfaitement compte, et qu'elle n'en jouît) :

– Alors, si je comprends bien, il n'y a ici que des livres de femmes ?

– Oui.

– Pourquoi ne proposer aucun livre d'homme ?

Elle penche la tête, feint de ne pas comprendre :

– Mais… Pourquoi en proposerions-nous ?

Elle sourit, puis lance cette pique à Gould :

– Avez-vous cherché les vôtres ?

L'avait-elle vu faire ?

– Dans les bibliothèques publiques de l'Empire, reprend-elle, les livres d'hommes sont à part. Pour les consulter, il faut une autorisation.

Langlois réclame des détails.

– Y a-t-il dans les catalogues autant de livres d'hommes que de livres de femmes ?

– Oh, je n'en sais rien. Il faudrait que nous fassions venir la conservatrice.

– Vous n'avez pas une idée ? Même vague ?

– Eh bien, dit-elle, je suppose que la proportion des auteurs masculins dans les catalogues correspond au nombre des écrivains. Et les écrivaines étant plus nombreuses qu'eux…

– De votre point de vue, c'est logique, observe Langlois.

– Du reste, depuis la Révolution, elles sont les seules à s'intéresser à la littérature, et à l'art en général. La Révolution a remis les choses en place : écrire, créer, les hommes ne sont pas faits pour ça.

Langlois jubile, prêt à abattre son jeu.

– Vraiment ? insiste-t-il.

– Vraiment.

Elle regarde Gould, puis moi, et enfonce le couteau dans la plaie.

– Je ne dis pas ça pour vous, bien sûr.

Langlois triomphe. Il savoure.

– Et cette séparation, la pratique-t-on aussi dans les librairies ?

– Pardon ?

Il répète. La réponse de Kristin me stupéfie :

– Mais en Belgique, monsieur Langlois, il n'y a pas de librairies.

Nous faisons un détour obligatoire par l'imposante section des livres concernant les Bergères : hormis ceux dont elles sont les auteures, des biographies, des éloges, des poèmes, des textes philosophiques. Il y a là des milliers, peut-être des dizaines de milliers de volumes. Profusion exubérante des œuvres d'Ingrid et de Judith, et prolifération plus fantastique encore des œuvres sur leurs œuvres. Cela me donne l'idée d'un conte : l'histoire d'un pays où rien ne s'écrit qui ne soit par son roi, ou sur lui. »

Le soir, au restaurant de leur nouvel hôtel (depuis leur arrivée, ils n'avaient pas dormi deux fois dans le même lit ; Bordeaux, que ces déménagements fatiguaient, trouvait que la Belgique n'était pas si étendue que les autorités ne puissent leur organiser un séjour continu quelque part, confortablement), eut lieu un événement sensationnel. Alvert réclama l'attention de l'équipe en frappant la lame de son couteau sur son verre :

– J'ai quelque chose à dire.

Son ton solennel alerta ses amis. Elle se leva.

– Je ne rentrerai pas en France avec vous.

– Comment cela ? demanda Bordeaux, interloqué.

– Je reste. Hier, après notre entretien, j'ai obtenu une audience privée avec la lieutenante-générale Marceloos, et je lui ai fait part de mon désir de m'installer en Belgique. Elle a accepté. Je vais vivre ici, désormais.

Puis elle se tut, se rassit, et apprécia la qualité du silence qui se fit. Ses camarades étaient bouche bée ; rien ne les aurait surpris davantage.

– Elle a dit oui, répéta Bordeaux.

Alvert hocha la tête. Mais elle ajouta :

– Enfin, c'est un accord de principe. Il faut encore constituer un dossier, obtenir des autorisations. Toute une procédure, n'est-ce pas ?

Et, en souriant non sans fierté, elle précisa :

– C'est une affaire qui peut remonter haut. Jusqu'à la Bergère, peut-être.

L'importance qu'elle prenait ! Bordeaux se sentit une pointe d'admiration, et même un peu d'envie.

– Mais pourquoi veux-tu rester ? demanda Gould.

– Je le veux, c'est tout. Cela me regarde.

– Qui ne souhaiterait rester ici ? intervint Kristin, souriante.

Tout le monde rit.

– Quand sauras-tu si ta demande est acceptée ?

– Je ne sais pas. Avant la fin de notre séjour, en tout cas.

– Forcément, conclut Bordeaux.

A ses côtés, Lotte avait les joues très rouges.

– Mais… tu crois vraiment que c'est Judith qui décidera ? demanda-t-elle à Léonore. Judith en personne ?

– Je ne sais pas. Nous verrons.

– En tout cas, précisa Kristin, ce sera discuté par le gouvernement. C'est une affaire importante.

Bordeaux observait Capucine. Elle était au bord des larmes. Jalouse.

On ne parla que de l'installation d'Alvert durant le reste de la soirée. Chacun, exalté, voulait savoir les raisons de son choix, si elle avait un peu peur de sauter le pas, etc. Bordeaux ressentait pour sa vieille amie cette sorte d'admiration qu'on a pour les êtres capables de grandes décisions. Gould lui-même était touché par ce coup d'éclat, et s'accommodait de ce que Léonore soit au centre de la conversation, et pas lui. Il lui posait des questions, montait des hypothèses, s'emballait. Léonore serait-elle naturalisée ? Sans doute, puisqu'elle était femme. Mais pour cela, il y avait un service militaire obligatoire ; elle obtiendrait peut-être une dispense, compte tenu de son âge. Il s'inquiétait surtout de savoir si Léonore avait bien réfléchi.

– As-tu suffisamment vu la Belgique, pour choisir de t'expatrier ?

– J'y pensais déjà avant de partir, et même depuis des années, sans croire que ce serait possible. Mais rien n'est encore fait : il faut attendre la décision des autorités.

Ils approuvaient sa prudence ; mais ils n'imaginaient déjà plus qu'elle puisse rentrer avec eux en France. Son pari était trop extravagant pour n'être pas tenu. Pour tout le monde, elle était déjà belge.

Avec la décision d'Alvert, songea Bordeaux, leur voyage prenait une dimension nouvelle. Pendant des années, la Belgique n'avait été pour eux tous qu'un Etat théorique, un livre de légendes. C'était déjà extraordinaire d'y avoir mis les pieds ; ils ne concevaient pas qu'on pût aller plus loin. Séjourner huit jours dans cet Eldorado, personne n'en avait fait autant. Et pourtant ! Pour Alvert ce n'était qu'un point de départ. Ils croyaient leur aventure inespérée, mais elle allait en vivre une autre encore plus extraordinaire – vivre en Belgique, participer à la Révolution au lieu de la soutenir de Paris.

Cette exaltation les tint toute la soirée, en dépit des mouvements d'humeur de Lotte, qui ne parvenait pas à cacher sa contrariété. Bordeaux aurait voulu que ce moment soit une fête, une fête en l'honneur de Léonore. Il demanda dix fois qu'on apporte du champagne, en vain. A Kristin qui répétait qu'en Belgique on n'en servait pas, il répondit qu'il n'en croyait pas un mot, et lança qu'il finirait bien par découvrir leurs caves.

27 février. Curieusement le temps coule ici plus vite qu'ailleurs. Je ne fais rien de mes journées, rien qui mérite d'être raconté ; pourtant, je n'ai pas une minute à moi. Quand je regarde les horloges, il est toujours plus tard que je ne pensais. Entre le lever et le coucher, tout file, comme si les jours comptaient moins d'heures. On ne s'ennuie jamais, j'ai toujours quelque chose de prévu : une promenade, un thé, les dîners et les soupers qui s'éternisent, les visites qu'on se rend. Tout cela, qui n'existait pas dans ma vie antérieure, m'occupe à présent à plein temps. Est-ce cela, vivre à la Cour ? Ne rien faire, mais être débordée ; avoir tout son temps et n'avoir jamais une minute à soi ; ne pas travailler, mais ne jamais s'ennuyer.

28 février. Il y a au premier étage du Palais un salon de lecture, une jolie pièce donnant sur le jardin, très calme, meublée de duchesses et garnie de quelques milliers de livres : toutes les éditions officielles, avec leur tranche blanche bien reconnaissable, mais aussi – c'est l'intérêt – des livres « indépendants », dont certains viennent de l'étranger. Personne, apparemment, ne fréquente cet endroit (Diane m'avoue : « Je n'y ai même jamais mis les pieds ») ; moi, j'y vais tous les jours. En fouillant, j'ai dégoté un vieux volume abîmé, dont la couverture est arrachée : *L'Esprit des lois*, de Montesquieu, en français non féminisé ! Comment a-t-il échoué là ? On encourt la prison quand on détient ce genre de livre chez soi, et voilà que j'en trouve un au Palais ! Judith sait-elle ce que renferme sa bibliothèque ?

N'ayant plus pratiqué le français depuis longtemps, j'ai du mal à lire Montesquieu ; surtout, je bute sur tous ces noms au masculin, ce qui accapare mon attention et m'éloigne du texte. Mais enfin, je m'accroche ; j'en ai lu trente pages, dans le désordre, en piochant au hasard parmi les chapitres, qui heureusement sont très courts.

29 février. Deux heures du matin ; je rentre du *Benno*. J'y ai vu Judith !

Vers vingt heures, comme j'achevais de dîner avec Diane, un groupe de courtisanes délurées, dont la plus jeune n'a pas vingt ans, est passé près de nous en riant. Parmi elles, une fille que j'ai déjà croisée, et qui me dévisage toujours. Elle m'a abordée et m'a dit : « Nous allons au *Benno*. Viens-tu ? ». Elle s'appelle Sien.

Mourant d'envie de les accompagner, j'ai lancé à Diane un regard gêné, comme pour demander l'autorisation de l'abandonner ; elle m'a fait signe de filer, en disant que cela me ferait du bien. Sien, ayant pris ma main, me tirait déjà derrière elle.

Au *Benno*, j'ai eu le même trouble que la première fois – d'un côté une ivresse, une griserie, de l'autre une résistance, l'impression gênante que ce n'était pas ma place.

Mais au moins, je ne passais plus à mes propres yeux pour une idiote provinciale.

Tout se brouillait dans la fumée ; des femmes fumaient la pipe, d'autres de fines cigarettes dont les bouts brûlants rougeoyaient dans la pénombre. Les libertés qu'on prend ici, décidément ! J'ai bu, j'ai dansé. J'ai pris part aux conversations de Sien avec ses amies, découvrant comme il est facile sous l'effet de l'alcool de parler de choses qu'on ignore : il suffit d'y mettre le ton. Peu importe ce que l'on dit, même une sottise, car de toute façon, ici, il est recommandé d'être légère. Et quand vraiment c'est n'importe quoi, on croit encore que c'est de l'humour.

Il y avait sur scène des spectacles de danse et de magie, mais je n'ai pas pu les voir car Sien, qui les avait déjà vus cent fois, m'a entraînée dans une autre salle. (A vrai dire, une amie de Sien m'a glissé à l'oreille que, si je voulais, je pouvais rester pour regarder ; mais j'ai secoué la tête, comme si je me moquais des spectacles – alors qu'en vérité j'aurais adoré…)

Le *Benno* est gigantesque ; la dernière fois, je n'en ai vu qu'une petite partie. Quel dédale ! Sien m'a conduite dans un réseau de coursives qui font penser à un bateau, si étroites qu'on est obligée d'avancer en file indienne. Elles débouchent dans des salons meublés de sofas, de hamacs ou de confidents où l'on se prélasse en couples. Dans celui où nous avons pénétré étaient réunies une dizaine de femmes, en cercle autour d'une ottomane. J'ai dû me pincer quand j'ai découvert qui l'occupait : Judith ! Judith qui nous a vues, et qui nous a souri ! Judith, la vraie Judith !

Je n'oublierai jamais la scène qui a suivi. Comme nous nous agenouillions, elle m'a reconnue, et m'a appelée par mon prénom. Sien et les autres en sont restées pantoises. Ah ! Elles qui me croyaient une fille mal dégourdie, qui a tout à apprendre, me découvraient une intimité avec la Bergère, la voyaient sortir de son canapé pour me prendre dans ses bras !

– Je vous la vole un moment, a-t-elle lancé.

Puis elle m'a entraînée sur son ottomane, où je me suis assise avec elle.

– Je ne t'ai pas oubliée, tu sais.

– Je sais, Bergère.

– Simplement, j'ai été très occupée ces derniers temps. Alors ? Es-tu bien installée ?

– Oh, oui !

Je lui ai raconté mes premiers jours au Palais, les repères que j'y ai pris. J'ai failli évoquer Diane, mais j'ai retenu ma langue : ce que Diane m'a dit sur ses rapports avec Judith n'est pas clair, mieux vaut éviter d'en parler.

– Bon, je ne veux pas te retenir trop longtemps, a finalement murmuré Judith (comme si on pouvait se lasser d'elle). Mais tu viendras dîner demain soir chez moi. Veux-tu ?

J'ai hoché la tête, sans me rendre compte sur le moment de la faveur incroyable qu'elle me faisait. Puis, comme je la remerciais, elle m'a embrassée.

Ah ! Il fallait voir la tête de Sien, leur tête à toutes quand je me suis rassise auprès d'elles ! Comme j'ai savouré ce moment ! Ebahies, elles n'ont d'abord rien su dire ; puis elles se sont reprises, et leurs questions ont roulé : comment connais-tu Judith ? Depuis quand ? Vous voyez-vous souvent ? Malgré la tentation d'en rajouter, j'ai répondu sans me donner de grands airs, expliquant que j'avais simplement fait partie des dix « porteuses » lors des fêtes, et qu'elle m'a remarquée à ce moment-là.

– Voilà, c'est tout, ai-je conclu, faussement modeste.

Elles ont trouvé cela formidable, se sont émerveillées de « mon destin ». L'espace d'un instant, j'ai craint qu'il y ait chez elles un peu de condescendance : la femme de rien qui devient courtisane, la roturière qui s'élève dans le monde… Mais non : elles admiraient sincèrement mon aventure. Alors, rassurée, je leur ai asséné le coup de grâce : « Judith m'a invitée à dîner demain soir. » Elles se sont mises à pousser des cris, elles sont devenues folles. Je suis maintenant leur vedette ; elles m'ont adoptée. De retour au Palais, toutes m'ont embrassée avec chaleur. Sien, qui se veut ma complice, ma meilleure amie, m'a glissé en riant : « Dis-moi, tu ne m'abandonneras pas, hein ? » Comme si nous nous connaissions depuis longtemps ! Mais qu'importe : ce n'est pas à elles que je pense, c'est à Judith.

(*Le journal s'interrompt ici pendant un mois. Il reprend le 2 avril.*)

Ils quittèrent Bruxelles très tôt, avant huit heures. Cela voulait dire qu'on roulerait beaucoup ; ils prévoyaient déjà de trouver le temps long dans le minibus. A la sortie de la ville, ils traversèrent les mêmes friches industrielles qu'à l'arrivée : gravats, mâchefer, sable et ferrailles, carrières à l'abandon, prés gelés où des engins immobiles attendaient leur conductrice de travaux. De temps à autre, une colonne de fumée sortait d'une cheminée d'usine, attestant que tout cela n'était ni vide ni mort ; parfois aussi, le convoi croisait une voiture qui se rangeait sagement sur le bas-côté, au plus près du fossé.

Ils partaient vers la Flandre. Kristin demeura évasive sur leur destination ; ils ne la découvriraient qu'en arrivant. Comme Gould lui demandait pourquoi elle refusait d'être précise, elle invoqua leur sécurité. Alvert trouva cela très bien ; mais, en réfléchissant, elle s'interrogea : pourquoi les priver d'informations, puisque c'était eux qu'il fallait protéger ?

La seconde moitié du séjour commençait. Jusqu'à présent, le retour leur semblait lointain, ils ne s'en préoccupaient pas ; maintenant qu'il approchait, ils étaient pris d'un sentiment d'urgence : il leur fallait être d'autant plus attentifs, d'autant plus disponibles que les jours étaient comptés. Consciemment ou non, chacun devenait plus sérieux, plus grave. On ne se permettrait plus aucune distraction, on voulait rester concentré. S'il y avait des images à se graver dans la tête, des faits à se mettre en mémoire, c'était maintenant.

Dans le minibus, l'atmosphère était lourde. On n'osait plus trop parler à voix haute. Alvert était particulièrement silencieuse, comme tournée vers l'intérieur d'elle-même. De temps en temps Bordeaux, inquiet de la voir si soucieuse, murmurait quelque chose à son oreille, une plaisanterie, un mot sur le paysage ; chaque fois, c'était comme s'il la tirait d'un songe. Elle répondait en marmonnant des bribes de phrases, pour ne pas être impolie. Elle aurait voulu qu'on ne s'occupe plus d'elle, qu'on la laisse tranquillement *faire le point*. Elle était dans cet état second qui suit les grands changements. Dans sa tête, elle tournait et retournait son entretien avec Maureen Marceloos, rejouait le moment où, humble, craintive, elle l'avait informée de son désir de résider dans l'Empire, d'obtenir sa naturalisation, de rejoindre le troupeau de la Bergère. De cet instant ou de celui où elle avait annoncé sa décision à ses amis, lequel la bouleversait le plus ? Le second, sans doute, parce que Marceloos avait réagi avec indifférence. Alvert avait été intriguée par le contraste entre ce qui se jouait pour elle et le peu d'intérêt que la militaire lui accordait. Elle lui avait posé quelques questions, pour tester sa motivation, puis elle avait souri imperceptiblement et l'avait félicitée pour son choix, « signe d'une vraie femme ». Alvert avait cru un instant que c'était acquis, qu'elle avait réussi l'épreuve, et qu'elle resterait en Belgique ; son cœur s'était emballé. Mais comme la lieutenante-générale avait aussitôt ajouté qu'elle « faisait suivre », qu'on la tiendrait « informée », Alvert comprit que la décision ne dépendait pas d'elle. Quelle sotte : avoir cru que son cas serait réglé sur-le-champ, comme cela, en cinq minutes ! Elle avait quitté Marceloos soulagée et déçue – soulagée parce que cela s'était fait naturellement (elle avait craint que sa requête provoque une tempête, les reproches de Gould, la fin prématurée de leur voyage, mais non), déçue parce que, justement, l'entretien avait été trop facile, pas assez solennel, pas à la hauteur. Elle jouait sa vie, et Marceloos l'avait traitée comme un sergent recruteur.

Les dés à présent étaient jetés. La veille encore, Alvert pesait le pour et le contre, pouvait toujours renoncer. Maintenant, une étape était franchie, irréversible. Oh, elle pouvait faire marche arrière, bien sûr ; mais elle perdrait la face. Que diraient-ils, Gould et les autres, si elle renonçait ? Non, ce n'était plus possible ; et, regardant rêveusement le paysage déformé par la pellicule translucide qui couvrait les vitres, elle se dit que c'était désormais le sien, celui de son pays, et qu'elle était chez elle. Elle n'attendait plus qu'un coup de tampon officiel.

Les routes étaient exécrables. Golanski avait émis l'hypothèse que tout le réseau de l'Empire était dans cet état, la Transimpériale mise à part, et que les Belges ne possédaient pas de voiture, puisqu'on n'en voyait pas. (A Bruxelles, les femmes circulaient à vélo.) Il en avait tiré toutes sortes de conclusions sur le niveau de vie, et Langlois avait cru bon d'en rajouter. Mais Alvert ne voulait pas les croire ; elle était certaine que l'Empire était parcouru d'excellentes routes, larges et bien asphaltées, bien meilleures que les autoroutes en France, où fonçaient de puissantes automobiles sorties des usines nationales. Si eux roulaient sur des nids-de-poule, c'était simplement parce que les Belges préféraient les promener dans la campagne, pour qu'ils soient tranquilles et qu'ils profitent des paysages. Elle trouva même Golanski un peu goujat de ne pas savoir gré aux Belges de cette délicatesse.

Au bout de deux heures, le convoi s'arrêta pour une pause dans un pré balafré d'ornières où avaient dû passer récemment des engins agricoles. Les Français sortirent pour se délasser. A cause du vent froid, ils remontèrent leurs cols. Langlois et Gould accablaient Kristin de questions : ils voulaient être les premiers à connaître leur destination. Elle rit, protesta un peu puis céda : on allait près de Schoten, au nord d'Anvers, visiter le promontoire légendaire du haut duquel, le 12 juillet 1971, Ingrid, ayant harangué la foule des femmes, les avait entraînées dans la Grande Marche, jusqu'à la prise de Bruxelles.

Gould fut enchanté, parce qu'il adorait les lieux d'histoire, même quand il n'y avait plus aucun vestige à voir. (Waterloo autrefois l'avait impressionné.) Il s'y sentait relié mystiquement aux époques passées ; il était un peu poète, capable de sentiments qui submergent la raison. Langlois, lui, bougonna, parce qu'il devinait que cette excursion ne servirait à rien. Comme l'avant-veille à Aqualand, ils allaient perdre leur temps ; déjà, il se sentait bouillir. Mais il prit un certain plaisir à se renfermer en lui-même pour laisser monter son exaspération à feu doux.

Lotte, Bordeaux et Golanski se rangèrent dans le camp de Gould ; Alvert, toujours rêveuse, se tut.

On repartit dans la campagne désolée, à travers les prés peignés par le vent et les bois de sapins. Parfois, on voyait un hameau, une ou deux fermes, une grappe de maisons. Etaient-elles habitées ? Alvert aurait voulu s'arrêter, frapper aux portes, entrer dans les maisons et, s'il n'y avait personne, s'allonger sur les lits vides, comme Boucle d'Or dans le conte. Bien sûr, sa vie dans l'Empire se passerait loin d'ici, elle ne serait pas paysanne ; elle habiterait Bruxelles, elle serait notable. Mais les femmes des campagnes n'en seraient pas moins des sœurs ; elle brûlait de les connaître.

Soudain le convoi ralentit, puis s'immobilisa. Langlois soupira, se plaignit à voix basse : non seulement la destination serait sans intérêt, mais en plus ils étaient ralentis sans cesse. Kristin parut inquiète. Devant eux, les brigadières sortaient des voitures, parlaient dans leurs talkies-walkies, se faisaient des signes. Sur ordre de Kristin, la conductrice éteignit le moteur.

Peu après, une éclaireuse à moto remonta le convoi et vint dire quelques mots à Kristin. Avant de descendre du minibus et de la suivre, elle ordonna fermement aux Français de rester assis – comme s'ils étaient des enfants turbulents, incapables de résister à l'envie de descendre pour se dégourdir dans les prés. Golanski marmonna que rien ne lui interdisait d'être aimable ; Lotte haussa les épaules, disant que peut-être quelque chose de grave arrivait – on aurait dit qu'elle l'espérait, par besoin de distraction.

Kristin revint, essoufflée, et expliqua en néerlandais

puis en français qu'ils étaient arrêtés devant un passage à niveau fermé.

– Si ce n'est que ça, je suis volontaire pour remonter les barrières, maugréa Langlois. En nous y mettant à quatre…

Comme il sous-entendait que c'était aux hommes de s'en charger, Lotte s'insurgea :

– Vous quatre, les hommes ! Parce que les hommes sont plus musclés, n'est-ce pas ?

Mais Gould, qui scrutait les mouvements des brigadières à travers le pare-brise, mit fin à la dispute par un signe de la main.

– Je ne vous ai pas tout dit, reprit Kristin. Suivez-moi. C'est formidable.

– Quoi ? Qu'y a-t-il ? demanda Gould.

– Vous allez voir.

– Mais enfin, dites-nous ! glapit Bordeaux.

Kristin eut un large sourire.

– Vous ne me croiriez pas.

Par allusion à son ordre de tout à l'heure, dont elle regrettait peut-être le ton, elle dit aimablement :

– Eh bien, vous descendez ?

Ils la suivirent jusqu'au passage à niveau – deux barrières chétives qui barraient la route et devant quoi s'amassaient une cinquantaine de brigadières. Léonore fut étonnée par leur nombre, et par le désordre de leur rassemblement : on aurait dit un troupeau à l'abandon. Rien de commun avec la colonne rigoureuse ou le carré rectiligne qu'elles auraient spontanément formé en temps normal. Que se passait-il donc ? Elles fixaient l'horizon, fébriles, piaffant ; à les voir, Alvert se convainquit qu'un convoi exceptionnel arrivait. Elle voulut se porter en avant ; mais une brigadière la retint par le bras, et Kristin la pria de rester à distance des rails. Elle se sentit penaude. Elle songea que son dossier était en cours d'instruction ; sûrement, les autorités enquêteraient et interrogeraient Kristin sur son attitude, ses idées, son sens de la discipline. Et voilà qu'elle commençait par un impair ! Mais Kristin l'attira contre elle et lui pris la taille ; Léonore se sentit rassurée, en même temps qu'un peu surprise : c'était la première fois que Kristin avait un geste d'affection, elle qui d'habitude savait si bien dissimuler ses émotions.

– A moi, diras-tu ce que nous attendons ? murmura Alvert.

Kristin la considéra, surprise qu'elle n'ait rien deviné.

– Mais… la Bergère, enfin !

Alvert fut ébranlée. La Bergère, dans ce train ? Judith !

Elle aurait voulu bondir sur la voie. Elle regarda Gould, qui avait entendu et qui était abasourdi comme elle.

– Crois-tu que nous pourrons la voir ? demanda Alvert, très excitée. Qu'elle nous fera un signe ?

– Non, impossible. Les vitres du train sont teintées.

Alvert fit une moue.

– La sécurité, expliqua Kristin. Et puis, il paraît que Judith demande que les rideaux soient tirés, parce qu'elle profite de ses voyages pour se reposer.

Alvert imagina Judith dans une couchette, bercée par le balancement du wagon.

– Judith voyage beaucoup, continua Kristin. Quand elle prend le train, on stoppe la circulation sur sa ligne.

Plusieurs trains spéciaux lui sont réservés, où elle emmène toutes ses collaboratrices.

Elle se tut un instant, puis ajouta ce détail :

– Par sécurité, on fait rouler simultanément d'autres trains identiques dans tout l'Empire.

– Et comment sait-on lequel est le bon ? demanda Gould.

– Le bon ?

– Je veux dire, celui où se trouve Judith.

– On ne le sait pas.

Cette réponse ébranla Alvert.

– Mais alors, ce n'est peut-être pas elle, dans ce train qui approche ? demanda-t-elle.

– Peut-être pas. Mais qu'importe !

Les Français en restèrent sans voix. Mais cette incertitude ne semblait pas troubler Kristin qui se hissait sur la pointe des pieds pour voir venir ce fameux train qui transportait ou non la Bergère. Pour elle, c'était apparemment du pareil au même. L'amour des Belges pour leur Bergère était tel que la simple *éventualité* de son apparition était déjà un cadeau du ciel. C'était comme si Ingrid et Judith en figurant partout (sur les timbres-poste, les billets et la monnaie, les monuments, les tableaux, les médailles et les médaillons au cou des citoyennes) s'étaient finalement fondues dans leurs représentations, et n'existaient plus qu'à l'état d'effigies ; aussi Kristin et les brigadières étaient-elles heureuses de voir passer non le train de Judith (elles se moquaient de savoir si c'était le bon), mais un train qui transportait *l'idée* de Judith.

Enfin, le convoi apparut. Les brigadières s'intimèrent mutuellement l'ordre de se taire puis se raidirent. Elles semblaient tellement hypnotisées par l'arrivée du train qu'on aurait pu leur faire les poches sans qu'elles se rendent compte de rien, songea Langlois.

Le raffut allait croissant ; le train passa à toute vitesse, dans un bruit infernal. Alvert fut déçue ; elle croyait qu'il roulerait plus lentement, qu'elle pourrait mieux le voir. Alors que les wagons dévidaient devant elle leur grand ruban flou, elle se sentit comme envoûtée à son tour. C'était peut-être, c'était sûrement un train fantôme, mais tant pis : ce leurre la fascinait.

Vint le dernier wagon ; le bruit diminua, puis cessa. Le train déjà était loin, on ne l'entendait plus. Ils se réveillèrent, comme d'un coup de baguette magique. La tension retomba ; les brigadières essuyaient des larmes, s'embrassaient – effusions troublantes chez ces soldates ordinairement austères, qui portaient en bandoulière leur mitraillette.

On retourna vers les voitures, mais en marchant lentement, comme à regret. Bordeaux glissa à Alvert qu'il était impatient d'arriver à l'hôtel, pour noter cela dans son carnet ; il soupira longuement. Le moment avait été fort pour lui aussi.

Quant à elle, elle voyait dans la conjonction improbable de leur convoi et du train impérial – combien y avait-il de chances pour que cela arrive ? – un présage qui l'enchantait : c'était comme si Judith était venue à sa rencontre, comme si le destin les avait fait se croiser. Oui, elle en était convaincue : Judith était là, elle était passée tout près d'elle. Son instinct le lui disait, l'instinct des citoyennes belges.

2 avril. Un mois sans prendre de notes ! Je relis les dernières pages : on dirait qu'elles ont été écrites il y a dix ans, et même qu'elles ne sont pas de moi. Ou alors elles sont de moi, dans une vie antérieure où j'étais une autre.

Faisons le point. Je n'occupe plus la chambre de l'aile droite qu'on m'a attribuée à mon arrivée à Tervuren (j'en conserve la jouissance, et j'y ai laissé mes affaires). Je dors désormais près de Judith, dans une pièce qu'elle a fait aménager exprès, tout à côté de ses appartements. Parfois, elle m'y fait chercher pour que je la rejoigne. C'est plus que de l'affection : elle s'est amourachée de moi. Je suis « son trésor », « son bijou », « son diamant » – elle emploie toujours ces images, car elle adore ce qui brille. Je suis à présent aussi proche d'elle que les Quatre Grandes.

Ces dernières m'acceptent de plus ou moins bonne grâce. Elles sont bizarres ; en fait, je ne sais jamais à quoi m'en tenir avec elles. Tantôt elles sont tout miel, elles me câlinent, veillent sur moi, disent que je suis « adorable » et « rafraîchissante » ; tantôt elles me prennent de haut, me font comprendre que j'usurpe ma place et que ma faveur ne durera pas – parfois même, elles me prédisent ma chute pour demain.

Cette humeur changeante se retrouve dans les relations qu'elles ont entre elles. A dire vrai, elles se détestent ; si j'interrogeais Appel sur Schimmelnau, ou Bertolucci sur Monderman, j'entendrais des horreurs. Mais curieusement, cela ne les empêche pas de faire bloc contre un adversaire commun, et elles sont alors comme les doigts de la main. Quand trois d'entre elles se liguent contre la quatrième, celle-ci jure qu'elle les tuera ; puis, le lendemain, elles sont de nouveau unies à la vie à la mort.

J'ai du mal à suivre leurs combinaisons. Un jour elles m'adoptent, le suivant elles me rejettent. Diane me conseille d'être prudente, de ne pas leur faire confiance. Peut-être se souvient-elle de filles comme moi, venues de nulle part, presque parvenues au sommet, et contre qui les Grandes ont comploté avec succès… A moins que Diane ne me jalouse, parce que je suis aujourd'hui plus près de Judith qu'elle-même ne l'a jamais été d'Ingrid, et ne me conseille de me méfier pour m'empêcher de profiter de mon bonheur ? Mais non, Diane n'est pas comme cela. Comment puis-je penser une chose pareille ? Elle me protège depuis le début ; c'est mon ange gardien. Je n'ai rien à craindre d'elle. Sans doute suis-je intoxiquée par l'atmosphère de suspicion qu'entretiennent les Grandes. Plus les femmes s'approchent de Judith, plus elles se surveillent, et se sentent surveillées. Cela va jusqu'au délire.

10 avril. Aujourd'hui, Judith a exigé que j'assiste au Conseil des ministres. J'ai d'abord refusé ; je n'avais pas à me trouver là, et voulais éviter que les Grandes me reprochent de m'immiscer dans les affaires de l'Etat. Pour ne pas me faire trop détester d'elles, j'essaie de rester discrète, dans l'ombre de Judith, et de ne tenir que le rôle de l'amante. Mais Judith a balayé mes réticences d'un revers de la main ; et, comme je résistais, elle a usé de son autorité : j'irais au Conseil, parce que tel était son bon plaisir. J'ai donc été obligée de l'accompagner ; mais comme elle avait oublié de prévenir le Conseil, j'ai eu l'air d'avoir forcé les portes, moi qui ne souhaitais pas me trouver là... Mais, bon, c'était un spectacle instructif.

D'abord, j'ai découvert qu'il n'y a pas un seul Conseil, mais deux. Une heure avant le Conseil des ministres « officiel », un petit groupe en comité restreint (la Bergère, les Grandes – sauf Appel, absente aujourd'hui –, deux ou trois ministres et une dizaine de militaires) prend toutes les décisions importantes. Ensuite vient le Conseil proprement dit, qui rassemble plus de cent personnes – le gouvernement au complet, les secrétaires d'Etat, des intendantes et une armada d'administratrices venues d'Amsterdam, Rotterdam, La Haye, Eindhoven, Gand, Liège, Charleroi ou Luxembourg. Durant deux heures, ces notables ont fait semblant de délibérer, mais elles ont avalisé à la fin ce qu'avait préalablement décidé le petit comité.

Je n'ai pas compris grand-chose aux débats. D'abord, les problèmes de l'Etat m'échappent, et même ne m'intéressent pas ; mais surtout, les discussions se font dans un jargon politique qui n'est du néerlandais qu'en apparence, truffé d'allusions sibyllines, d'expressions codées et de références que seules les habituées décryptent.

Ce qui m'a frappée dans tout cela, c'est que Judith ne décidait quasiment de rien, et prenait très peu la parole. A la limite, elle n'était là que pour la forme. Elle présidait l'assemblée, mais n'écoutait pas ; tout le monde parlait, elle non. Elle paraissait même s'ennuyer, comme moi : elle regardait le plafond, dessinait sur ses feuilles, se dandinait dans son fauteuil (le plus beau, surélevé, clouté d'or). C'est en fait Bertolucci qui dirigeait les Conseils ; à aucun moment elle ne s'est retournée vers Judith, qui était comme invisible. Au début, j'ai cru qu'elle était le porte-voix de Judith, et que le silence de la Bergère était une manière raffinée de mettre en scène son autorité, en rendant sa parole rare et d'autant plus solennelle. Mais non : il est patent que si Judith restait muette, c'est parce que les débats ne l'intéressent pas. Ce n'est qu'à la fin de la seconde réunion que le protocole a repris ses droits, quand une militaire lui a demandé de prononcer la fin de la séance. Judith a répondu de manière mécanique, et l'assemblée s'est levée comme un seul homme – si j'ose dire. Avant de quitter la salle, elles se sont agenouillées devant la Bergère, qui les regardait à peine. (Des ministresses, incertaines si je n'étais qu'une nouvelle dame de compagnie ou une éminence grise, ont jugé prudent de me saluer au passage.)

Quand tout le monde fut passé à ses pieds et que nous avons pu quitter la salle (Judith sort toujours la dernière), elle a gémi :

– C'était long, n'est-ce pas ?

Elle m'a fait tout à coup l'impression d'un fantoche. Honteuse, je n'ai pas répondu.

12 avril. Trente pages de Montesquieu cet après-midi, dans le salon de lecture. J'ai pensé emporter le livre dans ma chambre, mais j'ai peur qu'on m'accuse de le posséder illégalement. Qui croira qu'il était ici, dans l'enceinte du Palais ? On m'assènerait que jamais Judith n'aurait toléré dans sa bibliothèque un pareil livre, écrit par un vieux mâle dominant, en français ancien, etc. ; et comme elle-même n'a plus mis les pieds au salon de lecture depuis des années, elle ne pourrait me défendre, et prendrait le parti de m'accuser. (Je ne lui témoigne guère de gratitude en écrivant cela, mais elle m'a habituée à des sautes d'humeur incessantes – le mardi elle remet en cause ses principes du lundi, qu'elle retrouve le mercredi, et ainsi de suite toute la semaine, tout le mois, tout le temps.) Je me demande si cette lecture un peu coupable ne trahit pas chez moi une sorte de vice. Une vraie militante, comme ma petite Virginie, ne jetterait-elle pas d'emblée ce texte à la poubelle en se pinçant le nez ? Alors que moi, faible et influençable, je déchiffre une page après l'autre, curieuse plutôt que choquée, sans faire ce qu'une révolutionnaire authentique ferait à ma place – les déchirer, les brûler, en faire des confettis. Mais quoi ! Le vin est tiré, je le bois. Si Montesquieu est un machiste, j'irai jusqu'au bout, pour me rendre compte à quel point c'est vrai.

J'en suis au chapitre sur le despotisme. Le principe du despotisme, dit-il, c'est la crainte ; or, « il faut que la crainte abatte tous les courages, et éteigne jusqu'au moindre sentiment d'ambition », afin que chacun demeure l'inférieur du despote. Il faudrait faire lire ce passage à Judith, pour qu'elle inspire plus de crainte aux Quatre Grandes qui sont ambitieuses et pourraient comploter contre elle. Mais non, mieux vaut me taire… Comme le dit Diane, il y a un deuxième principe de survie, au Palais : le silence.

13 avril. Curieux événement, ce soir. Judith m'ayant proposé de passer la nuit avec elle, je me suis présentée à sa porte vers vingt et une heures. Mais une brigadière m'a barré le passage, refusant d'écouter mes explications. J'ai protesté avec force, allant même jusqu'à menacer de la mettre aux arrêts (je ne sais pas trop si j'ai vraiment ce pouvoir, mais c'était pour lui faire peur). Elle a fini par faire venir Appel, dont la chambre était toute proche.

– Qu'est-ce que tu fais là ? m'a-t-elle demandé d'un ton agressif.

– Judith m'attend, ai-je répondu.

Elle a éclaté de rire.

– Mais ma pauvre ! Judith est allée sur la côte. Elle est partie cet après-midi.

– Comment ?

Je n'en croyais pas mes oreilles.

– Mais elle m'a pourtant dit que…

– Elle ne t'a rien dit du tout. Va dormir.

Et elle a ri de nouveau, jubilant de me causer de la peine. J'ai regagné ma chambre les larmes aux yeux, le cœur gros d'une immense désillusion. J'ai failli frapper chez Diane pour lui raconter tout cela ; mais ne m'aurait-elle pas trouvée ridicule ?

15 avril. Journée avec les filles. Quel plaisir ! Après le choc d'avant-hier, les voir m'a réconfortée.

Nous marchions dans le parc d'Ingrid (l'ancien parc

Josaphat) quand une ondée nous a surprises. Le temps de trouver un auvent, nous fumes trempées. Virginie claquait des dents très fort, pour amuser sa sœur.

Comme nous attendions que cesse la pluie, un homme seul est arrivé en courant et s'est abrité avec nous. Judith, intimidée, s'est cachée derrière moi, qui ai fait comme si de rien n'était – il aurait dû nous saluer et s'agenouiller dans les flaques, mais je n'avais pas envie de provoquer une querelle. C'était sans compter sur Virginie, qui ne transige jamais sur les lois. Elle a toussoté pour attirer l'attention de l'intrus ; comme je lui demandais d'arrêter, elle a grommelé dans son coin : nous sommes en droit d'exiger une humiliation, protestait-elle à voix basse, même un piétinement. Finalement, sentant que nous parlions de lui, l'homme s'est enfui sous l'averse, tandis que Virginie lui criait des injures.

Quelques minutes plus tard, comme une éclaircie nous avait permis de repartir, nous avons croisé une brigade. Virginie a couru vers les soldates pour dénoncer l'homme seul qui ne nous avait pas rendu hommage ! Et de revenir vers moi toute fière, avec le sentiment du devoir accompli.

Son aisance face aux brigadières me sidère. Elle n'en a pas peur du tout ; elle leur parle comme à sa mère. Persuadée de n'avoir rien à se reprocher, elle croit n'avoir rien à craindre. Elle ne sait pas qu'on n'est jamais assez pure. Cela lui jouera des tours.

19 avril. Thé avec Diane. Je l'interroge sur un point qui depuis mon arrivée au Palais m'étonne : la moyenne d'âge. On ne voit que des jeunes : elles ont vingt ans, trente ans, rarement plus. Beaucoup d'adolescentes, aussi, comme Sien et ses amies qui n'ont pas dix-huit ans, et qui ont l'insouciance et la gaieté de leur âge. Je me sens une vieille à côté d'elles.

Diane a soupiré et m'a fait cette réponse : outre que Judith aime à s'entourer de jolies fleurs, l'explication est que, contrairement à ce que tout le monde croit, on vit moins longtemps à la Cour qu'ailleurs, ce qui explique que la proportion de jeunes filles y soit plus élevée. Comme je ne comprenais pas, elle a ajouté ces mots mystérieux : « La Cour est un corps qui se renouvelle souvent. » Puis elle a changé de sujet.

20 avril. Pas de nouvelles de Judith. Je n'ose pas me présenter chez elle pour récupérer mes affaires : on me refuserait l'entrée, comme l'autre fois. Bertolucci, Appel et Monderman font semblant de ne plus me connaître. (Schimmelnau, elle, est partie avec Judith.) C'est humiliant. Je me demande si elles ne suivent pas les ordres de Judith. Cela lui ressemblerait : elle adore souffler sur moi le chaud et le froid. Elle me met à l'épreuve, me tient dans l'incertitude, me donne à comprendre que je dois recommencer sans cesse mes efforts pour mériter ma place auprès d'elle. Alors je me surveille, j'essaie d'être parfaite, je suis à moi-même mon propre censeur…

Dans le vieux Montesquieu, je lis ceci que je transcris : « L'extrême obéissance suppose l'ignorance de celui qui obéit ; elle en suppose même de celui qui commande ; il n'a point à délibérer, à douter, ni à raisonner ; il n'a qu'à vouloir. »

24 avril. Judith est rentrée à Tervuren ! Elle m'a fait appeler dès son arrivée. J'ai voulu lui dire ma peine, lui reprocher d'être partie sans me prévenir, mais elle ne m'a pas laissée ouvrir la bouche, et m'a sauté au cou comme si nous ne nous étions pas vues depuis des mois. Après que nous avons fait l'amour, brutalement, elle m'a raconté ses vacances. Elle et Schimmelnau sont allées à Haamstede, la presqu'île qu'avait nationalisée sa mère pour en faire sa résidence. Elle n'a pas vu que, jalouse, je souffrais chaque fois qu'elle prononçait le nom de Schimmelnau, et m'a décrit par le menu leurs promenades, leurs repas, leurs fous rires, et même leurs moments intimes… J'aurais voulu être sourde. Mais alors que je suis près d'exploser, elle m'embrasse avec fougue, et j'oublie mes reproches…

Plus tard dans l'après-midi, elle m'emmène faire « une visite ». Je ne savais pas ce qui m'attendait ; c'est surprenant.

Nous avons sonné les brigadières et sommes parties en limousine avec une escorte – une trentaine de soldates dans cinq camions, vingt motardes et six voitures.

Une « visite », donc, est une irruption inopinée de la Bergère au domicile d'une citoyenne choisie au hasard, en général dans Bruxelles, parfois ailleurs. Le convoi roule sans but et, quand la Bergère l'ordonne, on s'arrête pour visiter le premier logement qu'on trouve, après l'avoir vidé de ses occupantes.

– J'adore ces instantanés dans la vie des Belges, m'explique Judith. J'aime savoir comment elles vivent, comment elles sont installées. Le goût de leur intérieur, les détails, tout cela. C'est fou comme la plupart d'entre elles parviennent à faire quelque chose de rien.

Aujourd'hui, Judith porte son choix sur un immeuble sororal dans Wolvertem, près de l'ancien jardin botanique. Les brigadières font sortir les femmes et les enfants et les éloignent, afin qu'elles ne voient pas Judith et que Judith ne les voie pas ; ensuite la voiture s'approche au plus près, pour que nous n'ayons pas à marcher. Nous entrons.

D'emblée, je suis surprise : le hall est refait à neuf. Même chose pour le premier appartement, au rez-de-chaussée : un logement lumineux, bien meublé, avec une bonne odeur de lessive ; rien de commun avec ceux où j'ai vécu jadis !

Judith furète dans les chambres, s'allonge sur les lits, farfouille dans les tiroirs, à la recherche de cahiers, de vieux journaux où elle serait en photo, de papiers personnels. Nous montons ensuite à l'étage, visitons d'autres logements. Dans une cuisine minuscule, elle exige qu'on fasse du café. Je me retiens de rire : du café ! Alors qu'on n'en trouve nulle part, et que le sachet au marché noir coûte les yeux de la tête ! Mais là, surprise : dans la bonnetière, les brigadières découvrent un bocal rempli à ras bord. Ce n'est pas possible ! Une soldate se charge de faire passer les tasses ; Judith trempe les lèvres dans la sienne puis la verse dans l'évier, jugeant le café trop peu amer.

Dans le salon, elle s'assied dans un canapé mauve, en ironisant sur la couleur qu'elle trouve hideuse. Juste au-dessus, elle avise le haut-parleur obligatoire. « Tiens, dit-elle, je n'ai plus parlé aux Belges depuis longtemps. » Il y a une télévision ; pendant vingt minutes, nous regardons une série pour la jeunesse.

Je m'impatiente.

– Quand partons-nous ?

– Pas encore, répond-elle.

– Mais que faisons-nous ici ?

– Nous visitons. J'aime visiter mon peuple.

Elle pousse un soupir, puis ajoute :

– Il y a quelques minutes, il y avait des femmes ici. Les habitantes de cet appartement. Ne sens-tu pas leur chaleur ?

– Non.

– Moi, si. Je la sens. Comment les comprendrais-je mieux qu'en venant ici ? En m'installant chez elles ? Cela m'en dit plus que toutes les statistiques. Ici, je vois qu'elles vont bien, qu'elles sont heureuses, mes mignonnes. Tu ne sens pas comme elles sont heureuses ?

Elle attend ma réponse ; j'opine du chef, sans conviction. Elle en veut davantage, me regarde froidement. J'articule un « oui » qui la satisfait. Elle se passionne de nouveau pour le feuilleton télévisé *Femmes entre elles*, tandis que je cherche autour de moi pour trouver dans toute cette mise en scène un peu de vérité. Judith espère-t-elle vraiment m'abuser avec ce foyer modèle ? Moi qui connais les vrais appartements sororaux, moi qui sais ce qu'ils sont !

Ce n'est peut-être pas moi qu'on abuse mais elle. Peut-être croit-elle sincèrement que cet immeuble pimpant est représentatif de l'habitat des Bruxelloises moyennes. Mais qui chercherait à la tromper ainsi ?

Ou alors, toutefois ce serait plus baroque encore, les visites ne sont en fait pour Judith qu'une façon de s'auto-persuader. Et ça marche : au retour, elle n'a cessé de se féliciter, de se décerner des lauriers de bonne gouvernance, d'admirer le niveau de vie auquel elle a porté son peuple, et elle me force à partager son enthousiasme.

Voilà donc ce qu'est une « visite » : une promenade dans du carton-pâte, un petit tour dans un bocal. Cela comble tous ses penchants : son voyeurisme, sa passion du renseignement, son besoin de croire qu'elle remplit à merveille son rôle de Bergère. Ayant constaté le bonheur de ses sujettes à partir d'un échantillon trié sur le volet (ce qu'elle feint d'ignorer, à moins qu'elle ne l'ignore vraiment), elle conclut au succès de sa politique.

Tout marche ainsi, avec elle : ayant fait mettre la barre au niveau de ses chevilles, elle s'émerveille de la franchir facilement, et de s'entendre dire que c'est une championne du saut en hauteur.

Je l'aime, mais je n'aime pas tous ses défauts.

A Schoten, évidemment, il n'y avait rien à voir.

C'était un plateau sauvage où, le 12 juillet 1971, Ingrid, la mère de la patrie, avait harangué la foule qui l'accompagnait dans sa Grande Marche vers Bruxelles. La légende disait qu'elles étaient trois cent mille, et qu'Ingrid, juchée sur un promontoire élevé à la hâte par ses adeptes, leur avait parlé sans micro. C'était difficilement croyable car même avec un puissant mégaphone, songea Gould, elle n'aurait pu toucher le centième de l'auditoire. De deux choses l'une, donc : soit elles étaient trois cent mille mais elles n'avaient pas compris grand-chose, soit elles avaient entendu et n'étaient pas si nombreuses. Peu importe, du reste ; l'essentiel c'est ce qu'avait dit la Grande Bergère – et qui, hélas, s'est perdu, car elle avait parlé d'abondance, sans notes, et sans être enregistrée. Le 12 juillet 1971 était devenu un événement fondateur.

Le site était entouré de fils de fer barbelés, pour canaliser les promeneurs. Des panneaux rappelaient en néerlandais la geste d'Ingrid, et une céramique gigantesque figurait la plaine noire de monde sous le soleil. On avait reconstitué le promontoire ; il était haut de deux mètres et doté d'un escalier, alors que selon la légende les adeptes l'avaient édifié en dix minutes avec des pierres trouvées alentour.

Kristin les mena par les sentiers, en leur faisant le récit édifiant de cette journée historique : Ingrid et ses troupes arrivant de La Haye, fatiguées par trois jours de marche mais reprenant courage en voyant dans chaque bourg des femmes qui embrassaient leur cause ; puis leur émotion devant cette plaine immense qui s'étendait devant elles, et le besoin qui s'empara d'Ingrid de parler en ce lieu à son peuple, de l'enflammer pour le conduire à Bruxelles ; les hourras, les vivats, la liesse que tant de femmes attestent, et qu'aucune n'évoque sans pleurer.

Gould approuvait vaguement, laissant Lotte s'exalter – elle hochait la tête à tout ce que disait Kristin, soucieuse de montrer comme elle comprenait, comme elle ressentait cette euphorie des femmes de 1971.

Gould ralentit le pas, se laissa devancer et considéra le plateau venteux. Que faisait-il là ? Le même sentiment d'absurdité qui l'avant-veille avait fâché Langlois, il le ressentait à son tour. Il regarda Bordeaux, Golanski et Langlois qui discutaient auprès de brigadières affairées à lancer des cailloux sur une cible. Trouvaient-ils comme lui qu'on les baladait ? N'étaient-ils pas en train de se dire entre eux que Gould, leur chef, devrait protester et s'imposer, au lieu de tout approuver comme il le faisait depuis le début ?

Gould se raisonna, tenta de trouver de l'intérêt à ce site. Enfin, ce n'était tout de même pas rien, Schoten ! Pourquoi n'était-il pas heureux d'y être, lui qui d'ordinaire frissonnait dans un lieu historique – un champ de bataille, la chambre du roi, le bureau ovale ? Il tenta d'imaginer la plaine couverte de femmes, de tous âges et de tous milieux, se tenant par la main, des femmes qui osaient se bécoter, puisque bientôt les amours dans ce pays seraient entre elles ; et là-bas, sur son tas de cailloux, Ingrid dont la voix montait dans le même silence que celui des Athéniens quand Périclès sur la Pnyx ouvrait la bouche.

Gould s'agenouilla, ramassa une pierre. Cette pierre, était-elle déjà là en 1971 ? Avait-elle assisté à la scène ? Avait-elle vu la Grande Bergère ?

Gould sourit. C'était bien le genre de questions mystiques qu'il se posait souvent. Il était très sensible au passage du temps ; le sable du sablier qui recouvre tout, jusqu'aux événements les plus considérables, les batailles, les massacres, les révolutions, le rendait mélancolique. Il se croyait spécialement réceptif à ces vibrations du passé. Mais là, non : rien n'alertait ses capteurs. Il aurait voulu s'élever vers de vastes pensées, mais rien ne venait ; et, quand il fermait les yeux pour se concentrer, il entendait les plaisanteries idiotes de Bordeaux et Langlois.

Il s'énerva. Etait-ce lui qui était nul, ou cette plaine qui n'avait rien à évoquer ? Peut-être qu'en vérité, il ne s'était rien passé dans ce pauvre champ, et qu'on avait inventé toute l'histoire *a posteriori*. Cent mille femmes étaient censées s'être réunies ici, mais y avait-il assez de place pour une telle foule ? On disait qu'Ingrid les avait haranguées ; mais que faisait Beatrix ? Elle avait pourtant conduit la Grande Marche avec Ingrid, non ? Pourquoi Kristin n'en parlait-elle pas ? Eh ! C'était peut-être elle et non Ingrid qui avait harangué les femmes, c'était peut-être elle qui avait improvisé le fameux discours ! Peut-être aussi ne s'était-il rien passé du tout, ce qui expliquerait pourquoi rien ne vibrait en lui…

Gould se sentit en colère, et sut qu'il allait franchir la limite – celle qu'il avait pourtant fixée à ses camarades pour qu'ils l'observent scrupuleusement, celle qu'il avait répétée à Golanski quand celui-ci, à l'école, avait provoqué un incident, l'autre matin. Il en avait assez : assez d'être poli, assez de suivre Kristin sans rien dire, assez de n'avoir aucune prise sur le déroulement du voyage. Cela ferait un esclandre ; tant pis. Et tant pis si les Belges le voyaient en phallocrate, incapable de résister à sa pulsion du commandement. Du reste, secrètement, il avait envie de commettre un acte de rébellion ; c'était une occasion de reprendre son groupe en main, en s'affirmant clairement comme le chef. Enfiévré par ces arguments, il marcha droit sur Kristin, se planta devant elle et dit avec force que cela n'allait pas, et qu'il ne comprenait absolument pas l'intérêt de cette visite.

Kristin le regarda, surprise ; les brigadières, Langlois et Bordeaux, tout le monde se raidit, attendant l'empoignade. Gould et Kristin se faisaient face ; on aurait cru deux fauves prêts à bondir pour s'entredévorer – ce fut en tout cas l'impression de Gould, qui écrirait le soir dans son carnet :

« Je crois l'avoir désarçonnée. Croyait-elle vraiment que ce bout de pré minable nous subjuguerait ? Elle me regardait ahurie, comme si j'avais blasphémé. “Mais c'est la plaine de la Grande Marche”, a-t-elle protesté. J'ai tenu bon. Mes camarades m'observaient ; j'ai vu leur approbation. Comme je sentais Kristin fléchir, j'ai pris un ton plus calme, conciliant, et j'ai plaidé que nous voulions voir la Belgique réelle, pas la Belgique historique ; des lieux de vie, pas des lieux de culte. Bordeaux s'est approché, ainsi que Golanski ; je lisais sur leur visage de la stupeur, la stupeur de me voir sorti de mes gonds, mais aussi parce que je disais tout haut ce qu'ils pensaient tout bas.

Scène pénible, mais nécessaire. Nous avons parlementé. Kristin s'est défendue un peu, affirma à plusieurs reprises qu'elle ne comprenait pas, qu'elle croyait nous plaire. "Ce que je vous montre, disait-elle, c'est ce qui vous permettra de comprendre la Belgique, l'âme de son peuple, sa Révolution. Croyez-vous savoir mieux que moi ce qu'il faut voir, voulez-vous tenir les rênes à ma place ?" Elle faisait semblant d'être fâchée, mais j'ai bien senti qu'elle était touchée. Alors, j'ai calmé le jeu. Les brigadières se pressaient autour de nous, demandant à Kristin ce qui n'allait pas (comme nous nous disputions en français, elles ne comprenaient rien de ce que nous disions) ; on aurait dit des fourmis s'affolant autour de leur reine en péril. Nous sommes convenus d'un compromis : nous achèverions la visite de Schoten, et Kristin assurait que le programme serait meilleur, et que nous ne manquerions pas de voir des Belges, puisque nous étions si impatients d'en rencontrer. Sourires accommodants ; pour enterrer la polémique, nous avons rivalisé de politesse, et sommes redevenus les meilleurs amis du monde. J'ai posé des questions sur tout et n'importe quoi, en me passionnant pour ce site sans intérêt. (Je ne suis pas mauvais quand il faut jouer la comédie.) Choqués par notre affrontement, les autres m'imitaient en redoublant de curiosité ; il fallait faire bonne figure, réparer les accrocs.

Kristin m'en voudra-t-elle ? Je ne crois pas. Au contraire, même. Certes, elle aurait préféré s'épargner cette scène ; mais je pense que cette révolte m'a rendu plus respectable à ses yeux. Non qu'elle m'ait méprisé jusqu'ici ; mais en lui faisant front, je l'ai amenée à changer d'opinion sur mon compte, à me trouver du caractère. Nous nous parlons désormais d'égal à égal. Au plus fort de notre explication, je crois l'avoir vue esquisser un sourire, comme si ma réaction lui plaisait un peu. J'ai l'impression étrange de me sentir adulte à ses yeux... Alors allons plus loin : si nous avons des relations entre adultes, pourquoi la séduction n'en ferait-elle pas partie ? Mais là, vraiment, je vais trop loin !

C'est un paradoxe, au fond : dans cette civilisation de femmes, il a fallu devenir coq pour me faire respecter. On dit qu'en Belgique, si deux femmes se battent – cas rarissime –, elles ont tout de suite après le réflexe de s'embrasser, et même de faire l'amour sur-le-champ ; c'est pourquoi l'ordre règne spontanément, et que les interventions de la force publique sont exceptionnelles. Pourtant, devant Kristin, c'était différent : elle n'a rien voulu céder, comme si elle aimait cela – se battre, élever le ton. Est-ce qu'elle voulait sauver la face parce que je suis un homme, et que ce qui vaut entre femmes n'a plus de sens dès qu'un mâle entre en jeu ? »

Le soir, ils dormirent dans un village près de Brasschaat, une poignée de maisons jetées autour d'une église qu'on n'avait pas pris la peine de détruire. Comme pour répondre au souhait de Gould de rencontrer de « vraies Belges », tous les habitants étaient réunis en leur honneur

– une centaine de femmes, des enfants et même quelques hommes.

L'ambiance était chaleureuse, le menu rustique ; ce fut leur meilleure soirée. La conversation était difficile, parce que personne ne parlait français ; mais on se parlait par gestes. Gould eut l'impression de respirer : enfin des Belges bien réelles, bien tangibles, bruyantes, joyeuses !

Pour accompagner les perdrix au chou rouge, que les villageois dévorèrent comme s'ils n'avaient rien mangé depuis des mois, les larbins apportèrent un petit tonneau qu'ils mirent en perce.

– Mais c'est du vin ! s'exclama Bordeaux.

Kristin sourit.

– Du vin ! répéta-t-il. Du vin !

– Qu'on serve nos amis, ordonna Kristin.

Un larbin remplit les verres à demi et les leur tendit. Bordeaux se saisit du sien, le fit tournoyer, le porta à son nez, le renifla, y trempa ses lèvres et produisit divers petits bruits liquides avant d'avaler d'un trait la première gorgée.

– Et du bon ! lança-t-il en provoquant les rires.

Puis il leva l'index, prit un air pénétré et goûta de nouveau.

– C'est un bourgogne, dit-il.

Il ferma les yeux, but à nouveau.

– Un chambertin !

C'était un pommard, mais cette erreur de diagnostic n'affecta pas sa bonne humeur.

– Je le savais, dit-il. Je le savais.

– Mais quoi donc ? demanda Kristin.

– Que vous mentiez, quand vous disiez qu'on ne

boit pas dans votre Empire ! Un pays comme le vôtre, allons donc !

Et il finit son verre. Kristin pouffa.

– C'est en principe interdit, confessa-t-elle, mais pour vous…

Et elle fit à Gould un clin d'œil, pour lui faire comprendre que leur dispute était oubliée. En leur faisant servir un grand cru, elle transgressait une règle, et scellait leur réconciliation. Gould y voyait un geste symbolique ; rien mieux que le vin, ce plaisir tabou réservé à l'élite, ne pouvait le convaincre que Kristin les tenait en grande estime. Tout gonflé d'orgueil, il porta un toast à l'Empire.

29 avril. Chaque fois que nous faisons l'amour, Judith exige au préalable que ses doctoresses m'examinent. J'ai beau dire qu'on m'a fait un bilan deux ou trois jours plus tôt, elle ne veut rien savoir. Quel mal croit-elle que je transporte ? Ai-je donc l'air si peu saine ?

L'avantage, c'est que cela me fait des visites médicales gratuites, et que je suis rassurée sur mon sort régulièrement : tant qu'on m'autorise à la toucher, c'est que je suis en pleine santé.

Pendant l'amour, cet après-midi, elle me susurre à l'oreille une question incroyable : si j'aimerais être pénétrée. Je sursaute et n'ose rien répondre, incertaine si c'est une provocation pour m'exciter, ou une proposition véritable ; elle n'insiste pas. Que ferai-je, si elle revient à la charge ? Peut-être devrais-je lui retourner simplement la question… Oserais-je ? Ce serait une offense terrible, mais dans les jeux amoureux, on s'autorise tout, n'est-ce pas ? Et puis, si elle se scandalise, je n'aurai qu'à feindre d'avoir plaisanté.

Montesquieu : « Quand les sauvages de Louisiane veulent avoir du fruit, ils coupent l'arbre au pied, et cueillent le fruit. Voilà le gouvernement despotique. » On raconte qu'au début de son règne, Ingrid voulait obtenir de telle courtisane qu'elle cessât d'employer une expression qu'elle n'aimait pas – j'ignore laquelle. Elle l'a fait venir, et lui a ordonné de ne plus la dire. L'autre a promis. Puis, comme elle s'en allait, Ingrid s'est ravisée : « Pour que les mots interdits ne t'échappent pas par distraction, le mieux pour toi sera de ne plus jamais écrire ou parler. Ainsi, tu seras sûre de ne pas te tromper. » C'est ce qu'a fait la courtisane, qu'à la Cour on appelait « la muette ».

2 mai. J'entre chez Judith et la trouve à son bureau, absorbée dans un dossier, avec sur le nez des lunettes qui lui font l'air d'un hibou. Je m'étends sur son sofa, passe une jambe sur l'accoudoir, laisse pendre sensuellement ma pantoufle au bout de mon pied, pour la distraire. Mais elle ne voit rien de mon jeu, et me fait une étrange démonstration. Prenant deux feuilles blanches, elle les plaque l'une contre l'autre et les ajuste, pour qu'elles se recouvrent parfaitement.

– La feuille du dessus, dit-elle, c'est moi. Celle du dessous, ce sont mes sujettes. Ce que je désire, vois-tu, c'est qu'elles coïncident complètement, que l'une couvre exactement l'autre. Rien de cette surface ne doit m'échapper : je dois être partout. Comprends-tu ?

Comme je demeure dubitative, elle continue :

– Tout ce que les femmes font, je veux le faire aussi. Tout ce qu'elles pensent, le penser en même temps.

– Tu veux penser pour elles ?

– Pas *pour* elles : en elles. Je veux que nous fusionnions.

Elle fait glisser une feuille sur l'autre.

– Hélas, il y a des endroits où cela déborde. Des choses se passent que je ne sais pas, que je ne vois pas. Comme si on voulait me les cacher.

Elle soupire.

– Crois-tu que mon peuple me cache des choses ?

Ignorant de quoi elle parle, je réponds que personne selon moi n'a rien à cacher, qu'au contraire chaque Belge se fait un devoir d'être transparente. Et je me donne en exemple, jurant à Judith qu'elle sait tout de ma vie. Elle sourit.

– Je sais. Pour toi, je sais.

Elle superpose les feuilles de nouveau.

– Voilà mon but : que la première feuille soit partout sur la seconde, que rien ne m'échappe. Moi et mon peuple devons ne faire qu'une.

7 mai. Montesquieu, toujours. Dans le gouvernement despotique, écrit-il, il y a peu de lois, et simples, alors qu'il y en a beaucoup dans les monarchies, et subtiles.

L'Empire belge entre mal dans ses classements, me semble-t-il. Selon la définition de Montesquieu, nous sommes une variété du despotisme ; pourtant, cela ne colle pas avec son opinion sur la simplicité des lois. Au contraire, nous vivons dans un cocon de règles qui nous étouffe. Des lois, il y en a à tout propos. Fait-on un pas ? On tombe sous le coup d'une loi. Revient-on sur ce pas ? Sous le coup d'une autre. Pas un geste qui ne soit codifié ; pas un mot, non plus – les mots à ne pas dire, les féminins, les masculins, les féminisés qui redeviennent masculins sans raison, etc. Règles innombrables, grevées de tant d'exceptions, si changeantes selon les décisions du pouvoir dont elles émanent qu'on ne peut finalement jamais les connaître et qu'il est impossible de les observer scrupuleusement. Alors, chaque citoyenne conjecture le matin la norme à suivre pour la journée, et finalement se fie à son flair en se disant qu'elle a une chance sur deux de tomber juste. Elle s'en remet au hasard, en espérant que la policière qui contrôlera ses papiers ne saura pas mieux qu'elle la règle applicable. Globalement, quoi qu'on fasse, on viole toujours une loi ou une autre : là se tient le génie du système, qui nous rend toujours coupables.

Plus tard. J'apprends que nous partons ce soir pour La Haye : demain, Judith préside le jury d'une thèse de doctorat, et souhaite que je l'accompagne. Encore une chose que j'ignorais : depuis la Révolution, il est courant que les étudiantes invitent la Bergère à assister à leur soutenance de thèse, à cause de sa science universelle. Diane, qui elle-même a défendu devant Ingrid une thèse d'histoire du féminisme (j'ignorais qu'elle avait poussé si loin ses études), m'a expliqué comment les choses se passent. C'est édifiant. Le plus souvent, donc, Judith repousse l'invitation, ou se fait représenter par une Grande (ou par Jupon-René, si la thèse porte sur l'art). Mais parfois, il lui prend l'envie d'accepter, comme pour la thèse prévue pour demain ; la soutenance devient alors un événement, où se pressent la foule et les journalistes. Pour la candidate, c'est un honneur immense ; mais à double tranchant. La tradition veut que la Bergère ne lise pas la thèse, et qu'à la fin de la soutenance elle reprenne à son compte l'opinion du jury – lequel, évidemment, trouve toujours à la candidate des qualités exceptionnelles, pour ne pas laisser croire à la Bergère qu'elle s'est déplacée pour rien. Mais parfois, sans prévenir, elle sort de la pratique habituelle et entre dans les débats. La soutenance prend alors une autre allure. Judith ignorant tout du sujet, elle pose à l'impétrante des questions au hasard, sur n'importe quoi. Exercice redoutable, dont les résultats sont imprévisibles. Si elle est dans de bonnes dispositions, elle bavarde avec la candidate, juge en vingt minutes son travail excellent, et lui confère d'autorité le titre de docteur dans sa discipline (et qu'un membre du jury se charge de lui rappeler, car elle n'en a aucune idée). Mais si elle est de mauvaise humeur, elle persécute la candidate jusqu'à ce qu'elle fonde en larmes, et transforme l'exercice en une séance d'autocritique interminable. La candidate, venue défendre ses travaux sur la composition des sous-sols brabançons ou les propriétés physiques d'un alliage quelconque, se trouve à devoir confesser devant la Bergère ses péchés antiféministes, des capitaux aux plus véniels, et à se justifier sur le moindre mot qui sort de sa bouche. Quand cela tourne vraiment mal, Judith s'emporte, brandit la thèse, la déchire, ou bien l'ouvre à n'importe quelle page et, lisant un paragraphe au hasard, dit qu'il contient un antiféminisme implicite qui pourrait très bien la mener en prison. La pauvre fille se liquéfie de honte, et finit par se jeter aux pieds de la Bergère pour demander grâce. Judith décide alors, selon son bon vouloir, si le titre de docteur est accordé ou non.

Je suis curieuse d'assister à ce spectacle.

8 mai. L'université de La Haye ne ressemble pas à ce que j'imaginais. J'attendais un campus grouillant d'étudiantes ;

mais tout se résume à un petit immeuble décrépit dans un quartier résidentiel. Après un cocktail d'accueil, nous avons été introduites dans la salle d'honneur, où aura lieu la soutenance ; les brigadières, arrivées avant nous, se tenaient déjà dos aux murs, mitraillette à la main – curieuse ambiance pour une manifestation universitaire. Je me suis assise dans le public, et Judith sur son trône, au milieu du jury. D'emblée, elle s'est avachie et a fermé les yeux, comme pour la sieste. Nous avions prévenu que nous ne resterions pas plus d'une heure, et que la soutenance devrait tenir dans ce délai.

La candidate était une jeune philosophe de trente ans, qui s'appelait Bérénice. Sa thèse consistait à démontrer l'erreur des doctrines professées par certains auteurs des Lumières, et de leur opposer les points de vue exprimés à la même époque par des femmes, en démontrant leur bien-fondé.

Tour à tour les professeurs ont loué le sérieux de son travail, son style, ses audaces. Ignorant tout des auteurs cités par la candidate (d'ailleurs à quoi bon s'y intéresser, puisqu'elle démontrait brillamment qu'ils avaient tort ?), je me suis consumée d'ennui. Judith, elle, somnolait. De temps à autre, elle se réveillait, et me jetait un regard complice. Elle m'a joué alors un tour à sa façon, interrompant soudain la candidate :

– Mademoiselle, mon amie Astrid, qui est très savante et que j'ai emmenée avec moi exprès, a plusieurs reproches à vous faire. Ecoutons-la.

Elle me fixe en retenant son rire. Rouge de confusion, je ne dis rien. Elle insiste :

– Eh bien, Astrid ?

Je me décompose. Que dire ? Je n'entendais rien au sujet, je n'avais même rien écouté ! Affreusement gênée, j'ai murmuré une banalité, d'une voix si faible que personne n'a entendu. Volant à mon secours, Judith a procédé selon son habitude, en ouvrant la thèse au hasard pour lire un passage et le reprocher à la candidate. Mais elle m'a entraînée dans son jeu. Après avoir lu tout un paragraphe, elle lance :

– Tiens, Astrid, n'attirais-tu pas mon attention sur ce point, hier soir ? Tu disais que cette idée était fausse, et que c'était une honte qu'une fille intelligente écrive de telles inepties.

Elle se tourne vers Bérénice, qui est livide.

– C'est que nous avons lu votre thèse ensemble, vous voyez ?

Elle feuillette encore, suit du doigt un développement qu'en vérité elle ne distingue pas (elle a ôté ses lunettes), et invente une citation.

– Vous écrivez ceci… (Elle dit n'importe quoi.)

– Mais… bredouille la philosophe.

– C'est ambigu, non ? reprend Judith. Moi, je trouve. Astrid, qu'en penses-tu ?

Me prenant au jeu, je confirme :

– Oui, en effet. Selon moi, cette phrase a un sens caché, et antiféministe.

C'en est trop pour Bérénice, qui se met à sangloter. Alors, tout à coup, je comprends la jouissance que prend Judith à ce jeu sadique : nous mettons la pauvre femme à nos pieds. Elle est notre esclave, notre pouvoir est total. Voudrions-nous lui faire avouer que 2 et 2 font 5, que ce serait sans mal. Et le plus étrange, c'est qu'en dépit des sottises que Judith et moi débitons, elle trouve sincèrement que nous avons raison, parce que Judith par définition n'a jamais tort – et moi non plus, puisque je suis sa femme de confiance. Sentiment incroyable que la vérité sort par ma bouche, et qu'entre mes élucubrations et la réalité, c'est la réalité qui s'incline. Demain, Bérénice enseignera le contraire de ce qu'elle a toujours pensé, simplement à cause de moi.

Au bout d'une heure, nous avons levé la séance. Comme Judith s'en allait et pensait déjà à autre chose, il a fallu lui rappeler qu'elle devait se prononcer sur le sort de Bérénice. Elle a fait un geste las, et m'a demandé de décider pour elle.

12 mai. Un nouveau poème de Judith a été lu à la radio. Je lui reproche de m'avoir caché qu'elle écrivait de nouveau. Elle proteste :

– C'est une toute petite chose, un poème de rien du tout. Il n'est même pas bon.

– Mais ton peuple l'apprendra par cœur quand même.

– Eh oui. Mais il vaut mieux un mauvais poème de moi qu'un poème d'une autre, ou pas de poème du tout. Le peuple, il ne faut jamais qu'il soit tranquille, vois-tu ? C'est comme du métal en fusion : tu dois, avant qu'il refroidisse, lui donner la forme désirée.

Bergère, chaudronnière, le troupeau de tes moutons bêle !

Effet du coup d'éclat de Gould ou simple coïncidence ? La journée du lendemain fut mieux remplie que les précédentes, et le programme plus intéressant.

Le matin, visite d'une usine de textiles à Breda, lieu historique de la Révolution, à trente kilomètres du village où ils avaient passé la nuit.

L'usine en imposait : quatre hangars gigantesques autour d'une cour où flottait le drapeau national. Ils furent accueillis par Ruth Grass, une immigrée allemande qui depuis vingt ans gérait l'usine. (On parlait ici de « gérante » et de « gérance », jamais de direction ni de patronat : Judith mise à part, les femmes belges n'exerçaient pas de commandement hiérarchique – certaines d'entre elles coordonnaient les travaux des autres, simplement.) Grass était une femme forte, charpentée, taillée sur le même modèle que la lieutenante-générale Marceloos. Frappé par cette ressemblance, Bordeaux se demanda s'il y avait un rapport entre le pouvoir des Belges et leur gabarit. Mais la ressemblance s'arrêtait là : pour le reste, Ruth Grass était plus âgée, plus ridée, plus marquée par la fatigue et les efforts que ce gros poupon bureaucratique à quoi lui faisait penser la militaire. Grass était une meneuse, dure à la tâche ; une femme d'ordre et d'entreprise, qui inspire crainte et respect. *Sévère et juste*, comme on dit parfois des professeurs ; et toujours en mouvement, toujours pressée, incapable de se tenir en repos : elle mena la visite au pas de charge, parlant vite, épuisant son escouade sur ses pas.

Dans les hangars régnait un bruit assourdissant et un froid à peine moins vif qu'au-dehors. Bordeaux vit les gilets superposés des ouvrières, leurs bonnets, leurs mitaines. Des néons jetaient sur les ateliers une lumière blanche.

Grass expliqua les différents postes de travail, les étapes de la fabrication d'un vêtement, la vocation de chaque machine. Kristin traduisait comme elle pouvait, en butant sur les termes techniques. Bordeaux, qui n'entendait rien à l'industrie, trouva que cela avait l'air moderne, et qu'on n'était pas moins bien équipé ici qu'en France. Il hochait sans cesse la tête d'un air approbateur.

Langlois demanda pourquoi le personnel était exclusivement féminin. Grass répondit que c'était pour améliorer la production. Comme Langlois ne comprenait pas, elle expliqua qu'il était connu – la science l'avait montré – que la rentabilité des usines mixtes était vingt-cinq pour cent inférieure, et que pour cette raison, dès le lendemain de la Révolution, on avait séparé les sexes dans les ateliers, puis carrément dans les usines, afin qu'hommes et femmes ne se rencontrent pas pendant le travail.

– Si je vous suis bien, il y a aussi des usines masculines ? demanda Bordeaux.

– Oui. Pour chaque usine de femmes, il y a une usine d'hommes qui lui correspond.

– Une usine sans femme, donc ?

– Oui. Enfin, à part les contremaîtresses, évidemment.

– Les contremaîtresses ?

– Oui.

– Ce sont des femmes ?

– Bien sûr. Si vous laissiez deux cents bonshommes livrés à eux-mêmes sans femme pour les cadrer, imaginez l'anarchie !

Ils considérèrent cette idée, pensifs.

– Et ici, où sont les contremaîtresses ? demanda Gould.

Mine interloquée de Grass.

– Mais ici, il n'y en a pas besoin ! On est entre femmes, tout se passe sans problèmes !

Autour d'eux, à leurs tables, les ouvrières s'affairaient en silence, actionnant leurs machines dans un raffut d'enfer, enchaînant des gestes précis, minutieux. On aurait dit un ballet.

– Comme elles sont belles, murmura Lotte.

Après avoir visité d'autres ateliers, les Français furent emmenés par Ruth Grass dans la salle de repos. C'était un petit salon où elles pouvaient prendre leur pause en buvant du thé et se faire masser par des larbins. Avisant une bibliothèque bien garnie, Bordeaux trouva très bien qu'on ne laisse pas le prolétariat sans culture. Mais, comme la gérante l'invitait à regarder les livres de plus près, il refusa, redoutant de ne trouver dans les rayons que des auteures inconnues de lui.

Des ouvrières firent irruption dans le salon, et s'effrayèrent de trouver là leur patronne entourée de militaires et d'un groupe d'étrangers. Mais Ruth Grass leur ordonna de rester, et leur présenta les Français. Elles ruisselaient des efforts fournis sur leurs machines. L'une d'entre elles, wallonne, savait un peu de français ; ses camarades l'encouragèrent à dire un mot. Laborieusement, elle articula un message de bienvenue que Gould et son équipe applaudirent chaleureusement. Kristin les invita à nouer le dialogue.

– Allez-y, dit-elle à Gould en souriant. Demandez-leur ce que vous voulez.

Bordeaux vit qu'elle pensait : « Vous vouliez des Belges, je vous en donne. De la vie quotidienne, transpirante, laborieuse ; vous y êtes en plein. »

Les Français se consultèrent du regard, ravis et gênés à la fois. Ces ouvrières étaient des femmes de peu, des manuelles, du petit peuple, mais ils étaient plus embarrassés que l'avant-veille devant Marceloos, sommité dans l'Empire. L'humilité de ces femmes les rendait paradoxalement plus considérables à leurs yeux que les dignitaires du régime. C'étaient les premières dans ce pays à qui ils auraient vraiment voulu plaire, plus qu'à Marceloos, plus qu'à Grass, plus même qu'à Kristin.

Gould toussota, fit un sourire et posa des questions délicates sur leur travail, leur emploi du temps, leurs rapports avec les hommes. Il parlait avec douceur, écoutait attentivement leurs réponses. Bordeaux, accoutumé de le voir monopoliser la parole et n'écouter jamais personne, le découvrait sous un jour inattendu, songeant qu'il devait être comme cela avec les enfants, prévenant, débonnaire.

Langlois demanda si elles avaient déjà vu la Bergère, si elles étaient lesbiennes, si elles avaient une famille. Son ton était à l'opposé de celui de Gould, froid, distant; mais Bordeaux comprit que c'était exprès, et qu'il feignait de n'être pas confus parce qu'il était pudique.

D'abord méfiantes, les ouvrières peu à peu devinrent volubiles. Souvent, après avoir parlé, elles consultaient Kristin, pour s'assurer sans doute qu'elles avaient bien répondu. Au bout d'une demi-heure, l'imagination des Français s'assécha; ils ne trouvaient plus rien à demander. Un silence s'installa. Alvert choisit ce moment pour poser une question qui la brûlait depuis le début, parce qu'elle se projetait dans ces jeunes Belges dont elle serait bientôt la sœur:

– Diriez-vous que vous êtes... heureuses?

Elles se regardèrent puis hochèrent vivement la tête, assurant que oui. Alvert insista, pour vérifier que ce n'était pas une réponse apprise.

– Je veux dire: plus heureuses que dans un pays qui n'aurait pas connu la Révolution?

La question était oiseuse, pensa Bordeaux: comment le sauraient-elles, puisqu'elles n'avaient connu que la Belgique, et ne savaient rien de la vie au-delà des frontières? Mais elles acquiescèrent derechef, ardemment, comme pour dire que répondre autrement n'était pour elles pas concevable.

Ils mangèrent au réfectoire de l'usine, partageant le repas des ouvrières. On se serait cru dans un bon restaurant: les plats étaient variés et succulents – soupe aux herbes, potée de chou frisé, porc aux fèves, grives et, en dessert, des gaufres molles avec du café.

– Quel festin! lança Bordeaux. C'est comme cela tous les jours?

– Mais oui, répondit Ruth Grass.

Et Kristin ajouta :

– Vous pensiez que l'Empire nourrissait mal ses filles ?

Ils comparèrent cette cantine à celles des entreprises de France – comparaison gratuite, parce que aucun d'entre eux n'y avait jamais mis les pieds.

A la fin du repas, Kristin annonça une surprise.

– Cela va vous plaire, assura-t-elle. Il faut juste que vous acceptiez un petit arrangement.

– Comment cela ?

– Voici : pour la suite du voyage, et jusqu'à demain, hommes et femmes vont continuer séparément. Mme Alvert et Mme Lotte d'un côté ; et vous, messieurs, de l'autre.

– Mais...

– Vous allez visiter deux sites qui ne sont pas mixtes, expliqua Kristin.

Déconcertés, ils voulurent savoir lesquels. Mais comme d'habitude, elle refusa de rien dire, excitant leur curiosité ; et, quand elle les sentit mûrs, elle sortit son atout :

– Comme c'est un peu loin, nous avons affrété deux hélicoptères. Venez !

Ils la suivirent dans la cour, où stationnaient des appareils militaires.

– Alors, qu'en dites-vous ?

Euphorie. Voler en hélicoptère n'avait pour eux rien d'extraordinaire, tous – sauf Golanski – l'avaient déjà fait ; mais ici, dans ce pays où ils n'avaient connu que leur pauvre minibus, cela devenait un événement.

Dans l'excitation, personne n'entendit Bordeaux dire qu'il possédait son brevet de pilote.

19 mai. Nouvelle visite, dans une maison de Dilbeek où sont aménagés six appartements. La maison était entourée d'un jardin, avec une balançoire. Nous nous sommes poussées en criant comme des fillettes. (S'il y avait eu un bac à sable, aurions-nous construit des châteaux ?)

Le soleil brillait. Au bout d'une demi-heure, je signale à Judith que son nez rosit. Elle rit et me suggère de m'occuper plutôt du mien. Je dois commencer à brûler, moi aussi ; mais, de retour à Tervuren, je me regarde dans un miroir : rien. Vient le soir : Judith me demande en public si je me suis soignée. Par réflexe, je réponds oui, ne voulant pas la contrarier. Et elle me lance qu'avec mon nez rouge j'ai tout à fait l'air d'un clown, ce qui fait pouffer Appel et Schimmelnau. De retour dans ma chambre, je vérifie de nouveau. Mon nez est parfaitement normal.

Qui croire : mes yeux, ou la Bergère ?

20 mai. A la bibliothèque tout l'après-midi. Lu dans Montesquieu un chapitre qui m'a tourné le cœur, parce qu'il parle de « l'incontinence des femmes », de leur « vice », de leur « débauche » ; il dit que dans les régimes despotiques elles sont des « objets de luxe ». Il emploie ces mots ! Il écrit cela ! J'ai jeté le livre, rageusement.

21 mai. Dîner avec Sien. Mes relations avec elle sont étranges. Je trouve qu'elle est une fille follement élégante, mondaine, très liante ; elle est dans le vent, elle sort, elle sait tout. J'envie son aisance, sa frivolité. Elle est chez elle à la Cour, c'est son milieu naturel. Comme ses amies, avec qui nous étions au *Benno* l'autre fois, elle fait partie de ces adolescentes dont Judith aime à peupler ses palais, parce qu'elles y « mettent de la vie » (c'est son expression). Et de vie, Sien en est pleine : elle organise des soirées, des chasses, des fêtes, elle n'est jamais à ne rien faire. La journée, elle travaille à son ascension, et complote contre tout le monde. C'est une petite reine à qui tout est dû, qui ne se soucie jamais de son entourage. A côté, je me sens godiche, une vieille fille maladroite, qui sait à peine danser et ne boit pas. L'aurais-je croisée dans la rue voici quelques mois, je n'aurais pas soutenu son regard – bien que j'aie l'âge d'être sa mère.

Et pourtant elle m'admire, se considère comme mon inférieure et recherche ma compagnie. Sans doute parce que je suis proche de Judith, ce qui fait de moi une sorte de notable, une femme importante. Elle ne voit pas mes défauts ; elle croit que j'ai du pouvoir. Elle cherche à me plaire, pour me demander des faveurs. Ambitieuse, elle voudrait que je la pousse dans les premiers cercles. J'ai beau lui expliquer que je n'ai pas d'influence sur Judith, elle ne veut rien entendre.

Moi, si gauche, voir une Sien me faire des ronds de jambe ! C'est le monde à l'envers.

« Jure-moi que tu parleras de moi à Judith », m'implore-t-elle. Je jure, pour me débarrasser d'elle. Mais je n'entrerai pas dans ces jeux-là. Je m'imagine mal expliquer à Judith que je l'ai repérée parmi les jeunes fleurs autour de nous, et lui conseiller de l'accueillir près d'elle ! Tout le monde fait cela – placer ses pions, combiner. Moi, je ne veux pas m'en mêler. Non que Judith condamne ces manœuvres : je crois au contraire qu'elles l'amusent, et qu'elle s'ennuierait sans elles. Mais il n'est pas dit qu'elle les aimerait venant de moi. Si je lui plais, c'est à cause de ma fraîcheur, parce que je ne suis pas dans les calculs, les trafics et les tactiques. (Je suis « toute neuve », comme elle dit.) Si j'entrais dans ce jeu, je deviendrais banale, je perdrais cette innocence qui – pour l'heure – me rend précieuse à ses yeux.

Non, ma pauvre Sien, je ne ferai rien pour toi.

26 mai. Avec Judith, dans sa baignoire. Elle est si vaste qu'on pourrait y nager. Dix servantes s'affairent autour de nous, surveillent la température et, pour la maintenir au niveau qu'exige Judith, versent de l'eau chaude qu'elles portent dans des jarres – un robinet aurait été plus commode, mais Judith voulait quelque chose « qui fasse égyptien ».

La mousse abonde ; nous jouons comme des gamines. Puis Judith se lance dans des tirades que lui inspirent nos ébats.

« Une Bergère doit laver les femmes de la boue du patriarcat, cette crasse venue des siècles qui les empêche de penser, qui bouche leurs yeux et empêtre leurs mouvements. »

« La Révolution, c'est un fleuve où ma mère nous a plongées et dont nous sortirons purifiées, assainies. Elle est morte avant que nous soyons propres, mais je perpétue son œuvre. »

« Toutes les femmes ne sont pas semblables. Certaines n'étaient pas très sales, elles ont vite regagné la berge. D'autres en revanche étaient de vraies souillons, corrompues ; pour celles-là, il n'est pas encore temps de sortir du bain, où elles trempent avec mon aide. Certaines ont le cerveau si dérangé qu'elles ont peur d'être mouillées, comme des chattes. Alors, je n'ai pas le choix : je leur plonge la tête dans l'eau, et je les maintiens bien. Je les force à être libres. Les unes en sortent grandies. Les autres se noient. »

Elle souffle sur la mousse qui vole en flocons.

« Si on les laissait sortir du fleuve sans que la saleté s'en soit allée, cela ne servirait à rien, n'est-ce pas ? »

Elle me prend à témoin, pour que je l'approuve. Est-ce parce qu'elle adore que je lui donne raison, ou parce qu'elle doute de ce qu'elle dit ? Question sacrilège : la Bergère ne peut douter ! Pourtant, je lui trouve l'air implorant, comme si elle avait besoin que je l'appuie dans ses opinions. Je déteste ces instants ; ce renversement des rôles me met mal à l'aise. A l'idée que Judith puisse n'être pas infaillible, je sens le sol se dérober sous moi, j'ai le vertige. Que se passerait-il si je lui répondais : « non, tu te trompes, tu as tort » ? Suivrait-elle son idée, ou adopterait-elle la mienne ? Eh ! Ce serait moi qui alors prendrais le sceptre !

Nous étions au bain depuis une heure quand Appel est arrivée, avec je ne sais quel prétexte pour troubler notre tête-à-tête. Elle s'est assise sur le rebord de la baignoire, a passé sa main dans l'eau, minaudant. Judith, devinant son désir, lui a ordonné de nous rejoindre. J'étais très gênée.

Je voyais Appel nue pour la première fois. Ses seins flétris montrent qu'elle est plus vieille qu'on le dit ; mais tout de même, elle n'est pas mal. Comme elle se lovait contre Judith avec des ronronnements, j'ai voulu sortir du bain. Mais Appel s'est alors détachée de Judith, et s'est collée contre moi ! Je me suis figée ; mais elle, comme si de rien n'était, comme si nous baigner ensemble était ordinaire, s'est mise à me caresser les épaules, en faisant l'éloge de mon grain de peau. Avachie dans sa mousse comme un nabab dans des coussins, Judith nous regardait d'un air moqueur.

28 mai. Je suis enrhumée. L'été arrive, il fait merveilleusement beau, la Cour passe ses journées dans les jardins : moi, à contretemps, j'éternue et me mouche sans cesse, parlant avec une voix ridicule que Sien imite en pinçant son petit nez. Judith, plus hygiéniste que jamais, refuse de me voir : « Reviens quand tu seras guérie. »

2 juin. Je vais mieux ; Judith m'ouvre sa porte de nouveau.

Elle s'est fait livrer une voiture italienne, un bolide autour de quoi tout le monde se presse, se fend de commentaires imbéciles. Elle l'a choisie noire. Je trouve cela un peu funèbre – mais je l'ai félicitée quand même, comme les autres.

Elle apprend à la conduire, en tournant en rond dans la

cour. Pour faire bisquer les courtisanes qui la regardent, je suis montée à ses côtés. J'ai trouvé les sièges trop durs, et le moteur bruyant. Mais c'est précisément ce qu'aime Judith : l'inconfort, le bruit, les pétarades.

– Demain, a-t-elle décrété, nous irons faire de la vitesse sur la Transimpériale.

J'ai feint d'être ravie.

Le soir. Promenade avec Diane, à qui je parle du bolide. Elle me suggère de faire un tour cette nuit au garage.

– Je te parie qu'elle ira dormir dans sa voiture, entourée de brigadières.

3 juin. Finalement, j'ai coupé aux essais automobiles de Judith. Une partie de la Cour l'ayant suivie pour applaudir ses exploits, le Palais est très calme. On dirait les vacances.

Déjeuner avec Diane. En fond sonore, au restaurant, la radio nous tient informées toutes les demi-heures des records de vitesse de Judith – deux cents, deux cent dix kilomètres à l'heure, et ainsi de suite.

Diane : « Eh bien, elle sert à quelque chose, cette autoroute ! »

Comme nous finissons de dîner, Schimmelnau apparaît, seule. Diane, qui la connaît un peu, l'invite à se joindre à nous pour le café. Je suis tout intimidée.

– Tu n'es pas allée l'applaudir avec les autres ? demande Diane.

– Oh ! Toute une journée au bord d'une route, par cette chaleur, très peu pour moi. Et puis les voitures, je m'en fiche.

D'une autre qu'elle, ce genre de phrases mériterait une

punition. Mais elle, évidemment, a tous les droits. Quand même, je l'ai trouvée bien hardie de proférer cela devant n'importe qui. N'a-t-elle pas peur que je la dénonce à Judith ? Je prends cela comme une marque de confiance. Par la suite, elle s'est montrée agréable avec moi, comme si nous étions des amies. Eh ! Appel la semaine dernière qui me câline dans le bain, Schimmelnau aujourd'hui qui me parle sans retenue… Les Quatre Grandes commencent-elles à m'accepter ?

Elle nous tient compagnie jusqu'au milieu de l'après-midi puis se retire pour sa sieste. Diane et moi profitons de ce que les esthéticiennes n'ont pas de clientes, à cause de l'exode autoroutier, pour nous offrir une heure entière de massage.

Le camp de Schoonhoven était à l'est de Rotterdam et s'étendait sur douze hectares. Pour donner aux passagers une idée de ses dimensions, l'hélicoptère le survola deux fois. Du ciel, cela ressemblait à un camp romain, sinon que les baraquements étaient en dur, répartis autour d'une prairie où l'hélicoptère se posa.

Les Français furent accueillis par la colonelle Van Dorp, responsable des lieux : c'était une militaire de trente-cinq ans, élégante et austère dans son costume kaki. Golanski remarqua la taille de ses bottes noires – elles lui montaient jusqu'aux genoux – et leur lustre impeccable, en dépit de la boue qui couvrait le sol. Elle se présenta dans un français excellent et, sans cérémonie, demanda s'ils préféraient boire un café ou commencer tout de suite la visite. Encore ému par son baptême de l'air, Golanski aurait volontiers bu un café, mais ses compagnons voulaient partir à la découverte du camp sans attendre.

– Vous en aurez une tasse tout à l'heure, c'est promis, lui chuchota Kristin, qui avait fait le voyage avec eux.

Schoonhoven était un camp de rééducation par le travail et par la vie en commun, qui rassemblait cinq cents à mille personnes selon les périodes. Gould constata qu'il n'y avait pas de clôture.

– Vos... pensionnaires, ils ne s'enfuient pas ? demanda-t-il.

– Non. Ils savent où se trouve leur bien.

Sur la prairie s'élevaient les omniprésentes statues d'Ingrid et de Judith. Elles étaient bien modestes, par rapport à celles de Bruxelles ; Golanski les trouva même décevantes.

Marchant d'un pas vigoureux, la colonelle expliqua la vie du camp, l'organisation, la discipline. Elle leur montra les dortoirs, la cantine, le mess des surveillantes, les ateliers, la chapelle où les hommes priaient Judith deux fois par jour et, un peu à l'écart, les terrains de course et de football, parce qu'il fallait bien qu'ils se défoulent. Il y avait aussi un petit hôpital, équipé pour les ablations que de nombreux pensionnaires réclamaient.

– D'une certaine manière, nous fonctionnons comme une usine, affirma la colonelle. *Input*, des hommes malades. *Output*, les mêmes, réadaptés à la vie sociale. De chez nous, neuf sur dix pensionnaires sortent guéris.

Golanski n'osa pas demander ce qu'il advenait du dixième. Quoi qu'il en soit, ces installations rustiques lui firent grand effet ; cela ne payait pas de mine, mais c'était l'un des outils performants de l'ingénierie sociale de la Révolution belge. Ici, on fabriquait l'homme nouveau. Passionnés comme lui par ce qu'ils voyaient, Gould, Bordeaux et Langlois, plus bavards et curieux que jamais, posaient toutes sortes de questions – le fait que la colonelle parle français et qu'ils puissent se passer de la médiation de Kristin les libérait.

– Schoonhoven est-il un grand camp ?

– Il me suffit bien, mais par comparaison avec d'autres, c'est une petite unité. A Tubbergen ou Oldehove, il y a dix mille pensionnaires.

– A partir de quel âge les accueillez-vous ?

– La majorité. Quatorze ans.

– Y a-t-il un âge limite pour être envoyé ici ?

– Non.

– Que fabriquez-vous, dans les ateliers ?

– De tout, selon la demande. Le ministère nous indique quels produits fournir, et nous passe commande. Evidemment, nous ne pouvons fabriquer que des produits rudimentaires.

– Pourquoi ?

– Parce que nous faisons tout à la main et que nos ouvriers sont brutaux, incapables du moindre travail délicat.

Ils ne commentèrent pas. Gould reprit :

– En ce moment, par exemple, que produisez-vous ?

La colonelle passa sa main sur son menton.

– Eh bien, ce trimestre, nous débitons du bois en planchettes, nous imprimons des étiquettes pour des flacons de médicaments et nous démontons des appareils électriques usagés pour récupérer le cuivre. Dans un mois, nous passerons à autre chose.

– Vos ouvriers sont donc polyvalents, remarqua Bordeaux.

– Oui. C'est très formateur. A tous les points de vue.

– Sont-ils payés ? demanda Golanski.

La colonelle sursauta.

– Non, bien sûr !

Kristin et elle éclatèrent de rire. Golanski se sentit sot.

– Cependant, reprit la colonelle, ils sont nourris, vêtus, logés, et peuvent se faire opérer gratuitement. Ce n'est déjà pas mal.

Cette nouvelle allusion à la chirurgie frappa Golanski. Il aurait voulu en savoir plus mais, devinant un sujet sensible, il ne voulait pas poser directement la question ; il chercha le regard de Langlois, en espérant qu'il oserait. Mais Gould passait déjà à autre chose.

– Les hommes qui viennent ici, ont-ils un profil type ?

– Non. C'est très varié.

Et, comptant sur ses doigts, elle énuméra :

– D'abord, il y a les délinquants condamnés à des peines légères, que les tribunaux nous envoient pour quelques mois. Petits délits, comportements douteux, ce genre de choses, vous voyez.

Langlois intervint :

– Comportements douteux ? C'est-à-dire ?

Van Dorp parut désarçonnée par la question. Elle hésita.

– Eh bien, comment vous expliquer ? Je n'ai pas d'exemple...

– Douteux, mais à quel point de vue ? insista Langlois.

– Tout dépend du contexte. En fait...

Elle bafouillait, s'enlisait. Kristin se porta à son secours ; ensemble, elles firent un exposé obscur d'où on retenait à peu près qu'il n'y avait aucune définition légale du comportement douteux, mais que cela n'empêchait pas les juges d'en condamner de nombreux selon leur intime conviction. Van Dorp poursuivit :

– Ensuite viennent les volontaires. Des hommes qui sont ici de leur plein gré, comme aboutissement d'une démarche, disons, spirituelle.

– C'est-à-dire ?

– Eh bien, ce sont de bons citoyens belges, qui soutiennent la Révolution, mais qui sentent qu'à cause de leur sexe ils ne sont pas tout à fait à l'aise, et qui veulent approfondir le sens de notre œuvre. Ils viennent ici pour apprendre et comprendre les belles idées de la Révolution.

– C'est une forme de retraite, commenta Langlois.

– Parfaitement, approuva Van Dorp. Un séjour volontaire, si vous voulez. Souvent, il s'agit d'hommes qui envisagent un reniement, et qui veulent s'éclaircir les idées avant de passer à l'acte.

Golanski avait compris ce qu'était un reniement, mais voulut se l'entendre confirmer de vive voix.

– Un reniement ? demanda-t-il.

– Une ablation, pour le dire autrement.

– Je vois.

– Dans l'idéal, ce n'est qu'en se reniant que nos pensionnaires montrent qu'ils ont enfin compris la portée de la Révolution, en faisant à Judith le plus beau cadeau qu'un homme puisse faire.

– Tous ne le font pas ?

– Hélas non. Mais nous progressons.

Golanski médita cette heureuse perspective, et vit Langlois porter d'instinct la main à sa braguette. Van Dorp poursuivit :

– Enfin, il y a ceux qui viennent pour leur visite de contrôle.

– En quoi cela consiste-t-il ?

– Tous les cinq ans, chaque homme belge passe deux mois dans un camp comme le nôtre. C'est obligatoire.

– Pourquoi ?

– Pour s'entendre rappeler que la Révolution a eu lieu, et que les hommes ne sont plus les maîtres dans ce pays. C'est comme une piqûre de rappel : on évite ainsi la résurgence de leurs mauvais instincts.

– Dans trois ou quatre générations, intervint Kristin, quand les règles du jeu seront entrées dans leurs mœurs, on pourra s'en passer. Mais en attendant…

– Alors si j'étais né dans votre pays, dit Gould, je serais obligé de passer par ici ?

– Ici ou dans un autre camp, oui. Sauf si vous vous reniiez.

– Ah oui ?

– Oui. Les reniés sont dispensés.

Golanski considéra l'alternative, interloqué. La colonelle continua :

– Chez nous, les hommes trouvent la discipline dont ils ont besoin. Cela leur fait du bien. Ils se lèvent tôt, ils travaillent jusqu'au soir, ils prient. C'est un mode de vie très sain.

– Nous n'en doutons pas, commenta Gould.

– Et puis, régulièrement, on les humilie.

– C'est-à-dire ?

Van Dorp s'arrêta, regarda Gould avec étonnement.

– On ne vous a pas montré d'humiliations ?

Elle jeta un regard stupéfait à Kristin, comme si c'était

un oubli impardonnable. Kristin haussa les épaules. Gould dit aimablement :

– Nous sommes ici pour en voir, je suppose.

Van Dorp éclata de rire, et claqua des doigts. Les brigadières, comme des ressorts qui se tendent, se mirent au garde-à-vous ; la colonelle aboya un ordre en néerlandais.

Golanski demanda à Kristin ce qui se passait, mais elle lui fit signe de se taire.

Avisant un homme qui passait non loin, vêtu de la blouse bleue réglementaire et chaussé de godillots militaires auxquels il manquait les lacets, une brigadière – une petite femme, chétive, qui ne mesurait pas un mètre soixante – fonça sur lui et le ramena devant eux. Le pauvre avait une quarantaine d'années, la barbe sale et le dos voûté ; inquiet, il se demandait quelle faute il avait commise, et quelle punition il allait recevoir. Golanski eut pour lui un élan de sympathie ; mais il se retint en songeant que ce pouvait être un délinquant.

La brigadière donna soudain un coup de pied dans la cheville de sa victime, qui s'écroula avant de se mettre à genoux. Spectacle étonnant : elle était toute menue, presque une poupée, mais elle le dominait comme un petit garçon. (Il faut dire qu'elle avait une mitraillette.) Après avoir demandé à la colonelle l'autorisation de procéder à la démonstration, elle humilia l'homme : elle le poussa doucement de la pointe de sa botte, le forçant à s'allonger dans l'herbe, face contre terre et bras en croix, comme un pénitent ; quand il fut couché, elle essuya ses semelles sur sa nuque, doucement, sans intention de lui faire mal. Puis elle passa son pied sous une épaule de l'homme pour qu'il se retourne, et l'outragea sur le visage en posant le pied sur son front, en effleurant son nez, ses lèvres et son menton. Enfin elle recula, et l'homme se releva en passant sa manche sur sa figure pleine de boue. Etrangement, il n'avait pas l'air apeuré ; il avait coopéré tranquillement, et s'apprêtait à retourner à ses occupations comme si de rien n'était. Pas une larme, pas un regard vengeur, rien. Van Dorp lui ordonna de déguerpir ; il fit une révérence et fila vers son atelier (où peut-être, pensa Golanski, il serait puni parce qu'il avait sali sa blouse).

– Voilà ce que c'est qu'une humiliation, conclut la colonelle.

Et elle ajouta :

– Pour bien faire, il aurait fallu qu'il la remercie.

Golanski demeurerait fasciné par ce qu'il avait vu. Il avait été particulièrement frappé par l'indifférence de l'humilié, qui s'était couché devant la soldate comme on se couche dans son lit. Les pensionnaires qui étaient passés près d'eux pendant la séance n'avaient pas eu un regard pour leur collègue qu'on piétinait.

Van Dorp les conduisit ensuite à l'atelier de menuiserie, où cinquante garçons ponçaient des planchettes de sapin. Bordeaux, avisant les fins bardeaux qu'ils débitaient, suggéra qu'ils pourraient servir à fabriquer des boîtes à cigares. « Vous êtes décidément un bon vivant, monsieur Bordeaux ! », s'exclama Kristin en riant.

Ils entrèrent ensuite dans la chapelle, où précisément une messe avait lieu. Pour ne pas troubler le culte, ils restèrent debout dans le narthex. L'officiant était un homme, ce que Golanski trouva curieux ; mais Kristin expliqua que les eunuques avaient le droit de célébrer le culte. Elle traduisit une partie de son sermon, qui incitait les mâles à se détester et à se tourner vers leur Bergère, qui les remettait dans le droit chemin. Le contenu mis à part, cela ressemblait à une messe catholique ; Golanski en déduisit qu'Ingrid, en fixant les rituels du nouveau culte, s'était largement inspirée de la liturgie chrétienne, pour ne pas heurter trop les croyants.

Ils visitèrent aussi un petit baraquement isolé ; par jeu, la colonelle leur proposa d'en deviner la fonction. A partir de ce qu'ils voyaient – des crochets pour pendre les blouses, des tabourets alignés contre un mur, deux paillasses, des tubes à essais dans une vitrine –, ils firent des tentatives : était-ce un laboratoire ? Une infirmerie ? Non. Ils inventèrent alors des absurdités, et tout le monde éclata de rire. Enfin, ils donnèrent leur langue au chat. Van Dorp et Kristin donnèrent la solution, qu'ils étaient loin d'imaginer : c'était un magasin de semence, par où les pensionnaires étaient tenus de passer une fois par semaine pour entretenir les stocks et féconder les femmes. Subjugués, les Français demeurèrent muets. Kristin annonça qu'ils en sauraient plus sur le sujet demain, parce qu'on irait à Delft voir le Centre belge de conservation et de traitement du sperme.

Ils terminèrent la visite par l'un des vingt baraquement-dortoirs : c'était une petite maison composée de deux chambres où logeaient huit hommes dans des lits superposés, autour d'un petit salon. C'était sobre, mais pas spartiate ; Golanski, sensible à tous les aspects du confort, remarqua les voilages aux fenêtres, l'épaisseur des matelas et, détail curieux, un napperon en dentelle sur une table. Chaque pensionnaire possédait son armoire personnelle et, creusée dans le bois de son sommier, une niche pour ranger le *Livre* d'Ingrid, dont il devait lire tous les soirs une page au moins.

– Cela fait partie de leur traitement, expliqua la colonelle. Il faut qu'ils l'aient lu entièrement en trois mois.

– Et quand ils sont arrivés au bout ? demanda Golanski.

– Ils reprennent par le commencement.

Ainsi que Kristin l'avait promis, ils prirent ensuite le café au mess des surveillantes. Comme l'après-midi était déjà bien avancé (mais impossible de savoir l'heure : il n'y avait aucune horloge dans le camp), Bordeaux déclara qu'il n'aurait pas dit non à un petit apéritif. S'étant vu servir du vin une fois, il pensait que l'alcool serait désormais à volonté. La colonelle lui expliqua malheureusement qu'il n'y en avait pas ; mais, pour le consoler, elle envoya une brigadière chercher quelques cigares dans sa réserve.

– Vous fumez le cigare ? s'étonna Bordeaux.

– C'est un vice assez répandu, chez les gradées de l'armée belge.

– Sérieusement ?

– Mais oui.

La brigadière revint avec cinq Figurados et un coupe-cigare. Offrant le sien à Bordeaux, la colonelle ajouta que Judith fumait parfois les mêmes.

– Dans ce cas, j'en veux un aussi, dit Gould.

Il suggéra à Langlois de se laisser tenter.

– Et vous, monsieur Golanski ? demanda Kristin.

– Non, je vous remercie, répondit-il. Mais je reprendrais bien du café.

Tandis que ses compagnons passaient leurs bouts au coupe-cigare, Golanski pensa à tout ce qu'il venait de découvrir. Pour une fois, se dit-il, les Belges ne les avaient pas ménagés. Elles les avaient plongés dans une réalité glaciale, sans prévenir, ni rien dissimuler. Quel changement ! C'était comme si l'Empire, après les avoir préservés, les jugeait mûrs pour la vérité, et ne se préoccupait plus de ne pas les heurter. Verraient-ils demain des choses plus rudes encore ?

Au mur du mess, une carte de l'Empire était accrochée. Golanski s'en approcha, vit qu'elle n'était pas récente : la zone neutre n'était pas mentionnée, c'était donc avant 1983. Après avoir vainement cherché une date dans le cartouche, il retraça leur itinéraire depuis leur arrivée. Son regard se promena sur le Benelux : le Luxembourg au sud, Liège, Maastricht, Arnhem, Apeldoorn et, tout là-haut, Groningue. Beaucoup de villes avaient changé de nom après la Révolution ; il s'exerça à retrouver leurs noms anciens.

Au-dessus de la carte, il lut : « L'Empire belge ». A côté de cette inscription, un mot était crayonné, presque effacé. On pouvait à peine lire : VIRAGOLAND.

Viragoland ? A la lettre, le pays des viragos. Qui avait écrit cela ? Plaisanterie d'une soldate ? Ce néologisme le frappa. Viragoland ! Dans ces quatre syllabes, il eut l'impression de retrouver toute la Belgique, tout ce qu'il en savait à présent, comme parfois un sobriquet astucieux résume parfaitement une personnalité qu'on n'imagine plus désigner autrement. Le pays des viragos ! Oui, c'était cela. Il tournait le mot dans sa tête, enchanté. « Ce n'est pas en Belgique que je suis », se disait-il. Belgique : le nom de ce vieux pays lui faisait encore penser à l'ancien régime, aux tourelles pointues de la cathédrale de Bruges, aux dunes couvertes d'oyats devant la mer du Nord, aux sapins des forêts d'Ardenne. Non : je suis à Viragoland, le pays des viragos. Ou de la virago, au singulier ? Peut-être était-ce seulement la Bergère qui était visée. Peu importe : ce mot, Viragoland, lui convenait. Se retournant vers les autres qui savouraient leur cigare, il observa Kristin, la colonelle Van Dorp et les brigadières, en leur lançant silencieusement : virago, virago, virago…

6 juin. Judith se lasse de sa voiture de course ; d'ici quelques jours, il lui faudra un autre jouet. Conduire ne lui suffit plus ; elle veut voir la mécanique sous le capot, comprendre comment cela fonctionne. Elle examine le moteur, démonte timidement des éléments au prétexte de les huiler. Bientôt elle s'enhardira, et mettra tout en pièces.

Tout de même, les pointes de vitesse l'amusent encore un peu. Cet après-midi, elle m'a emmenée « faire du deux cents » du côté de Brussegem, où il y a de longues lignes droites. Elle s'exerce aux dérapages contrôlés. Nous avons failli voler dans le décor.

7 juin. Journée avec les filles. Elles m'ont paru en bonne forme. Je leur manque. Elles se plaisent dans leur internat, mais vivre loin de moi leur pèse. Elles réclament de venir habiter au Palais. Ce serait impossible ; et puis, je ne veux pas. Elles embarrasseraient ma relation avec Judith.

– Mais il y a d'autres enfants, au Palais, non ? insiste Virginie.

– Non. Les plus jeunes ont quinze ans.

Ce n'est faux qu'en partie. Judith n'aime pas trop les petites filles, et les tolère simplement dans ses Palais, à condition qu'elles ne soient pas bruyantes. Elle adore en revanche les adolescentes, comme je l'ai déjà dit ; et elle s'arrange pour en avoir autant que possible. D'ici peu d'années, Virginie, peut-être, sera à son goût. La lui donnerai-je ?

8 juin. Sien continue de rechercher ma compagnie, infatigable. N'a-t-elle pas compris que je ne ferai rien pour elle ?

Scène amusante. Tout à l'heure, j'étais au salon avec Schimmelnau, Sien et deux amies. Sien ouvre *Féminité*, lit un titre au hasard : « Attentat de Beatrix à Rotterdam, deux morts ». Elle regarde Jolanda, et demande :

– Vrai-faux ou vrai ?

– Vrai-faux, répond Jolanda.

Sien lit un autre article et repose ainsi la question, trois fois de suite. Je crois d'abord que c'est un jeu ; je n'ose pas demander d'explications à Sien. (Il n'y a qu'avec Judith que je me fiche de passer pour idiote – cela rajoute à mon charme, à ce côté naïf qu'elle aime tant. Devant Sien et ses amies, en revanche, avoir l'air sotte est ma hantise.) Au fil de la discussion qui s'ensuit, je découvre ce que je soupçonnais plus ou moins : les brigades commettent régulièrement des attentats terroristes qu'elles attribuent à Beatrix, pour monter l'opinion contre elle. Schimmelnau sait lesquels sont vrais et lesquels sont faux, parce qu'elle s'occupe des questions de propagande. Aussi, à chaque nouvel attentat, on lui pose la question : « Vrai-faux ou vrai ? »

12 juin. Dois-je la croire, cette rumeur ? Judith envisagerait de m'anoblir !

M'anoblir !

C'est Sien qui la première m'en a parlé – Sien, toujours au courant de tout. J'ai cru qu'elle inventait, pour me flatter. C'est son genre. Mais Diane m'a confirmé la rumeur – ou plutôt, elle y a fait allusion, avec cet art parfois agaçant qui est le sien de tout dire à demi-mot, et qui m'empêche d'être sûre de rien. J'ai pensé : « Venant de Diane, c'est de l'ironie ; elle ne parle de cette histoire d'anoblissement que pour me mettre en garde, et m'inciter à ne pas y prêter foi. » Mais voilà qu'entre deux portes, aujourd'hui, Appel me fait un clin d'œil, et me glisse que « l'affaire est en marche » ! Cette fois, mes digues mentales contre les faux espoirs ont rompu... Et si c'était vrai ? Depuis je guette, à l'affût des indices. C'est insupportable, de ne pas savoir !

Pourquoi ne pas demander simplement à Judith ? Je serais fixée. Mais voilà : je n'ose pas. De toute façon, nous ne nous voyons guère ces temps-ci, parce qu'elle est sans cesse en voyage ; et quand nous nous voyons, nous ne sommes pas seules (les Quatre Grandes ne la lâchent pas), de sorte que je ne peux rien dire de personnel.

Je sais que je devrais être prudente, ne croire à rien, mais c'est plus fort que moi : mon cerveau rêvasse, j'imagine malgré moi la cérémonie, quel titre Judith me donnera (duchesse m'irait bien, je trouve). Et toutes ces singeries, au futur : impossible de les mettre au conditionnel. Pire : j'entends même les compliments des courtisanes, les chuchotis sur mon passage, etc. J'ai des voix.

La déception que ce serait, maintenant, si ce n'était que du vent !

11 juin. Diane : « Dans ses frontières, l'Empire n'a plus d'ennemies. Il y a bien Beatrix et ses soldates ; mais on n'est pas sûre que Beatrix vive encore, et que ses soldates soient plus d'une poignée. Tu sais comme moi ce qu'il en est de leurs attentats : les trois quarts ne viennent pas d'elles, sinon la totalité. Donc, plus d'ennemies. Mais on ne désarme pas pour autant : on continue d'en chercher. Quand on n'en trouve pas, on en invente. On monte le curseur, pour pouvoir soupçonner plus de gens. Hier, les ennemies, c'étaient les antiféministes ; aujourd'hui, comme il ne reste plus que des féministes, ce sont celles qui ne le sont pas assez. Et puis celles qui aujourd'hui sont très féministes, mais dont l'Empire trouvera demain qu'elles pourraient l'être davantage. Ces écrémages successifs laissent chaque fois Judith insatisfaite. Elle aboutira au terme du processus quand elle aura éliminé toutes les femmes sauf elle, parce que sa pureté est absolue. Alors l'Empire sera parfait, car il collera point par point à son image. »

12 juin. J'ai passé la journée avec Judith et Fransiska Monderman. Drôle de femme, cette Monderman. Je ne l'aime pas. Ou plutôt, je m'en méfie.

C'est la plus âgée des Grandes – soixante-huit ans : elle a fait la Révolution, on la voit avec Ingrid sur les photos de la Grande Marche. (Ces photos truquées où Beatrix n'apparaît plus, même s'il est dit qu'au marché noir on en trouve d'intactes, non retouchées ; elles sont prisées par les collectionneuses et se négocient très cher. J'en ai vu une chez Betje, dans un vieux livre d'avant la trahison de Beatrix. A la place de Betje, je m'en serais débarrassée.)

Monderman est extérieurement une femme très douce, d'un calme olympien. Sa voix est faible ; elle ne dépasse jamais le niveau d'un murmure – de là qu'on tend l'oreille et que le silence se fait quand elle parle. Elle est aussi peu sonore que possible. Elle est menue, chétive et très indolente ; elle agit par gestes engourdis, ralentis, cotonneux. On jurerait que c'est la bonté même. Eh bien ! Des quatre, c'est la plus vicieuse, la plus manœuvrière et la plus acharnée. Elle voit clairement son but, et manigance jusqu'à ce qu'elle l'atteigne ; elle n'abandonne jamais. Quand elle échoue par la voie directe, elle emprunte des chemins tortueux, détournés, connus d'elle seule ; ses zigzags endorment la vigilance de l'ennemie. Elle passe dans son dos, par-dessus sa tête, elle la trompe. Sa petite taille et son tempérament craintif la privent d'autorité naturelle, mais elle utilise à merveille ce qui est à sa portée : les coups bas, les crocs-en-jambe, la corruption, le sabotage, les mouvements d'appareil. Combien ont cru s'être débarrassées d'elle, qui l'ont vue se pointer loin devant après avoir pris des raccourcis insoupçonnés ? Ou qui, persuadées de l'avoir emporté dans une querelle, ont découvert qu'elle avait retourné tout le monde, et que c'était elle qui avait gagné l'estime de Judith ?

Dans les années 1970, Ingrid l'a chargée de la stratégie militaire de l'Empire. Poste idéal, où elle a déployé tous ses talents. Judith lui a ensuite confié le Trésor, un domaine qu'elle méconnaissait totalement mais auquel elle s'est vite adaptée, parce qu'il correspond à sa forme d'esprit, indirect, machiavélique. Aujourd'hui, elle s'est retirée des affaires ; mais elle a laissé dans les ministères des amies redevables qui la tiennent au courant de tout.

Elle n'a jamais montré d'animosité contre moi. Pas de sympathie non plus. Le plus souvent, elle m'ignore ; les rares fois où elle m'a parlé, elle a été polie, sans plus. C'est à croire que je la laisse indifférente ; mais cette indifférence m'inquiète plus qu'une hostilité ouverte. Elle feint de ne pas me voir pour m'endormir, et profitera ensuite de mon sommeil pour me poignarder dans le dos. Oh oui, je me méfie d'elle !

Klara Appel, c'est autre chose. Elle est un peu folle.

Des quatre, elle est la plus jolie ; visage avenant, dynamique, avec de beaux cheveux noirs coupés court, et une mèche folle qui la rajeunit. Elle cache toujours son sourire, parce que ses incisives se chevauchent ; mais cela rajoute à son charme. Elle a du charisme. Quand on la voit pour la première fois, on veut la mieux connaître.

Mais son caractère, ses humeurs ! Je sais qu'il n'est pas permis de dire d'une femme qu'elle est hystérique mais, si le mot était encore dans le dictionnaire, c'est Appel qui servirait d'exemple. Ses comportements sont imprévisibles – voir la scène du bain. Diane m'a confié qu'elle n'ose jamais se tenir trop près d'elle car elle a peur qu'elle la morde, comme cela, soudain, sans motif. Klara adore les conflits ; c'est son mode de fonctionnement en société. Elle ne s'épanouit que dans la tension, les cris, la discorde ; elle a besoin de se quereller pour être à l'aise – le contraire de Monderman, qui fait de vilains coups par-derrière mais qui par-devant affiche un amour pur pour la paix.

Dans une soirée, une fête, une réception, il est habituel qu'Appel se fâche contre une invitée, crache des menaces, lui jette son verre au visage. Quand rien ne se passe, on trouve d'ailleurs que la soirée n'est pas réussie, qu'il a manqué quelque chose. J'ai assisté plusieurs fois à ces scènes, qui sont spectaculaires. Voici comment cela survient. D'abord, Appel rôde parmi les convives, dévisage son monde, prend part à des conversations au hasard ; elle cherche une victime. Quand elle l'a trouvée, selon des critères inexplicables, elle l'apostrophe, lance contre elle des accusations délirantes, lui pose des questions gênantes sans rapport avec la discussion, sans rapport entre elles ; on sent que les connexions qui s'opèrent dans son cerveau suivent une logique improbable. On a beau la connaître, être prévenue contre ses dérèglements et savoir qu'il n'y a rien à comprendre, on est toujours surprise d'être la cible de ses foudres. On se sent ridicule, coupable sans savoir de quoi, et humiliée de se donner ainsi en spectacle à cause de cette bonne femme dans les griffes de qui on est tombée. Le pire, c'est qu'on ne sait que lui répondre, puisque ses attaques sont absurdes. Malgré tout, on persiste à tenter de la calmer, de dissiper ce qu'on voudrait n'être qu'un malentendu ; mais c'est en vain. C'est même dangereux, parce qu'un mot de trop est un aliment de plus pour sa folie. On n'a qu'un recours, donc : se laisser insulter, et attendre que le ressort se détende.

Toutes celles qui fréquentent Appel ont subi ce genre de scène. Même Judith ! Je redoute le jour où ce sera moi. Comme je suis impressionnable, Appel aura la tâche facile ; son plaisir sera décuplé, parce que je répondrai à ses attentes – je tremblerai, je me liquéfierai sur place. Ayant appris que je suis faible, elle ne se gênera pas pour recommencer, et fera de moi sa cible préférée.

Mon rêve serait qu'elle tombe sur une hystérique comme elle, qui lui résisterait et qui, au lieu d'encaisser ses cris, entrerait dans son jeu et hurlerait plus fort. Car toute la stratégie d'Appel repose sur le bruit qu'elle émet, et sur les autres qui ont peur du scandale. Ah ! La voir toute nue, terrassée par une plus folle qu'elle…

A part cela, il faut lui reconnaître des qualités, et même des talents. Elle peint ; ses toiles sont accrochées partout dans le Palais. Elle a étudié dans sa jeunesse avec Solen Jupon-René, qui ensuite s'est disputée avec elle – il fallait s'y attendre –, et a fondé sa propre école. (Rupture contraire à la doctrine de l'unicité de l'art féministe, mais on a fait comme si de rien n'était.) Elles sont aujourd'hui réconciliées, et ont des élèves en commun qui harmonisent leurs manières de peindre.

Elle compose aussi des poèmes, mais elle refuse qu'on les publie pour ne pas entrer en rivalité avec Judith.

Les mauvaises langues disent que, pour une fois, il est heureux que Judith écrive.

13 juin. Puisque j'ai commencé des portraits, j'achève.

Voyons Jolanda Schimmelnau. Elle a cinquante-quatre ans, et la passion du commérage. Sans elle, il n'y aurait pas tant d'animation à la Cour. Ce n'est pas une méchante femme ; simplement, elle a l'âme comploteuse, et un penchant irrésistible pour l'intrigue. Son occupation favorite est de fabriquer des rumeurs. Elle jette de l'huile sur le feu dans toutes les disputes, diffame, propage les ragots et se régale à répéter à l'une ce que les autres pensent d'elle. Chacun sait que c'est une caisse de résonance et qu'elle ne sait pas garder un secret ; aussi, on se méfie d'elle comme de la peste, et on se garde de lui dire quoi que ce soit. Mais elle est tout de même au courant de tout, et avant tout le monde. Je la soupçonne de missionner des rabatteuses, qui espionnent pour son compte dans les couloirs. Aussi, quand je parle à quelqu'un que je connais mal, j'ai à l'esprit que ce peut être une moucharde.

Cette folie du renseignement n'est cependant pas trop dangereuse car ce qui l'occupe, ce sont les futilités, les mondanités, la vie quotidienne de la Cour. La politique, le gouvernement, la Théorie féministe, elle s'en moque, et se met à bâiller dès que la discussion roule là-dessus – tout le contraire des autres Grandes. Des quatre, elle est la seule à n'avoir jamais eu de ministère. Elle n'en veut d'ailleurs pas. Tout au plus participe-t-elle aux opérations de propagande, parce qu'elle y montre du talent ; mais c'est tout. Son monde, c'est la Cour : ce qu'il y a au-delà ne l'intéresse pas. Parfois, je me demande même si elle *sait* qu'autour d'elle un pays existe, avec sa population, et que l'univers ne se réduit pas aux Palais de Judith.

Jolanda Schimmelnau, au fond, est une grande enfant gâtée ; de l'enfant, elle a le côté naïf, appliqué, obéissant. Il faut la voir dans les déplacements officiels, derrière Judith, muette ; on aimerait lui caresser la tête, comme une petite fille sage. Quand Judith transporte une serviette, un parapluie, n'importe quoi, Schimmelnau veut toujours les tenir, privilège qu'elle dispute aux brigadières et aux aides de camp. Elle la tire par la manche, lui demande d'une voix implorante : « Je peux les porter ? » Ce n'est pas pour être serviable, c'est parce que cela la rend fière. Tandis que les trois autres – surtout Appel et Bertolucci – aspirent à un pouvoir indépendant, Schimmelnau, elle, n'a que Judith dans sa ligne de mire. Elle est restée au culte de la Bergère, et n'a pas d'ambition personnelle. Elle est toujours de l'avis de Judith ; les autres ont avec Judith des controverses, parfois des disputes – Schimmelnau, jamais. C'est la courtisane parfaite : fidèle à la mort, soumise jusqu'au bout des ongles, bienheureuse de l'être. Une chienne, qui suivrait sa maîtresse au bout du monde.

Petite fille, elle l'est aussi par ses caprices. Elle passe sans cesse d'une fantaisie à l'autre ; impossible de la suivre. C'est un spectacle permanent, on ne s'ennuie jamais. Comme elle est coquette, elle lance des modes, qui font fureur dans le Palais. L'autre jour, elle a décidé par exemple qu'elle n'aimait plus le rouge, a fait déchirer la moitié de sa garde-robe, et instantanément toute la Cour l'a imitée. Une semaine plus tard, elle change d'opinion, et commande aux tailleurs impériaux des vêtements de la couleur de ceux qu'elle a fait déchirer. A la Cour, le rouge est remis… Une autre fois, elle décide de porter des bagues à chaque doigt, pour faire « antique ». Ses doigts sont si chargés qu'elle ne peut plus les plier, ni se servir de ses mains. A table, un larbin coupe sa viande et lui porte la fourchette à la bouche. C'est ridicule, mais la mode est lancée : pendant quinze jours, les courtisanes se promènent avec des bagues à tous les doigts, et se comparent pour savoir qui en arbore le plus grand nombre.

En ce moment, la grande passion de Schimmelnau consiste à aller nu-pieds. C'est, dit-elle, une technique hindoue pour n'être jamais malade. On la voit donc partout exhibant ses orteils noueux. A table, elle s'installe en lotus et ramène ses pieds sous ses cuisses pour les masser tout en mangeant. Cela me dégoûte, mais je ne peux rien dire. Il faut attendre que Judith la gronde : il n'y a qu'elle pour la calmer – une remarque désobligeante, l'expression d'un agacement, et Schimmelnau renonce sur-le-champ à ses lubies.

Laure-Anne Bertolucci, enfin. Des quatre, c'est elle que je connais le moins et que j'aime le mieux. Physiquement, c'est une grosse femme indolente, qui cache son corps d'obèse sous des tuniques informes, toujours blanches ou noires, qui lui donnent l'air d'une druidesse. Elle parle moins que les autres, ce qui ne veut pas dire qu'elle parle peu. Toujours assez sèche. Elle sourit rarement. Elle est austère. C'est qu'elle est en permanence occupée de problèmes graves, et qu'elle n'a pas le temps de plaisanter. « Si vous saviez ce que j'ai sur le dos », dit-elle ans cesse. Elle aime avoir l'impression de travailler plus que les autres, et que le gouvernement de l'Empire repose sur ses épaules.

Elle joue aussi les philosophes, et publie de temps en temps des textes hermétiques, qui le plus souvent paraphrasent le *Livre* d'Ingrid, en plus compliqué. Mais elle n'a pas l'agilité d'esprit, la subtilité de Monderman, qui des quatre est la véritable idéologue, la plus versée dans la théorie féministe, et qui continue dans ce domaine l'œuvre d'Ingrid. (C'est d'ailleurs Monderman que Judith consulte sur les questions de doctrine, jamais Bertolucci ;

elle retrouve chez Monderman le même type de raisonnement que chez sa mère, le même jargon ; ces similitudes de forme la rassurent, elle en déduit qu'il y a fidélité sur le fond.) Bertolucci est plus laborieuse, plus lente. Monderman jongle avec des notions dont Bertolucci a du mal à se dépêtrer.

Comme politicienne, en revanche, elle sait se débrouiller. C'est une meneuse, elle a de l'autorité, et l'esprit d'entreprise. Elle a l'oreille de Judith, qui se laisse souvent convaincre et qui, parfois, lui délègue carrément ses pouvoirs. Je l'ai vue au Conseil, l'autre jour : Bertolucci dirigeait tout.

Judith et elle ont une relation étrange, dépassionnée. Il y a entre elles une distance qui n'existe pas avec les trois autres. Quand elles se parlent, on dirait des femmes d'affaires : leurs conversations tournent autour de la politique, de la conduite de l'Empire ; elles ne bavardent pas, évitent le babillage. Bertolucci n'est pas faite pour les familiarités. Par exemple, je ne l'imagine pas se baigner avec Judith et moi, comme Appel l'autre jour. (Au reste, elle est si grosse que nous ne tiendrions pas facilement dans la baignoire.) Je me demande souvent si elles se connaissent dans l'intimité ; bien qu'elle ne soit pas jolie, je lui trouve une sensualité lourde, cérémonieuse, qui sans doute ne déplaît pas à Judith.

C'est la seule qui me paraît accessible. Contrairement aux autres, elle ne vit pas sur une autre planète ; elle a le sens des réalités – j'aime à le croire en tout cas. Je voudrais me rapprocher d'elle, et je fais des efforts dans ce sens. C'est stratégique : en obtenant sa sympathie, je compte casser le bloc des quatre, couper une des têtes de l'hydre pour l'affaiblir. Déranger leur entente, les empêcher de me faire sentir que je suis une étrangère à la Cour, une étrangère auprès de Judith.

Moi qui disais plus haut détester les calculs, les combinaisons…

17 juin. Sien entre dans ma chambre comme une furie, se jette à mes pieds et commence d'implorer :

– Emmène-moi, emmène-moi !

Elle me serre, me chatouille. Je me dégage, ris un peu.

– Où donc ?

Ma question l'étonne. Elle croit que je me moque d'elle.

– Mais… en vacances, enfin ! Avec la Bergère !

C'est ainsi que j'apprends les projets de Judith me concernant. Comment Sien les connaît-elle avant moi ?

– Dis, insiste-t-elle, tu m'emmènes ?

– Mais je ne peux pas…

– Mais si ! Mais si, tu peux !

Elle gémit, se jette à mes genoux.

– Demande à Judith ! Je t'en supplie. Si c'est toi qui lui parles, elle voudra bien, elle sera d'accord !

L'influence qu'elle me prête…

Après m'être débarrassée de Sien, je vais trouver Judith. Elle n'est pas dans ses appartements. Je m'apprête à repartir, déçue, mais je croise Monderman à qui je pose la question :

– Est-il vrai que Judith prévoit de partir en vacances ?

Elle sourit.

– Oui, dit-elle, c'est exact. Nous partons toutes les six. Pour nous reposer un peu.

Je frémis. Toutes les six ? Moi aussi, alors ! Je n'ose pas y croire. Elle voit ma stupéfaction, et me caresse l'épaule.

– Oui, tu viens avec nous, Astrid.

Je me retiens de l'embrasser.

Le soir, Judith revient ; je vais la trouver dans son bureau, me jette dans ses bras, et lui reproche de ne pas m'avoir informée de ses projets de vacances. Elle prétend qu'elle croyait me l'avoir dit.

– L'essentiel, c'est que tu le sais, à présent.

Elle m'enlace et ajoute :

– Si tu es gentille pendant nos congés, à notre retour, je t'anoblirai.

Voyager avec Alvert, sans Kristin, n'enchantait pas Capucine Lotte. Il faudrait se parler, s'entendre; or, depuis qu'Alvert avait révélé son projet de ne pas rentrer en France, Lotte lui en voulait. Que lui reprochait-elle, au juste? Elle voulait croire que cela tenait aux façons de parler de Léonore, à ses mots désobligeants, à sa façon de tirer la couverture à elle. C'était plus simple: Lotte était jalouse, follement jalouse. En demeurant en Belgique, en devenant belge, Alvert apparaîtrait comme la plus authentiquement féministe, plus que Lotte. Elle l'éclipserait dans les milieux féministes, qui en feraient leur vedette. Quel serait le véritable événement, si Alvert réussissait (et elle ne voyait pas de raisons qu'elle échoue)? Ce ne serait plus leur retour, comme elle l'avait prévu; ni le fait qu'elle, Capucine Lotte, ait mille choses à dire. Non, ce serait l'absence d'Alvert, dont la décision dira mieux que tous leurs récits la vérité sur la Belgique: puisqu'elle est restée là-bas, c'est donc bien le Paradis annoncé! Et l'affaire sera entendue. C'était à mourir de rage.

Comment être plus révolutionnaire qu'Alvert, désormais? Le seul moyen serait de l'imiter. Capucine, comme par réflexe, avait entrepris des manœuvres auprès de Kristin. Mais elle avait réfléchi, et s'était ravisée. Si elle demandait maintenant à devenir belge, tout le monde penserait que c'était pour copier Alvert, et non par conviction. Qu'aurait-elle répondu aux Belges qui lui auraient demandé ses raisons ? Qu'elle aimait trop la Bergère pour vivre loin de l'Empire, qu'elle ne tolérait plus sa vie dans la France non féministe, qu'elle voulait s'installer là où ses idées ont pris corps ? Mais elle aurait menti ! Sa vie était en France ; rejoindre l'Empire ne lui avait jamais traversé l'esprit et, si elle y pensait à présent, c'était à cause d'Alvert. Capucine ne supportait pas qu'on pût montrer pour l'Empire plus d'amour qu'elle. Mais c'était trop tard : Alvert l'avait coiffée sur le poteau.

Maussade, elle passait les conséquences en revue et se désolait à l'idée que cela ruinait ses beaux plans. Elle avait prévu qu'au sein du Parti, son voyage ferait d'elle une autorité incontournable, et qu'on réclamerait sans arrêt son expertise à propos de la Révolution. Eh bien ! On ne lui demanderait plus que de commenter le choix d'Alvert, d'en détailler les circonstances. Tout se rapporterait à Léonore. Elle serait jetée dans son ombre, et n'existerait plus par elle-même. On lui poserait la question : « Pourquoi n'avez-vous pas fait comme elle ? » Et on conclurait qu'au fond l'expatriée était plus féministe qu'elle…

Quant aux répercussions sur sa carrière dans le Parti, n'en parlons pas ! Le voyage devait lui ouvrir les plus hautes fonctions. Mais désormais ? Quand elle dirait être allée en Belgique, on lui répondrait qu'Alvert s'y trouvait encore. Quand elle ferait état de son expérience, on répondrait : « Bien, mais pas aussi intéressant que l'engagement d'Alvert. Heureusement, Léonore n'était pas au Parti. Mais elle était une féministe connue. Sa décision offrirait aux rivales de Capucine au sein du Parti un argument pour la rabaisser.

Comment ne lui en aurait-elle pas voulu ? Cette hostilité (bien qu'elle sût au fond que la pauvre n'était pour rien dans ces conséquences malheureuses), Lotte était décidée à ne pas la cacher. Jusqu'ici, les autres l'avaient empêchée d'être ouvertement désagréable avec Alvert. Elle craignait d'avoir l'air mesquine devant Gould, devant Bordeaux, aussi s'était-elle contentée de lancer quelques flèches, sans insister. Mais à présent qu'il n'y avait plus personne entre elles, elle ne se retenait plus. Pendant cette expédition à deux, elle se rendrait aussi odieuse que possible.

Elle ouvrit les hostilités dès le décollage de l'hélicoptère, en faisant des remarques sur l'allure d'Alvert et sur ses cheveux décoiffés, qui lui « donnaient l'air d'un épouvantail ». Elle était décidée à faire flèche de tout bois. Hélas, Alvert ne répondit pas ; elle regardait le paysage, pensant à autre chose. Etait-ce exprès, pour esquiver le conflit ? Ulcérée, Lotte fit une moue boudeuse et croisa les bras, en signe d'opposition. Au bout de dix minutes, Alvert lui parla aimablement, comme si elle ne s'était pas rendu compte que Lotte était fâchée.

– Où crois-tu que nous allons ?

– Comment veux-tu que je le sache ? Je ne suis pas extralucide, moi.

Elle aurait voulu être cinglante, mais ne trouva pas le ton agressif qui convenait. Elle chercha quelque chose de déplaisant à ajouter, mais rien ne lui vint. Elle se renfonça finalement dans son siège, furieuse.

Le voyage fut plus court qu'attendu ; quarante minutes après être parti de Breda, l'hélicoptère atterrit dans un pré, en pleine campagne. Lotte, étonnée, avait imaginé une ville. Quel était encore cet endroit ?

Au pied de l'appareil, un groupe de femmes attendait. Elles portaient des tuniques colorées, des bottes ou des sabots et, pour lutter contre le froid, d'épais gilets de laine. Lotte, à cause de ces rembourrages rustiques, leur trouva des allures d'Esquimaux.

Sitôt qu'elles eurent mis le pied au sol, les enfants coururent dans leurs jambes, en poussant des cris. Puis les femmes s'avancèrent, souriantes ; elles leur prirent les mains, les touchèrent du bout des doigts (on aurait dit des aveugles, qui faisaient connaissance au toucher), et les embrassèrent. C'était très chaleureux ; pour Lotte, c'était comme un retour à la maison, après un long voyage.

Certaines femmes parlaient français ; parmi elles, Elena serait leur accompagnatrice. Elle avait trente-sept ans, elle était arrivée d'Allemagne en 1982 avec sa mère. Elle avait deux filles de dix et douze ans et « cent sœurs ».

Elle n'avait rien de plus à dire sur elle ; elle se tut donc. Cette humilité frappa Capucine. « Comme elle est simple », songea-t-elle.

Du pré, on descendit au village par un chemin caillouteux, au milieu des gamines qui couraient partout. Dès qu'elle vit les premiers toits, Lotte fut sous le charme : « C'est beau comme une carte postale, se dit-elle, ou comme une illustration dans un livre de contes. » Blotti contre un bois, le village était composé de grappes de maisons et de fermes agglutinées. Les cheminées fumantes firent remonter en elle des souvenirs de montagne, de thés chauds et de réveillons. C'était un enchantement, une vision pour un peintre ; cela eût très bien pu figurer dans un beau livre comme ceux qu'on lui offrait dans sa jeunesse, intitulés *Les Plus Beaux Villages de Belgique*, ou *Les Plus Belles Campagnes de l'Empire*.

Tout en marchant, Elena expliqua que le village (dont, bizarrement, elle ne donna pas le nom) était une communauté de femmes comme il en existait partout dans l'Empire ; c'était même l'une des plus anciennes, puisqu'elle avait été fondée en 1972. A la différence de beaucoup d'autres, édifiées sur des terrains vierges, celle-ci s'était installée dans une bourgade existante, en chassant les hommes qui s'y trouvaient et les femmes qui ne voulaient pas quitter leur mari. Capucine, en femme d'action intéressée par les techniques, qui pensait déjà à la future Révolution française, voulut poser des questions : comment avait-on chassé les habitants ? Comment les avait-on matés ? Avait-on employé des armes ? Etc. Mais Elena continua son explication sans lui laisser la parole. Dispersées dans l'Empire, donc, les communautés de lesbiennes vivaient en autarcie ; elles étaient presque autonomes au plan politique. L'Empire avait retiré sa police et sa justice, parce qu'il n'y en avait pas besoin ; entre femmes, on s'entendait, et on réglait entre soi les différends, en consultant éventuellement la doyenne sur les cas litigieux. C'était le comble de la sororité : chacune aimait les autres comme elle-même, la paix régnait, tout s'harmonisait spontanément. Les décisions sur la vie en commun provoquaient parfois des débats, mais ils se résolvaient toujours à l'unanimité. Bref, c'était le laboratoire du monde à venir.

On arriva dans le village. Les maisons – « les maisonnettes », pensa Lotte : on aurait dit des accessoires de poupées – s'organisaient autour d'une place portant le nom d'Ingrid et où, au milieu d'un bassin, trônait un petit ange de bronze qui crachait par la bouche un filet d'eau. L'ange avait le visage d'Ingrid. « C'est la Grande Bergère ! » s'exclama Lotte. Elena la félicita de l'avoir si bien reconnue. Elle expliqua que l'eau coulant de sa bouche représentait le flux des paroles sages qui toute sa vie avait coulé des lèvres d'Ingrid. Puis elle incita les Françaises à s'approcher de la plaque vissée dans la pierre du bassin. Lotte y lut une date : « 14.09.1973 ». Son cœur fit un bond dans sa poitrine ; était-ce possible ? Elena confirma : la Grande Bergère avait séjourné ici, aux débuts de la communauté, et cette fontaine commémorait son passage. Lotte s'interrogea : était-ce parce que Ingrid était venue ici, où elle avait laissé la trace de sa bonté, qu'elle s'y sentait si bien ?

Le village s'anima ; de partout arrivaient des femmes de tous âges, entourées d'enfants. On parlait fort, on criait ; Lotte fut enchantée par cette ferveur, ce débordement de vie. Combien le bonheur de ces femmes d'être entre soi, sans hommes, les remplissait d'énergie ! D'ailleurs, elle-même respirait mieux. Alvert aussi rayonnait ; Alvert contre qui elle n'était plus fâchée, touchée par la communion qui se faisait ici… Un moment, même, elle eut envie de serrer Alvert contre elle et, sans raison, de lui dire qu'elle lui pardonnait. Quelle était cette magie ?

On les entraîna dans les maisons ; chaque habitante

voulait leur montrer la sienne. Devant une fermette, deux enfants prirent Lotte par la main, pour l'emmener dans leur chambre – deux fillettes qu'on aurait cru jumelles à cause de leurs cheveux blonds et de leurs tuniques identiques. Lotte jeta à Elena un regard implorant, et lui lança pour plaisanter qu'elle ne se dégagerait pas de ces chaînes-là ; Elena répondit qu'en effet le piège était solide, et qu'elle devait suivre ses geôlières. Les petites l'emmenèrent à travers leur maison, dont certaines fenêtres étaient ouvertes parce qu'un soleil de printemps réchauffait timidement la terre. Basse de plafond, pleine de marches entre ses pièces biscornues, l'habitation tenait un peu de la cabane ; mais elle était pleine de charme. Les enfants la firent entrer dans leur chambre, qui était encombrée de jouets ; et elle fut attendrie de voir que les deux sœurs partageaient un grand lit.

Après avoir joué quelques minutes avec elles (elles avaient voulu absolument faire une partie de fléchettes, et visaient juste), Lotte retourna au rez-de-chaussée, où flambait un feu et où flottait un parfum de chocolat. La pièce à vivre était meublée d'une table en bois flanquée de deux bancs ; « c'est la preuve qu'on est hospitalière ici », songea-t-elle. On bavardait, on riait, on s'affairait aux préparatifs du repas. On aurait dit une famille. C'en était une. Lotte demanda qui au juste habitait ici ; elles lui répondirent qu'on était partout chez soi au village.

Des carafes de jus d'orange passèrent de main en main. Les Françaises souperaient ici ; elles furent enrôlées dans la préparation du repas. Alvert reçut un casse-noix à vis et un panier de noix, pour le gâteau ; Lotte fut chargée des légumes. N'ayant pas l'habitude de l'économe, elle le tenait mal; une gamine monta sur ses genoux pour lui expliquer. Enchantée, elle se mit à l'ouvrage, dépaysée.

Les bavardages allaient bon train. Les Françaises auraient voulu interroger les villageoises, s'informer sur la vie dans cette communauté idyllique, mais elles ne pouvaient placer un mot: c'étaient leurs hôtesses qui posaient mille questions sur la France, les Françaises, les rapports entre les sexes. Elles poussèrent des cris d'épouvante quand elles apprirent qu'il n'était pas possible en France de vivre sans les hommes. Lotte resta perplexe devant leur naïveté. Elle balançait, incertaine s'il fallait s'indigner de leur ignorance du monde, ou admirer au contraire qu'elles fussent à l'abri de tout dans leur village fermé comme un cocon, épargné comme un Eden.

Finalement, les Belges se laissèrent interroger.

– Travaillez-vous? demanda Alvert.

– Bien sûr. Nous avons des cultures et des bêtes.

Lotte trouva qu'elles n'avaient pas des mains de paysannes, mais ne dit rien.

– Et vos cultures suffisent-elles?

– Amplement. La terre chez nous est si riche, et nos pratiques si efficaces… Nous sommes entre femmes, sans hommes pour perturber tout et mettre du désordre. Nous obtenons plus sans travailler beaucoup.

– Et pour la redistribution du produit?

– C'est-à-dire?

La question semblait surprendre Elena.

– Eh bien, expliqua Alvert, les salaires…

– Oh, vous savez, ces questions ne se posent pas. Chacune travaille à son rythme, et reçoit en retour selon ses besoins. On ne se plaint pas. Il n'y a jamais de disputes.

Alvert insista – non qu'elle ne soit pas convaincue, comprit Lotte, mais elle voulait l'être davantage encore :

– Mais quand même, du point de vue de l'équité…

– Nous ne nous compliquons pas la vie avec ça. Comment vous dire ?… Il y a chez nous, disons, une régulation naturelle, qui fait que chacune connaît sa charge de travail, et à quoi elle peut prétendre en retour. Jamais de jalousie. Tout s'ordonne naturellement.

Elena jeta un regard amusé vers sa voisine.

– Prenez Adride, par exemple : on ne peut pas dire que le travail de la ferme lui plaise…

Rire général, rire de l'intéressée. Elena continua :

– Mais elle est sociable, ce qui la pousse vers le potager, où elle arrose les légumes. Et c'est ainsi pour tout. Chacune est utile à sa manière, et participe au bonheur commun.

– Ne vient-il jamais aucun homme au village ? osa Lotte, qui tout en l'admirant trouvait difficilement croyable ce séparatisme sexuel.

L'assemblée se récria, les femmes prirent des mines horrifiées.

– Par la Bergère, non jamais !

Plus tard, on organisa des jeux dans les rues – marelles, jeux de balle, cache-cache. Allongées dans des chaises longues, les jambes couvertes par des plaids, les aînées – la doyenne avait quatre-vingt-douze ans – regardaient leurs cadettes en faisant des commentaires. Adultes et enfants se mélangeaient, jouant avec le même esprit de sérieux ; et Lotte, pourchassant ses adversaires au jeu de chat, eut l'impression de retrouver ses dix ans.

Une heure plus tard, quand la nuit mit fin à ces

jeux, Elena entraîna Léonore et Capucine dans la salle commune. C'était un lieu de réunion installé dans une grange rénovée. On s'y retrouvait pour discuter et jouer aux quilles, aux cartes ou au billard. (Lotte, avisant les trois tables au fond de la pièce, songea à Gould, grand amateur de billard, qui se vantait souvent de son coulé.) Dans la cheminée crépitait un grand feu ; en s'approchant, Lotte reconnut dans la fonte du contrecœur le visage en relief de Judith.

Une vingtaine de femmes étaient là, qui buvaient du thé et fumaient la pipe. Lotte, loin de trouver la pratique incongrue, la jugea très élégante. Les villageoises lui tendirent une pipe en bruyère ; elle toussa beaucoup, mais se promit d'essayer de nouveau.

Des enfants allaient et venaient dans la grange, qui glissaient sans bruit sur les parquets et parlaient à voix basse pour ne pas troubler la tranquillité de ce charmant salon. Au mur, un grand portrait de Judith ; Lotte songea que, si la Bergère était là, elle serait fière de voir tant d'harmonie parmi ses ouailles.

Les conversations roulaient d'un sujet à l'autre, en français et en néerlandais. Lotte y participait par éclipses, comme elle aurait plongé dans une piscine entre deux bains de soleil ; le reste du temps, elle se faisait rôtir le dos au feu, en fermant les yeux à demi.

Soudain, deux femmes se levèrent et, main dans la main, filèrent vers un escalier qu'elles gravirent à grand bruit.

– Où vont-elles ? demanda Lotte.

Elena la fixa intensément, puis répondit :

– Mais faire l'amour, bien sûr.

Puis elle ajouta :

– Comme deux sœurs.

Lotte ne répondit rien. Alors Elena se leva à son tour, et s'approcha.

– Viens-tu ? demanda-t-elle.

Lotte hésita. Elle chercha le regard d'Alvert, mais celle-ci ne la vit pas. Elena prit sa main, et l'entraîna dans l'escalier. Sur la dernière marche, elle pouffa et fit signe à Lotte de faire silence en posant l'index sur ses lèvres.

Elles avancèrent sur la pointe des pieds dans le couloir obscur ; un rai de lumière et des soupirs laissaient deviner la pièce où les amantes s'étaient refugiées. En chuchotant, Elena suggérant à Lotte de les surprendre. Lotte hocha la tête, incapable de rien répondre, le cœur battant – non à cause de la mômerie d'Elena, mais de ce qui peut-être suivrait. Elle ne pensait plus à Alvert, et moins encore à Gould, au Parti ; Elena envahissait son esprit. Elle murmura :

– Est-ce que je suis ta sœur ?

– Mais oui, répondit Elena. Sœurs, nous le sommes toutes.

Ces paroles la transportèrent ; elle aurait pu en rester là – son plaisir était extrême. Mais Elena poussa la porte de la chambre, où deux silhouettes étaient emmêlées. Lotte la suivit sans un mot, incertaine si ce n'était pas un rêve, incertaine si elle raconterait tout cela aux autres.

18 juin. Nous sommes dans le train impérial – celui qu'on montre parfois à la télévision. Aurais-je cru qu'un jour je monterais à bord ? Il n'en finit plus : vingt wagons. Judith a le sien, où elle s'est installée toute seule : elle ne veut voir personne. « Je vous verrai bien assez là-bas. » Je suis avec les Quatre Grandes dans leur wagon privé, véritable salon roulant avec des fauteuils en cuir et un cabinet de toilette. Plus loin dans la rame, un restaurant ; et puis douze voitures pour les brigadières et les servantes qui accompagnent Judith. En queue, le fourgon des larbins. Cent personnes. « Un petit voyage d'agrément entre nous, en toute discrétion ! », comme dit Schimmelnau. J'imagine la longueur du train quand il s'agit d'un déplacement officiel !

Dehors, le ciel se couvre. Par endroits, il pleut. J'ignore notre destination ; je sais que ce sera la mer, mais on n'a pas voulu m'en dire davantage. Appel et Monderman sont évasives, échangent des sourires complices. J'ai d'abord cru qu'elles jouissaient de leur avantage (elles savent, moi non), pour me faire sentir leur supériorité. Puis je me dis qu'elles n'en savent pas plus que moi, mais qu'elles ne veulent pas m'avouer que Judith leur cache des choses.

Nous emmenons avec nous la « meute » de Judith. C'est un troupeau de douze garçons hirsutes qui crapahutent à quatre pattes en aboyant et en se comportant comme des chiots. Elle les promène au bout d'une laisse. Mascarade incroyable, qui l'amuse follement. « Ils sont fous de joie quand nous partons en promenade, dit-elle. Il faut les voir, à la mer : ils adorent les vagues. » Appel et Schimmelnau se disputent la laisse, et frappent au flanc les désobéissants. J'espère que Judith ne m'enrôlera pas dans cette comédie, en me faisant les caresser ou fourrager dans leurs cheveux – elle, si hygiéniste pourtant !

Plus tard. Nous sommes arrêtées en pleine voie car Judith, lasse d'être enfermée, a souhaité marcher un peu.

Comme je m'inquiétais qu'un autre train nous percute par-derrière, Bertolucci m'a expliqué d'un air apitoyé (comme je suis naïve) que notre ligne est réservée à notre usage, et qu'aucun train n'y circule. J'aurais dû m'en douter.

Elle a ajouté : « De toute façon, des trains, il n'y en a pas beaucoup. Quand on bloque tout pour Judith, au fond, ça ne désorganise pas vraiment le trafic. »

Judith a fait sortir la meute. Elle lance une balle qu'ils rapportent dans leur bouche. Un moment, la balle a roulé dans les ronces ; ils s'y sont rués, et sont sortis couverts d'égratignures. Judith et Appel ont soigné leurs plaies. Elles n'en feraient jamais autant pour des hommes ordinaires.

Je suis revenue à ma place, et j'attends que nous

repartions. Appel, qui prétend savoir où nous allons, affirme qu'il nous reste deux heures à rouler.

Plus tard. Qu'ils sont tristes, ces paysages. C'est presque l'été, pourtant : les arbres sont feuillus, les herbes sont hautes. Mais j'ai l'impression de rouler dans l'hiver.

Presque aucune maison. De temps en temps, je distingue une ferme isolée. Je pense à la baraque de la nourrice. Oh ! Tout cela me paraît bien lointain... C'était hier, pourtant.

Sont-elles pauvres comme ma nourrice, celles qui habitent là ? Cachent-elles aussi des garçonnets dans leurs greniers, pour gagner un peu d'argent ? J'imagine une scène : Judith, par caprice, ordonne qu'on arrête le train ; elle veut absolument faire une visite dans une fermette qu'elle a vue par la vitre, en croyant y trouver du lait et des fruits du verger, parce que le ministère de l'Agriculture prétend que les récoltes sont abondantes. Elle entre et une horde de garçonnets faméliques surgit, comme un nuage de sauterelles. Judith hurle ; Appel s'affole, et Schimmelnau s'enfuit pour n'être pas dévorée par ces monstres. Monderman, elle, s'évanouit carrément. Reste Bertolucci qui, n'écoutant que son courage, se rue dans la mêlée pour disperser les agresseurs et protéger sa Bergère... Ah ! Ne suis-je pas folle, d'inventer pareilles sottises ? Lues par une brigadière, ces lignes que je viens d'écrire me vaudraient le châtiment suprême... Il faudra que je dissimule bien ce carnet. Au Palais j'ai mes cachettes, je ne crains pas grand-chose ; mais ici ? Et j'écris ces lignes dans le train, sous les yeux des autres... Inconsciente que je suis ! Monderman, si elle aperçoit mon carnet, me le volera – elle a le démon du chapardage.

Appel, ce serait pire : elle le lirait du début à la fin, et rapporterait tout à Judith.

Par prudence, je le range ; je continuerai demain.

19 juin. Nous sommes arrivées hier en fin d'après-midi. Notre résidence est un bel hôtel ancien (on l'appelle d'ailleurs « le grand hôtel »), donnant sur la mer. Ingrid et Beatrix l'ont confisqué dans les années 1970 pour s'en faire un lieu de repos. Elles ont passé là de bons moments, dit-on, avant la trahison. (C'est Bertolucci qui m'a révélé cela. « Mais ne va pas raconter que j'ai prononcé le nom de Beatrix », a-t-elle prévenu. Comme si j'étais bête à ce point !) Judith y passe chaque année quelques jours, en alternance avec d'autres résidences qu'elle possède le long de la mer, de Blankenberge à la Groningue – ou plutôt que *l'Empire* possède, et met à sa disposition.

Comment s'appelle cet endroit ? On n'a pas voulu me le dire. Je ne sais même pas si c'est la côte belge ou hollandaise, la Flandre ou la Zélande. La sécurité, comme d'habitude.

Hier soir, nous nous sommes promenées sur la plage. Judith a emmené les chiens et les a fait courir une heure avant qu'une soldate les ramène à l'hôtel, où ils sont logés dans des niches (le réalisme jusqu'au bout). Quand le jour est tombé, nous nous sommes allongées sur le sable, sur une couverture, face à la mer. Judith a demandé qu'on apporte des sandwichs et du vin ; nous avons pique-niqué en écoutant les vagues. Le ciel était noir, sans étoiles. Monderman a murmuré :

– Dans deux jours, c'est le solstice.

Des brigadières montaient la garde près de nous. « A

quoi bon ? me suis-je demandé. Il n'y a personne, ici ! » J'ai ironisé sur leur présence dans ce désert : « Ne pourrions-nous pas les renvoyer à l'hôtel ? » Mais Appel a répondu que j'étais folle, qu'on n'était à l'abri nulle part, et que Beatrix et ses terroristes pouvaient arriver par la mer ; et, s'étant ainsi effrayée elle-même, elle s'est blottie dans les bras de Judith. Bertolucci a objecté que je n'avais pas tort : on ne craignait rien, les environs ayant été nettoyés au milieu des années 1970 – on avait expulsé toutes les habitantes à dix kilomètres à la ronde, pour que les Bergères ne soient pas dérangées pendant leurs vacances.

– Quel calme, a murmuré Judith.

Après le pique-nique, un peu saoules, nous avons nagé dans la mer. L'eau était froide, mais c'était agréable. Les brigadières nous regardaient ; nous avons tenté de les convaincre de nous rejoindre mais, intimidées par Judith, elles n'ont pas voulu se débarrasser de leur barda (leur fusil, leur radio, etc.). Alors, avec Schimmelnau (gamine comme jamais), nous leur avons ordonné d'approcher près de l'eau et les avons copieusement arrosées. J'ai ri à ces enfantillages, au point d'en avoir honte. Schimmelnau m'a-t-elle contaminée ?

22 juin. Trois jours que nous sommes là. Une routine s'installe. L'hôtel est immense, et nous sommes peu nombreuses à l'habiter. (Il y a bien les cuisinières, les caméristes, une escouade de larbins, toute l'intendance dont Judith a besoin ; mais cette armée ne compte pas, elle est invisible.) Cela change du Palais où il y a toujours du monde, des courtisanes, toute une foule, du bruit. On se croirait dans un château abandonné ; on a des frissons romantiques, on se sent mélancolique. Par moments, j'ai l'impression d'un vide : des pièces trop grandes, des couloirs trop longs, des plafonds trop hauts. Moi, dont on a toujours dit que j'étais solitaire, je me prends à regretter la fourmilière de la Cour !

Il fait beau ; on peut porter des robes légères. Schimmelnau ne s'en prive pas, qui se promène à demi nue du matin au soir et ne se soucie même pas de se couvrir les seins. Judith, elle, passe ses journées à la plage ; elle y étend une couverture et s'allonge au soleil, « pour le plaisir du farniente ». Son oisiveté est encouragée par Appel et Schimmelnau, selon qui « elle le mérite bien ». Monderman, elle, préfère les promenades. Tôt levée, elle part dès potron-minet avec son repas dans une musette et deux brigadières en escorte ; toute la journée, elle crapahute dans les dunes et cueille des herbes sauvages qu'elle fait infuser le soir pour des tisanes, ainsi que des fleurs qu'elle arrange en bouquets. Cette manie provoque les ricanements de Bertolucci, qui trouve que ce sont « des occupations de bonne femme ».

Quant à moi, je m'ennuie. La plage m'assomme ; j'aime y passer quelques minutes et me baigner un peu, mais je ne saurais pas rester sur le sable des journées entières. (Je crois que Schimmelnau est de mon avis, en secret ; mais elle feint d'adorer la plage, pour plaire à Judith.)

Hier, comme je me morfondais, j'ai visité méthodiquement l'hôtel. Il est si vaste que je me suis perdue ! Tous les corridors étroits qui conduisent à des dizaines, peut-être des centaines de chambres, se ressemblent. Dans certaines, les lits sont faits, et il y a des vêtements dans les armoires. Appartenaient-ils aux vacanciers expulsés le jour où les brigadières ont confisqué l'hôtel ? Je me demande depuis quand personne n'a plus pénétré dans ces pièces. Eh ! Serais-je la première, depuis 1973 ? Impression troublante de me trouver dans un passé arrêté.

23 juin. Encore une journée à ne rien faire. Tout compte fait, je commence de trouver cela agréable.

A midi, le ciel s'est couvert ; vers seize heures, il s'est mis à pleuvoir à verse, et les baigneuses (les sommeilleuses, plutôt, parce que en réalité elles ne se baignent pas : elles ne font que dormir, ou se chamailler sur leurs serviettes) sont rentrées en courant de la plage. Ne manquait que Monderman, toujours en promenade.

Nous nous sommes réunies dans un salon et avons goûté. Puis, pour nous amuser, nous avons fait venir quatre filles qui travaillent aux cuisines. Elles étaient terrorisées. Judith les a provoquées gentiment, ordonnant qu'elles s'asseyent sur ses genoux puis s'offusquant qu'elles osent obéir. Ensuite, elle leur a demandé de se déshabiller pour le plaisir de les gronder à cause de leur maigreur. C'était cruel ; mais cela n'a pas duré longtemps.

Monderman est rentrée vers dix-sept heures, trempée et fâchée d'avoir été surprise par la pluie – elle qui prétend prévoir le temps à la couleur que prend le ciel au crépuscule de la veille. Elle a ordonné aux larbins qu'ils allument un feu, pour « réchauffer ses vieux os ». Il n'y avait plus de bois dans le bûcher, mais elle n'a rien voulu savoir : les pauvres garçons ont dû fouiller tout l'hôtel pour en trouver. Ils ont fini par rapporter une douzaine de planches. Mais, quand ils ont allumé le feu, la cheminée, qui n'avait pas fonctionné depuis longtemps, s'est mise à fumer au point que nous avons dû quitter le salon... Monderman, pour se calmer (elle a des colères silencieuses, rentrées, mais qui sont impressionnantes, car elles se lisent sur ses sourcils), nous a préparé une infusion avec des plantes cueillies aujourd'hui – elle se croit un peu pharmacienne. J'ignore quel mélange elle a concocté, mais c'était infect.

Plus tard. Un incident a eu lieu ce soir. Comme le soleil revenait, Judith a jugé que nous avions perdu assez de temps, et a voulu profiter de la soirée pour retourner à la plage. Appel et Schimmelnau ont applaudi, et Monderman aussi. Pas très emballée par l'idée de devoir m'asseoir sur du sable humide et de me baigner dans de l'eau froide, j'ai dit que je préférais rester à l'hôtel. Judith a insisté ; elle s'est approchée et m'a caressé la joue en murmurant :

– Je sais qu'au fond de toi tu meurs d'envie de nous accompagner, et que c'est par timidité que tu refuses.

J'ai souri en penchant la tête pour mieux sentir sa caresse, mais j'ai persisté. Alors, Judith a changé de visage. D'un geste vif, elle a pris ma gorge entre ses mains et l'a serrée. J'étouffais, le sang me montait à la tête. Puis elle a desserré son étreinte, toutefois sans me lâcher. Alors à mon oreille, mais assez fort pour que tout le monde l'entende, elle m'a chuchoté entre ses dents :

– Quand je te demande de venir, tu viens.

Après quoi elle a tourné les talons et s'en est allée. J'étais blanche comme un cadavre. Stupéfaites, Monderman, Appel, Schimmelnau et Bertolucci m'ont regardée quelques instants puis elles sont parties elles aussi. J'ai porté les mains à mon cou, et suis restée immobile pendant une minute ou deux, reprenant mon souffle. Ensuite, j'ai couru pour les rattraper. Que faire d'autre ?

Atrocement angoissée, j'ai marché vers la mer en me demandant si Judith m'en voudrait, et si elle n'allait pas me chasser. Mais non : elle a fait comme si de rien n'était. Elle a même insisté pour que ce soit moi qui étale la crème solaire sur son dos, privilège qu'elle réserve d'ordinaire à Schimmelnau. Et, quand j'ai eu fini, elle en a passé sur ma peau (sa crème, qu'elle ne prête jamais !), en me reprochant maternellement de ne jamais me protéger.

Je sais qu'elle aime souffler sur nous le chaud et le froid ; mais c'est la première fois, vraiment, que j'en fais aussi violemment l'expérience. L'effet est réussi : je me sens mal, et si coupable que je me tuerais pour elle.

Après Schoonhoven, ils partirent pour Delft, où ils retrouveraient Alvert et Lotte. Kristin expliqua qu'ils allaient contourner Rotterdam et passer par Gouda, nom comique qui mit Bordeaux en joie. « Et si on s'arrêtait pour acheter du fromage ? », demanda-t-il. Kristin répondit qu'on n'avait pas le temps, mais lui promit qu'une meule lui serait offerte avant leur départ.

Avant Delft, ils firent une halte dans une plaine sans nom transformée en cimetière. A perte de vue, les tombes étaient surmontées par des rondins de bois, espacés d'un mètre. Cela ressemblait à une forêt de pilotis où l'on aurait négligé de poser une ville, ou à un plan d'eau hérissé de ducs-d'Albe. Kristin les laissa profiter du spectacle, puis leur donna l'explication.

– C'est un cimetière imaginaire, dit-elle.

– Comment cela ?

– Fictif, si vous préférez.

– Vous voulez dire qu'il n'y a pas de mortes sous les rondins ? demanda Gould.

– Oui.

– Je ne comprends pas.

– C'est une œuvre d'art, conçue par Solen Jupon-René en 1979. Un mémorial pour les femmes assassinées par les hommes depuis les origines de l'humanité. Chaque rondin indique l'endroit d'une fosse commune imaginaire, où sont virtuellement enterrées cent victimes.

– En multipliant par cent les nombre de rondins, on obtient donc le nombre total des victimes ? demanda Bordeaux.

– Voilà.

– Mais comment calculez-vous ça ? s'insurgea Golanski.

– C'est approximatif, bien sûr, concéda Kristin. C'est le symbole qui compte.

Elle contempla la forêt de rondins devant eux, puis ajouta :

– Ce qui est très fort, c'est que la forêt avance. Elle vit, en quelque sorte. Nous plantons chaque année autant de nouveaux rondins qu'il y a eu d'assassinats dans le monde.

– Chiffre fixé par vous au hasard, objecta Golanski.

– Chiffre fixé selon les données transmises par les partis féministes de tous les pays, corrigea Kristin.

Elle se tut, agacée, puis reprit :

– Et je peux vous dire que le cimetière s'étend d'heure en heure. Depuis 1979, il a fallu raser des bois pour l'agrandir vers l'ouest. (Elle montra du doigt la direction.) Dans quelques décennies, si les assassinats ne cessent pas, nous devrons raser les villages alentour.

– Et vous le ferez ? demanda Golanski.

– Oui. Le cimetière cessera de grandir quand le monde sera acquis à la cause des femmes. On pourra l'observer depuis le ciel comme un indicateur des progrès planétaires de nos droits. Le jour où la justice l'aura partout emporté, il se figera.

Gould considéra la grande plaine recouverte de pieux, inquiétante sous le ciel gris. Schoten, ce haut lieu de la Révolution belge, l'avait laissé indifférent. Mais ici, il se sentait saisi, transporté, méditatif, comme s'il ne s'agissait pas d'un symbole mais d'un champ du souvenir avec de vraies mortes, comme dans les cimetières militaires de Normandie (il y en avait un tout près de sa maison de campagne). Il eut l'envie de s'agenouiller, pour rendre hommage à ces victimes ; mais il se raisonna, devinant que ses compagnons ne l'imiteraient pas, et qu'il aurait l'air ridicule.

Ils demeurèrent là dix minutes, en silence, puis retournèrent aux voitures.

A Delft, ils retrouvèrent Lotte et Alvert. Ils voulurent se raconter tout de suite leurs aventures ; chaque groupe était curieux de ce qu'avait vu l'autre, tout le monde parlait en même temps. Kristin rappela qu'il y avait un programme à suivre, et qu'ils auraient le temps de tout se dire plus tard. Pour l'heure, il fallait partir pour la banlieue, à la découverte du pôle technologique dont elle avait parlé la veille. Là se jouait l'avenir génétique de la Révolution. On se mit en route.

C'était un immense campus très moderne, avec de beaux bâtiments neufs aux façades en verre, de larges pelouses bien vertes et des chemins bitumés où circulaient des voiturettes de golf. Partout, des guérites où veillaient des soldates en armes, droites, immobiles, comme de vrais *foot guards* anglais – il ne leur manquait que le bonnet à poils. Certains bâtiments étaient entourés d'un grillage électrifié et flanqués d'un baraquement où se tenaient des militaires ; au loin, un mirador se découpait dans le ciel. Ces dispositifs impressionnèrent fortement les Français. On aurait cru que la région était en guerre. Ils furent soudain graves, pénétrés par l'idée d'une menace toute proche. Comme pour les maintenir dans ce sentiment, on leur distribua des passes qui leur permettraient d'aller et venir sans être contrôlés : un badge (avec une photographie), un bracelet et un insigne qu'il fallait agrafer sur la poitrine et dont les différentes couleurs indiquaient les zones où ils avaient accès. Gould eut le sentiment d'être un cosmonaute qui préparait une sortie dans l'espace.

Les laboratoires, les recherches biologiques en cours, tout ce décor de fioles, de chambres stériles et de microscopes, c'était pour lui un monde nouveau, dépaysant. Contrairement à Golanski et Langlois, qui se passionnaient pour les questions scientifiques, Gould ne s'était jamais intéressé à ce milieu. Les laborantines en blouse blanche, avec leurs masques et leurs charlottes, lui parurent d'une espèce bizarre. Il ne comprit rien aux explications qu'on leur donna. Il s'en fichait ; il écoutait à peine. Etre un incapable dans ces matières lui était égal : il ne plaçait pas la science au sommet de son échelle de valeurs, et son inculture en ce domaine n'était pas de nature à le déconsidérer à ses propres yeux, alors qu'être pris en défaut sur un sujet historique ou sur une notion de philosophie l'aurait rempli de honte. Il ignorait ce que sont l'anode et la cathode, se moquait de ce qu'est l'ADN, et s'en trouvait très bien. Il tirait même une sorte de fierté de son souverain dédain pour toutes les choses de la matière et pour tout ce qui n'était pas philosophique, historique ou littéraire.

Pourtant, malgré son manque d'intérêt affiché, il fut secrètement impressionné par les dimensions gigantesques des installations, des machines. Il se sentit pris d'humilité, comme devant les statues des Bergères et le cimetière imaginaire : dans ce si petit Empire, il se faisait de grandes choses. Certes, n'y connaissant rien, on pouvait facilement l'épater : lui aurait-on fait prendre une vieille chaudière pour un accélérateur de particules qu'il l'aurait cru. Mais il se fiait aux réactions de Langlois et de Golanski, moins faciles à duper que lui. En particulier, il ne vit pas sur le visage de Langlois l'air narquois qu'il prenait quand il sentait qu'on voulait l'abuser ; il en déduisit que ce n'était pas du vent, et qu'on pouvait admirer tout cela sans passer pour un sot. Et puis, aussi, il trouvait une poésie dans le jargon scientifique qu'on leur servait, dans ces appareils aux formes bizarres dont il ne savait ni les noms ni l'usage. C'était comme dans un roman de Jules Verne. Il se laissa aller à des rêveries, imagina des fonctions délirantes aux instruments qui tournaient autour de lui, et des buts de recherche improbables aux scientifiques penchées sur leurs paillasses.

De temps en temps, il redevenait attentif, parce que les explications tout à coup s'éclaircissaient, parce qu'elles se rattachaient à des questions politiques. Soudain, cela lui parlait. Alors il se concentrait, se reprochant de n'avoir pas mieux écouté.

Il apprit ainsi comment on travaillait ici à rendre infaillibles les techniques de sélection des gamètes, afin que les femmes se garantissent contre le risque de donner naissance à des garçons. Bientôt, grâce aux progrès réalisés ici, les candidates à la maternité pourraient faire leur tri à domicile, à partir d'un échantillon de semence fourni par l'Etat. Facile, fiable et gratuit.

Le centre menait également des recherches pour améliorer la conservation du sperme.

– Le but ultime, expliqua Kristin, c'est de tirer d'une génération d'hommes assez de semence pour féconder les femmes pendant vingt siècles.

– Mais vous finiriez quand même par épuiser ces stocks, objecta Langlois. Il faudra maintenir au moins une lignée masculine.

– Oui, c'est vrai pour l'instant. Mais nous comptons bien que, d'ici là, nos savantes mettront au point une technique de reproduction qui, en évitant le recours aux gamètes mâles, résoudra ce problème. Et quand nous aurons réussi cet exploit, nous pourrons laisser s'éteindre nos fournisseurs.

– Ou les éteindre vous-mêmes, ajouta Langlois.

– Voilà, approuva Kristin.

Ils virent des prototypes d'utérus artificiels, qui ressemblaient à de gros œufs métalliques sur trépied.

– Nous voulons soulager les femmes du fardeau de la grossesse, commenta Kristin. Pourquoi continuer de le porter ? Alors que les hommes, eux, en sont dispensés !

Précisément, un autre projet en cours à Delft consistait à réparer cette inégalité en dotant des cobayes masculins de l'équipement nécessaire pour une grossesse.

– Dans quelques années, affirma Kristin, les hommes porteront nos filles.

– C'est ce qu'on appelle se refiler le bébé, dit Bordeaux à l'oreille de Gould.

Ils voulurent voir des spécimens de ces hommes prodigieux, leur ventre gros, leur démarche en canard.

– Pour le moment, on ne peut pas vous les montrer, dit Kristin. Mais dans six mois, dans un an, vous reviendrez ; et nous vous ferons assister à leur accouchement !

– En somme, vous retournez la nature, commenta Gould.

– Eh oui, répondit Kristin. C'est cela, une révolution, non ?

Gould remarqua l'exaltation sur le visage de Kristin, ainsi que chez les savantes du campus. Elles semblaient enthousiastes. Leur recherche leur donnait-elle la même ivresse que la spéculation philosophique, dont il disait qu'elle était « son absinthe » ? Il fallait reconnaître que c'était fascinant. Elles ne révolutionnaient pas seulement la société, elles révolutionnaient l'espèce humaine ; pas seulement les mentalités, les habitudes, mais aussi les corps. C'était formidable. Gould se trouva très admiratif pour cet immense chantier qui embrassait tout. D'un côté, les grands travaux, l'urbanisme, la propagande, les rassemblements de masse, les statues des Bergères, le façonnage d'un environnement neuf ; de l'autre, les travaux sur l'infinitésimal, sur les cellules et les gènes. Du bulldozer au microscope, tous les moyens pour un même combat ; tout marchait dans le même sens. Les Belges ne négligeaient rien dans leur utopie. Fallait-il détruire une civilisation millénaire pour bâtir un royaume qui convienne aux femmes ? Soit ! On détruisait. Fallait-il encore changer les lois intimes de la nature, bouleverser tout le champ du vivant ? Eh bien ! On n'hésitait pas une seconde : rien n'était trop coûteux, rien ne semblait impossible. Delft, ces laboratoires, ces milliers de biologistes affairées, rêvant à l'extinction des mâles – cette volonté prométhéenne de changer tout dans le monde, de le soumettre à l'idée de la Bergère : quelle admirable folie !

En clou du spectacle, la visite d'un complexe consacré à la technique dans quoi l'Empire mettait tous ses espoirs : le clonage.

– L'autoreproduction : voilà le rêve ! s'exclama Kristin, euphorique.

Elle claqua des doigts. Une brigadière apporta une statuette de bois peint et la lui tendit. En la tournant dans ses mains, Kristin la sépara en deux par le milieu et l'ouvrit, découvrant une statuette identique à l'intérieur. Des poupées russes.

– Voilà, dit-elle. L'avenir.

Elle n'ajouta rien, comme si la démonstration se passait de commentaires.

Avisant au mur un grand portrait de Judith, Gould imagina une Belgique peuplée de Judith clonées, marchant en cadence dans les rues, comme des colonnes de fourmis à l'attaque d'un biscuit. Cette vision d'unité le retint quelques instants puis il se dit : « Quitte à cloner, autant choisir un plus joli modèle que Judith. »

27 juin. Judith nous a imposé aujourd'hui une curieuse expédition.

Nous sommes parties dans deux limousines – Judith, Appel et Schimmelnau dans la première, Bertolucci, Monderman et moi dans la seconde – et nous avons roulé pendant deux heures sur les petites routes qui longent la mer.

Après un long moment durant lequel Bertolucci s'est assoupie, posant quelques instants sa tête sur mon épaule, nous nous sommes arrêtées à un barrage militaire. Les brigadières se sont prosternées devant la voiture de Judith, puis nous ont distribué des sacs où nous avons trouvé une combinaison et un masque à gaz. Etonnées, nous avons tenté en vain d'obtenir des explications, puis avons revêtu cet équipement et sommes remontées maladroitement en voiture. Les masques changeaient comiquement nos voix ; nous étions ridicules. (Monderman, avec le sien, ressemblait tout à fait à un rat.) Vingt minutes plus tard, nous sommes arrivées dans une ville déserte. Il n'y avait pas âme qui vive, comme si les habitantes avaient fui. Que s'était-il passé ? Incertaines si nous en avions le droit, nous sommes descendues de voiture. Nous avons été frappées par le silence ; pas un bruit, rien, pas même un pépiement d'oiseau – juste le vent dans les feuilles. C'était surnaturel ; on se serait crue dans l'espace.

Judith, à la tête d'un groupe de soldates, a marché dans la ville. Elles avaient l'air de gros vers blancs. Bertolucci, Monderman et moi nous nous sommes consultées pour savoir s'il fallait les suivre. Nous avons décidé de marcher derrière elles, à distance. Du coup, nous n'avons rien entendu de leur conversation.

Quelle curiosité, cette ville fantôme ! Tout y était prêt à vivre, à s'animer ; mais les femmes manquaient. Une main céleste semblait avoir retiré toute la population pour répandre un gaz ou je ne sais quel produit bizarre dont, apparemment, nous devions nous protéger.

A l'heure où j'écris ces lignes, je ne sais toujours pas ce qui s'est passé là-bas. A notre retour, j'ai interrogé Judith, qui n'a rien voulu dire.

– Secret d'Etat. J'ai le droit d'avoir des secrets, non ?

(Dans son esprit, les secrets d'Etat et ses propres secrets sont une seule et même chose.)

Les Quatre Grandes savent peut-être quelque chose, mais n'ont rien lâché non plus.

Un incident notable, sur le chemin du retour : la jeep de tête a freiné brusquement, manquant d'être emboutie par la suivante ; deux brigadières apeurées ont sauté à terre, et ont tiré des rafales au hasard. L'espace d'un instant, nous avons cru à une attaque ; mais bientôt les tirs ont cessé.

– Elles ont sans doute vu du mouvement et cru que c'étaient des terroristes de Beatrix, a commenté Bertolucci. Voulant protéger la Bergère, elles ont tiré. C'est bien.

– Et s'il s'était agi de simples paysannes ? ai-je demandé.

Elle a haussé les épaules.

29 juin. Monderman, férue de paranormal (elle ne peut parfois pas se coucher sans avoir auparavant tiré les cartes à quelqu'un – combien de fois m'a-t-elle suppliée de la laisser lire mon avenir, après que les autres l'ont envoyée promener ?), a préparé le thème astral de Judith. Bertolucci, mécréante, l'a regardée en ajoutant des commentaires ironiques. Mais Judith, passionnée par le langage des étoiles, a commandé à Bertolucci de se taire.

Evidemment, Monderman n'a fait que des prédictions vagues, qui n'engagent à rien et dont il sera facile de démontrer pourquoi elles ne se réalisent pas. Ces généralités innocentes plongent Judith dans le trouble. Plus tard, je la retrouve soucieuse, qui tourne et retourne dans sa tête les prophéties de Monderman (laquelle est partie se reposer, prétextant la fatigue que procure l'interrogation des astres), ressassant chaque phrase, chaque mot, persuadée que tout est vrai. Elle m'expose ses réflexions, et veut mon avis sur toutes sortes d'affaires qu'elle croit en rapport avec l'astrologie : si je trouve compétente telle bureaucrate qu'elle vient de nommer, ce que je pense de tel ministère, ce genre de choses.

– Mais je n'en sais rien ! dis-je.

– Je veux ton avis quand même.

Alors je m'exécute, en donnant une opinion au hasard. La bureaucrate, j'affirme qu'elle est incompétente ; le ministère, qu'il est pléthorique et qu'il faudrait le couper en deux. Je parie qu'elle suivra mon opinion, congédiera la bureaucrate et bouleversera le ministère… Elle me demande aussi si, selon moi, tel corps d'armée devrait être composé de neuf bataillons au lieu de sept. (Bataillons, divisions, je ne sais plus.) Comme je demande pourquoi, elle me répond que le neuf est son nombre fétiche. Je refuse d'entrer dans ces divagations ; elle se met un peu en colère, et me renvoie en disant qu'elle doit s'occuper des affaires de l'Etat.

Demain, elle réformera le corps d'armée pour avoir ses neuf bataillons ; et elle infligera à ses administrations mille autres lubies qu'elle annulera dès que les astres auront changé d'avis.

30 juin. Sur la plage. Là, devant la mer, je découvre Schimmelnau. Elle est seule : cela ne lui ressemble pas. M'approchant, je vois que son maquillage a coulé sur ses joues : elle a pleuré. Je n'ose pas demander pourquoi – ou plutôt, je ne préfère pas : si son chagrin est lié à une dispute (avec Appel, par exemple), elle n'aura de cesse que je prenne son parti ; après quoi elle se réconciliera avec Appel sur mon dos, et pour finir elle se convaincra que j'étais la cause de leur querelle. D'une manière générale, j'essaie de ne jamais rentrer dans les rapports entre les Grandes : elles se retourneraient toujours contre moi.

Nous nous disons des banalités. Très vite, je m'apprête à continuer ma promenade. Mais elle me retient :

– Pour ne pas aimer Judith, il faudrait être folle, n'est-ce pas ?

Surprise, je ne réponds rien. Elle insiste :

– Ce serait de la folie, hein, de n'aimer pas Judith ?

Un silence, puis :

– Une vraie pathologie ! Tu ne crois pas ?

Elle pose et repose la question, et me presse le bras en sanglotant. Je me méfie. Ne joue-t-elle pas la comédie pour me tester ? Elle laisse croire qu'elle a de mauvaises pensées à l'égard de Judith afin qu'en la consolant j'avoue en avoir moi aussi ; et alors, elle racontera tout à Judith. Mais après quelques instants, je comprends qu'elle est sincère. Je bredouille quelques mots, et lui laisse entendre que c'est elle la préférée.

– Judith t'adore.

– Mais moi, est-ce que je l'aime comme je devrais ?

– Bien sûr.

Alors elle reprend sa rengaine :

– Ne pas l'aimer, ce serait être folle. N'est-ce pas ?

– Oui. Tu as raison.

Mal à l'aise, je m'enfuis, la laissant seule face à la mer.

C'était la veille du retour. Langlois était pressé de rentrer, et en même temps un peu nostalgique. Il repensait à leur arrivée, à la première nuit d'hôtel, à la cérémonie à l'école, se disant : « C'est déjà du passé. » Son esprit n'était plus au voyage proprement dit, mais au prochain retour, à la façon dont Gould allait attirer la presse, à leur récit qui ferait date.

A ce sujet, Gould n'avait pas encore établi la façon dont on procéderait. Qui écrirait ? Et quoi ? Ces questions jusqu'à présent étaient sans urgence ; désormais, elles s'imposaient. Publierait-on un seul reportage ou une série ? Gould rédigerait-il lui-même, ou leur distribuerait-il les différents sujets ? Chacun voudrait avoir sa signature, songea Langlois, et faire prévaloir ses vues ; cela promettait de beaux débats. Sans doute Lotte n'exigerait pas grand-chose, sa priorité étant ailleurs – c'est au sein du Parti qu'elle mettrait à profit son voyage, pas dans la presse. Il était même possible que n'avoir rien à écrire la soulage, car la plume n'était pas son fort. (Langlois se l'était laissé dire par le nègre qui avait écrit tous ses livres.) Pour les autres, en revanche, ce serait plus compliqué.

Golanski, par exemple, ne se contenterait pas de mettre à disposition son journal : il exigerait de collaborer à l'article. Peut-être avait-il déjà conclu un arrangement avec Gould. Quant à Langlois, sans vouloir absolument tout signer, il trouvait normal d'être mis à contribution. Après tout, il était expert dans plusieurs domaines (l'histoire, l'économie, les questions militaires). Comment se passerait-on de ses compétences, si l'on voulait faire de ce reportage le texte de référence sur l'Empire ? Et puis son calme, sa pondération naturelle contrebalanceraient la fougue de Gould, et pourraient peut-être l'empêcher d'appuyer trop sur sa corde lyrique.

La matinée fut consacrée à l'achat de souvenirs. Croyant leur faire plaisir, Kristin les conduisit à Rotterdam dans un entrepôt où s'étalait à perte de vue le génie belge des objets : icônes, affiches de la Bergère, bibelots historiés à la gloire de la Révolution.

Kristin les précéda.

– Faites votre choix ! cria-t-elle.

Langlois, perplexe, flâna dans ce dédale de statuettes, de tasses à café, de vases, de briquets, d'assiettes, de monnaies et de parapluies sur lesquels étaient reproduits le visage de Judith, ou celui d'Ingrid, parfois les deux. On vendait des modèles de différentes tailles des célèbres statues des Bergères devant lesquelles il avait refusé de se prosterner. On trouvait aussi des vêtements brodés au nom de Judith, des pendentifs, des bijoux, ainsi que les fameux badges que les Belges étaient tenues de porter à la place du cœur ; des chandelles parfumées ; des sacs, des valises ; des cassettes audio des discours des Bergères, l'hymne national, les films-souvenirs des spectacles commémoratifs et des grands défilés militaires. Langlois dégota même des mouchoirs aux initiales « J.V. » (pour « Judith Vermaarsch »), ornés du profil brodé de Judith. Pour se moucher dans la Bergère.

Gould surgit devant lui, l'air préoccupé. Il le tira par la manche et l'emmena à la librairie du magasin, où tous les écrits des Bergères étaient en vente – le *Livre*, bien sûr, mais aussi des poèmes, des histoires pour enfants, des catéchismes. Gould montra deux livres côte à côte, et qui s'intitulaient tous les deux *Vie d'Ingrid* ; le premier était un petit format, l'autre un luxueux grimoire illustré qui pesait bien cinq kilos.

– C'est le même texte. J'hésite entre le modèle de voyage et le modèle de luxe. Lequel choisirais-tu ?

Langlois demeura interdit. Gould voulait-il vraiment acheter ce livre de propagande ? Il avait l'air sérieux. Alors, ironique, Langlois lui conseilla de choisir le plus lourd, songeant au boulet qu'il traînerait dans sa valise.

– Oui, tu as raison, s'exclama Gould. Je prends celui-là.

Voyant Gould satisfait, Langlois regretta son conseil : il l'imagina chez lui, devant sa bibliothèque, montrant à ses visiteurs cette luxueuse édition achetée, vous ne devinez pas, mais oui, dans l'Empire, au grand magasin de Rotterdam. Cette perspective horripila Langlois.

– Non, se reprit-il. En fait, tu devrais prendre le petit. Ce sera plus commode pour le transport.

– Tu as raison, dit Gould.

Mais sa mine déçue prouvait qu'il mourait en fait d'envie d'acheter cet extravagant bouquin, et qu'il avait simplement besoin de quelqu'un qui l'encourage à céder à son impulsion. Raisonnable, il choisit tout de même le petit. Par la suite, Langlois sut qu'il était finalement retourné dans la librairie pour l'échanger contre le grand format.

Bordeaux les rejoignit. Il avait le sourire instable qu'il prenait quand il était sur le point de faire une farce. Il leur fit signe de le suivre, et les conduisit à sa trouvaille : un rayonnage entier d'objets sexuels, de toutes tailles. Ils en demeurèrent sans voix. Bordeaux ne se tenait plus, hoquetant de rire en haussant frénétiquement les épaules à la manière d'un ressort.

– Vous avez du flair, ricana Kristin dans leur dos.

Ils sursautèrent.

– S'agit-il de ce que nous pensons ? murmura Gould.

– Que voudriez-vous que ce soit ? répliqua-t-elle.

– Mais je croyais que c'était interdit ! s'exclama Langlois.

Kristin s'assombrit.

– Mais… Attendez un instant. A quoi croyez-vous que cela nous serve ?

Langlois fut désarçonné par la question.

– Eh bien…

Il hésita.

– A nous donner du plaisir ? demanda Kristin en levant un sourcil.

– Oui.

– Mais non ! s'insurgea-t-elle. Non !

Elle semblait scandalisée.

– Comment pouvez-vous croire une chose pareille ? Allons !

Elle fixa les trois hommes, puis expliqua :

– Vous savez bien que les femmes n'ont pas besoin de ça pour leur plaisir, n'est-ce pas ? Vous le savez ?

– Oui, bien sûr, bredouilla Gould.

– La pénétration est un crime, et la jouissance qu'elle procure prétendument n'est qu'une fable, dont je n'ai pas besoin de dire dans l'intérêt de qui elle a été inventée.

– Certes, se défendit Gould. Mais alors, ceci ?

Et il brandit l'article qu'il avait entre les mains.

– Ils sont faits pour qu'on les brûle.

– Pardon ?

– Pour les feux de joie, si vous voulez. C'est très courant. Dans les fêtes, les réunions amicales, on fait flamber quelques phallus pour célébrer la Révolution. C'est pourquoi ils sont tous en bois.

Gould et Bordeaux inspectèrent l'objet.

– En effet, c'est du bois…

Et ils en prirent chacun un, assurant à Kristin que c'était « pour offrir à leur femme ».

Au bout d'une heure, les Français se retrouvèrent devant la caisse pour comparer leurs achats. Lotte avait pris des tuniques bariolées, parce qu'elle avait trouvé très jolies les Belges qui en portaient (elle voulait lancer la mode en France), ainsi que des babioles. Alvert, elle, avait choisi la reproduction d'un tableau de Judith, pour décorer sa future maison. Gould avait ses livres ; Bordeaux, ses phallus inflammables, des briquets « J.V. » pour ses cigares et deux bouteilles de ce cocktail sans alcool qu'on leur avait servi, « pour en faire analyser la composition ».

Golanski, lui, repartait sans rien.

– Je n'aime pas les souvenirs, se justifia-t-il. J'aurais

bien pris une carte postale, mais je n'en ai pas trouvé de jolie.

Langlois approuva que Golanski n'achetât rien, interprétant ce renoncement comme une protestation contre le culte de la personnalité. Du coup, il regretta d'avoir pris par dérision une paire de ciseaux sur laquelle était gravée la devise que Kristin avait traduite en riant, et qui témoignait que la Belgique avait gardé un peu de son humour : « Pour couper ce qui doit l'être ».

A midi, ils mangèrent dans une auberge où on leur servit à tous le même plat. L'atmosphère était joviale ; tout le monde plaisantait, y compris Kristin. « Dommage qu'on ne reste pas huit jours de plus, pensa Langlois : elle commence tout juste de devenir agréable. »

Tout au long du repas, elle fit des travaux d'approche pour connaître la teneur du reportage qu'ils publieraient en France. Quelle impression garderaient-ils de leur périple ? Elle procédait par allusions grossières, posant des questions dont il était facile de déceler l'intention. Langlois la soupçonna de le faire exprès : elle était ordinairement une manipulatrice douée, ces pauvres tentatives ne lui ressemblaient pas. Gould heureusement ne tomba pas dans le panneau, et répondit par des galéjades.

– Nous n'écrirons rien qui soit déplaisant, dit-il.

– J'espère bien.

– Tenez, d'ailleurs, voici ce que nous allons faire.

Il sortit son stylo et son calepin.

– Nous n'écrirons rien que vous n'ayez dicté ! Allez-y. Je note.

Kristin éclata de rire.

– Mais je n'ai nul besoin de dicter, mon cher. Que

croyez-vous que j'aie fait depuis le début ? Tout ce que je vous ai dit, tout ce que je vous ai montré, vous l'avez enregistré, n'est-ce pas ! La dictée, je vous l'ai déjà faite !

Eclats de rire autour de la table. Bordeaux intervint :

– Ma chère, puisque nous nous séparons bientôt, je voudrais vous demander une faveur.

– Je vous écoute.

Il pouffa, puis se reprit.

– J'aimerais que vous nous racontiez une histoire drôle.

– Pardon ?

– Une blague féministe.

Elle demeura interdite.

– Mais…

– Allez. Je suis sûr que vous en connaissez.

Kristin était désemparée. Une blague ! Langlois comprit que c'était au-dessus de ses forces. Mais Bordeaux insistait :

– Alors ? Ne me dites pas que vous ne plaisantez jamais, bon sang !

Il posa sa main sur le bras de Kristin, qui sursauta.

– Tenez, dit-il, si vous voulez, nous faisons un échange : je vous en dis une de chez moi, et vous m'en racontez une de chez vous.

– Il n'est pas certain que ton humour la fasse rire, observa Gould.

– Essayons ! répliqua Bordeaux. Quel genre de blague voulez-vous entendre ?

– Mais… je ne sais pas, balbutia Kristin.

– J'en ai une *contre les femmes*.

Langlois frissonna, craignant que cette provocation soit

mal comprise. Mais Kristin, heureusement, ne broncha pas.

– Et les brigadières, continuait Bordeaux en se tournant vers la table où elles mangeaient en silence, je suis sûr que, dans leurs chambrées, elles s'en disent de bonnes. Demandez-leur, Kristin !

Les brigadières comprirent qu'on parlait d'elles ; Kristin leur expliqua la requête de Bordeaux. Etonnées, elles se consultèrent. Finalement, l'une d'entre elles se leva – une belle femme qu'avait déjà remarquée Langlois et dont il allait entendre la voix, grâce aux facéties de Bordeaux – et raconta une histoire drôle en néerlandais. Ils n'y comprirent évidemment rien, mais écoutèrent poliment – surtout Bordeaux, qui essayait de deviner la chute d'après l'inflexion de la voix. Et il devina juste : à l'instant précis où la fille achevait, il partit d'un rire énorme, monstrueux, qui le secoua de la tête aux pieds. Kristin le regarda avec stupéfaction, se demandant si ce n'était pas une raillerie. Gould, qui résistait mal aux facéties de Bordeaux, éclata à son tour d'un rire communicatif, qui entraîna Capucine et, de proche en proche, toute la tablée.

– Ah ! fit Bordeaux en séchant ses yeux. Vous nous servirez bien du vin, après ces émotions ?

Et il en obtint.

Le repas continua dans cette ambiance enjouée. Bordeaux et Gould se lancèrent dans une joute de bons mots. Etait-ce d'avoir été contraints de n'être que des spectateurs depuis leur arrivée, que le besoin de faire leur numéro les reprenait tout à coup ? Malgré l'esprit français de leur conversation, Kristin ne fut pas débordée ;

elle la relançait même, montrant qu'elle connaissait la plupart des auteurs cités. Les avait-elle lus ? Pour l'élite dont elle faisait partie les tabous n'existaient peut-être pas. On protégeait les femmes les plus influençables, qui d'elles-mêmes n'avaient pas les moyens de juger, mais on levait les interdits pour les meilleures. La culture était donc comme le vin, réservée à l'aristocratie.

L'après-midi, Kristin leur fit voir une colline artificielle édifiée devant la mer avec les gravats de tous les chantiers de Hollande méridionale entrepris depuis 1970. Ils montèrent au sommet comme des pèlerins en procession, et admirèrent poliment le panorama. Kristin les incita à consulter la table d'orientation en se plaignant du temps et en jurant que, si le ciel le permet, la vue s'étend à plus de vingt kilomètres. Les Français feignirent de trouver cela passionnant ; et, du reste, ils se sentaient bien sur cette colline : il n'y avait rien à voir, mais ce n'était pas désagréable.

Langlois contemplait pensivement la mer. Gould lui mit la main sur l'épaule et le fit sursauter.

– Alors, on médite ?

– Tu m'as fait peur, répondit Langlois.

– Désolé. Ne trouves-tu pas qu'elle a quelque chose, cette colline ?

– Non. Pourquoi ?

– Je ne sais pas. Je lui trouve un côté, comment dire… ?

C'était amené lourdement, et Langlois devina qu'il allait évoquer Barrès, romancier qu'il disait détester mais qu'il ne pouvait se retenir de citer. Un hurlement strident retentit alors derrière eux : c'était Lotte. Blême, elle avait trébuché sur un os fiché dans le sol. Ils s'approchèrent.

– Mais qu'est-ce que c'est ? demanda Gould.

Bordeaux conjectura que c'était un os de cheval, et Golanski un os de vache. Alors Kristin, froidement, suggéra que c'était sûrement celui d'un ouvrier qui avait péri sur les chantiers hollandais et dont on avait jeté le cadavre dans les gravats dont cette montagne était faite.

Le soir, ils soupèrent à La Haye dans un hôtel devant un étang artificiel. Au moment du dessert, une brigadière vint glisser un mot à Kristin, qui se réjouit. Elle les invita à passer dans la véranda qui donnait sur le parc. Ils l'y suivirent, en se demandant ce que les Belges leur avaient encore réservé.

L'étang était comme une immense flaque noire.

– Eh bien ? demanda Bordeaux.

– Ecoutez, répondit Kristin en souriant.

Ils entendirent une détonation, et une rosace éclata dans le ciel. D'autres explosions suivirent, la nuit s'illumina comme un grand tableau bariolé. En guise d'adieu, l'Empire tirait un feu d'artifice.

1er juillet. Judith est en crise. Elle est d'une humeur atroce. On la croirait folle.

Ce matin, elle a chassé tout le monde – les cuisinières, les soldates, les aides de camp. Allant de pièce en pièce, elle maudissait l'univers et ne cessait de répéter qu'elle ne voulait plus voir personne. Ses doctoresses ont voulu la calmer, mais elle a repoussé leurs stéthoscopes et leurs seringues, puis les a chassées. En moins d'une heure, tout le monde avait disparu, à part les Quatre Grandes et moi.

J'imagine que les brigadières, dont la mission consiste à veiller sur elle, y compris pour la protéger contre elle-même, ne sont pas très loin ; sans doute ont-elles monté leur campement dans les environs, et surveillent à distance ce qui se passe à l'hôtel, en attendant que le calme revienne. Elles ne nous abandonneraient pas dans ce désert. Je suis angoissée depuis leur départ, seule avec les Grandes et Judith. De quoi j'ai peur au juste, je ne le sais pas vraiment. De Judith, peut-être ?

Elle s'est enfermée dans sa chambre, et ne veut toujours personne auprès d'elle – elle m'a crié méchamment de partir quand j'ai frappé à sa porte pour savoir si tout allait bien.

Ambiance.

2 juillet. Judith est toujours recluse, et n'a pas touché au repas qu'Appel et moi avons déposé devant sa porte hier soir, ni au petit-déjeuner ce matin. Cela va-t-il durer ?

3 juillet. La crise continue, mais sur un mode nouveau. La soirée a été épouvantable ; je crains qu'elle ait des conséquences.

Au début, cela semblait s'arranger. En fin d'après-midi, Judith a réapparu, calmée ; elle était même aimable. J'ai cru que tout était fini, et me suis sentie soulagée. Comme je me trompais !

Elle a demandé que nous préparions un goûter ; nous nous sommes exécutées. Puis, en buvant son chocolat, elle a proposé que, ce soir, nous fassions une petite fête, toutes les six. Appel a bondi :

– Allons-nous nous *amuser* ?

Elle a bien insisté sur ce mot, « amuser » ; j'ai deviné qu'entre elles, c'était un code.

– Oui, ma chérie, a répondu Judith. Nous allons nous *amuser*.

Alors Appel, euphorique, lui a sauté au cou. Monderman, Bertolucci et Schimmelnau se sont félicitées.

Qu'est-ce donc *s'amuser*, pour elles ? C'est s'empiffrer, vandaliser, boire, saccager, se laisser aller à tous les dérèglements, tout mettre sens dessus dessous, retomber en enfance. C'est ce que nous avons fait – et j'ai pris part à cette débauche, pour ne pas déplaire à Judith.

J'aurais dû résister, quitte à la fâcher. Racontons cela dans l'ordre.

Judith a mené la sarabande. Pour commencer, elle nous a conduites aux cuisines, où sous ses ordres nous avons rassemblé toute la nourriture. Schimmelnau, Appel, Bertolucci et même Monderman – si calme d'habitude ! – ont vidé les placards et tout lancé sur la table : les légumes frais et congelés, les quartiers de viande, les œufs, le pain, les épices, les biscuits. Une fois sur deux, elles manquaient la table ; j'ai voulu ramasser ce qui tombait mais Judith a écrasé son pied sur ma main en criant vulgairement : « Je ne t'ai pas sonnée ! »

Cette montagne de nourriture, nous l'avons ensuite jetée au hasard dans des casseroles et dans les fours. Nous tournions les boutons dans tous les sens, testions tous les ustensiles ; c'était du délire. Au bout de dix minutes tout débordait, tout brûlait ; la cuisine était une étuve, et un chantier de démolition. Enfin, quand Judith a jugé que tout était prêt, elle a prononcé un compte à rebours de dix à zéro ; à zéro, nous avons versé les mixtures dans nos assiettes et les avons mangées « le plus salement possible », selon son ordre. Je n'ai pas osé refuser ; j'ai bâfré comme elles, avec les doigts, en feignant de trouver ça drôle. C'était infect. Mais nous avons tout avalé quand même. La graisse coulait sur nos cols, nos joues étaient maculées, nos doigts pleins d'huile. C'était à mourir de honte.

Quand nous avons été rassasiées, Appel, trouvant qu'on n'avait pas assez régressé, a proposé qu'on fasse une bataille de nourriture ; et, joignant le geste à la parole, elle a plongé la main dans un plat et m'a visée. Cris de joie, rires bêtes ; aussitôt, la cuisine s'est transformée en champ de tir. Dégoûtantes, nous avons finalement ôté nos vêtements souillés. Qu'auraient-elles dit, les Belges affamées, les Belges qui économisent le moindre sou, en nous voyant au milieu des denrées saccagées, sales et barbares ?

La suite n'a pas été plus brillante. Judith, d'un ton mi-autoritaire, mi-rieur, nous a entraînées à travers l'hôtel, en nous imposant des jeux enfantins que même mes filles auraient trouvés ridicules – mettre nos pas dans les siens, marcher en fermant les yeux, nous immobiliser à son signal… Elle prenait cela très au sérieux, et se fâchait si nous ne suivions pas ses règles. Ce que nous trouvions en chemin – les vases, les tableaux, tout –, nous devions le casser, à tout le moins en répandre le contenu par terre ; Judith montrait l'exemple en crevant les oreillers dans les chambres, en arrachant les tentures – elle s'y suspendait jusqu'à ce qu'elles cèdent, puis éclatait de rire en tombant. Les Grandes, contaminées par sa folie, s'en donnaient à cœur joie. Que pouvais-je faire ? Les raisonner n'était pas possible, rester à l'écart était dangereux. Alors, consternée, j'ai tout ravagé moi aussi. Puisque c'était le bon plaisir de la Bergère !

Epuisées, nous nous sommes repliées vers le salon, où Monderman a allumé un feu. (J'ai eu peur qu'en voulant jouer avec les tisons elle incendie tout, mais non, heureusement.) Le calme est revenu ; très lasse, je me suis couchée sur un canapé et j'ai prié pour que tout s'arrête. Mais Judith n'en avait pas fini.

– Va chercher ce qu'il faut, a-t-elle ordonné à Schimmelnau.

Quoi encore ? Monderman, Appel et Bertolucci se sont mises à pépier. Au bout de cinq minutes, Schimmelnau est revenue avec une valise de cuir et l'a confiée à Judith, qui l'a ouverte : elle était pleine d'aiguilles et de seringues ensachées dont j'ai tout de suite compris l'usage. A Bertolucci, ce spectacle a arraché un gémissement d'envie. J'étais sidérée. La Bergère et les Grandes, toxicomanes !

Comme de juste, Judith eut l'honneur de se piquer la première, sous le regard amoureux des courtisanes qui la caressaient en même temps – mais on devinait leur impatience, leur envie qu'elle se presse pour leur passer la seringue. Judith s'est assise devant le feu en massant doucement son bras. Alors, après avoir changé l'aiguille, Schimmelnau a fait comme elle ; puis Bertolucci, Appel et Monderman, dans l'ordre. Monderman a été la plus longue, parce qu'elle a cherché sur son corps maigre un endroit où se trouer la peau. Elle a finalement choisi l'intérieur de sa cuisse, et s'est mise à sourire béatement comme les autres.

Inévitablement, mon tour est arrivé. Je n'ai jamais pris aucune drogue, bien que ce soit courant à l'hôpital, où médecins et infirmières puisent allègrement dans les armoires à pharmacie. Ce n'est pas dans mon caractère ; même, cela m'a toujours fait un peu peur. (Il faut dire que tous nos médicaments sont de fabrication belge, et que je n'ai pas confiance dans nos usines. Tout cela parce que je ne sais plus quelle ministre, en partant du principe qu'une femme ne se soigne pas comme un homme, a décrété qu'on devait cesser d'importer de l'étranger des remèdes qui ne nous sont pas spécifiques – moyennant quoi, après des années de pénurie, nous n'utilisons plus que des gélules brevetées par les laboratoires de l'Empire, inefficaces et parfois meurtrières.) Mais ce soir, avais-je le choix ?

J'ai d'abord espéré que dans leur extase elles m'oublieraient. Mais non. Judith m'a souri, a repris la seringue de Monderman et me l'a mise entre les mains.

– Je vais te changer l'aiguille, a-t-elle murmuré.

Puis elle s'est souvenue :

– Mais non ! Tu sais comment faire : tu es infirmière !

Et elle m'a tendu la valise. J'étais prise au piège. Le plus sage était d'accepter. Qu'était-ce au fond qu'un peu de drogue ? Je perdrai temporairement mon contrôle ; ce n'était pas si grave. Peut-être je ne tiendrai plus debout, je divaguerai : mais quelle importance, puisque je n'aurai eu pour témoins que des femmes délirantes, et qui demain auront tout oublié ?

Pourtant, j'ai refusé : à Judith qui me regardait fixement, j'ai répondu que, ce soir, je n'en n'avais pas envie. J'ai pris un air détaché, pour faire croire que les drogues ne sont pas pour moi une nouveauté, et qu'un autre jour, peut-être, j'en aurais pris ; je voulais dissimuler ma peur, espérant que Judith n'insisterait pas. Mais elle avait encore tout son esprit, et ses exigences de tyran. Elle m'a tendu de nouveau la seringue.

– Allez.

– Non, ai-je balbutié.

– Prends.

– Non.

Pourquoi me suis-je entêtée ? Les Grandes nous regardaient en silence ; l'atmosphère était tendue. Un affrontement entre Judith et moi ! C'était inédit.

Alors, en un instant, Judith a étouffé de rage. J'en suis restée stupéfaite, moi qui pourtant devine ses colères, et qui par des gestes doux parviens à les calmer ; mais ce soir, à cause peut-être du désordre provoqué par la drogue, je n'ai rien senti venir. Elle a violemment jeté la seringue, m'a rouée de coups de poing, puis elle m'a craché des obscénités au visage et pour finir m'a reproché tous les malheurs de l'Empire. Je suis un fardeau dont elle va bientôt se débarrasser, je l'ennuie, je suis une femme triste, je ne sais pas m'amuser, ni l'amuser, elle. Je ne fais même pas bien l'amour. Pourquoi me garder ? Elle se le demande. La drogue la déchaînait, et je savais que ces paroles ne reflétaient pas le fond de son âme ; mais elles m'ont fait souffrir. J'aurais voulu répliquer, mais cela n'aurait servi à rien ; elle n'aurait pas entendu. Hystérique, elle m'a accusée de comploter, d'avoir passé un pacte avec Beatrix. Reprenant son souffle, elle s'est tournée vers les Grandes qui, jubilant, contemplaient ma chute – elles qui depuis si longtemps l'attendaient.

– N'est-ce pas, vous autres ? a-t-elle lancé.

C'était un signal pour qu'elles se joignent à la curée. Elles ne se sont pas fait prier ; elles ont confirmé les horreurs de Judith et en ont inventé d'autres. Elles allaient si loin – j'étais une antiféministe avérée, une espionne de Beatrix – qu'au bout d'un moment, j'ai balancé entre les larmes et le fou rire. Il m'a manqué un magnétophone pour enregistrer leur logorrhée : nous aurions écouté la bande quand elles seraient redevenues lucides, et elles n'en seraient pas revenues. Au bout d'un moment, j'ai craqué, et me suis effondrée en larmes. Je me suis enfuie dans ma chambre, où je me suis enfermée à clef. J'ai bien fait, car elles m'ont suivie. Pendant dix minutes, elles ont tambouriné à ma porte, me sommant d'ouvrir pour que j'entende la suite. Puis elles sont reparties.

C'était il y a trois heures environ. Je crayonne à présent ces mots d'une main tremblante, encore terrorisée. Que se passera-t-il demain, quand elles auront déssaoulé ? Je voudrais être optimiste, croire que les folies de ce soir seront oubliées. Judith n'a-t-elle pas déjà eu contre moi des colères – moins dures, certes, mais quand même ? Peut-être même qu'elle voudra se faire pardonner en m'offrant des cadeaux.

Mais aussi bien, il se peut qu'elle m'en veuille. Que ses menaces, elle les mette à exécution.

Va-t-elle me chasser ?

Je voudrais que le jour ne se lève pas. La nuit a été horrible, mais j'ai peur que ce soit pire demain.

4 juillet. Mes mauvais pressentiments se confirment. Quand je suis sortie de ma chambre, à onze heures, elles dormaient encore dans le salon, nues et sales auprès du feu mort, nouées comme des vipères. Elles ne se sont réveillées qu'au milieu de l'après-midi : Appel la première, puis Bertolucci, puis Judith. Je leur ai préparé un petit-déjeuner avec ce que j'ai pu récupérer dans les cuisines ravagées : un peu de café, du pain rassis et des confitures que j'ai disposés dans les rares assiettes que nous n'avons pas cassées. Elles ont mangé sans un mot, en poussant des grognements, puis sont parties dans leur chambre. Monderman et Schimmelnau n'ont pas été plus aimables.

M'en veulent-elles ? Impossible à dire : elles n'ont pas

réapparu de l'après-midi. Sans doute se sont-elles rendormies, encore assommées par la drogue. J'ai erré seule dans l'hôtel jusqu'à la nuit, en constatant les dégâts de notre petite fête – ce dont six furies sont capables, c'est à peine croyable.

Au salon, parmi les coussins éventrés, j'ai retrouvé la seringue.

5 juillet. Elles sont revenues à la vie. Tôt ce matin, Monderman est partie dans les dunes pour se décrasser. Elle reviendra ce soir avec ses éternelles racines, pour nous fabriquer des décoctions. Bertolucci, elle, s'est enfermée dans un salon « pour étudier ». Elle va plancher toute la journée sur une page d'Ingrid, pour en tirer un commentaire nébuleux qu'elle fera lire à Judith. Les deux autres, j'ignore ce qu'elles trafiquent. Quant à Judith, elle est installée dans la véranda. Depuis son lever, sans se lasser, elle fait des réussites. Et elle refuse de me parler.

Pour la reconquérir, je joue les chattemites, je me comporte en petite fille modèle. Comme une chienne en faute et qui rôde, la tête basse, en guettant le moindre geste de sa maîtresse qui lui signifiera son pardon. J'en suis là.

6 juillet. Judith a rappelé son personnel ; l'hôtel s'est repeuplé. Sans commentaire, les bonnes ont nettoyé les dégâts et tout remis en ordre. Elles n'ont même pas paru choquées. Ont-elles l'habitude ?

Judith me bat toujours froid. Elle fait comme si je n'existais pas.

7 juillet. Nous rentrons à Bruxelles. Les vacances sont terminées.

Judith part seule dans une voiture, nous par le train. Elle a besoin de réfléchir, me dit-elle. Réfléchir ! Au sort qu'elle me réserve, peut-être ?

9 juillet. Au Palais, où nous sommes revenues depuis deux jours, je crains que certains signes annoncent ma disgrâce. Par exemple, aujourd'hui, des brigadières m'ont demandé mes papiers. Au restaurant, j'ai eu l'impression que des regards durs se posaient sur moi, d'entendre dans mon dos des murmures et des rires discrets. On ne se bouscule plus à ma table ; quand j'aborde un groupe, il se disperse, comme s'il me fuyait.

Toute la journée, j'ai cherché Diane, la seule qui dans ces murs soit encore mon alliée ; mais elle est introuvable.

Tout à l'heure, une scène pénible : Sien passe devant moi, sans un mot, sans me regarder…

10 juillet. Cela continue. J'en suis à m'interroger si je dois préparer ma fuite. Paranoïa ? Peut-être que je donne trop d'importance à cette fâcherie avec Judith. Je ne sais plus quoi penser. J'échafaude des hypothèses, je tourne et retourne tout cela dans ma tête. Peut-être serai-je simplement chassée ; je retournerai à mon point de départ, chez moi, comme les autres élues qui ont porté avec moi le cadeau de Judith. Mais si Judith veut me punir, elle m'enlèvera peut-être mon pavillon, et je serai relogée dans un appartement sororal, comme quand j'étais jeune. Ou pire, elle pensera qu'un camp me ferait du bien. Deux ou trois mois de rééducation, pour me remettre les idées en place ! Mon esprit s'emballe, je deviens folle. Et Diane qui reste invisible ! Où est-elle donc ? Elle saurait, elle, si je m'abuse ou si j'ai raison d'avoir peur !

11 juillet. Toutes celles que je croise me dévisagent. Je me sens une pestiférée. Je n'ose plus sortir.

12 juillet. Ce matin, une brigadière est venue me chercher. J'ai cru mon heure arrivée – j'imaginais déjà le fourgon ; je sanglotais. Mais c'était en fait pour une promenade en limousine. J'en suis restée interdite. Où m'emmenait-on ? Comme d'habitude, la brigadière n'a rien voulu dire. L'espace d'un instant, l'idée m'est venue qu'on me conduisait voir mes filles, et que c'était une attention de Judith en vue de nous réconcilier ; je me suis sentie soudain follement gaie. Mais dès que nous avons démarré, j'ai compris que je me trompais : la voiture, au lieu de bifurquer vers Liège, est entrée dans Bruxelles.

Je n'ai compris le but de l'excursion que sur l'Astridveg, l'avenue inaugurée voici quelques semaines par Judith et qui porte mon nom. La limousine a roulé à faible allure, presque au pas, pour que je puisse bien voir les soldates juchées sur des échelles, occupées à dévisser les plaques sur les murs des immeubles.

CARNET DE LANGLOIS

Notre retour fut sensationnel. A la gare du Nord, nos proches qui nous attendaient coudoyaient une foule venue nous applaudir, et qui réclamait nos premières impressions. Etait-il vrai qu'en Belgique les robinetteries étaient en or ? Qu'il y faisait toujours beau, parce que la Bergère commandait au ciel ? Que les Belges mouraient centenaires ? Que les hommes, par contrition, marchaient à quatre pattes ? Quelques antiféministes se trouvaient là aussi, venus discrètement dans l'espoir que nous briserions le mythe et dresserions de la Belgique un tableau d'apocalypse. Quelle bousculade ! Je me serais cru musicien d'un groupe à la mode. (Mais Gould n'est-il pas une vedette, dans son genre ?) Du train au taxi, il nous fallut une demi-heure, tant la foule était dense. De partout fusaient des questions, des supplications, même – des femmes tendaient les mains, pensant peut-être que nous distribuerions des reliques. C'était du délire. Avions-nous vu Judith ? Etait-elle grande comme on le disait ? Et où était passée Léonore Alvert ?

Gould nous avait imposé de rester silencieux jusqu'à la conférence de presse prévue le lendemain. Il exigea que nous y soyons présents, même s'il devait être le seul à parler. (Par provocation, j'avais demandé une dispense, au prétexte de mettre tout de suite de l'ordre dans mes notes et de rassembler mes souvenirs encore frais ; il m'avait longuement entretenu pour me convaincre d'être là et de donner une image d'unité. Je compris par la suite qu'en étant là tous les cinq nous ferions mieux ressortir l'absence d'Alvert, ce qui donnerait au public du grain à moudre.)

Durant cette première rencontre avec la presse, Gould se surpassa : ce fut un vrai spectacle. Devant une cohue de quatre cents journalistes entassés dans une salle trop petite à dessein, il s'employa à ne répondre à aucune question précise en renvoyant chaque fois à « notre récit qui paraîtra bientôt ». Le seul sujet qu'il voulut bien développer, ce fut l'absence d'Alvert, dont il lut avec des trémolos dans la voix un message où elle expliquait ses raisons. Après trente minutes d'esquives et de fausses réponses, il se leva, descendit de la tribune, posa pour les photographes avec sa femme (qui depuis notre retour ne le quittait plus et se pendait en permanence à son bras, comme pour l'empêcher de repartir vers de nouvelles aventures), et quitta la salle.

Paris, la France, l'Europe même parlaient de nous, attendant notre article comme un patient ses analyses. On nous écrivait de partout. Des experts nous demandaient des chiffres, des données intéressant leur domaine – les budgets des ministères, la productivité des fermes de Gaume et de Flandre, l'équipement de l'armée, les pratiques sexuelles des féministes, bref, tout ce qu'ils ignoraient sur ce pays fermé, qui ne communiquait plus avec le reste de la planète. Les philosophes, eux, voulaient savoir l'état de la réflexion féministe, et si nous rapportions des livres inédits. Les avocats, si nous avions assisté à des procès, visité des prisons – et quand c'était une avocate engagée, s'il y avait encore des prisons, ou si les crimes avaient diminué là-bas au point qu'on avait pu les fermer. C'était à croire que nous avions tout vu, et en revenions omniscients.

Au plan politique, les pro et les anti pariaient que notre reportage confirmerait leurs vues. Les féministes, sûres d'elles, faisaient des prévisions extraordinaires : notre article montrerait, par exemple, que le niveau de vie en Belgique est le plus élevé du monde, que toutes les Belges rayonnent de santé, etc. Les antiféministes attendaient de nous des impressions sinistres, du dépit et, peut-être, des détails horribles – n'importe quoi qui porte un coup au mythe belge. Mais, dans l'ensemble, ils n'espéraient pas tant le triomphe de leurs idées (même si certains, souhaitant un tableau des plus noirs, voulaient savoir si nous avions vu des cadavres) que l'anéantissement de leurs adversaires.

Quel parti décevrions-nous ? Je n'en savais rien. Nous n'avions pas encore fait le bilan du voyage. J'avais hâte d'entendre les intentions de Gould. Avant de faire prévaloir mes vues, je me préoccupais de modérer les siennes, connaissant sa fougue ; je le sentais capable d'arranger la vérité. En même temps, je me reprochais de réagir comme si Gould mentait déjà. Pour être honnête, certaines remarques, certaines de ses attitudes pendant le voyage me donnaient à penser qu'il était plus pondéré que je croyais. Mais, tout de même, je ne parvenais pas à m'ôter de la tête que nous allions nous affronter. Conscient que mes thèses n'auraient de poids que si les autres les soutenaient, je fis des ouvertures vers Golanski, Bordeaux et Lotte. Exercice difficile, car je ne devais pas laisser entendre que je plaçais mes pions. S'ils devinaient un conflit entre Gould et moi, ils prendraient sans hésiter son parti.

De Bordeaux, je compris vite que je ne tirerais rien. D'abord, rendu euphorique par notre succès dans la presse (et par son succès personnel car Gould lui avait permis d'intervenir seul – sans doute parce qu'il savait que Bordeaux, devant un micro, ne songeait qu'à faire le pitre, et ne dirait rien d'important), il n'arrêtait pas de plaisanter, et de ne rien prendre au sérieux. Discuter avec lui n'était temporairement plus possible. Il était passé définitivement sous la coupe de Gould : non par faiblesse intellectuelle (il était plus brillant que lui ; seulement, ses pirouettes gâchaient son talent), mais par paresse, pour n'avoir pas à faire l'effort de se forger des convictions. A moins que ce ne fût, plus simplement, par loyauté ; peut-être jugeait-il inélégant de contredire Gould qui avait organisé ce séjour en Belgique – argument qui d'ailleurs me touchait aussi : je me sentais gêné de l'attaquer.

Golanski me parut plus réceptif. Tout au long du voyage, et spécialement les derniers jours, il m'avait semblé se rebeller. J'en avais déduit que nous nous entendions et, de fait, je constatai en discutant que nous étions d'accord sur bien des points. Mais j'avais fait tout le chemin, et lui s'arrêtait au milieu. Comme moi, Golanski pensait que les Belges ne nous avaient pas tout montré ; mais il ne voulait pas en tirer de conclusions hâtives – « conclusions hâtives », son expression favorite. A le voir hésiter ainsi, j'ai compris que, s'il avait dû écrire seul le reportage, il n'aurait pas dépassé la première ligne. Son souci de neutralité le paralysait. Il ne voulait rien écrire qui soit trop en faveur de l'Empire ; mais rien non plus qui lui soit défavorable, et qui le ferait passer pour antiféministe. Il s'abritait donc derrière un souci d'objectivité. Je trouvais honorable qu'il ne veuille rien faire contre Gould ; pourtant, je voyais bien qu'un pas dans mon sens suffirait à le faire basculer de mon côté. Réussirais-je à le convaincre ?

Quant à Capucine Lotte, j'abandonnai d'emblée l'idée de la convertir. D'abord, il m'était difficile de l'aborder : nous ne nous connaissions que depuis peu de temps et, même si l'intimité du voyage avait renforcé notre camaraderie, nous n'avions jamais parlé de politique, de féminisme ni d'aucun sujet sérieux. Mais je savais que nous buterions sur des désaccords de fond. Sa foi féministe bornait son esprit. Elle n'était pas sotte, elle raisonnait bien ; mais uniquement sur les questions que son engagement n'avait pas écartées, et qui étaient très peu. Si je tentais de lui percer le cuir, d'ajouter dans ses énoncés une nuance imprévue, elle hochait la tête et répondait gentiment : « Oui, tu as peut-être raison. » Mais elle n'écoutait pas : sa religion était faite, son parti définitivement pris. Je fis malgré tout quelques efforts, à tout hasard. Je savais que je ne la ferais pas changer d'opinion, mais je voulais l'empêcher de romancer trop ses souvenirs, de déformer la vérité, et de conforter par son enthousiasme la position de Gould.

Trois jours après notre retour, Gould estima qu'il était

temps d'écrire le reportage. Il nous demanda donc de mettre au net nos impressions, de recenser les détails qui nous avaient frappés, de décrire les humeurs par quoi nous étions passés, et de mettre en mots le sentiment – les sentiments, plutôt, car peut-être en éprouvions-nous comme lui de contradictoires – que nous inspirait cette aventure. « Soyez honnêtes, ne retenez rien. Notre texte ne sera bon que s'il reflète fidèlement ce que nous pensons. N'ayez pas peur d'être maladroits ; nous corrigerons quand nous mettrons tout en commun. »

Puis, pour nous faciliter la tâche, il nous distribua un plan qu'il avait préparé. Tout était prévu, l'introduction, les parties, les articulations. Il voulait sans doute bien faire, mais je trouvais qu'il en faisait trop : en nous imposant ses cadres, il prenait déjà le pouvoir sur le contenu. Je me retins pourtant de protester. Gould et moi, à l'évidence, n'avions pas fini de nous opposer : mieux valait ne pas ouvrir trop tôt les hostilités, et garder mon énergie pour la suite.

Je me mis donc au travail, loyalement. En mettant mes notes au propre, je m'aperçus du reste que tout n'était pas aussi évident que je l'avais pensé. Par exemple, les premières lignes qui vinrent sous ma plume étaient bienveillantes pour la Belgique. Certes, les Belges s'étaient moquées de nous ; certes, elles ne nous avaient rien montré – je comptais insister là-dessus par la suite –, mais je restais tout de même séduit par leur Révolution, leur ambition de construire une société nouvelle. En laissant de côté les formules à l'emporte-pièce, les phrases chocs qui auraient donné à ma pensée un tour polémique, je me découvrais donc une position mesurée.

Là où j'eus le plus de mal, ce fut avec la décision d'Alvert. A mon avis, pour elle c'était surtout une occasion de quitter une vie dont elle était lasse, et de prendre un nouveau départ. Aurions-nous embarqué pour l'Afrique ou la Chine qu'elle aurait fait le même choix. Bien sûr, la politique entrait en ligne de compte, mais ce n'était pas l'essentiel. Ses raisons étaient surtout personnelles. De là à faire entendre cela aux féministes qui, sitôt sa décision connue, avaient poussé des cris de joie, trouvant que c'était « la preuve vivante » de la supériorité d'une société de femmes… Un hebdomadaire avait fait sa couverture sur elle, avec ce titre : « Elle a préféré la Belgique ».

Finalement, je décidai que ce n'était pas à moi de parler de Léonore, mais à Gould qui était depuis longtemps son ami. Je m'en remis donc à sa délicatesse, et laissai blanche cette partie de mon récit.

ÉPILOGUE

Une première attaque eut lieu en mars, mais si mal préparée qu'elle ne fut pas prise au sérieux ; les assaillantes, qui étaient douze et mal armées, eurent le temps de tirer trois coups de feu avant d'être capturées et fusillées.

Judith était à ce moment dans une période de crise, enfermée depuis trois jours dans ses appartements, ne voulant voir personne – pas même les Grandes. Elle sonnait matin et soir pour qu'on dépose devant sa porte des mets recherchés qu'elle ne mangeait pas, des documents qu'elle mettait en pièces, des films qu'elle regardait à peine (elle se faisait projeter les mêmes plusieurs fois). Parfois, elle exigeait des hommes, pour les maltraiter un peu – ils sortaient de là couverts de plaies mais vivants, parce qu'elle n'avait plus la force de tuer.

Ces crises étaient devenues fréquentes avec les années, et de plus en plus longues. Les doctoresses de Judith débattaient sur la question de savoir si c'était une aggravation de ses caprices habituels, ou le symptôme d'une nouvelle maladie. Les brigadières les appelaient des hibernations, parce que Judith disparaissait dans sa tanière pendant deux ou trois semaines, parfois un mois. Les Grandes assuraient l'intérim. Puis, quand Judith réapparaissait, elle reprenait les rênes, et retrouvait la fureur de gouverner. Pour rattraper le temps perdu, elle se déchaînait en décisions contradictoires, et entrait dans des colères inouies quand on lui disait qu'il était impossible de les appliquer.

Au Palais, les hibernations créaient une atmosphère de vacances, et la vie s'écoulait au ralenti. Ordinairement, Judith animait tout : elle ne restait jamais tranquille, avait toujours une idée nouvelle et coûteuse qui occupait jour et nuit les personnes à son service et toute la fonction publique. Mais pendant ses crises, tout retombait ; et les quatre qui la remplaçaient, même en s'affairant de leur mieux, n'égalaient pas l'activité de Judith en temps normal.

Les responsables de la sécurité préférèrent lui cacher la tentative d'intrusion qu'elles avaient matée. Elles n'en tirèrent d'ailleurs aucune leçon. Ces douze pétroleuses n'étaient qu'un noyau isolé. Fallait-il à cause d'elles augmenter la surveillance, multiplier les rondes, appeler des supplétives ? Non, évidemment. D'ailleurs, ce n'était même pas une attaque, puisqu'elle n'avait pas atteint le Palais (on l'avait arrêtée à cent mètres du mur d'enceinte). C'était un incident, comme une petite tempête, ou une panne d'électricité. Allait-on effrayer Judith pour si peu, Judith qui allait déjà mal ?

Que le Palais fût vulnérable, et l'Empire, personne n'y pensa. N'était-on pas en sécurité, dans ce pays sans opposition, entièrement sous contrôle ? L'arrogance des militaires, des hautes fonctionnaires ! Judith n'avait plus purgé ses ministres et ses soldates depuis des mois, et cela se voyait. Preuve, selon elles, qu'il n'y avait rien à craindre : avant le pathétique exploit de ces douze kamikazes, aucun attentat n'avait eu lieu depuis cinq ans – et encore : le dernier était le fait d'une aliénée, qui croyait précipiter l'avènement de « la » gynécée en expédiant la Bergère *ad patres*. (Lors d'une audience publique, elle s'était jetée sur Judith avec un poignard, mais elle avait trébuché à trois mètres de sa cible, et s'était cassé la jambe. Judith dirait par la suite qu'elle n'avait pas eu peur ; et même, que cela l'avait fait rire.) Pour trouver une vraie tentative d'assassinat organisée, il fallait remonter à plus de dix ans, quand des rebelles de Beatrix avaient voulu piéger le wagon impérial ; mais elles s'étaient dénoncées mutuellement avant le départ du train.

Donc, au lieu de penser que cet accrochage était inquiétant parce qu'il était exceptionnel, tout le monde le crut anodin, puisqu'il était exceptionnel : raisonnement d'un régime amolli, qui se croit invincible et regarde le danger en ricanant. Rien ne bougea donc ; pas de renfort de sécurité. Les brigadières continuèrent de ne faire leurs tours de garde qu'à moitié, et d'écourter leurs rondes pour rentrer plus vite à la casemate.

Aussi, on fut très surprise quand quinze jours plus tard survint une nouvelle attaque, que la précédente n'avait fait qu'annoncer. Il y eut des coups de feu, une explosion ; des éclats de lumière déchirèrent la nuit. La sirène réveilla tout le Palais et mit ses habitantes en émoi. Comme on avait négligé les plans d'urgence depuis longtemps, la désorganisation s'installa ; rien n'était prêt, personne ne savait quoi faire. Les brigadières rejoignirent les miradors qu'elles n'auraient pas dû quitter, et actionnèrent les projecteurs ; un sur deux ne fonctionnait pas – on avait oublié de les réparer.

Les cheftaines peinaient à diriger les troupes. Les vieux réflexes étaient engourdis ; elles ne se rappelaient plus les procédures à suivre, se sentaient impuissantes. Pendant ce temps, les soldates se dispersaient, ripostaient sans coordination. C'était à se demander qui, des assiégeants ou des brigadières, causait le plus de confusion.

Après dix minutes, la fourmilière se réorganisa. Des ordres enfin se firent entendre ; les soldates, galvanisées par le réveil des dignitaires, retrouvèrent leurs automatismes. Elles se mirent à combattre en professionnelles. Combien d'attaquants les encerclaient ? Personne n'en savait rien. Cinquante ? Cent ? Mille ? La lieutenante-générale Marceloos, sortant de sa stupeur, demandait en hurlant qu'on lui donne des précisions, qu'on lui décrive l'ennemi. Les réponses à ses questions changeaient sans cesse : selon les unes, le feu adverse était si nourri qu'il y avait là une petite armée ; mais d'autres affirmaient que c'était un simple commando, et qu'il n'y avait rien à craindre. Ces renseignements contradictoires la mettaient en rage. Elle insultait ses subordonnées. Ce n'étaient en tout cas pas des amateurs comme l'autre fois : ils utilisaient des armes lourdes – mitrailleuses, mortiers, et même un lance-roquettes, avec lequel ils firent exploser le mur d'enceinte, dans un épouvantable fracas. La panique augmenta.

Dans le Palais, on s'agitait ; il fallait protéger la Bergère, l'emmener dans un bunker blindé (on en avait creusé un peu partout dans l'Empire). Cinq soldates se présentèrent et, dans un contraste comique avec l'urgence de la situation, frappèrent à petits coups à sa porte, comme si elles venaient lui porter son dîner. Pas de réponse. Elles se regardèrent avec inquiétude, frappèrent de nouveau. Lui était-il arrivé malheur ? A la troisième fois, Judith geignit enfin.

– Ouvrez, Bergère ! cria la plus gradée.

Elle ne s'était jamais adressée ainsi à sa maîtresse. Mais, comme Judith ne répondait pas, elle craignit de l'avoir apeurée. Elle prit un ton moins militaire :

– Bergère, je vous en supplie ! Ouvrez !

Une voix traînante leur parvint :

– Je ne sortirai pas. Laissez-moi.

Pour donner du poids à sa demande, la soldate fut contrainte d'avouer à Judith ce qu'elle aurait préféré taire, pour ne pas l'effrayer : le Palais était attaqué, il fallait s'abriter. Elle demeura cependant évasive, et ne dit pas à quel point la situation était grave. Une nouvelle protestation se fit entendre à travers la porte :

– Ça ne m'intéresse pas. Partez !

Suivirent des mots incompréhensibles, accompagnés de gémissements.

Les soldates s'interrogèrent sur la conduite à tenir. Fallait-il faire venir Appel, Schimmelnau, Monderman ou Bertolucci ? Habituées à ses caprices, elles sauraient la raisonner. Mais on n'avait plus le temps de les chercher. On ne savait même pas si elles étaient au Palais : une soldate croyait avoir vu Bertolucci l'après-midi, une autre assurait qu'elle était partie hier pour Bruxelles. On ne pouvait habituellement pas approcher Judith sans que les Grandes soient là ; à présent qu'on avait besoin d'elles, elles étaient introuvables.

Les détonations se rapprochaient ; le Palais était-il

envahi ? Il fallait prendre une décision. Après avoir supplié une dernière fois la Bergère, les soldates lui hurlèrent de reculer, et firent sauter la serrure.

La chambre était dans l'obscurité. Actionnant l'interrupteur, elles découvrirent un spectacle déplorable : l'appartement était saccagé. Nue dans une robe de chambre, Judith, échevelée, se tenait debout, des ciseaux à la main, devant une toile de Solen Jupon-René sortie de son cadre et lacérée. Elle eut un mouvement de recul et tomba sur les genoux, comme une bête assommée ; puis, elle voulut se redresser et s'écroula sur un pouf. Deux soldates se précipitèrent pour la soutenir. Elles étaient à la fois affolées et euphoriques : elles *touchaient* la Bergère, incertaines qu'elle fût comme elles un être de chair et de sang ! Elles la relevèrent facilement, s'étonnant même de sa légèreté ; elle se laissait porter comme une enfant. Elle ouvrit à demi les yeux, fit un sourire ambigu et prononça ces mots obscurs :

– Il est arrivé, n'est-ce pas ?

Les soldates se consultèrent.

– Qui donc, Bergère ?

Mais elle ne dit rien.

Comme elle ne voulait pas – ou ne pouvait pas – marcher, il fallut la porter. Deux soldates ouvrirent la voie, le fusil à la main, protégeant les deux autres qui transportaient la Bergère. La cinquième suivait à cinq mètres, jetant sans cesse des regards derrière elle par crainte d'être prise à revers ; elle répétait aux autres d'accélérer, bien qu'avec Judith dans leurs bras ce ne soit pas possible.

Les couloirs grouillaient : soldates, courtisanes désemparées, larbins ballottés entre les ordres contradictoires que leur donnaient les femmes. (Leur maîtresse les envoyait chercher du secours ; mais ils rencontraient en chemin une autre courtisane qui, ayant perdu son larbin dans la pagaille, les enrôlait à leur service. Comme ils n'avaient pas le droit de désobéir au premier sexe et qu'ils ne savaient pas à qui se soumettre, ils n'arrêtaient plus de courir dans tous les sens.) Certaines pour calmer leurs nerfs violentaient leur larbin ; d'autres, agenouillées devant leur porte, pleuraient comme des enfants perdues. Voyant passer la Bergère, elles étaient frappées de stupeur ; à cause de son peignoir souillé et de son air ahuri, elles ne voulaient pas croire que c'était Judith.

Aucune âme un peu forte ne semblait vouloir se manifester pour remettre de l'ordre dans cette tourmente. Une soldate choquée se surprit à penser qu'un homme peut-être... Mais aussitôt, elle rejeta cette idée honteuse, criminelle même. Elle venait de comprendre qu'elle perdait ses moyens, qu'un monde s'écroulait. C'était une brigadière, formée à l'école de la Révolution, avertie des déviances qu'elle avait pour mission de pourchasser chez les autres ; et cette idée sacrilège venait de lui traverser l'esprit : qu'un homme ne serait pas de trop ! C'est que l'affaire était vraiment grave, et que cette attaque sonnait le début de la fin.

Quand j'eus terminé et tout relu, je téléphonai à Gould. Son domestique me répondit qu'il était en Normandie pour écrire son article, et qu'il rentrerait à Paris dans deux jours ; en attendant, il était injoignable. Je raccrochai, troublé. « Ecrire son article » ? Gould était-il en train de rédiger seul le reportage ?

Hélas oui ! Gould n'était pas parti seul mais avec Bordeaux, et ensemble ils avaient écrit un texte qu'ils nous présentèrent crânement comme un « premier jet », mais qui était en réalité une version définitive. Un reportage complet, détaillé – du beau travail ! Je protestai aussitôt ; ils répondirent que ce n'était qu'une ébauche, un canevas qu'on pouvait discuter. Ils prétendaient n'avoir posé que des fondations, mais tout était déjà construit jusqu'au toit. Et maintenant, ils nous offraient de choisir la couleur des rideaux... J'étais outré. Au fond, ils faisaient comme Kristin là-bas – ils nous mettaient dans un toboggan où nous n'avions qu'à nous laisser glisser, comme des enfants. Et il fallait en plus que nous soyons contents.

Pire, il y avait le fond. Ah ! Ma consternation quand

j'ai lu leur texte ! (Gould me demanda de lire jusqu'au bout avant de juger – comme si la fin pouvait rattraper les énormités du début.)

D'abord, ils utilisaient indifféremment le « nous ». Rien sur nos divergences, nos débats. Ensuite, tout était plein d'à-peu-près. Ils parlaient par exemple d'un accueil « chaleureux ». Chaleureuses, la fouille sous la pluie, la méfiance des soldates ? Je crus à une plaisanterie (venant de Bordeaux, ce n'était pas impossible) ; mais non. Ils parlaient sans rire de la « liberté » dont nous avions joui, des « réponses franches » que les Belges avaient apportées à nos questions, de leur façon « de ne pas louvoyer, de ne pas montrer de gêne, de ne jamais nous refuser d'informations que pour des raisons d'Etat » ! C'est aussi sans rire qu'ils jugeaient « originale » la pédagogie dans les écoles (les écoles au pluriel, comme si nous en avions vu plusieurs), « profonds » les propos de la lieutenante-générale Marceloos, « vivantes » les rues de la capitale, « passionnante » la randonnée à Schoten ! La cérémonie ridicule devant les statues des Bergères devenait une « invitation amicale à rendre aux libératrices l'hommage qui leur est dû. Tout était écrit dans ce registre. L'art féministe : « impressionnant, massif et souvent beau » – Gould m'avait avoué qu'il le trouvait pompier. Solen Jupon-René : « leur Camille Claudel, et même leur Victor Hugo », un génie dont les disciples faisaient « rayonner » l'enseignement « pour le bonheur des dames » – comme si elles étaient nombreuses à en profiter. La bibliothèque de Bruxelles ? « Impressionnante par ses dimensions, par son catalogue. » Tout était de cette même eau, arrangé, maquillé, truffé d'omissions ; et partout, le même lyrisme, la grandiloquence qui était la marque de fabrique de Gould (manifestement Bordeaux, qui, écrivait bien, avait renoncé à lui tenir la bride).

Parfois, c'était de l'invention pure. Ainsi, ils affirmaient que nous avions beaucoup ri, comme si nos hôtes avaient été aussi joviales et gaies que les Belges d'autrefois. Mais à quoi pensais-je, quand elles se montraient sous ce jour tellement aimable – moi qui ne me souvenais que de typesses sévères, muettes, disciplinées ? Non, ce pays était triste, austère, avec ses brigadières inexpressives et sans âme ; Kristin, une maîtresse femme intimidante, sèche, cassante ; et ce peuple, sombre comme ses forêts de sapins. Comment Gould et Bordeaux pouvaient-ils affirmer que « les intellectuelles ont là-bas la liberté de tout critiquer » ? Et quelles intellectuelles, dans ce pays où toute la philosophie se résumait aux théories fumeuses d'Ingrid et de Judith ?

Leur texte atteignait parfois des moments de poésie pure, presque comique. Ici, ils consacraient un paragraphe à démontrer que les Belges étaient « bien habillées ». Là, que l'herbe de leurs prairies était « plus grasse que la nôtre » (la Révolution en était sûrement la cause !). Ils faisaient même l'éloge du minibus où nous avions roulé, « spacieux, confortable, silencieux ». (Il n'était pas précisé que c'était un modèle importé d'Allemagne.) Ils forçaient leur talent sur les médailles et les galons des uniformes : « Des petites œuvres d'orfèvrerie » – Gould qui faisait ordinairement profession de détester l'armée ! (Plus loin, ils allaient jusqu'à s'extasier sur leurs mitraillettes, avec leurs « canons bien astiqués ».) A propos de la Transimpériale, ils reprenaient les absurdités de Kristin – la seule construction visible depuis la Lune avec la muraille de Chine, sans préciser qu'on n'y avait pas vu une seule voiture. Ils évoquaient ailleurs le trafic inexistant, mais c'était pour saluer le comportement écologique des Belges...

De colère, je jetai les feuillets en l'air. Stupéfaits, Gould et Bordeaux ne comprenaient pas.

– Mais quoi, répétait Bordeaux, mais quoi ?

Et Gould :

– Dis-nous ce qui ne va pas, enfin !

Je ramassai les feuillets, survolai le texte au hasard et pointai du doigt ce que j'y trouvais d'inacceptable.

– Et ceci ! Et cela !

Ils finirent par s'énerver eux aussi.

– C'est toi qui délires ! lança Gould.

Nous nous disputâmes. J'aurais admis que Capucine Lotte écrive ce texte. Mais Gould, Bordeaux, pourquoi ne disaient-ils pas simplement la vérité ? Alors j'entrevis la vérité. Gould et Bordeaux ne mentaient pas : ils étaient sincères, autant que moi. Simplement, *nous n'avions pas vu la même chose*. Nous étions irréconciliables.

Malgré tout, Gould insista pour que nous tombions d'accord, et je me laissai amadouer.

Nous partîmes tous ensemble en Normandie, et rédigeâmes une nouvelle version. Gould et Bordeaux multiplièrent les amabilités, me demandant sans cesse mon avis – tel passage était-il bon ? Telle formule bien choisie ? Pour les blancs que nous devions remplir, c'était vers moi qu'ils se tournaient, avant Golanski, avant Lotte. Et quand nous relisions un passage, il levait toujours sur moi un œil inquiet : « Cela te va, hein ? »

Par endroits, ce travail produisit des résultats ; mais

dans l'ensemble, ce reportage ne ressemblait guère à ce que j'avais imaginé – et que du reste je me promettais d'écrire plus tard.

Le texte, qui parut dans *L'Instant*, couvrait tout le numéro. Contre toute attente, Gould avait choisi un titre simple : « Voyage dans l'Empire des femmes ».

La publication fit beaucoup de bruit. Ce fut une déflagration incroyable. *L'Instant* avait tiré à deux cent mille exemplaires, trois fois plus que son tirage ordinaire : ils furent vendus en deux jours et, le lendemain, on en tirait deux cent mille de plus. Golanski, calculant ses bénéfices, se rallia totalement à Gould, et devint même son plus ardent défenseur – à présent le succès lui enlevait tout remords.

Presse écrite, radio, télévision, on ne parlait que de nous, et de la Belgique. Mon téléphone sonnait sans cesse. Des amis me félicitaient. D'autres étaient désolés, ou stupéfaits. Les plus affligés rompirent avec moi.

Les féministes admirèrent l'article : ce serait leur nouveau document de référence. Nous avions tout dit ; tout ce qu'il fallait savoir sur l'Empire était là. Elles allaient jusqu'à trouver dans les réserves que j'avais pu faire passer la preuve de notre objectivité. J'étais pris à mon propre piège. Gould exultait.

Sur l'autre rive, ils ricanaient. Il était évident que nous avions été bernés, et que le spectacle qu'on nous avait offert – et qu'ils nous reprochaient d'avoir enjolivé – n'avait rien à voir avec la vérité. Ils rejetaient tout en bloc, même mes bémols. Dépité, je songeai qu'à ce compte, j'aurais aussi bien pu m'abstenir, puisque mes efforts n'avaient servi à rien.

A *L'Instant*, la rédaction recevait un courrier monstre. J'allai le consulter tous les jours, retrouvant Gould qui avait établi son quartier général dans le bureau de Golanski. Bordeaux occupait aussi les lieux, pendu au téléphone. Seule Capucine demeurait invisible, accaparée par le Parti où elle cueillait les fruits de son exploit, entrevoyant un avenir radieux. (Il était question qu'elle entre à la direction, et certains parlaient déjà d'elle comme candidate aux prochaines élections.)

Un commentaire retint spécialement mon attention. Il était de Mathieu Bordeaux, le frère aîné de Lucien.

Mathieu Bordeaux était un homme étrange, aussi différent de son frère que possible ; ils s'étaient brouillés et ne se parlaient plus – ce qui n'empêchait pas Lucien de conserver pour son ténébreux aîné un fond d'admiration mêlée de crainte, et de prêter attention à tout ce qui venait de lui. C'était un marginal. Il avait été délinquant ; la justice l'avait condamné en 1975 pour vol avec violence – une peine de cinq ans qu'il effectua jusqu'au bout, en refusant les libérations conditionnelles. Dans sa cellule, il avait écrit un petit roman qu'il publia sous un pseudonyme et qui fit l'admiration du milieu littéraire. Puis, renonçant à la fiction, il était devenu une sorte de moraliste et, retiré dans sa montagne (il vivait seul dans une ferme du Haut-Jura), il écrivait dans un style froid de petits essais, des recueils de portraits et de considérations sur l'histoire. Certains de ses aphorismes étaient célèbres, par exemple celui-ci : « la gauche hait ses adversaires, la droite méprise les siens ». L'opinion était divisée à son sujet. La plupart le tenait pour un ermite à demi fou, étant donné son allure (cheveux longs et velours râpé), et même pour un dangereux misanthrope, à cause de son passé criminel et de sa collection d'armes à feu. Mais il avait un cercle d'admirateurs qui criaient au génie et cherchaient à lui rendre visite – en vain, car il n'était joignable que par courrier et ne répondait jamais aux lettres.

Mathieu Bordeaux détestait le féminisme révolutionnaire, et ne s'interdisait pas une pointe de misogynie provocatrice qui lui valait la haine du Parti (ce qui d'ailleurs l'enchantait). Il décida que c'était le moment de pointer son obusier sur l'Empire, sur ses admirateurs, sur son frère évidemment (à qui il réservait toujours ses meilleurs sarcasmes), et finalement sur nous tous, qu'il appelait ironiquement « les touristes ». Sa tribune, publiée dans un quotidien national, obtint un grand succès.

« Ils n'ont rien vu, écrivait-il ; ils en font l'aveu permanent. L'étrange, c'est que cela ne les trouble pas. Ils semblent au contraire ravis d'être aveugles. » Plus loin : « Ils auraient pu écrire tout leur article à partir de la propagande de l'Empire et du Parti. Ce n'est pas "Voyage dans l'Empire des femmes", c'est "Voyage autour de ma chambre". » Il décortiquait impitoyablement notre reportage, relevant les non-dits, les euphémismes. Là où j'avais imposé des compromis, il condamnait une rupture de ton. Il releva des passages mal relus, où se mêlait l'opinion de Gould et la mienne. « C'est plein de contradictions. Il faudrait quand même, sur un sujet aussi grave, qu'ils se mettent d'accord. » Comme il avait raison !

« Avec eux, ce n'est pas la servitude volontaire mais l'aveuglement consenti. Ils ont cru voir la Belgique, c'est la Belgique qui les a observés. Se sont-ils seulement demandé si, dans les lieux qu'ils ont visités, il n'y avait pas derrière les fenêtres, dans les fourrés et sur les toits des Belges retenant leurs rires, réjouies de les voir mordre à l'hameçon ? Peut-être rient-elles encore – si seulement on peut rire longtemps dans ce pays, ce dont je doute. Ce n'était pas une tournée officielle, mais un spectacle de Guignol. » Sur ce point encore, il touchait juste. « Là-dessus, ils rentrent en France sans deviner qu'on les a roulés, et nous racontent leur histoire comme s'ils avaient marché sur la Lune. On ne saurait être plus niais. Comment ne se sont-ils pas souvenus de la phrase de Stendhal que Mérimée a fait graver sur le chaton de sa bague : "N'oublie pas de te méfier" ? »

J'aurais voulu rentrer sous terre. Mathieu Bordeaux n'était pas le plus violent de nos détracteurs (quand il l'était, c'était par goût du bon mot, de la phrase assassine) ; du reste, le plus drôle, le plus réussi dans son texte, concernait Lucien, et on se demandait s'il n'avait pas tiré cette charge pour le seul plaisir d'anéantir son frère. Mais de tous les réquisitoires, c'est le sien qui m'a le plus ébranlé.

Il fallut vingt minutes aux soldates pour atteindre le bunker, parce que la foule les ralentissait et qu'elles se trompèrent de chemin. Vingt minutes, quand il en aurait fallu cinq ! Pendant vingt minutes, la Bergère exposée au danger qui approchait !

Les brigadières s'engouffrèrent dans le bunker, une enfilade de cinq pièces où l'on pénétrait par un sas muni d'une porte blindée. Une fois la porte fermée, elles n'entendirent plus rien des cris et des coups de feu. Elles couchèrent la Bergère sur un lit de camp. Elle bafouillait des mots incompréhensibles et elle grelottait, fiévreuse. Aucune d'entre elles ne savait la médecine ; de toute façon, seules les doctoresses de Judith avaient le droit de la toucher.

Une inspection rapide du bunker permit de constater qu'ici aussi rien n'allait. Elles auraient dû trouver des vivres pour des semaines : il n'y en avait que pour trois jours à peine. Les batteries, les lampes torches, le groupe électrogène, les jerricans d'essence, tout cela manquait, ainsi qu'une partie du stock de munitions, qu'on n'avait pas réapprovisionné. Depuis des mois, des années peut-être, personne ne s'était plus occupé de cet abri – alors que trente ans plus tôt, à sa conception, on avait présenté les kilomètres de couloirs voûtés creusés sous les Palais de l'Empire comme un dispositif susceptible de protéger la Bergère contre un bombardement atomique ! On avait dépensé des millions pour ce bunker. A présent, on le trouvait à l'abandon, à peine utilisable.

Il y avait malgré tout un central téléphonique permettant d'appeler les autres Palais, les ministères et l'état-major, ainsi qu'un studio de radio d'où la Bergère recluse pourrait envoyer des messages au moyen des haut-parleurs installés dans chaque logement. Tous ces matériels semblaient en état de marche. Si l'assaut durait (les soldates, à présent, prévoyaient le pire), on pourrait s'en servir pour diffuser un discours où Judith lancerait un appel au peuple.

Et maintenant ? Les brigadières étaient désemparées. Où étaient les Quatre Grandes à qui Judith en cas d'empêchement devait transmettre le pouvoir ? Sans elles, l'Etat n'avait plus de tête. Des procédures précises devaient bien exister pour ce genre de crise, des mesures d'urgence, tout un protocole. Seulement voilà : tout était secret, si secret que même des soldates haut gradées comme elles les ignoraient. Elles étaient coupées du monde.

Les minutes passèrent. Le Palais était-il envahi ? Non, ce n'était pas possible : les brigades étaient nombreuses, elles repousseraient les rebelles, les passeraient par les armes. Au matin, elles frapperaient à la porte du bunker en criant : « C'est terminé, tout est rentré dans l'ordre ! » Des infirmières viendraient soigner la Bergère, Bertolucci prendrait temporairement les commandes du pays.

Elle rétablirait la discipline dans les rangs : il y aurait une purge dans l'armée, une révision générale des dispositifs de sécurité et, pour l'exemple, elle ferait fusiller quelques milliers de suspectes. Les brigadières fileraient droit de nouveau, et terroriseraient les foules pour ramener l'ordre. Le pays un temps amolli se redresserait d'un coup. Finalement, se disaient les soldates pour se réconforter, cette attaque aurait du bon – elles s'en convainquirent, et reprirent espoir.

Elles avaient tort. Deux heures après leur arrivée dans le bunker, la porte, théoriquement indestructible, explosa sous l'effet d'un pain de plastic. (Elles constatèrent avec amertume qu'elle était de fabrication belge et qu'on voyait le résultat.) Une quinzaine de rebelles encagoulés pénétrèrent dans le bunker. Les soldates n'opposèrent pas de résistance, parce qu'elles en étaient incapables et qu'un échange de tirs aurait mis la vie de Judith en danger. Elles déposèrent les armes et levèrent les mains. Les ennemis les forcèrent à s'agenouiller, puis leur menottèrent les poignets. Ils réveillèrent la Bergère sans ménagement et lui lièrent aussi les mains, ce qui choqua les soldates. La Bergère traitée comme une criminelle ? Que l'Empire s'écroule, mais que la Bergère ne soit pas profanée ! Entre la destruction de l'Etat et la mort de Judith, leur choix était clair.

Elles crurent que les rebelles allaient les emmener hors du bunker, mais non : ils les tinrent en joue sans rien dire, durant plusieurs heures. On entendait les échos de la bataille, des cris, des tirs. L'assaut n'était donc pas fini ? Les soldates n'osèrent rien demander. Quant à Judith, comme elle ne tenait pas debout (elle était sans doute sous l'emprise d'une drogue), elle fut reconduite dans sa chambre et sanglée sur son lit. Elle se laissait manipuler comme un mannequin désarticulé, avec un sourire hagard. Avait-elle conscience de la situation ?

Les prisonnières imaginaient ce qui se passait dehors. Le Palais envahi, les bureaux fouillés, les courtisanes embarquées. Peut-être le nouveau maître du Benelux avait-il déjà pris possession du trône ? Il s'installerait dans le bureau de Judith, mangerait demain dans sa vaisselle... A moins que le nouveau maître ne fût une maîtresse ? Cette idée les hantait, parce qu'elle était humiliante pour la Révolution. Qu'un ennemi naturel de l'Empire veuille l'abattre, c'était dans l'ordre des choses ; mais une chouannerie des femmes prouverait l'échec des Bergères, qui n'auraient pas su faire comprendre au peuple son intérêt, ni lui faire comprendre ce qu'est la liberté.

Combien de temps restèrent-elles ainsi à genoux ? Dans cette position, elles ne tardèrent pas à ressentir des crampes. Mais quand elles faisaient mine de vouloir bouger, elles recevaient des coups de crosse.

De la chambre de Judith vint un gémissement. Elle se réveillait. Ses ennemis la sortirent de son lit et, en la poussant avec le canon d'un fusil, la forcèrent à s'installer parmi les brigadières, par terre. Elle protesta, pleurnicha faiblement. Ses soldates, horrifiées, priaient en silence pour que la Bergère ne fût pas forcée de s'agenouiller comme elles. Elles auraient voulu crier : « Humiliez-nous, nous ne sommes que des femmes, mais pas la Bergère ! » Mais leurs geôliers ne voulurent rien savoir, et l'impensable eut lieu : Judith fut mise à genoux parmi ses sujettes, à égalité ; et même, dans sa robe de chambre souillée, pieds nus, elle était plus pitoyable qu'elles, très dignes dans leur uniforme militaire. Devant ce spectacle consternant, elles comprirent que, cette fois, c'était fini, que la déchéance de la Bergère, c'était la chute de l'Empire. Judith intacte, elles croyaient encore en la Révolution, parce que l'essentiel était sauf ; maintenant, c'était terminé. Leur gêne était immense ; elles n'osaient pas lever la tête par peur de croiser le regard de leur Bergère avilie, assise, forcée de rester immobile, désormais dépouillée de son droit souverain d'agir selon son plaisir.

Soudain, trois femmes firent irruption dans le bunker. Elles ne portaient pas de cagoules ; voyant cela, leurs comparses enlevèrent les leurs. C'étaient des femmes ! Elles avaient les cheveux courts, comme les militaires. Une rébellion de l'armée ? Les trois gradées considérèrent Judith, firent des commentaires ironiques sur son allure, puis expliquèrent la situation aux prisonnières. Le Palais était entre leurs mains, ainsi que plusieurs résidences impériales à travers le pays, où des attaques simultanées avaient eu lieu. Les brigades, la police, les milices, personne n'avait réagi ; l'armée était en débandade, divisée entre les transfuges qui s'étaient ralliées au putsch, celles qui se seraient fait tuer pour la Bergère mais qui n'avaient plus de commandement, et une majorité qui attendait de voir de quel côté tournait le vent. Schimmelnau et Appel étaient en prison à Bruxelles ; on cherchait Bertolucci et Monderman. Demain, l'ordre serait rétabli. Le règne des Vermaarsch s'achevait.

Les soldates peinèrent à le croire. C'était du bluff. Comment un tel bouleversement avait-il été possible en une nuit et avec autant de facilité, comme si une main invisible avait couché la reine sur l'échiquier et arrêté la partie ? Elles s'affolèrent. C'était Judith qui cimentait la société ; sans elle, tout se déferait, et les Belges désemparées se répandraient dans la nature – ce serait le retour à la barbarie. Le désespoir serait tel qu'on pouvait conjecturer une vague de suicides. Elles auraient voulu convaincre les rebelles qu'une contre-révolution était impossible sans tout faire sauter. Mais elles se turent, par peur des coups de crosse. Brisées, elles espéraient maintenant une mort rapide. Quant à Judith, elle devint hystérique et menaça ses geôlières, avec des sanglots dans la voix dont le pathétique rajoutait à la douleur des vaincues.

Si elles avaient pu faire instantanément le tour du Benelux, elles auraient vu que les assaillantes ne mentaient pas et qu'en effet, le pouvoir impérial tombait partout, à Utrecht, à Liège, à Zoetermeer et à Luxembourg, à Rotterdam et à Courtrai. Les Palais avaient été attaqués au même moment, parce qu'on ne savait pas où se trouvait la Bergère. Schimmelnau, qui exceptionnellement n'était pas auprès de Judith, avait été capturée à Tervuren, et Appel à Chaudfontaine où elle prenait les eaux. Monderman et Bertolucci étaient en fuite, mais on ne tarderait pas à les arrêter. C'en était fini de ce qu'à voix basse les Belges appelaient la « bande des quatre » – sobriquet populaire qui avait conduit dans un camp les centaines de femmes qui par imprudence l'avaient prononcé trop haut.

Quand le jour se leva, la nouvelle du coup d'Etat s'était répandue jusqu'au fin fond de l'Empire. C'était d'ailleurs étonnant, pour un pays où les communications étaient si difficiles, où on avait pris l'habitude de ne plus être au courant de rien. Les circuits souterrains, les réseaux secrets, tous les moyens par lesquels on contournait l'information officielle s'activèrent au grand jour ; avec une sorte d'ivresse, qui faisait oublier les réflexes de méfiance, la liberté retrouvée remontait des profondeurs du pays.

Chaque province, chaque ville réagit à son rythme. Bruxelles s'embrasa. Partout, des femmes sortaient dans la rue, défilaient en parodiant des chansons révolutionnaires. Il y eut des scènes d'émeutes, de pillages. Les brigadières assistaient sans bouger à l'effervescence. (Craignant d'être pendues, beaucoup brûlaient leur uniforme et se mélangeaient à la foule.) Ces conflits faisaient tache d'huile ; l'Empire se balkanisait. Dans tel village, on se réjouissait de sa chute ; deux kilomètres plus loin, on jurait fidélité à Judith, et on érigeait des barricades. La Hollande fut la plus fidèle à la Bergère, peut-être parce qu'elle y était née.

Le désordre était temporairement favorisé par le fait que le nouveau pouvoir ne se manifestait pas encore nettement ; la plupart des Belges ignoraient même qui était à l'origine du putsch. On supposait que c'étaient les troupes de Beatrix, l'ennemie numéro un. Mais toutes sortes de groupuscules sortaient du bois, des combattantes de la onzième heure qui revendiquaient le coup d'Etat.

Aux frontières, des femmes traversaient la zone neutre, croyant que la chute de l'Empire ouvrait la voie. Mais des brigadières irréductibles improvisaient des rondes et tiraient sur les fuyardes, en les jugeant traîtresses à la nation.

Reprenant mes notes, je rédigeai un nouveau texte que je titrai le « Contre-Voyage », puis l'« Anti-Voyage ». Les scènes omises par Gould, parce qu'elles l'embarrassaient, je les décrivais dans les détails. Constamment, je soulignais la distance qui séparait mon témoignage du sien : « A l'inverse de ce que nous lisons dans le "Voyage"… », « On prétend ceci dans le "Voyage", j'affirme au contraire… ». Ces formules me venaient constamment.

J'écrivis d'abord pour moi. Quand j'eus terminé, je montrai malgré tout le texte à quelques amis.

– Le publieras-tu ?

– Non.

Et ils approuvaient mon choix : je m'étais couvert de ridicule en signant le « Voyage », il n'était pas utile d'en rajouter en retournant ma veste à présent.

Et pourtant ! Très vite, je fus démangé par l'envie de sortir ce brûlot. En société, malgré moi, je laissais entendre que peut-être un jour je corrigerais deux ou trois points, que je préparais quelque chose. Les bruits que je faisais courir, inévitablement, arrivèrent à l'oreille de Gould, qui voulut me voir d'urgence. Nous prîmes rendez-vous.

Je m'étais préparé à une dispute. Mais au contraire, il fut charmant. Il était favorable à ce que « nous engagions un débat » et, pour preuve de sa bonne foi, il avait prié Bordeaux de publier mon texte dans sa revue, *L'Universel*.

J'hésitai, pesant le pour et le contre. Publier mon texte chez Bordeaux, c'était une bonne manière d'éteindre la querelle. Pourquoi pas ? En même temps, je sentais confusément le piège. Car enfin, voyons la vérité : une tribune dans *L'Universel*, luxueux torchon que personne ne lisait, essentiellement composé de panégyriques à la gloire de son directeur (Mathieu Bordeaux l'appelait « l'organe officiel du parti narcissique »), quel cadeau ! C'est dans *L'Instant* que le mal avait été fait : pourquoi Gould ne me proposait-il pas *L'Instant* pour le réparer ?

Gould était connu pour ne pas supporter la contradiction ; et là, il m'offrait de la lui apporter. Il y avait anguille sous roche. Mon flair me commandait de publier mon « Anti-Voyage » par mes propres moyens. Ce que je fis, pour mon malheur.

Avec un enthousiasme un peu fou – cela ne durerait pas –, je contactai *La Liberté*, un journal qui combattait l'Empire depuis le premier jour et dont le directeur, Vandroux, avait une réputation d'homme loyal et courageux. Nous conclûmes l'affaire. Il suggéra de publier au plus vite. Je lanternai durant quelques jours, changeant un mot ici ou là, inquiet. Vandroux me téléphonait sans cesse, ne voulant plus attendre. Nous publiâmes donc, sous ce titre choisi par lui et qui parut en couverture sous un portrait de Judith Vermaarsch : « Ce que j'ai vraiment vu en Belgique ».

On imagine le scandale. Les insultes, les insinuations,

les reproches, rien ne me fut épargné ; ce fut une cabale, une chasse à courre.

Capucine Lotte fut la plus enragée. Elle raconta partout que dès le départ elle s'était méfiée de moi (c'était faux : elle m'aimait bien, et me l'avait dit) – pour elle, mon cas relevait de la psychiatrie. J'avais cru voir en Belgique ce qu'elle n'avait pas vu : c'est donc que j'étais fou. (Au moins n'allait-elle pas jusqu'à dire, comme Van Dorp à Schoonhoven, que la masculinité était une sorte de maladie mentale – propos que je rapportais, et qui fit couler beaucoup d'encre.) Elle se surpassa, montrant qu'elle était la grande dirigeante que son organisation attendait.

Mais les féministes ne furent pas les seules à m'attaquer ; même chez leurs adversaires, mon texte suscita de l'hostilité. Je disais blanc dans *L'Instant*, puis noir dans *La Liberté* ! « Pourquoi a-t-il collaboré avec Gould, disaient-ils, s'il n'y croyait pas ? Hier, à lire le "Voyage" qu'il a cosigné, l'Empire était exemplaire ; maintenant, il l'accuse d'être un enfer. Dira-t-il demain qu'il s'est trompé de nouveau ? » Je ne pouvais rien répondre, puisque c'était juste.

Gould me téléphona. D'une voix grave, il affirma que j'avais eu tort, et que désormais c'était entre nous la guerre, « puisque je le voulais ». Grand seigneur, il précisa qu'il ne tirerait pas le premier contre moi, « en souvenir de l'aventure que nous avions vécue ». Sous-entendu, d'autres le feraient à sa place, qu'il encouragerait. A ma surprise, il tint à peu près parole et, quand on l'interrogea sur moi, il répondit simplement que mes élucubrations ne valaient pas qu'il les commente. (Il ajoutait même : « je le plains un peu, ce jeune homme. ») Ses amis, en revanche, furent sans pitié.

Vraiment, oui, ce fut une chasse à courre, c'est l'expression qui convient ; et je vis clairement durant ces semaines jusqu'où le fanatisme peut mener.

Et je n'avais encore rien vu ! Deux mois plus tard, alors que je croyais l'affaire en voie d'apaisement, les féministes la relancèrent. Comme j'avais déclaré que certaines manipulaient leurs informations (je résume), *Combat de femmes*, un hebdomadaire lié au Parti et dirigé jadis par Capucine Lotte (elle continuait de le diriger en fait, par le truchement d'une directrice fantoche nommée Vandromme), m'assigna en justice pour « injure et diffamation ». J'en perdis l'équilibre ; je crus à une plaisanterie, c'était trop gros, cela ne passait pas la porte. J'éclatai même d'un rire nerveux, à cause de l'épuisement. Un procès ! Je m'attendais à tout, mais pas à ça. Encore, si elles avaient mis un contrat sur ma tête, pour qu'on m'abatte en bas de chez moi ! Mais non : elles m'attaquaient en justice, comme un propriétaire à qui on a volé un bout de champ ! Dans son énormité, cette initiative résumait leur disposition d'esprit : elles étaient sûres de leur bon droit, elles avaient leur conscience pour elles et la conviction que c'étaient elles, les victimes. Mes « mystifications », mon « délire de mâle haineux » ne leur paraissaient pas seulement scandaleux, mais injustes, et même illégaux. Pour y répondre, il fallait l'intervention de la puissance publique, et que l'Etat redresse les torts au nom du peuple.

Je pris des avocats, commençai d'organiser ma défense. Nous cherchâmes des personnes qui déposeraient en ma faveur. De nombreux antiféministes me proposèrent leur aide, qui possédaient – ou prétendaient posséder – des preuves, des documents, des chiffres. J'en reçus quelques-uns, et fus à chaque fois déçu: ils ne me convainquaient pas. Comment auraient-ils convaincu un tribunal, et l'opinion? Mes avocats me conseillèrent de repousser ces soutiens, pour ne pas donner l'impression de verser pour de bon dans l'antiféminisme. Les choses se présentaient mal. De son côté, Vandromme, la directrice de *Combat de femmes*, expliquait partout qu'elle et son journal m'écraseraient. Leur victoire, disait-elle, serait « une victoire pour toutes les femmes » – formule typique de Lotte, qui probablement la lui avait soufflée. Et, dans les articles qu'elles écrivaient sur moi, elles me donnèrent ce surnom que reprit toute la presse: « L'homme qui n'aime pas les femmes ».

C'est sous cette étiquette que, un matin d'automne, je gravis les marches du palais de justice, bousculé par trois cents journalistes et des milliers de femmes furieuses qui brandissaient des portraits de Judith.

A l'intérieur, je retrouvai Gould, Golanski et Bordeaux, goguenards; nous n'échangeâmes pas un mot. Ma carrière était fichue, et ils le savaient. La leur était au zénith. Elle devait y rester jusqu'à la chute de l'Empire des femmes, qui les obligerait à tourner leur veste, qui provoquerait au P.F.F. la démission de Capucine Lotte et, qui, grâce à l'ouverture des frontières, permettrait le retour en France de Léonore Alvert.

Les flottements du pouvoir durèrent plusieurs jours ; les nouvelles maîtresses peinaient à ramener l'ordre, parce que leur putsch avait réussi au point qu'elles en étaient surprises, elles qui s'étaient attendues à plus de résistance. En quelques jours, elles se retrouvaient au stade où il fallait remplacer le gouvernement déchu, rebâtir un gouvernement ; or, cette phase de l'opération, elles l'avaient moins préparée que le coup d'Etat. Elles étaient prises au dépourvu. Elles n'assuraient plus la coordination de leurs unités qui, livrées à elles-mêmes à travers le pays, prenaient leurs propres décisions.

Au Palais, les gardiennes de Judith, ne sachant quoi faire, choisirent de l'emprisonner et d'attendre qu'il soit statué en haut lieu. Mais au bout d'une semaine, comme Bruxelles ne répondait pas, elles décidèrent de prendre une initiative. Sans avoir reçu aucun ordre, elles conçurent de passer Judith en procès, et de lui régler son sort. N'en avaient-elles pas le droit ? C'est elles qui l'avaient capturée ! Cette idée les exalta. Le fait d'avoir Judith entre leurs mains les remplissait d'une sorte de passion, d'un zèle justicier incontrôlable. Elles se prenaient pour les vengeresses du peuple et voulaient absolument le prouver. Il fallait aller au bout ; elles ne pouvaient plus attendre, c'était irrésistible.

Le Palais s'enfiévra. Dans le réfectoire, on aménagea un tribunal. Une caméra trouvée dans le studio du bunker y fut installée, pour immortaliser l'événement. Au matin de la septième nuit suivant l'assaut, la Bergère et les soldates capturées avec elle furent jugées. La cheftaine du commando s'improvisa présidente ; elle choisit deux assesseurs parmi ses troupes, et confia l'accusation et la défense à deux femmes qui détestaient Judith.

Les soldates, d'emblée, refusèrent de se défendre, pour ne pas ajouter le déshonneur à l'injustice, ni donner l'impression de collaborer à cette parodie. La procureure en profita pour leur imputer des crimes atroces, et affirmer qu'elles jouaient un rôle capital dans le gouvernement de l'Empire. C'était faux : elles n'avaient été que des exécutantes. Mais, faute d'avoir sous la main Monderman, Schimmelnau, Bertolucci et Appel, on commençait avec elles le grand lessivage de la Belgique.

Le procès dura quinze heures, sur deux jours. La moitié seulement fut filmée ; des morceaux entiers manquent sur la bande, sans qu'on sache si c'est parce que le tournage a été interrompu ou si la caméra fonctionnait mal. Les images montrent une Judith menue, misérable et épuisée, assise sur une chaise en bois d'où elle bondit à chaque accusation portée contre elle, et sur laquelle une soldate (une ex-brigadière qui, après avoir fait partie de ses équipes dix ans durant, venait de rallier l'autre camp et trahissait sa maîtresse dans l'uniforme sous lequel elle l'avait servie) la rassied de force en la tenant par les épaules. Quelle impression ces images feraient sur le peuple ! Lui qui depuis toujours avait vu la Bergère à son avantage, sur les portraits officiels et les statues, ou sur l'écusson que toute citoyenne (et toute féministe de par le monde) devait porter sur son vêtement, à l'endroit du cœur ! Lui qui croyait même que la Bergère était un peu divine… Et c'était donc cela, Judith ? C'était cela, la toute-puissance, l'omniscience ? Ce petit morceau de bonne femme mal coiffée, criarde, tenue en respect par une soldate et que la présidente du tribunal ne laissait pas finir ses phrases ?

Le procès, mené hors de toute légalité, fut grotesque. Non seulement à cause des aberrations de la procédure, ou du refus de reconnaître le droit à la défense, mais parce que la vérité semblait ne pas intéresser le tribunal, qui n'avait dans l'idée que de condamner Judith le plus vite possible. Les mille accusations véridiques et très graves portées contre elle ne suffisaient pas : les juges en inventaient de nouvelles, plus fantaisistes les unes que les autres. Par exemple, on interrogea Judith sur son goût pour la sorcellerie et la magie noire, alors qu'elle ne s'y était jamais adonnée. Aux soldates jugées avec elle, on imputa des crimes absurdes. C'était ridicule. Tout était si confus, si décousu, que plus personne – même pas la présidente, dépassée par la machine qu'elle avait lancée – n'y comprenait rien. Sans cesse, la Bergère poussait des cris stridents et s'agitait sur sa chaise, malgré les menaces de l'expulser de la salle. Elle répéta peut-être cent fois les deux mêmes phrases : « Je vous ai aimées comme une mère » ; « Sans moi, vous n'existez pas ».

A la fin des débats, le tribunal ne prit pas la peine

de se retirer pour délibérer. Frénétique, possédée par l'idée de finir le travail, la présidente satisfit au réquisitoire du procureur : la mort pour toutes. Sur l'enregistrement, on entend des applaudissements au moment de la sentence.

La suite n'est documentée que par quelques images brouillées, tournées d'une main tremblante par on ne sait qui. En colonne, les condamnées sont conduites dans la cour. Piquées par le froid, elles grelottent ; des nuages de vapeur s'échappent de leur bouche. Judith, que sa robe désuète vieillit de dix ans, demande un manteau ; on lui pose une parka militaire sur les épaules, sans la boutonner.

Les soldates choisissent un mur au hasard, ordonnent aux condamnées de s'y adosser, puis s'installent en ligne à dix mètres ; au commandement de la présidente du tribunal, redevenue chef de guerre, elles les mettent en joue. Personne ne songe à donner à Judith l'occasion de dire un mot. Il n'y a pas de roulement de tambour, rien de solennel ; tout s'enchaîne, on n'arrive plus à s'arrêter. Soudain, un bras se lève, puis s'abaisse ; des coups de feu retentissent. Les six corps s'écroulent. La Bergère est morte.

Un long silence s'ensuit. Tout le monde semble hagards, surpris que ce soit fini, songeant déjà que, peut-être, on a été un peu trop expéditifs. L'ivresse qui les tient depuis une semaine, cette ivresse de dominer Judith au lieu que ce soit elle qui les domine, soudain se dissipe. Elles ont tué Judith. Une gêne les traverse : quel vide !

Au bout d'une minute, elles se ressaisissent. Les cadavres sont chargés dans une brouette puis hissés dans la benne d'un camion qu'on envoie dans un bois, pour les brûler. La caméra cesse de tourner.

Dans les semaines qui suivirent, le nouveau pouvoir mata les désordres et s'installa aux commandes. On ouvrit les six zones de non-droit qui, sur les trente créées à l'époque d'Ingrid, fonctionnaient encore. Des volontaires étaient censées y vivre en autarcie, sans gouvernement ni police, pour démontrer par l'expérience que les femmes, sans les hommes, adoptent naturellement des comportements pacifiques. La plupart s'étaient en fait entretuées.

On libéra aussi les camps où travaillaient les hommes. La population masculine de l'Empire était réduite à quatre cent mille têtes, dont le tiers était stérile.

Dans les bureaux, les fonctionnaires brûlaient leurs archives et leurs uniformes, puis se mêlaient à la population en tentant de se faire oublier.

Chez soi, chacun démontait les vieux haut-parleurs encastrés dans les murs, qui depuis les années 1970 faisaient résonner dans les maisons la voix de l'Empire. On brûlait les portraits d'Ingrid et de Judith, on les jetait par les fenêtres : ils tapissaient les rues, les passantes les foulaient aux pieds. Certaines les ramassaient en pleurant, horrifiées qu'on les piétinât.

Des années plus tard, on découvrit six squelettes dans un sous-bois, en Zélande. Les analyses génétiques révélèrent que l'un d'eux était celui de Judith Vermaarsch, seconde et dernière Bergère des Belges. Un débat s'éleva dans le pays : que faire de ces reliques ? Indifférents à ses crimes, des centaines de milliers d'admirateurs de France, d'Europe et du monde envoyèrent de l'argent pour construire le mausolée dessiné jadis par Solen Jupon-René pour sa Bergère, tout en granit norvégien et en marbre d'Italie, avec au sommet du dôme une flèche en or qui monterait sans fin jusqu'à crever les nuages dans le ciel. De mauvais esprits suggérèrent qu'on pourrait graver à l'intérieur les noms d'une partie de ses milliers de victimes, parmi lesquels ceux de Lena, Diane, Astrid et ses deux filles.

RÉALISATION : PAO ÉDITIONS DU SEUIL
NORMANDIE ROTO IMPRESSION S.A.S. À LONRAI
DÉPÔT LÉGAL : AOÛT 2010. N° 99366 (102154)
IMPRIMÉ EN FRANCE